토머스 미들턴 희곡 선집

Thomas Middleton: Five Plays
by Thomas Middleton

Published by Acanet, Korea, 2017

한국연구재단총서 학술명저번역 600

토머스 미들턴 희곡 선집

노인네 술수 잡는 젊은이의 계략
칩사이드의 순결한 처녀
체인질링

토머스 미들턴 지음 | **이미영** 옮김

아카넷

『토머스 미들턴 희곡 선집(*Thomas Middleton: Five Plays*)』은 17세기 초 영국의 대표적인 극작가 중 하나인 토머스 미들턴의 대표작 다섯 편을 담은 희곡선이다. 아직 우리나라에서 널리 알려지진 않았지만 사실 토머스 미들턴은 여러 가지 면에서 셰익스피어에 필적할 만한 작가이다. 그는 셰익스피어와 더불어 희극, 비극, 사극, 희비극의 네 장르에서 모두 걸작을 내놓은 유일한 작가이고, 셰익스피어의 사후에 그의 작품을 번안하도록 공식 위임받은 유일한 작가이며, 또한 가장 많은 수고본(手稿本) 카피와 가장 많은 위작 판본을 가진 작가이기도 하다. 즉 토머스 미들턴은 생전에 셰익스피어 못지않은 대중적 인기와 명성을 누렸다 해도 과언이 아닌 그 시기의 대표 작가인 것이다. 그러나 그는 여타의 유명한 극작가들과 달리 어느 극단에도 전속되지 않았고 평생 가난에 시달리며 후손도 변변히 없었기에 미들턴의 수많은 작품들은 제대로 관리되거나 인쇄 출판되지 못한 채 사라져 버렸다. 그래서 미들턴은 영문학계나 국내외 출판계에서 그가 마땅히 받았어야 할 관심과 연구를 받지 못한 채 이 시기의 수많은 군소 작가들 중 하나로 치부되어 왔다. 외국의 경우 미들턴에 대한 본격적인 연구가 이루어지기 시작한 것은 2000년대 들어와서이고, 특히 2007년이 되어서야 『미들턴 전집(*Thomas Middleton: The Collected Works*)』을 통해 그의 모든 작품이 최초로 망라될 만큼 미들턴에 대한 학계와 출판계의 관심은 그의 작가적·문학적 위상에 비해 미흡했다. 국내 영문학계의 경우 그의 대표작인『체인질링(*The Changeling*)』과 몇 편의 도시희극에 대한 연구가 간헐적으로 이루어졌을 뿐 본격적인 연구는 여전히 드문 상황이고, 그의 작품을 번역한 작품은 더욱이 드문 형편이다.

『토머스 미들턴 희곡 선집』은 그의 대표적 드라마 다섯 편에 대한 우리나라 최초의 초역본이다. 저술 연대순으로 하면『노인네 술수 잡는 계략(*A Trick to Catch the Old One*)』,『복수하는 사람의 비극(*The Revenger's Tragedy*)』,『칩사이드의 순결한 처녀(*A Chaste Maid in Cheapside*)』,『여자는 여자를 조심해야(*Women Beware Women*)』,『체인질링(*The Changeling*)』의 순서가 되는데, 분량을 두 권으로 나누다 보니 이 순서가 좀 바뀌었다. 1권에는 두 편의 비극인『복수하는 사람의 비극』과『여자는 여자를 조심해야』가 들어 있고, 2권에는 두 편의 희극『노인네 술수 잡는 계략』,『칩사이드의 순결한 처녀』와 비극인『체인질링』이 들어가게 되었다. 이 중 앞의 네 편은 미들턴 단독 저술이고, 마지막 작품인『체인질링』만이 윌리엄 로울리(*William Rowley*)와의 공저이다.

이 다섯 작품은 장르에 있어서도 희극과 비극을 넘나드는 대표작들이지만, 초연 시기도 1605년에서 1622년까지 망라되어 미들턴의 초기작부터 후기작으로 이어지는 궤적을 잘 보여 주는 작품들이다. 또한 이 다섯 편은 미들턴 개인의 대표작일 뿐 아니라 17세기 초 도시희극과 비극 장르의 대표작이기도 해서, 문학사적인 의미 외에 대중에게 책읽기의 즐거움을 충분히 줄 수 있는 재미있는 문학작품들이다. 비록 400여 년의 시차가 있기는 하지만 21세기 한국의 대중 독자들에게 즐거운 독서경험을 제공할 수 있는, 역사를 통해 인증된 흥행작들인 것이다.

이 번역본은 펭귄판『토머스 미들턴 다섯 작품(*Thomas Middleton: Five*

Plays)(London and New York: Penguin, 1988)의 본문을 번역하였다. 한국연구재단이 선정한 번역 텍스트인 펭귄판은 주석이 많지 않은 문고판 텍스트라서 번역자는 이를 보완하기 위하여 여러 출판사에서 나온 다양한 판본들을 참고했다. 본래 일반 독자를 대상으로 한 번역이라면 많은 각주가 가독성을 저해하므로 각주의 사용을 최소화하는 것이 맞을 것이다. 하지만 이 번역서는 한국연구재단의 지원을 받은 학술 번역이고, 이 시기 문학의 특성상 각주가 없으면 가독성은 높아지되 중의성은 희생되는지라 번역의 충실도를 위하여 부득이하게 많은 각주를 사용하였다. 각주는 역사적 배경지식과 문화적·문학적 사실들, 중의적인 농담들, 동음이의어(pun)를 이용한 말장난 등을 설명하기 위해 사용하였다. 또한 지명과 인명의 음역은 작품 속 배경에 따라 다르게 적용하였음을 밝혀 둔다. 배경이 영국인『노인네 술수 잡는 계략』과『칩사이드의 순결한 처녀』는 영국식으로 음역하였으며, 배경이 이태리인『복수하는 사람의 비극』과『여자는 여자를 조심해야』는 이태리어로, 스페인 도시를 배경으로 한『체인질링』은 스페인어로 음역하였다.

번역자에게 초역 작업은 처음이라는 어려움과 부담감을 동반하지만, 좋은 작품을 우리나라 독자들에게 최초로 알린다는 즐거움도 있는 작업이다. 필자는 번역자 이전에 문학 독자이자 영문학 전공자로서 미들턴 작품들을 초역하는 과정 내내 많은 감동과 지적 즐거움을 경험할 수 있었다. 아무쪼록 독자 여러분도 번역자가 느꼈던 감동과 재미를 미들턴의 드라마를 읽으며 함께 즐기실 수 있기를 바란다.

차례

노인네 술수 잡는 젊은이의 계략

등장인물

테오도루스 위트굿

페쿠니우스 루커 위트굿의 숙부. 늙은
　고리대금업자

워커다인 호어드 고리대금업자

오네시포루스 호어드의 형

림버 호어드의 친구

킥스 호어드의 친구

램프리 호어드의 친구

스피치콕 호어드의 친구

해리 댐핏 고리대금업자

걸프 고리대금업자

샘 프리덤 루커의 의붓아들

머니러브

여관 주인

랜슬롯 경

조지 루커의 하인

아서 루커의 하인

정부 위트굿의 예전 정부(情婦)

루커 부인

조이스 호어드의 조카딸

레이디 폭스스톤

오드리 댐핏의 하녀*

채권자들, 신사들, 하인들, 술집 급사들,
술집 주인, 채권추심 순사, 공증인, 재단사,
이발사, 향 뿌리는 사람, 사냥꾼, 매사냥꾼,
소년

장소 레스터셔와 런던

---

* 이 극의 등장인물 중 다수는 그리스어에 어원을 둔 이름을 갖고 있다. 이 이름은 작가의 의도
가 담긴 것이므로 영어식 발음이 아니라 그리스어 발음으로 음역하였고, 그 외의 영국식 이름
들은 영어 발음으로 음역하였다. 테오도루스(Theodorus)는 신의 사랑, 위트굿(Witgood)은
위트(재치)가 좋다는 의미이고, 페쿠니우스(Pecunius)는 돈이 많다는 뜻이며 루커(Lucre)는
이익이란 뜻이다. 워커다인(Walkadine)은 힘이 세다는 뜻이고 호어드(Hoard)는 쌓다, 쟁여
두다는 뜻이어서 고리대금업자에게 어울리는 이름과 성이다. 호어드의 형인 오네시포루스
(Onesiphorus)는 수익을 가져가는 사람이란 뜻이어서 역시 고리대금업자다운 이름을 갖고
있다. 그 외에 램프리(Lamprey)는 장어란 뜻이고 스피치콕(Spitchcock)은 장어 석쇠구이란
뜻이어서 극 중에서 이들의 이름과 관련하여 생선과 관련된 말장난이 많이 나온다. 해리 댐
핏(Harry Dampit)에서 해리는 악마를 친근하게 부르는 별명(Old Harry)이고 댐핏은 저주받
은 구덩이(damned pit), 즉 지옥을 뜻한다. 걸프(Gulf)는 '벌컥벌컥 들이마시다(gulf)'란 뜻이
므로 역시 고리대금업자의 탐욕에 어울리는 이름이다. 정부(Courtesan)는 이름이 아니라 직업
인데, 원어인 courtesan은 일반 창녀가 아니라 한정된 부자 고객만 상대하는 고급 창녀나 정부
(情婦)를 의미한다. 여기서는 위트굿 한 사람만 상대하는 여성이므로 정부라고 번역하였다.

1막 1장

〔위트굿 혼자 등장〕

위트굿 다 사라져 버렸어! 그래도 넌 아직 신사니까 그건 전부라고 할 수 있지.[1] 하지만 가난한 신사일 뿐이니 그건 또 아무것도 아닌 거라고. 이 제 너의 초원은 어떤 우유를 만들어 내지? 네 멋진 고원들과 저지대 구 릉지는 다 어디로 간 거야? 전부 그 음욕(淫慾)이란 작은 구멍 속으로 빠 져 버렸잖아. 왜 한량들은 영양가 있는 식사에는 달랑 2실링만 쓰면서, 자기를 소진시키는 창녀들한테는 그 2실링의 스무 배씩이나 쓰는 거야? 그런데 물려받은 내 토지는 대체 어디 있는 거지? 그건 내 숙부의 양심 안에 있는데 3년째 바다에서 항해 중이지. 숙부의 양심을 찾아 떠난 사 람은 절대 돌아오는 길을 찾지 못하는 법이거든. 법의 궤변이란 모래 늪 이 그를 삼켜 버리거나, 바위 같은 서류 무더기가 그를 쪼개 버린단 말 이야. 하지만 여우 머리에 황소 얼굴을 한 늙은 숙부들은 언제나 자기들 탐욕을 변명할 수 있고 자기네 관행에 대해서도 핑계를 대곤 하지. 그래

..

1) 여기서 신사(gentleman)는 태도나 교양을 뜻하는 현대적인 의미가 아니라 경제적인 계급의 의미이다. 일정한 규모의 부동산이 있어서 직접 일하지 않고도 살아갈 수 있는 계층을 신사 라고 칭했다.

서 우리의 바보짓에 대해 그들은 이렇게 환영한다고.

매음굴과 술, 그리고 위험 따위에
제 청춘을 내어 주는 놈이라면,
다른 사람들이 그놈을 속여 먹기 전에
가장 가까운 친척이 먼저 속이는 게 나아.

그리고 그게 바로 그자의 숙부란 거지. 그게 고리대금업의 원칙이거든.
내가 런던 시내에 감히 못 들어가는 것도, 거기 가서 빚이란 끔찍한 역
병에 바로 걸리게 될까 봐 그래. 그렇게 되면 난 한 처녀의 사랑과 지참
금, 그리고 그녀의 미덕들까지 다 잃게 되거든. 자, 그럼 재산 없는 남자
는 어떻게 살아가야 하지? 어떻게 해야 할까? 아니, 세상에는 자기 두뇌
를 숙소 삼고 자기 재치를 팔아먹으면서 살아가는 사내들이 백만 명은
되잖아? 그러니 나도 그 백만 명 중의 하나가 돼서 그 덕에 번창하지 말
란 법도 없잖아? 법에 걸리는 일만 아니라면 어떤 계략이건 운 좋게 나
한테 떠오를 수도 있는 거라고.

〔정부 등장〕

정부 내 사랑!

위트굿 내 원수! 넌 은밀하게 내 지갑 탕진해 온 것도 부족해서, 이제 내게
남은 마지막 방편인 내 지략(智略)까지 망치려고 온 거야? 그렇게 나한
테 어떤 가치도 남겨 놓지 않는다 한들, 너한테 더 득이 되는 것도 아니
잖아?

저리 꺼져, 창녀야. 둥근 거미줄 치는 독거미야.

젊은 남자 뺨에 핀 장미를 말려 버리는 거미 같은 년.

정부 난 당신 쾌락에 충실했을 뿐이에요. 그리고 세 배로 소작료 착취하던 당신 토지를 다 합치더라도 내가 당신한테 아낌없이 주었던 보석에 비하면 턱없이 작은 값어치라고요. 내 순결 말이에요.

저당 잡힌 토지는 되찾을 수 있고 더 소중히 여겨지지만,

한 번 저당 잡힌 순결은 절대로 되돌릴 수 없다고요.

위트굿 용서해 줘. 당신이 죄짓게 만든 사람이 바로 난데,

그것 때문에 당신을 비난하다니 내가 잘못한 거야.

정부 지금은 내가 당신 원수란 걸 알았으니까 난 갈게요.

위트굿 가지 마. 좋은 생각이 떠올랐어. 그러니 가지 말아요.

정부 은밀하게 당신 지갑 탕진한 것도 부족해서, 이제 남아서 당신의 마지막 방편인 당신 지략까지 망치라고요? 저리 꺼져, 창녀야. 꺼지라고!

위트굿 내가 내뱉은 말에 내가 화내게 하지는 말아 줘. 그냥 있어요. 물론 그럴 수 있는 여자들은 별로 없고, 그건 나도 잘 알고 있지. 그래서 여자들은 코르셋이 필요한 거잖아.[2] 그러니 일부러 엇나가지는 말아 줘. 당신, 나 사랑하지? 운명이 점지해 준 덕에 내 모든 재산이 당신한테서 나와야만 한다고.

정부 나한테서요? 그럼 기뻐해도 좋아요.

내가 할 수 있는 범위의 일이라면

당신을 위해 기꺼이 해 줄 테니까.

⋮

2) "그대로 있다"의 원문은 stay인데, 이 말에는 코르셋이라는 다른 뜻도 있다. 동음이의어로 말장난하는 것이다.

위트굿 정직한 창녀다운 말이로군. 뭔가 잘될 수도 있겠는걸.

어떤 계략이건 처음에는 태아(胎兒)나 다름없다가

나중에서야 완벽한 모습을 갖추게 되는 거잖아?

정부 자, 내가 도와야만 해요. 당신이 어디까지 했어요?

내가 나머지를 마저 할게요. 씨 뿌린 건 당신이지만

그걸 도와서 키우는 건 나여야만 한다고요.

말해 봐요. 뭐예요? 나도 그 계략을 이해해야지요.

위트굿 그래, 그렇겠군. 당신은 지금 바로 부유한 시골 과부의 이름과 모
양새를 취해야 해. 목재랑 수송아지, 곳간, 호밀 낟가리 등으로 일 년에
400파운드 수입이 있는 과부 말이야. 우리는 런던으로 가서 탐욕스러운
내 숙부를 만날 거야.

정부 난 이미 당신한테 찬사를 보내기 시작했어요. 우리는 둘 다 절망적인
상황이니까 곧바로 단호하게 실행해야죠. 그런데 말은 어디서 구하죠?

위트굿 저런, 맞아. 이 계략은 돈이 좀 들 거란 말이야. 어디 보자. 말이 필
요하단 거지. 이런 제기랄! 잠깐만. 내가 유쾌한 여관 주인을 한 사람 알
아. 당신한테 뚜쟁이 짓 한 적도 없는 사람이지. 난 그놈의 잇몸을 따뜻
한 포도주로 여러 번 씻어 주기도 했다고.[3] 그자의 귀에 그럴 듯한 얘기
를 흘려 주면 전부 다 깔끔하게 풀릴 거야. 그럼 우린 말과 하인이 생기
는 거지. 내가 장담해도 좋아.

정부 그럼 빨리 머리를 굴려 봐요. 내 행동거지나 말솜씨, 의상에서 부족
한 건 없게 할게요. 당신이 의도하는 목적에 내가 걸림돌이 되진 않을

··

3) 여관 주인이 흔히 손님한테 창녀를 연결해 주는 뚜쟁이 역할을 했다. 여기서 "따뜻한 포도주"
란 설탕과 향신료를 넣어 뜨겁게 데워 먹는 와인(mulled wine)을 말한다.

거라고요.

난 내 궁핍은 솜씨 좋게 가리고

내 재산은 그럴 듯하게 부풀려서

반드시 날 믿게 만들 거라고요.

위트굿 좋아, 그럼 모든 게 준비되는 거야. 난 그 늙은 여우, 내 숙부를 붙
잡기 위해 가까이 다가갈 거야. 숙부가 내 파산에 대해 조금이라도 보상
해 준다면 그것만으로도 좀 위안이 되겠지. 숙부는 날 다시 등쳐 먹겠다
는 희망 때문에라도 내가 런던에 당도해서 급하게 요구하는 걸 들어줄
수밖에 없을 거야. 이 계략이 교묘하게 잘 실행되기만 하면, 부유한 과
부란 명목과 일 년에 400파운드란 수입 덕문에 숙부의 고리대금업자로
서의 애정이 나를 향해 마구 샘솟게 만들 수 있을 거야. 그럼 숙부는 날
만나려고 애쓸 뿐 아니라 내 호의를 얻기 위해 뭐든지 다 대 주려고 할
거라고. 물론 난 처음에는 잘 안 만나 주고 일부러 숙부를 멀리할 거지
만 말이야. 난 그 늙은이의 애정이란 게 어떤 건지 잘 알고 있거든. 만약
자기 조카가 정말 가난하다면 숙부는 상관 않고 내버려 두지. 하지만 그
조카가 일단 부자가 되면 숙부는 제일 먼저 달려와서 조카를 도와줄 거
라고.

정부 세상이 다 그렇군요. 요즘 노인들이 자기 친척에 대해 갖는 애정은
노인이 자기 아내와 갖는 잠자리와 똑같다니까요. 절정에 도달하기도
전에 끝나 버리죠.

위트굿 그 계략을 실행하려면 당신 도움이 필요해. 내가 가진 돈은 이것밖
에 없어. 〔돈을 준다〕 이걸로 필요한 준비를 해. 어서 가. 나도 가능한 한
빨리 여관 주인한테 갈 테니까. 그래서 최고의 기술과 가장 유리한 형식
을 사용해서 그자의 귀에 달콤한 얘기를 부어 넣을 거고, 그럼 밀랍이

벌꿀로 바뀌는 재주를 부리게 될 거야.

〔정부 퇴장〕

저건 뭐지? 오, 우리 주(州)에서 존경해 마지않는 양반들이잖아.[4]

〔오네시포루스, 림버, 킥스 등장〕

오네시포루스 저게 누구지요?

림버 아, 그냥 흔해 빠진 탕아예요. 신경 쓰지 마세요.

위트굿 〔방백〕 너희가 지금 날 모른 체하겠다는 거지. 그나마 위안은, 머지
않아 네놈들이 자기 자신조차 제대로 알아보지 못할 거라는 거야.[5]

〔위트굿 퇴장〕

오네시포루스 저자가 어떻게 숨이라도 쉬는지 모르겠어요. 모든 걸 창녀한
테 다 탕진했을 텐데.

림버 우리도 그 얘기는 들었어요.

오네시포루스 모든 사실을 다 들으셨죠. 저자의 숙부와 내 동생은 지난 3년
간 불구대천의 원수였어요. 둘 다 늙은 고집쟁이여서 만나기만 하면 싸

∴

4) 여기서 "우리 주"란 위트굿과 정부가 살던 레스터셔(Leicestershire)를 말한다. 이 극의 1막
1장, 2장은 레스터셔를 무대로 하고, 이후 무대는 런던으로 옮겨진다.
5) 위트굿의 계략에 속아서 그렇게 될 거란 얘기이고, 실제로 이들 세 사람은 나중에 위트굿의
책략에 속게 된다.

노인네 술수 잡는 젊은이의 계략

우고, 가장 잠잠할 때가 말다툼할 때였으니까요. 내 생각에는 그 둘의 분노가 노년의 그들을 살아 있게 해 주는 불꽃 같아요.

림버 싸우는 이유가 뭔가요?

오네시포루스 어떤 거래 때문이죠. 젊은 상속자를 등쳐 먹은 건이오. 내 동생 호어드 씨는 그 거래를 성사시키기 위해 많은 시간을 허비했는데요, 글쎄, 늙은 루커가 그 가엾은 신사와 아는 사이라서 양심의 가책을 느낀다면서 둘 사이에 끼어들었고, 결국에는 자기가 직접 그 신사를 속여 먹었답니다.

림버 그게 이유의 다예요?

오네시포루스 네, 그게 다예요. 하지만 그럼에도 불구하고 루커의 의붓아들과 내 조카 사이에 혼담이 진행되지 못할 이유는 없다고 봐요. 두 노인네 사이에 갈등이 좀 있으면 어때요. 그렇다고 해서 두 젊은이들 사이에까지 이견이 있으란 법은 없잖아요. 노인들이 싸우는 게 자연스럽듯이 젊은이들은 사랑을 나누는 게 자연스러운 거죠! 어떤 학자도 내 조카 딸한테 구혼했는데요, 그자가 똑똑하긴 하겠지만 가난한 게 문제예요. 루커 씨의 의붓아들도 조카한테 청혼하러 오는데, 그자는 바보지만 부자거든요.

림버 저런!

오네시포루스 말해 보세요. 그래도 부유한 바보가 가난한 철학자보다 낫지 않나요?

림버 아마 그렇겠지요.

오네시포루스 조카딸은 지금 동생하고 런던에 머물고 있어요. 걔한테는 둘째 숙부죠. 유행도 배우고, 음악 연습도 하고, 그런 걸 하느라고요. 그 애는 입술 틈새로 목소리 낼 줄도 알고 다리 사이에 비올 끼우는 방법도 배웠으니, 이제 곧 연주할 준비를 마치겠지요.[6] 그 애의 지참금은 천 파운드나 된답니다. 조카가 결혼한다면 우리도 마차 타고 가서 신나게 즐깁시다.

킥스 혼인이 이루어지면 당연히 그래야죠.

〔함께 퇴장〕

:.

6) 비올(viol)은 바이올린의 전신으로 오늘날의 첼로처럼 다리 사이에 세워서 연주하는 악기이다. 이 연주 자세 때문에 음담패설의 소재로 자주 등장했다. 여기서도 악기를 배웠으니 연주할 준비가 되었다는 일차적인 의미와 잠자리에서 남편 맞을 준비가 되었다는 이차적인 의미를 함께 갖는다.

노인네 술수 잡는 젊은이의 계략

1막 2장

〔무대 위 한쪽 문으로 위트굿이, 반대쪽 문으로 여관 주인이 등장〕

위트굿 주인장, 잘 계셨죠?

여관 주인 위트굿 씨군요.

위트굿 주인장 찾아서 온 동네를 돌아다녔잖아요.

여관 주인 왜요? 땅 잃고 빈털터리 되신 양반이 무슨 일로 그러셨을까?

위트굿 집에 댁이 갖고 있는 수말이 뭐가 있죠? 먼저 그것부터 대답해 주
세요.

여관 주인 왜요? 아니, 왜요?

위트굿 내 말 잘 들어요. 이제부터 당신 귀에 얘기를 하나 해 줄 테니까 믿
어지지 않더라도 날 믿어야 해요. 그리고 싫든 좋든 나한테 돈도 좀 빌
려주고, 나와 같이 말 타고 런던으로 가야만 해요. 〔라틴어로〕 당신 뜻과
직업에 어긋난다 해도요.

여관 주인 뭐라고요? 그 계략이란 걸 내게 보여 줘 봐요. 그럼 당신이 마술
사보다 더 좋은 기술을 가졌다고 말해 줄게요.

위트굿 내가 잘되길 바라나요?

여관 주인 내가 생강 넣은 달달한 백포도주를 좋아할까요?

위트굿 내가 잘되는 게 당신한테 이득이 될까요?

여관 주인　고리대금업자한테 담보물 몰수가, 관리한테 수고비가, 여관 주인한테 매춘부가, 목사한테 십일조로 바친 돼지가 이득이 될까요? 이런 게 이득이 된다면 당연히 나도 이득이 되죠.

위트굿　연 수입 400파운드 되는 과부 얘기라면 당신이 뛰어오르고 노래하고 춤추고 나서 다시 당신 자리로 돌아오게 만들 수 있을까요?

여관 주인　이제부터 날 마음대로 부리실래요? 난 당신의 정령(精靈)이니까 당신이 날 무슨 형상으로든 불러내셔도 좋아요.[1]

위트굿　난 그녀를 친지들한테서 떼어 내서 데려왔기 때문에 핑계를 대서 말들까지 전부 돌려보냈어요. 그녀 또한 자기 속마음을 하인 여섯 중 누구에게도 털어놓지 못했죠. 죄다 건장하고 멋진 하인들이었는데 말이에요. 그래서 그녀는 지체 높은 신분에도 불구하고 거창한 행차 없이 하인조차 대동 못한 채 온 거예요. 오직 내 사랑 하나만 보고요. 오, 주인장. 과부를 얻어 낸 건 작고 멋지고 유창한 혀 하나였다고요.

여관 주인　아니죠. 과부 마음을 얻어 냈으니 그건 대단한 혀랍니다.

위트굿　자, 사정은 그렇게 된 거예요. 그러니 주인장, 당신이 내 행복을 바란다면 날 좀 도와줘요.

여관 주인　내 집에 있는 말들 전부를 나리 마음대로 쓰세요.

위트굿　아니, 그게 다가 아니에요. 그만 좀 기뻐하고 내 말을 더 들으세요. 나한테 런던 사는 부자 숙부가 있다는 건 알죠. 내 어리석음 덕분에 더 부자가 된 숙부 말이에요. 내게 일어난 이 행운을 숙부한테 교묘하게 잘 전달할 수만 있다면 그 고리대금업자 악당한테서 돈 끌어내는 수단이

．．

1) 마법사가 요정이나 악마들을 불러내서 자신이 원하는 형상으로 모습을 바꾸게 하는 것을 말한다.

될 수도 있어요. 난 이미 토지나 현금으로 내 소유의 재산이 있다고 그녀가 기대하게 만들었단 말이에요. 그런데 내가 두 가지 다 없다는 게 알려진다면 내가 달리 뭘 기대할 수 있겠어요? 우리 사랑은 갑자기 깨어지고, 혼인 얘기도 완전히 끝장나고, 내 운은 영원히 망가지겠지요.

여관 주인 나리의 일처리를 나한테 맡겨 보실래요?

위트굿 당신한테요? 내가 내 목적을 이루길 바랄까요? 내가 400파운드 연수입을 껴안으려 할까요? 무일푼의 비참함을 잘 아는 난데요? 자기 머리 넣을 구멍 하나 없는 남자가 부유한 과부를 원할까요? 그런 나에게 당신한테 일 맡기겠냐고 물어보는 거예요? 당연하죠. 난 변호사 한 떼거리보다도 당신을 더 믿고 일처리를 맡길 거예요!

여관 주인 그렇게 믿어 준다니 고맙네요. 내가 만일 선생을 제대로 보필하지 못한다면, 여관 주인이 [라틴어로] 이런저런 원수로 [다시 영어로] 주사위 노름과 술, 매춘에 불구대천의 원수가 되어도 좋다고요.[2] 자, 그런데 이 과부는 어디 있나요?

위트굿 파크 엔드 근처에 있어요.

여관 주인 내가 바로 그녀의 하인이 돼야겠어요.

위트굿 아니, 우리가 동시에 쏘았네요. 시간도 딱 맞았어요. 나도 당신과 똑같은 생각을 하고 있었거든요.

여관 주인 그럴 줄 알았어요. 자, 그럼 우리가 예전의 즐거운 날들을 보게 되나요?

∴

2) 라틴어를 제대로 배우지 않은 무식한 여관 주인이 엉터리 라틴어로 말장난하고 있다. 원수라는 뜻의 라틴어 hostis가 여관 주인이란 영어 host와 발음이 비슷해서 동음이의어 장난이다. 그리고 당시 여관의 큰 수입원이 고객을 상대로 한 도박, 매춘, 술이었으므로 여관 주인이 이것들과 원수가 된다는 것은 여관이 망해도 좋다는 뜻이기도 하다.

위트굿 즐거운 밤들이죠. ― 그 이상 볼 수 없을 정도로 많은 밤을요.

[함께 퇴장]

노인네 술수 잡는 젊은이의 계략

1막 3장

〔루커와 호어드가 다른 문에서 따로 등장하고, 램프리, 스피치콕, 샘 프리덤, 머니러브가 둘 사이를 중재하면서 들어온다〕

램프리 이러지 마세요, 루커 씨. 호어드 씨도요. 지금 두 분을 다 힘들게 하는 바람은 바로 분노의 바람이에요.

호어드 내 원수가 세 해 여름이 지나도 아물지 않는 오래된 악의의 상처를 잡아 찢으면서, 저렇게 날이면 날마다 나를 도발하는 걸 그냥 두란 말이오? 저자를 보기만 해도 펄펄 끓는 납물이 연고 대신 그 상처 속으로 떨어지는 것 같은데?

루커 이봐, 호어드, 호어드, 호어드, 호어드, 호어드! 내가 내 집을 향해 고요한 마음으로 좀 가면 안 되는 거야? 여기 있는 증인들 앞에서 대답 좀 해 보라고. 자네는 대체 왜 그러는 건데? 난 이 문제에 대해 정직하고 공평한 신사들한테 판단을 구하든지, 아니면 공정한 법에 의뢰해서 판정해 달라고 할 거야. 그래, 내가 그 거래를 했어. 그건 맞아. 하지만 그건 누구라도 할 만한 일이잖아? 그렇지. 현명한 사람이라면, 거래에서 다른 사람이 자기를 속이는 판에 그걸 뚱이처럼 망만 보고 있겠어? 아니지. 내 말이 바로 그거야. 그런 경우엔 당연히 아니라고.

램프리 그만하세요, 루커 씨.

호어드 그게 친구가 할 짓이야? 아니지. 유대인이나 하는 짓이지. 내 말 잘 들어. 내가 마지막 새 한 마리까지 튀어나오도록 덤불을 두드리고 있을 때, 쉽게 말해서 마지막 1파운드까지 가격 협상을 하고 있을 때, 저자는 교활한 고리대금업자답게 계약 날 저녁 때 와서 내가 기대하던 모든 걸 한순간에 털어가 버렸다고. 말하자면 거래의 뒷문으로 들어왔단 말이야. 자네는 정정당당하게 들어오지 않았다고!

루커 그렇게 말하다니 자네는 정말 양심이라는 게 없나? 스스로 가책이 되지도 않아?

호어드 루커, 자네는 피붙이인 조카한테도 그렇게 사기 치는 인간이라서 조카의 토지를 저당잡고 담보물까지 집어삼켰잖아. 그 아이가 난봉꾼에, 낭비벽에, 매음굴 단골손님이라는 이유로 말이야. 제 조카한테도 그러는 인간인데 하물며 생판 남이라면 자네한테 뭘 기대할 수 있겠어? 〔라틴어로〕 단지 '너덜너덜한 상처'뿐이지. 〔다시 영어로〕 시인의 표현으로는 깨어진 거래만 남는 거라고.

루커 내 조카를 들먹이면서 날 비난해? 나한테 모든 책임을 떠넘기겠다는 거야? 그놈이 한 어리석은 짓하고 내가 무슨 상관이 있다는 거야? 그 아이가 방탕하게 살았다면 그건 제 놈이 원해서 그런 거야. 그놈이 낭비했다면 그것 역시 제 놈이 그러고 싶어서 한 거고. 계집질을 했다면 그것도 그놈이 원해서 한 거라고. 그게 나하고 무슨 상관이란 말이야?

호어드 그게 다 자네랑 무슨 상관이냐고? 상관없지. 상관없어. 바로 그게 자네의 탐욕과 늑대 같은 양심 사이의 간극을 보여 주는 거야. 하지만 똑바로 알아 둬, 페쿠니우스 루커. 만약 내가 행운의 축복을 받아서 자네를 괴롭힐 수 있는 여유가 생기거나, 아니면 좋은 수단이 생겨서 자네를 화나게 할 기회를 만난다면, 난 증오의 불길, 악의 기운, 그리고 억제할 수 없는 분노를 갖고 그 기회를 끝까지 쫓아가서 자네의 안락함을 모조리 폭파해 버릴 거라고.

루커 하, 하, 하!

램프리 이러지 마세요, 호어드 씨. 선생은 현명한 신사시잖아요.

호어드 난 자네 화를 너무나 돋워서 —

루커 나야말로 그럴 거야.

호어드 아예 자비라곤 없이 널 못살게 굴고 —

루커 아예 끔찍스럽게 널 방해하고 —

호어드 내 정당한 분노를 비웃어? 고리대금업이 널 지배하는 만큼의 힘을 내가 너한테 가질 수 있다면!

루커 그럼 악마가 널 지배하는 만큼의 힘을 너도 갖게 될 거야!

호어드 두꺼비!

루커 독사!

호어드 뱀!

루커 살무사!

스피치콕 두 분이 이러시면 저희가 강제로 떼어 놓을 수밖에 없어요.

램프리 불길이 터무니없이 뜨거울 때는 장작을 꺼내는 게 가장 좋은 방법이에요.

〔램프리, 스피치콕, 루커, 호어드 퇴장하고 샘 프리덤과 머니러브만 남는다〕

샘 잠깐 얘기 좀 하시죠, 선생.

머니러브 무슨 일인가요?

샘 듣자 하니 선생이 호어드 씨의 조카딸, 조이스 양에 대한 애정에서 내

경쟁자라고 하더군요. 맞나요, 아닌가요?

머니러브 맞아요. 그래요.

샘 그럼 몸조심하는 게 좋을 거예요. 당신은 오래 살지 못할 테니까. 난 매일 아침 검술 연습을 하고 있다고요. 지금부터 한 달 후에 내가 결투를 신청할 거예요.

머니러브 그러겠다고 약속하세요. 이게 내 도전장이니. 당신의 결투 신청을 받아 주지!

〔샘을 한 대 때리고 퇴장한다〕

샘 오! 오! 한 달도 안 됐는데 이렇게 때리다니 왜 그러는 거야? 내가 당신과 싸울 준비가 안 되어 있단 걸 당신도 알았던 거지. 그래서 이렇게 오만해진 거잖아. 게다가 난 맞은 대로 돌려줄 만큼 겁쟁이가 아니라고. 그건 내가 보증하지. 맞은 귀가 이렇게 화끈거리는 걸 보니 법에 호소하더라도 내가 이길 거야. 난 그자에게 맨 얼굴 때리는 법을 가르치겠어. 후회하게 만들 거라고. 빌어먹을, 돈이 좀 들긴 하겠지만 난 지금 맞은 걸 대법원으로 가져갈 거야.[1]

〔퇴장〕

∴

1) 대법원은 가장 상급법원인데, 바보인 샘은 고작 사소한 구타 건으로 대법원을 들먹거리고 있다.

1막 4장

〔위트굿과 여관 주인 등장〕

여관 주인 걱정 마세요. 내가 그녀를 믿을 만한 곳에 묵게 했으니까요. 믿으셔도 좋아요.

위트굿 서류는 갖고 있나요?[1]

여관 주인 당연하지요.

〔댐핏과 걸프가 등장해서 좀 떨어진 곳에서 따로 얘기한다〕

위트굿 잠깐만요. 저기 인두겁을 쓴 사람들 중에 가장 끔찍한 두 악당이 있으니 구경해 보세요. 댐핏하고 젊은 걸프예요. 사람 등쳐 먹는 일에서는 댐핏과 짝패가 되는 놈이죠.

여관 주인 댐핏이오? 그 댐핏이라면 나도 들어 본 적 있어요.

위트굿 들어 봤다고요? 이봐요, 두 귀를 다 잃은 사람도 저놈 이름은 들어봤을 거예요. 사람 짓밟는 변호사로 아주 유명하고 악명 높은 놈이죠. 그건 그자가 직접 한 말이에요. 저자를 잘 보세요. 듬성듬성한 턱수염

---

1) 과부(사실은 정부)의 재산을 증명해 주는 허위서류를 말한다.

에 능직 외투 입고 있는 저 댐핏이란 놈은 현존하는 세상에서 가장 악명 높은 고리대금업자고, 신을 모독하는 무신론자고, 입만 열면 사창가를 토해 내는 악당이죠. 저자의 처음 시작은 한 농가에서 마스티프종 개를 훔친 거였어요.[2]

여관 주인 시작이 도둑질이었던 걸 보니, 법깨나 참 잘 지키게 생겼네요.

위트굿 맞아요. 저자가 당도한 두 번째 마을에서는 개들끼리 투견 시켰답니다.

여관 주인 뭐, 그것도 법을 잘 지킬 거란 징조였네요.

위트굿 그런 얘기가 되는 거죠. 그리고 돈이 전혀 없으니까 다른 사람이 금화 한 닢 걸 때 저자는 개를 걸었어요. 그런데 운이 좋아서 그의 개가 이겼죠. 저자가 어떻게 10실링을 벌었는지는 나도 모르겠어요. 하지만 저자의 허풍으로는 달랑 10실링만 갖고 런던에 왔는데 지금은 만 파운드 값어치의 재산이 있다고 해요.

여관 주인 악마라도 씌웠나, 어떻게 그 돈을 벌었대요?

위트굿 악마에 쓴 게 아니라면 어떻게 그 돈을 벌었냐고요? 일단 악마를 끼워 넣으면 돈은 미친 듯이 따라오는 법이죠. 저자는 법을 짓밟는 사람이었고, 악마는 저자의 종복들을 돌봐 주거든. 저 악당이 이제야 날 봤네요. 저자도 전에 날 제대로 털어먹었죠. 염병에나 걸릴 놈. 〔댐핏에게〕 오, 댐핏 씨! 〔방백〕 사타구니에 전염병 걸릴 놈! 〔다시 큰소리로〕 용서하세요, 걸프 씨. 너무 낮게 걸어오셔서 제가 선생을 미처 못 봤답니다.[3]

걸프 낮게 걷는 자가 안전하게 걷는 거다. 시인들은 그렇게 말했죠.

∴

2) 마스티프는 털이 길고 몸집이 큰 종이다.
3) 걸프의 작은 키를 은근히 놀리고 있다.

위트굿 〔방백〕 그래서 나머지 떨거지들보다 지옥에 몇 뼘은 더 가까울 거야.

〔댐핏에게〕 나의 해리 노인장![4]

댐핏 내 다정한 테오도루스!

위트굿 선생이 지갑에 단돈 10실링만 갖고 런던에 왔을 때가 호시절이었죠.

댐핏 여보게, 지금은 만 파운드어치의 재산이라네. 이렇게 보고하라고. 해리 댐핏, 이 시대 최고로 잘 짓밟는 사람! 그는 아침에 일어나 옷단 끝까지 진흙 튄 능직 코트를 걸쳐 입고, 사건 때문에 여기 나타나서, 웨스트민스터 홀 주변에서 발 냄새 풍기도록 돌아다니다가 집에 다시 가지.[5] 거기서 스페인 범선, 갈레아스 배, 법의 무적함대 같은 거물급들도 보고, 작은 범선이나 노 젓는 소형 배 같은 잔챙이 법률가들도 보지. 물론 이 시대의 자물쇠 따는 도둑들도 다 거기 있어. 그러고 나서 난 다시 여기 와서 노새처럼 여기저기 짓밟고 다니다가, 다시 판사한테 가지. "존경하는 명예로운 판사님"이라고 하면서 말이야. 다음에는 변호사한테 가서, "존경하는 인내심 강한 변호사님"이라고 하고, 그 다음엔 조사관 사무실에 가서, "훌륭하신 조사관님"이라고 하고, 서기들 중 하나한테 가서는, "존경하는 지저분한 서기님"이라고 하지. 그자가 사타구니 긁고 있을 때 내가 들어갔거든. 그러고는 다시 웨스트민스터 홀로 가고, 다시 대기실로 가고 ─

위트굿 그럼 술 창고엔 언제 가나요?

••

4) "해리 노인장(Old Harry)"은 악마를 부르는 별칭이기도 하다. 위트굿이 댐핏에게 친한 척하면서 동시에 그를 악마라고 욕하는 것이기도 하다.
5) 런던의 웨스트민스터 홀에는 1882년까지 법정이 있었다.

댐핏 자네가 다시 가고 싶어 할 때 가야지. 이 시대의 사람 짓밟는 인간들, 플릿가(街)의 인형극이나 호본의 환각 속에 나올 법한 인물들.[6] 난 여기서 누군가에게 수수료를 받고, 또 저기서는 다른 사람의 수수료를 받아. 내 고객들은 내 주위로 몰려들지. 시골 바보들과 잘난 척하는 얼뜨기들 말이야. 난 다른 사람들의 사건들을 해결하려고 진흙탕 속을 헤집으며 달려가. 그렇게 불쌍한 해리 댐핏은 다른 사람들의 게으름 덕분에 부자가 되지. 그들이 자기 재판을 직접 쫓아다니지 않으니까, 난 그들이 지갑 들고 날 쫓아다니게 만들거든.

위트굿 정말 그랬어요, 해리?

댐핏 그래. 그리고 난 비용 청구서로 그자들의 돈을 뜯어내지. 난 배 빌리는 값으로 일 년에 20파운드나 청구했지만, 내 평생 단 한 번도 배에 올라 본 적 없다고.

위트굿 이 시대 최고로 잘 짓밟는 사람이네요!

댐핏 그래, 사람 짓밟는 악당들, 희대의 나쁜 놈들, 사기꾼들이지.

위트굿 아, 당신은 미쳤어요, 해리 노인장! 친절하신 걸프 씨, 다시 뵙게 되어서 기쁩니다.

걸프 저도 그렇습니다.

〔음악소리 나고 함께 퇴장〕

..

6) 실제로는 제대로 일하지 않으면서 분주한 척해서 의뢰인에게 터무니없는 수수료를 물리는 변호사들("사람 짓밟는 변호사들")을 인형극이나 환각 속에서 쓸데없이 분주히 움직이는 형상들에 비유하고 있다. 플릿이나 호본은 런던의 거리 이름이다.

　노인네 술수 잡는 젊은이의 계략

2막 1장

〔루커 등장〕

루커 내 원수 놈이 조카를 빌미로 날 계속 욕하고 있어. 젠장, 내 조카 때문에 말이야. 아니, 덕망 높은 숙부한테 방탕한 조카가 있으면 왜 안 되는 거야? 그 조카가 난봉꾼에, 낭비벽에, 과식을 일삼고, 게다가 거지이기까지 하면 좀 어때?[1] 그놈이 지은 죄 때문에 나까지 수치스러워야 해? 우리가 조카들 바보짓에 관여한 것도 아닌데 왜 우리가 그놈들 불명예까지 공유해야 하는데? 조카가 담보 맡긴 토지를 내가 엄격하게 다뤘다는 건 나도 부인하지 않아. 고백하자면 숙부들이 잘하는 짓인 사기를 나도 좀 치긴 했어. 어디 보자. 절반을 수익으로 뗐지. 그건 맞아. 그놈이 갱생할 거란 희망도 없었고, 그놈의 존재에 대해 난 어떤 위안도 받을 수 없었거든. 그리고 그 땅을 숙모들 중 하나한테 빼앗기느니 차라리 숙부한테 맡기는 게 더 낫잖아? 여기서 내가 '창녀'란 말을 쓸 필요는 없겠지. 최근에 '숙모'란 말이 어떤 뜻으로 쓰이는지는 모두들 알고 있으니까 말이야.[2]

..

1) 음식이 귀하던 시절에 과식과 과음은 그 자체로 부도덕한 일이었다.
2) 창녀를 흔히 '숙모(aunt)'라고 돌려 말했다.

〔하인 등장〕

무슨 일이냐?

하인 시골에서 온 어떤 하인이 나리께 드릴 말씀이 있다는데요.

루커 지금 시간이 있으니 들여보내.

〔하인 퇴장하고 여관 주인이 하인처럼 변장하고 등장〕

여관 주인 나리, 안녕하십니까.

루커 어서 오시오, 좋은 친구.

여관 주인 〔방백〕 초면인데 날 도둑놈이라 부르네.[3] 하지만 내가 여관 주인
인 건 꿈에도 모르겠지.

루커 무슨 볼일로 날 찾아오셨소?

여관 주인 예, 나리. 사실은 저희 주인마님이 부유한 신사분 아무한테나 가
서 의심스런 어떤 문제에 대해 충고를 구하라고 하셔서요. 제가 누구한
테 가서 묻건 아무 상관없대요. 어차피 저는 아는 분이 없으니까요. 저
희 마님도 특별히 누구를 염두에 두고 절 보내신 건 아니에요. 마님도 저
만큼이나 이 도시를 모르시거든요. 단지 나리께서 마침 집에 계시고, 저
역시 가능한 한 빨리 일을 해치우고 싶어서 여기 온 거예요.

루커 〔방백〕 고지식하고 정직한 놈이로군. 그건 마음에 들어. 〔여관 주인에게〕
그쪽 마님은 어떤 분이신가?

⁞

3) 앞에서 루커가 아무 생각 없이 부른 호칭인 "좋은 친구(good fellow)"에는 도둑이란 의미가
있었다.

여관 주인 시골 마님이고 과부세요, 나리. 원래 어제 떠날 작정이었는데 마님께서 사소한 법적인 문제가 끝날 때까지 더 있기로 하셨어요.

루커 마님 성함이 뭔가요?

여관 주인 마님 이름은 마님의 토지 서류들 속에 흘러넘친답니다. 과부 메들러예요.[4]

루커 메들러? 내가 그런 과부를 들어 본 적이 없던가?

여관 주인 들어 보셨을 텐데요. 스태포드셔의 부자 과부 얘기 못 들으셨어요?

루커 이런, 그렇지. 이제야 기억이 나네. 그런 과부가 정말 계시지! 아, 내가 다시 총각이라면 얼마나 좋을까!

여관 주인 그랬으면 나리께도 꽤 승산이 있었을 텐데요. 하지만 마님은 이미 어느 총각하고 약혼이 되어 있답니다.

루커 그 남자가 누군데요?

여관 주인 그분도 시골 신사인데요, 아마 나리께선 모르실 거예요. 젊었을 때는 어리석은 짓을 좀 하긴 했지만, 결혼으로 다시 제자리를 찾기 시작했지요. 우리 마님이 그분을 사랑하시거든요. 그리고 나리도 아시다시피 사랑은 모든 결점을 덮는 법이잖아요. 위트굿 씨란 분인데 나리가 들어 보셨는지 모르겠네요.

루커 뭐요? 위트굿이라고 했소?

여관 주인 예. 그분 이름이 위트굿 맞아요. 우리 마님이 그분을 저쪽에 있는 꽃방석에 앉히시려고 해요. 일 년에 *400파운드*짜리 자리지요.

••
:.

4) "메들러(medler)"는 서양모과인데 다 익으면 벌어져서 식용으로 쓸 수 있다. 그 생김새 때문에 여성이나 창녀를 상징하는 과일로 흔히 언급되었다.

루커 좀 더 자세히 얘기해 주게.

여관 주인 예, 나리.

루커 이 위트굿이란 사람은 어느 지역 사람인가?

여관 주인 레스터셔의 신사예요.

루커 〔방백〕 내 조카야. 맙소사, 내 조카라고! 좀 더 알아내야겠어. 단순한 촌놈이니까 잘 구슬려서 알아내야겠다. 〔여관 주인에게〕 그래서 이 신사가 곧 그 댁 마님과 결혼할 거라고 했소?

여관 주인 예, 그분이 마님을 런던으로 데려왔어요. 그 양반이 모든 구혼자들 중에 제일 좋은 패를 갖고 있거든요. 바로 마님의 마음이죠. 제가 알기론 마님께서 시골로 내려가시기 전에 결혼식을 올리려고 하세요. 아니, 제가 장담하지만 우리 마님은 먼저 자빠지고 나서 그 다음에 결혼식 올리는 여느 과부들과는 달라요.[5] 우리 마님은 그런 거 싫어하시거든요. 그건 제가 말씀 드릴 수 있어요.

루커 아마 댁의 마님께선 멋지고 참한 신사를 남편으로 맞을 것 같네. 내가 마님께 그걸 선물로 드리지!

여관 주인 아니, 그럼 나리께서도 그분을 아세요?

루커 내가 아냐고? 온 세상이 다 그를 알지 않나요? 그렇게 멋진 자질을 가진 남자가 재능을 숨길 수 있겠소?

여관 주인 그럼 나리께서 제 수고를 덜어 주실 수 있겠네요. 저희 마님께서 그분에 대해 좀 알아보라고 분부하셨거든요.

루커 그 사람에 대해 알아본다고요? 내가 조언해도 된다면, 더 이상 수고

∙∙

5) 과부는 성욕이 강하고, 그래서 서둘러 재혼하기 마련이라는 당시의 "음란한 과부(lusty widow)" 상투형을 의미한다.

하지 말고 그냥 나한테만 물어보세요. 내가 다 맞춰서 대답해 줄 테니까. 나도 그 사람이 철없었다는 건 인정해요. 하지만 지금은 정신 차렸잖아요? 이 점을 아셔야 해요. 댁의 마님도 젊었을 때 방탕했을 수 있잖아요. 남자들이 바람둥이라면, 여자들은 꼬리치지 않나요?

여관 주인 그럼요, 나리.

루커 제 어리석은 짓에 호되게 당하고 집에 돌아온 남자야말로 가장 현명해져서 돌아오는 거 아니겠어요?

여관 주인 맞는 말씀이세요, 나리.

루커 내가 장담하지만 댁이 그 사람에 대해서 들을 수 있는 최악의 평가는 그가 친절한 신사이고, 관대하게 돈 쓰는 사람이고, 훌륭한 사람이란 것뿐이에요. 그 사람이 바로 혈기왕성한 위트굿, 세 배로 고귀한 위트굿이거든!

여관 주인 나리께서 그분에 대해 그렇게 잘 아신다니 그분 재산이 어느 정도인지도 말씀해 주시겠어요? 마님 재산을 잘 관리하는 게 제 의무이기도 하거든요. 마님은 언제나 제게 잘 대해 주셨답니다. 저희 마님께서는 많은 부유한 구혼자들을 그분 때문에 거절하셨어요. 하지만 아무리 마님 사랑이 그렇게 고정되어 있더라도, 그분이 약속을 못 지키면 그 사랑이 없어질 수 있어요. 그분은 우리한테 자기가 토지와 재산을 갖고 있다고 말했거든요.

루커 누가요, 젊은 위트굿 씨가요? 아이고, 믿어야죠. 그 사람은 저쪽에 멋진 토지가 있답니다 — 아유, 거기 지명이 뭐였죠?

여관 주인 아니, 전 모르는데요.

루커 흠 …… 아이고, 내가 짐승처럼 그 지역 이름을 잊어 먹었네. 이런! 하여간 저기 어딘가, 멋진 산림과 아름다운 초지가 있어요. 제길, 그 지역이 생각나질 않네. 그 사람이오? 아니, 위트굿 홀의 위트굿 씨잖아요. 그런 양반을 모른다고요?

여관 주인 그분이 그런 분이에요, 나리? 소문이란 게 참 왜곡이 심하군요! 사실은요, 그분 소유의 토지는 없고, 모든 토지는 여기 런던 사는 숙부 한테 저당 잡혀 있단 얘기를 들었답니다.

루커 말도 안 돼! 그건 그냥 소문일 뿐이에요. 소문이라고요.

여관 주인 하지만 나리, 그 얘기가 꽤 신빙성 있게 우리 마님한테 전해졌답니다.

루커 아니, 댁은 그 사람이 자기 토지를 숙부한테 저당 잡힐 만큼 단순하다고 생각해요? 또, 그 숙부란 사람은 그런 담보물을 빼앗을 만큼 패륜적인 사람이고?

여관 주인 하여간 제가 들은 얘기는 그거예요, 나리.

루커 쳇! 그런 생각은 하지도 말아요.

여관 주인 하지만 그런 소문이 돌고 있던데요.

루커 아니, 이렇게까지 우기니 어쩔 수가 없네. 내가 바로 그 사람 숙부인데 내가 가장 잘 알지 않겠어요?

여관 주인 예? 이런, 내가 무슨 짓을 한 거지!

루커 아니, 왜 그러는 거요? 기절한 거예요?

여관 주인 정말 나리께서 그분 숙부님이세요?

루커 그게 댁한테 불리한 얘기요?

여관 주인 나리, 부탁 드리는데 제발 이 얘기는 덮어 주세요. 그런 얘기를 그렇게 다 하다니 전 정말 짐승이나 마찬가지예요! 나리, 절 가엾게 여기셔서 지금 한 얘기는 비밀로 해 주세요. 만약 이 일이 알려진다면, 전 하인 제복도 빼앗기고 일자리도 잃을 거예요. 나리께만 솔직히 말씀 드리자면, 숱한 소문과 몰려오는 구혼자들을 막기 위해서 두 분이 아주 갑자기, 그리고 은밀하게 결혼할 작정이거든요.

루커 그럼 댁은 내가 그 두 사람한테 해가 될 판단을 할 거라고 생각하나요? 내가 댁 때문에 이 혼인을 알게 되었다고 말할 필요가 있겠냐고요? 아무려면 내가 쉰네 살이나 먹었는데 그 정도로 바보겠어요? 조심성 덕분에 모든 재산을 모은 나인데, 그런 나한테 조심성이 부족하겠어요? 자, 댁한테 금화 세 개를 줄게요. 말해 봐요. 그 둘은 어디 머물고 있죠?

여관 주인 제가 진노를 사면 안 돼서요, 나리 —

루커 아이고, 그럴 걱정이야 전혀 없지. 자, 자, 어서.

여관 주인 그걸 알려 드린 게 저라는 걸 발설하시면 안 돼요.

루커 아니, 나도 머리가 있는 사람이라니까?

여관 주인 그럼 감히 나리를 믿어 볼게요. 하지만 전 나리 댁 사정을 잘 모르니까요, 첩자들을 피하기 위해 나리 귀에만 말씀 드릴게요.

루커 〔방백〕 이자는 믿을 만하군. 〔여관 주인에게〕 그렇게 하시오. 〔여관 주인이 루커에게 소곤거린다〕 이런, 자네는 정직한 사람이군. 〔방백〕 조카, 네 이놈!

여관 주인 나리, 기왕에 나리께 의논 드리기 시작했으니 언제쯤 그 의심스러운 점에 대해 나리 충고를 들을 수 있을까요?[6] 전 이제 아주 조심스럽게 접근해야 하거든요.

루커 쳇, 아무 걱정 하지 말아요. 내일 저녁이면 모든 의심을 다 풀어 줄 테니까.

여관 주인 그럼 저는 그때 다시 오겠습니다.

∴

6) 위트굿의 재산 상태에 대한 의심을 말한다.

〔여관 주인 퇴장〕

루커 잘 가시오. ─ 저런 시골 하인 한 명이 우리 런던의 버릇없는 동료 백 명보다 훨씬 더 많은 정직함을 갖고 있지. 내가 그놈들을 동료라고 부르는 건 당연한 거야. 하인들 파란 제복이 외투로 바뀐 다음부터 하인과 주인을 구분할 수 없을 정도로 하인들이 건방져졌으니까 말이야.[7] ─ 조지!

〔조지 등장〕

조지 갑니다, 나리.

루커 잘 들어. 〔속삭인다〕 그 장소는 비밀로 해야 한다. 내 조카한테 안부 전해. 조카가 숙부를 만나지 않을 이유가 없다고 말해.

조지 그렇게 할게요, 나리.

루커 그리고 잘 들으란 말이야. 조카한테 존경과 도리를 갖추어서 대해야 한다.

조지 〔방백〕 거 참 희한하게 변했네. 전에는 그 양반을 거지처럼 내쫓으라 하더니, 이제는 기사(騎士)처럼 초대하라고 하니.

〔조지 퇴장〕

7) 하인의 전통적인 제복 색깔은 원래 파란색이었는데, 이 극이 나온 17세기 초부터 파란색을 입지 않게 되었다.

루커 이런, 부자 과부라니! 일 년에 400파운드라잖아! 게다가 그녀는 백 파운드 더 받을 수 있는 권리도 주장하고 있다네. 그런데 하필이면 운 나쁘게, 조카가 날 원망하고 있을 때 이런 일이 일어나다니. 그 애가 부 자가 될 수도 있겠어. 그런데 조카는 왜 그 소식을 나한테 안 알렸을까? 흠 …… 내가 자기를 등쳐 먹었단 걸 알 만큼 그 애 머리가 좋은 건 아 니겠지? 그렇다면 내가 그놈한테 속은 거지. 맙소사! 일이 이렇게 될 줄 누가 상상이나 했겠냐고? 하지만 그 애가 멋진 신사기는 하지. 그건 인 정해 줘야 해. 조카한테 담보 토지가 있기는 하잖아. 물론 난 돌려줄 생 각이 없지만 말이야. 말로 통할 수만 있다면, 난 일단 내 말로 그 애를 부자로 만들어 줄 거야. 그런데 말만으로는 안 되고 돈을 좀 써야 한다 면, 나도 딱히 돈에 아등바등하진 않을 거야. 모든 게 잘 진행되면, 언젠 가 과부의 토지 중 일부가 나한테 떨어질 수도 있는 거잖아.

〔조지 다시 등장〕

그래, 조카는 어디 있나?

조지 조카분이 나리께서 양해해 주셨으면 한대요. 지금 너무 중요한 일이 있어서 아무도 만날 수 없다고요.

루커 조카가 그렇게 말했다고?

조지 예, 맞아요. 나리.

루커 〔방백〕 사람이 부자가 되면 거만해지는 법이구나. 이제 그걸 알겠어. 지난 열두 달 동안이었다면, 조카는 단 한 번이라도 그런 대답을 보내 지 못했을 텐데. 사람이 자기 땅을 받게 되면 어떻게 변하는지 보라고. 〔조지에게〕 조카한테 다시 돌아가서 숙부가 한 시간만 보자고 한다고 전해. 딱 한 시간만 귀찮게 할 것이고, 그것도 조카 본인의 이익을 위해서 그러는 거라고. 그리고 똑바로 들어. 말끝마다 "나리"라고 붙이란 말이야. 자, 자, 내가 시키는 대로 해. 조카가 곧 제대로 신사 나리가 될 것 같으니까.

조지 〔방백〕 일이 정말 재미있게 되어 가네.

〔조지 퇴장〕

루커 그놈이 이제 제 숙부한테 함부로 대하겠다는 거지. 내가 자기를 위해 뭘 해 줄 수 있는지 그놈이 알까? 다시 7년이 지나더라도 다시 안 올 호의를 내가 한순간에 베풀 수도 있는데 말이야. 조카 놈은 내 성질을 알아. 내가 평상시에 그렇게 선한 사람은 아니잖아. 나한테서 친절을 끌어내는 게 작은 일은 아니거든. 걔도 그걸 알 거고, 알게 해 줘야만 해. 내가 조카한테 잘해 주려는 가장 큰 이유는 내 원수, 늙은 호어드를 놀라게 하고 싶어서야. 내 조카가 출세한 걸 보면 그자의 악의에 찬 얼굴이 얼마나 창백해지겠어! 내 조카의 행운을 보고 그자가 얼마나 기가 죽겠냐고. 불과 어제까지만 해도 난봉꾼에, 하루하루 임시변통하는 가난뱅이에, 한심한 사창가 단골이라고 욕했던 놈인데 말이야! 하, 하, 하! 그게 나한테 지난번에 한 계약보다 더 은밀한 기쁨을 줄 거고, 모든 과부들의 돈보다도 더 귀중한 위안을 줄 거라고.

〔조지와 위트굿 등장〕

왔구나.

조지 사정사정해서 모시고 왔어요, 나리.

〔조지 퇴장〕

루커 오, 조카야, 어서 오너라. 정말 잘 왔다, 얘야.

위트굿 감사해요, 숙부님.

루커 이렇게 우리 집을 멀리하다니 그건 네 잘못이야. 그래도 어쨌든 축하
   한다!

위트굿 뭘 축하해요, 숙부님?

루커 나도 다 들은 게 있단다. 넌 네 숙부 집에 머물러도 좋았잖니. 너랑 네
   과부 말이다. 자, 자, 그건 네 잘못이야. 내가 감히 그렇게 말해도 된다
   면 말이다.

위트굿 어떻게 아셨어요?

루커 오, 용서해 다오! 이제 보니 나한테 그걸 감추려던 게 네 뜻이었구나.

위트굿 그건 숙부님을 사랑하지 않아서가 아니에요, 숙부님.

루커 오, 그렇게 하는 건 천륜에 맞지 않지, 얘야. 그건 네가 너무한 거야!

위트굿 숙부님이 그렇게 느끼셨다면 죄송해요.

루커 흥! 수습하려 해 봤자 소용없단다, 얘야.

위트굿 제가 다 설명할 수 있으니까 제 얘기 좀 들어 보실래요, 숙부님?

루커 그래, 좋다. 들어 볼게. 어서 해 보렴.

위트굿 런던에서 제가 위험에 처해 있다는 건 숙부님이 더 잘 아시잖아요.
   제가 얼마나 빚이 많고, 또 내 채권자들이 얼마나 극단적인지도요. 그러
   니 순수하게 판단하셨다면 숙부님 역시 우리가 여기 오면 안 된다고 생
   각하셨을 거예요.

루커 그래, 충분한 이유가 되긴 하네!

위트굿 그것만 아니었다면 당연히 숙부님 댁에 왔지요. 여기야말로 짝 맺을 수 있는 유일한 곳이니까요.

루커 그래야 네 체면도 서지.

위트굿 제 체면이오? 아, 제 얼굴을 세워 준단 말씀이죠! 아, 숙부님이 그렇게 해 주실 거라는 걸 저도 알아요. 숙부님은 재치 있게 이 집 전체가 제 소유라고 그녀가 믿도록 해 주셨겠죠.

루커 그래, 거기다 대부분의 가재도구까지 포함해야지.

위트굿 그것 보세요. 제 말이 바로 그거예요. 사람들이 뭐라고 떠들어 대건, 자기 숙부 집으로 과부 데려오는 것보다 더 좋은 건 없다고요.

루커 그렇지. 조카들 마음대로 할 일이지만, 결국 일이 다 끝나면 그들 역시 자기 숙부 집이야말로 가장 자연스러운 장소란 걸 알게 될 거야.[8]

위트굿 거기선 자기 마음대로 할 수 있으니까요.

루커 그럼, 거기선 뭐든지 해도 되지. 교구관리나 소환리를 겁낼 필요도 없고 말이야.[9] 숙부 집은 그렇다니까! 그게 바로 콜 하버라고![10] 애야, 좀 더 구체적으로 논의해 보자. 네가 증표를 보내면서 오라고 부르면, 과부가 그걸 보고 올 만큼 과부가 널 신임하고 있니?

위트굿 그럴 것 같은데요, 숙부님.

‥

8) 여기서 주고받는 대사 속의 "숙부의 집"이란 실제 루커의 집만이 아니라 사창가를 말하기도 한다. 당시 창녀의 속어가 "숙모(aunt)"였으므로 숙모의 남편을 일컫는 호칭인 숙부의 집은 사창가가 되는 것이다. 두 사람이 위트굿의 결혼을 두고 진지한 논의를 하다가, 의기투합한 척 음담패설을 하고 있다.

9) 소환리는 교회법을 집행하는 하급관리들이다.

10) 콜 하버(Cole Harbour)는 런던 브릿지 근처의 빈민가로 치안이 안 좋아서 사창가가 많았고 부모의 눈을 피한 비밀결혼도 성행했다.

루커 그럼 해 봐. 어디 한 번 보자.

위트굿 숙부님의 하인 한 명을 불러 주세요.

루커 조지!

[조지 등장]

조지 예, 나리.

루커 내 조카가 시키는 대로 해라.

[위트굿과 조지가 따로 얘기한다]

[방백] 난 정말 부유한 과부와 수다 떠는 게 좋아. 우리 혀가 같이 돌아
가면 진짜 멋질 거야. 약속은 많이 하되 실행은 거의 안 하면 되는 거지.
난 그런 장난을 정말 좋아하거든. 하지만 나도 지금은 조카한테 좀 잘해
줄 마음이 있어. 저 애가 내 선의를 고마워한다면 말이야.

[조지 퇴장]

심부름 보낸 거야?

위트굿 네, 숙부님.

루커 그래도 난 네가 날 멀리한 게 여전히 서운하구나.

위트굿 제가 그랬을 리가요, 숙부님!

루커 그래, 난 서운하단다. 네 빚이 워낙 많고 빚쟁이들도 끈질기다 치자.
　 그래도 네가 천륜은 지켰어야지, 애야. 넌 나한테 은밀히 알려 줄 수도

있었잖니. 네가 그랬다 해도 네 행운이 위험이나 편견에 빠지는 일은 전혀 일어나지 않았을 텐데 말이다.

위트굿 예, 저도 그건 인정해요, 숙부님. 그 점에선 제가 잘못했어요. 하지만 제 원래 의도는 갑자기 일을 성사시키고 나서 세상에 공개함으로써 제 친지들을 기쁘게 하고 세상도 놀라게 만드는 거였어요. 게다가 이 일에 본격적으로 착수하기 전에 제가 급히 꺼야 할 사소한 빚이 40파운드가량 있었거든요. 그래서 친지들한테 알리지 않고 저 혼자 해결할 셈이었지요.

루커 아니, 얘야! 제발 부탁이니 그런 소리는 다시 하지 마라. 오히려 내가 너한테 신세 좀 져도 되겠니?

위트굿 저한테요? 아니, 무슨 말씀이세요, 숙부님?

루커 널 사랑하는 마음으로 명령한다만, 그 일로 나 외에는 누구도 귀찮게 하지 말거라.

위트굿 숙부님이 그러실 이유가 없어요.

루커 아니, 네가 그렇게 나온다면 난 평생 너와 절연하고 살 테다.

위트굿 이런, 숙부님이 그렇게까지 말씀하시니 숙부님 말씀대로 할게요. 숙부님께만 신세 질게요.

루커 그래, 잘했다! 네가 이렇게 내 말 듣는 걸 보니 네게도 희망이 있구나. 이렇게 네가 개심한 걸 봤으니 내가 50파운드로 올려서 주마. 쉿! 저기 내 아내가 전남편 소생 샘과 오고 있어.

〔루커 아내와 그 아들 샘 프리덤 등장〕

위트굿 숙모님 ―

샘 위트굿 사촌이잖아! 반갑게 경례해야겠군. 이 고귀한 도시에 잘 왔어.
   이 도시는 지금 칼집 안에 들어 있는 칼로 지켜지고 있지.[11]

위트굿 〔방백〕 네 지능이야말로 그 칼자루 끝 손잡이 속에 들어갈 만큼 작
   지. 〔샘 프리덤에게〕 샘 프리덤 씨, 저도 인사 드려요.

루커 저런, 저기 과부가 오네. 여보, 당신이 그녀를 어떻게 대접하는지 어
   디 한 번 봅시다.

루커 부인 내가 과부 대접하는 법을 배울 필요는 없을 거예요. 나도 얼마
   전까진 과부였잖아요.

   〔정부 등장〕

위트굿 숙부님 ─

루커 진짜 오셨네.

위트굿 우리 숙부님이 당신을 보고 싶어 했어요, 부인. 그래서 내가 실례를
   무릅쓰고 당신을 초대했답니다.

정부 그걸 실례하고 할 수는 없지요. 이분이 당신 숙부님이신가요?

루커 예, 부인. 숙부 맞아요. 그것도 좋은 숙부란 걸 저 애도 알게 될 거예
   요. 이 키스로 부인을 환영하는 바예요. 〔정부에게 키스한다〕 여보, 저 부
   인한테 나처럼 환영인사 해요.

샘 〔방백〕 내 아버지 덕분에 나도 이제는 신사가 됐어.[12] 그러니 아버지를

∴

11) 칼이 칼집 안에 있다는 건 전쟁 기간이 아니라 평화로운 시대란 얘기인데, 멍청한 샘이 뜬금
   없이 거창한 비유를 하고 있다.
12) 여기서 아버지는 의붓아버지인 루커를 말한다. 루커가 재산이 있어 일하지 않고도 살 수 있
   는 신사계급이므로 그 의붓아들인 샘도 신사라는 논리이다.

본받아서 과부한테 키스 못 할 이유는 없겠지. 길드 규칙도 그걸 반대하진 않는다고. 그 문구가 아마 이렇게 되어 있을 거야. "그 아비가 미장이였다 할지라도, 일단 신사가 된 아들은 이를 즐겨도 된다." 그게 아마 15쪽이었을걸. 과부한테 다가가야겠다.

[정부한테 키스하려 시도한다]

루커 부인께서는 지금 안 바쁘시죠? 저랑 잠깐 얘기 좀 나누실까요, 부인 ―

샘 [방백] 이런 젠장! 어머니한테 매 맞았던 때 이후로 이렇게 모욕당한 건 처음이야.

루커 게다가 제겐 돌봐야 할 친자식도 없답니다. 제 아내는 두 번째 처인데 이미 나이가 많아 아이를 못 가져요. 조카한테 박수쳐 줘도 되는 상황이죠, 부인. 저 애가 아마 내 상속자가 될 거니까요.

정부 저분이 그렇단 거죠?

루커 저 아이도 그 사실을 이미 알고 자랑스러워하고 있어요. 저는 여기 런던에서도 부유하고 쾌활한 과부들을 줄줄이 저 애한테 소개해 줬답니다. 거상(巨商)의 과부들 말이에요. 하지만 저 애가 눈길이나 줬을까요? 아니죠. 저 애가 전부 싫다고 했답니다. 그러니 부인이 우리보다 먼저 시골에서 저 애랑 만난 걸 감사하게 생각하셔야 해요. 아니, 제가 내기 걸어도 좋지만, 저 애가 지금 런던에 있다는 게 알려지기만 하면, 바로 사방에서 저 애를 찾아올 거예요. 먼저 잡는 사람이 땡잡는 거거든요.

정부 정말 그렇겠네요.

루커 오, 여기저기 뛰어다니면서 난리도 아닐 거예요, 부인. 저 애는 과부들 때문에 길거리를 지날 수도 없을 거라고요. 그 즉시 이 부잣집, 저 부잣

집에서 저 애를 채 갈 테니까요. 쳇! 사람들은 저 애가 내 재산을 가지고 있고, 가질 수밖에 없다는 걸 알고 있거든요. 부인, 이 집이 보이시죠? 이 집이랑 모든 것들이 다 저 애한테 갈 거예요. 방마다 가구들이 이미 가득 채워져 있고, 파리에서 가져온 회반죽으로 천장을 바르고, 태피스트리 천이 벽마다 걸려 있지요. 애야!

위트굿 예, 숙부님?

루커 여기 과부께 네 집을 보여 드리렴. 방마다 모시고 다니면서 환영해 드려. 부인, 직접 보면 아시게 될 거예요. 〔위트굿에게만〕 애야, 네가 말 잘 듣는 아이라면, 위에서 아예 확실히 자빠뜨려야 한다.

위트굿 아니, 숙부님. 그녀가 그걸 어떻게 받아들일지 모르잖아요.

루커 틀림없이 제대로 받아들일 거다. 이런 염병할, 넌 바보천치냐? 난 내가 너였으면 좋겠구먼. 얼른 올라가! 창피스런 놈.

〔위트굿과 정부가 함께 퇴장〕

〔방백〕 자, 이젠 둘이 알아서 합의하겠지. 지금까지 우리 집에서 이런 식으로 성사된 혼인이 여럿 있었거든. 사람들은 온갖 수단을 다 써 보지만, 그래도 제대로 한 방에 성공하려면 숙부 집보다 더 좋은 건 없지. 난 마누라한테 말 걸어서 잠시 붙잡아 놔야겠다. 〔부인에게〕 이봐, 지니. 저기 있는 당신 아들은 고작 천 파운드 지참금밖에 없는 가난한 아가씨한테 구혼한다면서. 내 조카를 좀 봐. 훨씬 가망 없는 놈인데도 토지로 일 년에 400파운드 수입 있는 여자를 잡았잖아.

루커 부인 뭐, 되는 대로 할 수밖에 없는 거죠.

루커 조카가 내려오면 가져갈 수 있도록 미리 돈이나 세어 놔야겠다. 어디 보자 — 과부한테 보석이랑, 멋진 은접시랑, 그런 것들을 좀 선물해야겠어. 그러면 과부 기분이 좋아질 거야. 나한테 아주 근사한 긴 잔이 있어. 과부는 그렇게 벌떡벌떡 잘 서는 컵을 어떤 다른 그릇보다도 좋아할 거야.[13]

〔루커 퇴장〕

루커 부인 제 조카를 들먹이면서 우리를 조롱해? 얘야, 나도 머릿속에 계획이 하나 있단다. 남편을 골탕 먹일 계획이지.

샘 어머니, 희극적인 줄거리예요, 아니면 비극적인 거예요?

루커 부인 그 인간을 곤란하게 만들어 줄 줄거리지. 아들아, 내가 어미의 축복을 걸고 명령하는데, 지금 당장 호어드 씨 조카딸한테 구혼하는 걸 그만둬.

샘 뭐라고요, 어머니?

루커 부인 내 머릿속에 계획이 있다니까. 자, 이 금목걸이하고 예쁜 다이아몬드를 들고 숙소까지 과부 뒤를 따라가. 그리고 기회 봐서 그것들을 그녀에게 걸어 주란 말이야. 나한테 다 계획이 있다니까. 존경해 마지않는 열두 동직조합(同職組合)도 네가 어떤 사람인지 다 알고 계셔.[14]

샘 그분들께 정말 감사한 일이죠.

루커 부인 조카라고? 그자는 너한테 대면 상처 딱지에 불과해! 그러니 네

:.

13) 긴 잔(standing cup)에서 standing을 성적인 의미로 풀어서 음담패설하고 있다. 이 장면에서 루커의 많은 대사들이 성적인 농담이다.
14) 동직조합이란 런던에 있는 열두 개의 상인 조합을 말한다.

가 멋진 외모는 말할 것도 없고 일 년에 200파운드 수입도 있다는 걸 과부한테 분명히 알려 줘라. 넌 잘생긴 데다 사랑스럽기까지 하잖니. 만약 내가 과부라면, 나부터 다른 누구보다 널 갖고 싶을 거야.

샘 호의는 감사해요, 어머니. 하지만 전 그냥 모르는 사람하고 결혼하고 싶어요. 그리고 그녀가 헤어질 때 내 선물을 기꺼이 받게 만들 만큼 내가 열렬히 그녀에게 구혼하지 못한다면, 난 다시는 어머니 몸의 상속자라고 불리지도 않겠어요.

루커 부인 아니야. 네가 일단 시작하기만 하면 충분히 해낼 능력이 있다는 건 나도 잘 안단다.

샘 빨리 뭐라도 시도해 볼게요.

〔함께 퇴장〕

2막 2장

〔호어드와 머니러브 등장〕

머니러브 호어드 씨, 저는 지금까지 몇 달 동안이나 댁의 조카따님에게 청혼해 왔어요. 그녀의 정숙함에 대한 내 사랑이 그만큼 컸기 때문이죠. 하지만 그녀가 날 너무 심하게 거부하니까 이젠 나도 내 운을 다른 곳에서 펼치고 싶네요.

호어드 당연히 그러셔야죠. 전에도 말했잖아요. 내 조카딸이 다른 데 마음이 있는 것 같다고.

머니러브 그렇게 말씀하셨죠. 그런데 그동안 내가 허비했던 시간과 조카분에 대한 내 열정을 감안해서, 선생께 부탁 하나 해도 될까요?

호어드 그 두 가지를 감안해서는 들어주기 힘들겠지만, 하여간 말씀해 보세요.

머니러브 정말 감사합니다. 불과 세 시간쯤 전에 제가 부유한 시골 과부에 대한 행복한 소문을 들었거든요.

호어드 뭐요? 부유한 시골 과부요?

머니러브 네, 일 년에 400파운드 수입이 나오는 토지가 있답니다.

호어드 그래요?

머니러브 확실한 얘기예요. 제가 그녀의 숙소까지 알아 났답니다. 그래서 부탁드리는 건데요. 선생께서 절 지지하시고 좋은 말씀을 해 주신다면 — 선생님 말이라면 통할 테니까요 — 과부한테 제가 유리한 입장이 될 것 같아서요. 선생님 수고에 대해 제가 말로만 감사 드릴 것도 아니고, 금화 200개를 —

호어드 그래서, 그래서, 다른 구혼자들은 누구랍니까?

머니러브 그게 좀 안심되는 부분이에요. 아직은 그녀에 대한 소문이 단지 소곤거리는 수준이어서 젊은 난봉꾼 위트굿만 끌어들였대요. 선생님의 철천지원수의 조카지요.

호어드 하! 그자가 그녀의 구혼란 건 확실해요?

머니러브 아주 확실해요. 그리고 그자의 숙부는 과부를 속여서 이 혼사를 성사시키려고 아주 열심이라고 하더군요.

호어드 그래요! 아주 잘됐네요.

머니러브 선생께서도 아시다시피 이 위트굿이란 자는 낭비벽 심하고 방탕한 놈이잖아요.

호어드 대단한 악당이죠.

머니러브 한밤중에 과식하는 놈이고요.

호어드 매음굴 찌꺼기죠.

머니러브 맞아요! 선생님이 그런 얘기들을 선생님 방식으로 말해 주신다면, 과부 마음에서 그자를 몰아내고 과부의 애정으로 가는 탄탄대로를 제게 놔 주시는 거예요.

호어드 다섯 시경에 나랑 같이 갑시다.

머니러브 틀림없이 그렇게 할게요.

[머니러브 퇴장]

호어드 이 바보야, 홀아비한테 사랑의 구혼을 위임하다니, 넌 네 보석을 도
둑한테 맡긴 셈이야! 행복한 복수여, 널 기꺼이 껴안아 주마! 그 덕에 난
내 원수를 심하게 괴롭히면서 그 조카의 마지막 희망까지 망칠 수단을
내 앞에 갖게 됐어. 게다가 내 신분과 수입을 늘리고 내 재산까지 증식
시킬 수단마저 갖게 된 거지. 하하하!
난 네놈이 해 온 칭찬에 흠집을 내고, 네 아첨을 뒤집고,
네가 짜 놓은 우회 전략과 방책, 계획들을 망칠 테다.
네놈이 이미 확보해 놓은 안락함 위로
은밀하고 치명적인 역병처럼 내가 떨어질 거라고.
난 루커 따위는 세 명이라도 사들일 수 있고,
루커보다 세 배나 비싼 값을 부를 수도 있거든.
내 부동산이랑 다른 것들을 다 따져 보면 말이지.

〔채권자 세 명 등장〕

채권자 1 이 소식을 들으니 기분 좋네요.
채권자 2 사실 우리도 그래요.
채권자 3 젊은 위트굿이 곧 다시 한량이 될 테니까요.
호어드 〔방백〕 조용히 하고 들어 보자!
채권자 1 제가 장담하는데요, 콕핏 씨, 여자가 아주 부유한 과부라더군요.
채권자 2 아니, 여자에 대해 들은 게 있어요?
채권자 1 누구요? 메들러 과부요? 그녀에 대해 많은 소문이 있죠.
채권자 3 아주 좋은 토지에서 일 년에 400파운드 수입이 있다더군요.
채권자 1 아니, 내 말 좀 들어 봐요. 당신이 그 말을 믿는다면 빙산의 일각만

믿은 거예요.

채권자2 그런데도 위트굿이 입 딱 다물고 있는 것 좀 봐요!

채권자1 아, 그게 다 전략이죠. 더 좋은 구혼자들을 막기 위한 거잖아요.

채권자3 그 사람이 나한테 백 파운드 빚지고 있지만, 맹세코 난 1페니도 못 받을 줄 알았어요.

채권자1 그 사람은 우리가 올 줄 꿈에도 모르고 있어요. 자기 채권자들이 몰려온 걸 보면 놀랄 거예요.

〔채권자들 퇴장〕

호어드 좋아, 채권자라 이거지. 저자들을 따라가야겠어. 이건 내게 좋은 기회야. 모두가 과부의 재산을 알고 있잖아. 그리고 내가 과부의 재산을 불려 줄 수 있고, 실제로 불려 줄 거란 것도 잘 알려진 사실이지.
이 한 번의 기회로 운명이 두 배 행복하게 빛날 거야.
난 내 원수의 기를 꺾고 내 재산까지 불리는 거지.

〔음악소리 나면서 호어드 퇴장〕

3막 1장

〔위트굿이 채권자들과 함께 등장〕

위트굿 아니, 이봐요. 채권자님들. 하필이면 지금 나타나서 날 망쳐야겠어
요? 이건 정당하게 빚 받으려는 것보다 댁들의 악의 때문에 더 그러는
것 같네요.

채권자1 위트굿 씨, 저는 오랫동안 제 돈을 못 받았어요.

위트굿 제발 목소리 낮춰요. 대체 어쩌려는 거예요?

채권자2 선생이 부유한 시골 과부와 곧 결혼할 예정이란 말을 들었어요.

위트굿 댁 같은 채권자들까지 그 소식을 들었다니 세상에 정말 비밀이란
없네요. 뭐, 날 제일 괴롭히는 사람들이 하필 내 행운을 제일 먼저 듣게
되다니 참 유감스러운 일이에요. 하지만 이건 댁들한테 좋은 수가 아니
에요. 빌려준 돈을 받고 싶으시다면, 왜 굳이 그렇게 해 줄 수단을 망쳐
버리려는 거죠? 그건 신앙심도 없고 전략도 없는 짓이라고요. 댁들이 지
금 나한테 우호적으로 대해 준다면 오히려 내가 다시 일어나서 날개 펼
수도 있잖아요. 그럼 댁들한테도 위안이 되는 거죠.

채권자1 그건 저분 말이 맞아요.

위트굿 지금 날 데려가면 난 영원히 시들어 버릴 거예요.

채권자2 아이고, 이렇게 착한 신사를!

위트굿 여러분이 태양을 못 보게 할 텐데 내가 어떻게 번창하겠느냐고요?

채권자 3 그거야 그렇죠.

위트굿 오, 그러니 조금만 참아 주세요! 곧 여러분 돈을 다 갚을 만한 충분한 돈이 나한테 생길 테니까요.

채권자 1 그래요. 돈만 받을 수 있다면 그동안 우리가 한 짓은 수치스러운 일이 되는 거죠.

위트굿 보세요. 난 이제 막 과부와 결혼을 약속했어요. 그런데 내가 이렇게 불명예스러운 일을 당한다면 그로 인해 우리 둘 사이는 벌어지고 말 거예요! 내가 사흘 안에 댁들한테 토지를 담보로 제공할게요.

채권자 1 그런 일이 벌어져서는 안 되죠, 위트굿 씨. 선생이 받을 토지가 선생을 신뢰할 수 있을 정도가 되면 좋을 텐데요.

위트굿 그동안 저한테 잘해 주신 것 알아요. 하지만 이건 잘못된 정보나 허위 선동으로 누군가 선량한 댁들을 이용한 거예요. 이런 일에서 사람이 적이 없을 수는 없잖아요. 그런 사람이 갑자기 잘되기 시작하면, 적의 숫자 역시 셀 수 없을 만큼 많아지죠. 댁들도 틀림없이 나한테 악감정 가진 사람한테 무슨 정보를 들었을 거예요.

채권자 2 사실 우린 선생님이 부유한 과부를 데려왔고 그녀와 곧 결혼할 거란 얘기를 들었어요.

위트굿 그것 봐요. 내 그럴 줄 알았어요. 하지만 기왕에 내가 여러분을 신뢰한다는 걸 잘 알고 계시니 하는 말인데요, 제 부탁 좀 들어주세요. 여러분 모두에게 간청 드리는데요 —

채권자들 아유, 그러실 필요도 없어요, 선생님 —

위트굿 얼마 동안 가만 계시고 내 빚은 침묵 속에 묻어 주세요. 내가 과부를 완전히 차지할 때까지만요. 사실 제가 여러분을 친구로 믿고 드리는 말씀이지만 —

채권자들 아유, 그럼요, 그럼요 —

위트굿 전 런던에서 돈을 좀 빌려야 하거든요. 내 신용과 댁들의 이익을 위해 내가 새 출발하려면 그 돈이 필요해서 말이에요. 그런데 원래 있던 내빚이 알려지게 된다면, 내가 지금 진행하고 있는 일도 희망이 꺼지게 될거예요.

채권자 1 〔위트굿에게만〕 선생, 제 얘기 좀 들어 보실래요? 이제부터 제가 댁의 후원을 전담하는 게 어떨까요. 모르는 사람 돈을 빌리느니 그냥 제돈을 받아 주세요. 댁에게 오는 길에 받아온 40파운드가 여기 있어요. 혹시 선생께 도움이 된다면 이 돈을 부디 받아 주세요. 아니, 마음대로쓰세요.

위트굿 〔채권자 1에게만〕 선생의 친절에 몸 둘 바를 모르겠네요. 사양하고싶지만 그냥 받을게요.

채권자 1 〔위트굿에게만〕 저 두 사람은 못 보게 해 주세요. 부탁 드려요.

위트굿 〔방백〕 정말 웃기는군!

채권자 1 〔위트굿에게만〕 결혼식이 끝나면 제일 먼저 절 기억해 주시길 바랍니다.

위트굿 〔채권자 1에게만〕 당연히 그래야죠.

채권자 1 〔위트굿에게만〕 그런 줄 알고 있을게요. 〔채권자 2와 3에게〕 자, 가실까요?

채권자 2 갑시다. 〔위트굿에게만〕 선생, 돈 구할 걱정은 하지 마세요. 한 시간 내로 충분히 보내 드릴게요. 〔채권자 3에게〕 갑시다, 콕핏 씨. 우리 둘다 기다리고 있잖아요.

채권자 3 저런, 반지를 잃어버렸네요. 금방 따라갈게요.

〔채권자 1과 2 퇴장〕

하지만 그 반지를 찾아내는 건 선생님일 거예요. 선생이 젊은 혈기에 돈을 많이 쓴지라 선생이 갖고 있던 보석을 죄다 없애 버렸단 걸 알아요. 저기 20파운드 값어치의 루비가 있어요. 그걸 과부한테 주세요. 선생! 그 반지가 선생에 대한 과부의 욕망을 불러일으킬 거예요. 게다가 내가 댁과 함께할 수만 있다면, 난 댁이 돈 때문에 저 흡혈귀들한테 신세 지지 않기를 바라요.

위트굿 저야 안 그러고 싶죠.

채권자 3 저 둘은 사람 목을 베고도 남을 놈들이거든요.

위트굿 저도 알아요.

채권자 3 선생한테 필요한 목록을 내 가게로 보내세요. 내가 즉시 전부 대드릴게요.

위트굿 정말이에요? 아니, 그럼 제 손을 잡으세요. 세상 천지에 그렇게 해줄 사람이 선생 말고는 아무도 없을 거예요.

채권자 3 그럼 저 두 사람을 따돌리고 제가 맡은 거죠?

위트굿 그럼요. 댁이 맡으신 거예요.

채권자 3 좋아요. 정말 감사합니다.

위트굿 별 말씀을요. 콕핏 씨.

〔채권자 3 퇴장〕

하하하! 이게 침대에 몸져누워 있는 것보다 훨씬 낫잖아? 이제야 알겠어. 사람 머리 쓰게 하는 데에는 가난보다 더 좋은 게 없고, 부(富)와 호색

(好色)은 머리 둔하게 하는 지름길이라는 걸. 게다가 이건 재미있기까지 하잖아. 이런 푼돈을 받아 내듯이 담보 맡긴 내 토지도 숙부한테 확실히 받아 낼 수 있다면 얼마나 좋을까. 그럼 난 정오에 다니던 매음굴을 딱 끊고, 자정에 마시던 포도주도 딱 끊을 텐데!

〔정부 등장〕

정부 위트굿 씨, 어디 계세요?

위트굿 여기야!

정부 돈벼락 맞는 소식이에요!

위트굿 기왕이면 은접시로 가득 찬 소식이면 좋겠네!

정부 일부는 금목걸이랑 보석으로 채운 소식이에요. 위트굿 씨, 난 구혼자
　　　들한테 너무 시달려서 누구를 먼저 거절해야 할지 모를 지경이에요.

위트굿 당신한테는 지금이 재판 기간보다 더 호시절이네!¹⁾

정부 구혼자들 중에는 호어드 씨라는 노신사도 있어요.

위트굿 맙소사, 내 숙부의 원수인데!

정부 그런 것 같아요. 당신 욕을 엄청나게 해 대고
　　　당신 숙부에 대해서도 험담을 했어요.

．．

1) 당시에는 재판기일이 정해진 기간(term)에만 열려서 이 기간 동안 영국 전역에서 소송인들이
　런던으로 몰려들었고 이들을 노린 창녀들 또한 런던으로 상경했다. 위트굿이 이에 빗대, 정
　부가 과부인 척하는 지금이 재판 기간 동안 성업하는 창녀들보다 더 수지맞는 기간이라고 지
　적하는 것이다. 하지만 이 말이 그녀가 재판 기간 동안 창녀로 영업했단 뜻은 아니다. 이 극
　에서 여러 번 강조되지만 위트굿의 정부는 일반 창녀가 아니라 위트굿 한 사람과만 관계 맺
　은 것으로 되어 있다.

위트굿 그거야 나도 바라는 바지!

정부 난 처음엔 그 양반을 거절했지만,

　　완전히 헛수고가 아니라 가능성에 대한 희망을

　　품게 할 만큼 아주 교묘하게 거절했어요.

위트굿 아주 잘했어.

정부 그 사람이 매 시간마다 날 찾아와요.

　　자기 말을 증명해 줄 다른 신사들까지 동반해서,

　　당신이 방탕하고, 재산은 다 탕진했고,

　　당신 숙부는 ―

위트굿 이봐, 이참에 당신도 한몫 잡아. 당신한테도 평생 다시없을 기회로
　　만들라고. 그 양반은 돈도 많고 유동재산이랑 땅도 많단 말이야. 그러
　　니 그와 결혼해요. 그 사람은 노망난 늙은 바보니까 그럴 가치가 충분히
　　있어. 그와 결혼하라고. 당신이 잘되는 걸 보는 게 나한테도 큰 위안이
　　될 거야. 결혼하라니까. 당신이 제대로 자리 잡은 걸 보면 내 양심도 가
　　벼워질 거야. 나도 당신을 신경 쓰고 있다고. 정말이야.

정부 고마워요, 위트굿 씨.

위트굿 나는 더 멀리 있는 행운을 노리고 있어. 우선, 그 결혼이 당신한테
　　해가 되진 않을 거고, 그 덕에 나한테도 좋은 일이 생길 수 있거든. 그러
　　니 그걸 잘 성사시켜 보란 말이야. 우리 서로 머리 맞대고 궁리해 보자고.
　　지금이야말로 우리 머리가 최선을 다해서 우리를 도와줘야 할 때니까.

정부 들어가서 얘기해요. 그 사람들 소리가 들리는 것 같아요.

　　〔두 사람 퇴장하고, 호어드와 신사들이 하인 분장한 여관 주인과 함께 등장〕

호어드 자네가 과부의 하인인가? 그 과부는 정말 괜찮은 하인들을 데리고 있군.

여관 주인 여섯 명의 하인 중에 제가 가장 못났지요, 나리. 모두들 하인으로 쓰기에 좋은 사람들이랍니다.

호어드 내 말 들어 봐요. 듣자니 당신이 과부한테 가장 큰 신임을 받는다던데.

여관 주인 아닙니다, 나리.

호어드 자, 자, 당신이 겸손한 거지. 여기 금화 두 닢이 있으니, 내가 과부하고 얘기 나눌 수 있게 도와주게.

여관 주인 제가 할 수 있는 만큼 할게요, 나리. 제 입장이 곤란해지면 안 되니까요.

호어드 자, 자, 좀 도와주게. 내 다음엔 더 잘해 줄 테니.

여관 주인 〔방백〕 이 자리가 일 년에 5마르크짜리 고정 급여보다 더 낫잖아?[2] 이런 고객이 하루에 세 명씩만 있다 쳐 봐. 그럼 그걸로도 짭짤한 수입이 되잖아. 게다가 난 다른 사람이 주는 돈을 거절할 만큼 그렇게 부도덕하게 자라지는 않았다고.[3] 절대 아니지. 이쪽 세상에는 정말 바보가 많네! 하지만 난 과부의 마음을 알지. 우리 젊은 주인님 외에는 그 누구도 과부 손아귀에 들어갈 수 없다고.[4] 하하하!

..

2) 마르크(mark)는 영국의 화폐 단위로 1파운드의 2/3에 해당하는 돈이다. 영국에서 실제 동전으로 나오지는 않았지만 액수를 말할 때 종종 사용되었다.

3) 여관 주인이 도덕적 잣대를 묘하게 비틀고 있다.

4) 1막 2장에 나왔듯이 여관 주인은 위트굿을 돕고 있지만 모든 사실을 다 알지는 못한다. 그도 다른 사람들처럼 정부가 부유한 과부라고 알고 있다.

노인네 술수 잡는 젊은이의 계략

〔여관 주인 퇴장〕

호어드 자, 여러분. 내 편을 확실히 들어 주셔야 해요. 그자의 어리석음과
　　내 가치를 둘 다 잘 아는 분들이니까요.

신사 1 저희야 잘 알고 있죠.

신사 2 하지만 호어드 씨, 정말 그자가 지금 여기 없다고 확신하세요?

호어드 사실 난 일부러 이 시간을 골랐답니다.

　　그 방탕한 놈이 나가 있을 시간이거든요.

　　날 도와주세요. 저기 그녀가 오네요.

〔정부 등장〕

　　아름다운 부인, 안녕하세요.

정부 어서 오세요, 호어드 씨.

호어드 시작하세요, 여러분. 빨리요.

　　제가 오늘 온 건요, 부인, 제 말이

　　질투나 거짓말에서 나온 얘기가 아니고,

　　그자들의 행동과 행실이 그런 평가를 들을 만해서

　　나온 얘기란 걸 증명하기 위해서예요.

　　그 모든 걸 여기 이 신사들이 증명해 줄 거예요.

　　명성이 자자하고 평판도 더 좋은 분들이죠.

정부 내가 사랑에 얼마나 휘둘릴지 나도 모르겠지만,

　　만약 그 사람이 정말 그렇게 형편없다는 게 밝혀진다면

　　내 사랑도 스스로 물러날 명분을 갖게 될 거예요.

그러니 신사 여러분께 부탁 드려요.

여러분은 겉모습 못지않게 평판에서도

흠잡을 데 없는 분들이니 부디 진실을 밝혀 주세요.

저는 과부인지라 여러분도 알다시피 쉽게 넘어가죠.

우리 과부들은 작은 물건만 버티어 낼 수 있어요.[5]

우리는 그 정도로 약한 존재랍니다.

그러니 두 사람 중 누구한테도 편파적이지 않게,

댁들의 의견을 공평하게 말해 주세요.

호어드 그럼 다 끝장나는 거예요.

정부 아니, 제발 조용해 주세요, 호어드 씨.

댁도 이해당사자잖아요.

호어드 알았어요. 부인. 한마디도 안 할게요.

신사1 부인의 신뢰를 얻기 위해서 먼저 알려 둘 게 있어요.

우리 둘은 호어드 씨한테 아첨할 이유도 없고,

위트굿 씨에게도 악의를 갖고 있지 않아요.

우린 오직 매수되지 않은 판단만 할 뿐이죠.

그건 우리 재산을 걸고 말할 수 있어요.

정부 그거면 충분해요.

신사1 그 위트굿이란 자가 방탕하고 몰락한 사내이고,

평판이나 재산 양쪽에서 다 문제가 많고,

그자의 빚이 그 사람 재산보다 훨씬 많으며,

체포영장이 그 사람을 구속하려고 기다리고 있다는 걸

．．

5) 음담패설이다.

노인네 술수 잡는 젊은이의 계략

우리는 최고의 신용과 제일 귀한 목숨을 걸고 주장하는 바예요.

정부 토지도 재산도 없다고요? 그 신사를 공연히 욕보이는 일이 없도록

　　부디 신중하게 말해 주세요.

신사 1 우리 생명과 재산을 걸고,

　　우리가 한 말은 다 사실입니다.

정부 아아, 우리 가엾은 영혼들은 얼마나 쉽게 속아 넘어가는지!

신사 2 그리고 그자의 숙부로 말할 것 같으면 —

호어드 그 얘기는 내가 할게요.

　　그 숙부란 인간은 가혹하게 폭리 취하는 자고,

　　남의 재산이나 몰수하는 폭군이며,

　　다른 사람 불행을 탐욕스럽게 원하는 자예요.

　　자기 형제마저도 몰락시킬 인간이에요.

　　아니, 할 수만 있다면 제 아버지라 해도

　　자기의 양심 깊이 집어삼킬 작자죠.

신사 1 아니, 이걸 믿으셔야 해요, 부인.

　　부인은 궁핍과 혼인할 뻔했을 뿐 아니라

　　천륜에 어긋나는 사악한 집안과 맺어질 뻔했다고요.

호어드 〔신사들에게만 들리게〕 더 몰아붙여요, 여러분. 몰아붙여요!

정부 그 사람에 대한 내 사랑이 그렇게 속은 거라고요?

　　여러분 모두의 앞에서 나는 그 사람을 포기하겠어요.

　　무릎 꿇고 맹세하지만 난 그 사람과 결혼하지 않을 거예요.

〔위트굿이 등장해서 멀찍이서 지켜본다〕

위트굿 〔방백〕 저자가 진심은 아니겠지!

호어드 〔신사들에게만 들리게〕 자, 그녀를 끝까지 몰아붙여요.

신사 1 이제 새롭고 순수한 애정으로 저 신사를 보세요.

　저분은 진중하고 친절하고 부유한 양반이라

　저런 분이야말로 부인에게 합당한 짝이지요.

　저분을 높이 평가하는 게 부인 재산을 돌보는 거예요.

호어드 〔신사 1에게〕 내가 과부급여재산을 정해 준다고 해요.[6]

신사 1 저분은 부인 토지에 본인 토지를 합해 주고,

　부인이 원하는 건 뭐든지 갖게 해 줄 수 있어요.

신사 2 어서요, 부인. 그렇게 하세요.

정부 하지만 세상은 너무나 속임수로 가득 차 있어요.

신사 1 아첨과 빈곤, 결핍이 있는 쪽에서는

　속임수가 횡행하는 법이죠.

　하지만 저분한테는 그런 게 없어요. 전혀요!

정부 여러분, 제발 —

신사 1 어서요. 당신네 과부들은 자기한테 이득 되는 결정할 때는 가장 머뭇거리면서도, 아직 수염도 안 난 애송이와 결혼하는 일에는 엄청나게 적극적이죠. 〔과부와 호어드가 서로 손잡게 한다〕 자, 손을 잡아요. 결혼을 성사시키자고요!

．．

6) 과부급여재산(jointure)이란 남편이 먼저 죽었을 때 아내가 받게 될 상속분을 결혼 전에 미리 정하는 것을 말한다. 아내가 결혼할 때 가져오는 재산이 지참금(dowry)이라면, 남편은 이 과부급여재산을 미리 정함으로써 아내의 경제적인 권리를 보장해 주었다. 결혼으로 아내의 모든 재산이 남편 소유가 되는 근대초기 영국에서 과부급여재산은 아내가 자신의 경제권을 법적으로 보상받을 수 있는 유일한 방법이었다.

　노인네 술수 잡는 젊은이의 계략

호어드 난 정말 그러고 싶어요, 부인.

　고맙소, 신사 여러분.

　댁들의 노고와 사랑에 보답하는 사람이 되겠어요.

정부 아아, 당신은 재산만 보고 과부를 사랑하는 거잖아요.

　분명히 말씀 드리지만 난 정말 가진 게 없다고요.[7]

호어드 마침 얘기 잘했어요, 부인. 잘 말했어요. 이 신사들 앞에서 맹세하
　지만 당신 사랑이야말로 내가 바라는 전부거든요.

정부 그렇다면 저 역시 모든 게 잘되길 바랄 수밖에 없네요.

호어드 난 너무 기뻐서 마구 표현하고 싶을 지경이에요.

정부 하지만 호어드 씨, 당신 친구인 이 신사들 앞에서 당신한테 한 가지
　상기시킬 게 있어요. 위증하는 위트굿과 그 지겨운 거짓말쟁이 숙부의
　끔찍한 구혼에서 내가 어떻게 하면 벗어날 수 있죠? 오늘, 바로 오늘,
　그 두 사람 역시 당신과 똑같은 목적으로 날 만나기로 했단 말이에요.
　이렇게 사실이 밝혀지지 않았더라면 난 망할 뻔했잖아요. 완전히 망할
　뻔했다고요.

호어드 두 분은 그걸 어떻게 생각하세요?

신사 1 좋은 궁리였겠죠.

호어드 부인, 잘 들으세요. 일단 젊은 위트굿이 혼자 나오도록 유인하세요.
　그리고 약속보다 좀 이른 시간에 그자와 함께 저쪽으로 서둘러 가세요.
　그럼 미리 정해 놓은 장소에서 이 신사들과 내가 기회를 엿볼게요. 때가
　되면 우리가 책략을 써서 그자를 당신한테 떼어 내고, 갑자기 들이닥쳐
　당신을 급습하고, 당신을 배 태워 콜 하버까지 데려가서, 대기하고 있던

∶∶
7) 이 대사가 나중에 정부의 자기변호에 중요한 근거가 된다.

사제를 시켜서 그 자리에서 결혼식을 해치우는 거예요.[8] 어떻게 생각하세요, 부인?

정부 당신만 좋다면 나도 좋아요.

호어드 그렇게 말해 주다니 당신한테 키스할게요.

자, 신사분들, 난 언제나 두 분의 호의에 빚진 채

항상 두 분께 감사하면서 살 거예요.

신사 1 그건 우리도 마찬가지랍니다.

이렇게 일이 잘 끝나서 우리에게도 잘됐어요.

호어드 다 여러분 덕분이에요. 아니, 보세요.

난 기쁨만 넘칠 뿐 아니라 재산도 넘치게 되었잖아요.

이제는 과부가 아니라 내 아내인 당신, 잘 있어요.

정부 잘 가세요, 여보.

〔호어드와 신사들 퇴장하고 위트굿 등장〕

위트굿 오, 난 숨을 못 쉬겠어! 도저히 웃음을 못 멈추겠다고. 축하 드립니다, 호어드 부인! 당신 운이 좋을 거라고 내가 약속했잖아. 당신은 돈방석에 앉게 됐고, 그 외의 다른 걸 해 줄 젊은 신사들은 얼마든지 있으니까 말이야. 이제 우리 머리를 쓸 때가 왔어. 당신은 조심스럽게 행동하기만 하면 돼. 그럼 우리 둘 다 ―

8) 콜 하버(Cole Harbour)는 런던 브릿지(London Bridge) 근처의 빈민가로 런던 시내보다 치안이 약했으며 비밀결혼이 많이 이루어졌다.

〔여관 주인 등장〕

여관 주인 위트굿 씨, 댁의 숙부님이 ―

위트굿 이런 젠장! 〔정부에게〕 잠깐 자리 좀 비켜 줘요. 난 숙부를 상대해야
하니까.

〔정부와 여관 주인 퇴장하고 루커 등장〕

루커 조카야, 좋은 아침이다.

위트굿 숙부님도요.

루커 과부는 잘 있니? 내가 만나 볼 수는 있는 거야?

위트굿 아, 당연하지요, 숙부님.

루커 그럼 내가 널 위해서 확실히 못을 박아 주마. 질질 끌 거 없잖니.

위트굿 빠르면 빠를수록 더 좋지요, 숙부님. 다른 구혼자들이 너무 많거
든요.

루커 그런데도 소문이 거의 없다는 게 신기하네.

위트굿 구혼자가 아주 많다니까요! 어느 노신사가 여기 왔는데, 연 300파
운드의 과부급여재산을 정해 주겠다고 했대요. 또 다른 부자 구혼자는
자기 생전에 아들한테 토지를 넘겨서, 아들이 과부를 누르게 하겠다고
했고요.[9] 어느 상인의 아들은 그녀에게 자그마치 토지 세 필지를 한꺼번
에 주겠다고 했어요. 전부 제 아버지에게 저당 잡힌 토지긴 하지만요.

루커 애야, 그런 얘기는 더 이상 듣고 싶지 않구나. 내가 화가 나서 말이야.

∴

9) 성적인 함의가 있는 말이다.

네가 그자들을 전부 제압하게 해 주마. 과부한테는 내가 여기 왔다는 얘기를 하지 마라. 어디 보자. 지금 9시니까, 12시가 되기 전에 우리는 결혼문제를 매듭짓게 될 거야. 당연히 그래야지, 애야.

위트굿 오, 소중하신 우리 숙부님!

〔함께 **퇴장**〕

3막 2장

〔호어드와 그 조카딸 조이스 등장〕

호어드 애야, 사랑하는 조카딸아. 나 없는 동안 내 집을 잘 돌봐야 한다. 모든 걸 다 네 판단에 맡기마. 얼마 동안 얌전히 꿈만 꾸고 있거라. 내가 곧 네 남편감을 찾아 줄 테니. 그 일은 내게 맡겨 다오. 애야. 신붓감이나 신랑감 고르는 문제에서 난 항상 운이 좋았잖니. 아무래도 그 재능이 나한테 있는 것 같거든.

〔호어드 퇴장〕

조이스 하지만 숙부님이 저 대신 신랑감을 고를 일은 없을 거예요.
　　숙부님 철천지원수의 조카가 내가 사랑하는 남자거든요.
　　하지만 넌 벌써 잊은 거야? 넌 왜 그 이름을 들먹여서
　　네 사랑에게 헛된 기대를 주는 거야?
　　그 사람은 네가 주는 더 순수한 사랑보다
　　과부와의 잠자리를 소중히 여기는 사람이잖아.
　　하지만 정말 그럴 수 있을까? 아니면 헛소문일까?

〔조지 등장〕

무슨 일이야?
조지 편지가 왔어요. 아가씨께 직접 전해 달래요.
조이스 수고했어.

〔조지 퇴장〕

난 이 필적을 알아.

〔편지를 읽는다〕

"내 눈보다 더 소중한 사람, 나에 대해 세상이 하는 말들은 믿지 말아요.
소문은 곧 바뀔 테니까. 부디 마음 변치 마세요. 난 아직도 사랑에 빠졌던
때와 똑같으니까요. 그래서 행운에서도 마찬가지이길 바라고 있어요. ─
테오도루스 위트굿"
난 결심했어. 더 이상 두려움이나 의심 따위가
그 창백한 힘으로 사랑을 내쫓지 못하게 할 거야.

〔퇴장〕

노인네 술수 잡는 젊은이의 계략

3막 3장

〔호어드와 두 신사가 술집 급사와 함께 등장〕

술집 급사 어서 오세요, 여러분. 딕, 이분들을 저기 석류실로 안내해 드려.

호어드 이봐!

술집 급사 저쪽 계단으로 올라가시죠, 신사 분들.

호어드 이봐! 급사 —

술집 급사 예, 갑니다, 나리.

호어드 저기 카운터에 가서 부인 한 분이 최근에 들어오지 않았는지 물어
봐 주게.

술집 급사 이봐, 윌리엄, 최근에 어느 부인이 들어오는 거 봤어? 봤어, 못
봤어?

윌리엄 〔무대 뒤에서 소리만 들린다〕 아니, 플로렌스 부인 말고는 아무도 안
왔는데.

술집 급사 아직 아무도 안 왔답니다. 플로렌스 부인이란 사람 빼고요.

호어드 그 플로렌스란 분은 누구지? 과부인가?

술집 급사 예, 네덜란드 과부예요.[1]

∴
1) 네덜란드 과부는 당시에 창녀를 부르던 속어이다.

호어드 뭐라고!

술집 급사 영국 창녀라고요, 나리. 그럼 좋은 아침 되세요.

〔술집 급사 퇴장〕

호어드 재미있는 놈이군! "네덜란드 창녀"란 말은 평생 기억나겠어.

신사1 제가 과부 설득할 때 최고의 기술을 발휘하지 않았나요?

신사2 그건 제게 양보하셔야죠. 호어드 씨도 보셨지만 그녀를 가장 잘 몰
　　아붙인 건 나라고요.

호어드 여러분, 무슨 얘기 하고 계세요? 무슨 얘기죠?

신사2 저 양반이 오직 자기 솜씨만이 과부한테 효과를 봤다면서 꼭 날 이
　　기려고 드네요.

호어드 아니, 두 분 다 잘하셨어요. 두 분 다 잘하셨다고요. 감사 드려요.

신사1 그녀를 처음 움직인 건 바로 나였어요.

호어드 네, 댁이 그런 거 맞아요.

신사2 하지만 그녀를 끝까지 몰아붙인 건 나였다고요.

호어드 그래요, 댁이 그랬죠. 여러분, 그것도 맞아요.

신사1 내 자랑을 하고 싶진 않지만, 두 사람을 맺어 준 건 바로 나예요.

호어드 아이고, 그것도 맞아요. 두 분 모두 잘해 주셨어요. 둘 다 잘했다고
　　요. 그러니 이제 그만 다투세요.

신사1 저 방이 가장 적절해 보이네요.

호어드 맞아요. 문 바로 옆에 있으니까요.

〔호어드와 신사들 퇴장〕

〔위트굿, 정부, 여관 주인과 술집 급사 등장〕

술집 급사 어서 오세요. 이층으로 올라가시죠. 식탁보도 다 깔아 놨어요.

정부 이층이오? 위트굿 씨, 난 너무 피곤해요.

위트굿 여기서 잠시 쉬세요, 부인. 여기 작은 방에서 기운 돋우는 백포도주
　　라도 마십시다.

술집 급사 백포도주 한잔 드려요? 최고급으로 갖다 드릴게요.

위트굿 이봐요!

술집 급사 부르셨어요? 곧 갈게요.

위트굿 저녁 메뉴는 뭐요?

술집 급사 저도 지금 잘 모르겠는데요, 나리. 괜찮으시면 나리께서 부엌에
　　가서 직접 확인해 보시는 게 어떨까요. 다른 지체 높은 신사들도 종종
　　그렇게 하시거든요.

〔술집 급사 퇴장〕

여관 주인 건방지고 당돌한 놈 같으니라고! 아주 할 말을 줄줄 외우고 있
　　네요.

위트굿 부인이 건배할 준비가 될 때쯤 저도 돌아와서 같이 건배할게요.

정부 아, 신경 써 주셔서 감사해요. 친절하시네요.

〔위트굿 퇴장〕

저런, 깜빡 잊었네!

여관 주인 뭘요, 마님?

정부 손 씻을 때 결혼반지를 빼 놨는데 그걸 숙소에 그냥 두고 왔어요. 어
　　서 뛰어가요. 그 반지가 없어지면 난 정말 속상할 거예요.

〔여관 주인 퇴장〕

　　자, 이제 보냈겠다. 이봐요!

〔소년 등장〕

소년 곧 가요.

정부 이리 와 봐. 호어드 씨란 노신사가 여기 와 계신지 살짝 알아봐 줘.

소년 그분 이름이 불리는 걸 들었어요.

정부 그분한테 가서 내가 왔다고 얘기해 줄래.

〔호어드와 신사들 등장〕

호어드 그 얘기는 제가 직접 전하죠.

정부 아, 마침 잘 오셨어요. 서둘러요! 배 타러 가요! 빨리요!

호어드 현명한 사람들은 이런 식으로 복수하는 법이지.
　　하나 받아서 둘로 갚아 주는 거야.

〔모두 함께 퇴장한다〕

〔위트굿과 술집 주인 등장〕

　노인네 술수 잡는 젊은이의 계략

위트굿 각별히 신경 써 주세요. 우리 숙부님이 친구인 신사들과 오셔서 혼
　　사 문제를 의논하실 거거든요.

술집 주인 그래요? 그럼 제가 특별히 신경 쓸게요, 위트굿 씨. 그런데 제가
　　감히 신붓감 좀 봐도 될까요?

위트굿 누구요, 과부요? 그렇게 하세요. 그녀에게 함께 가시죠.

술집 주인 그분이 스태포드셔에 사시는 부인이라면 제가 모를 리 없을 것
　　같아요.[2]

위트굿 아니, 어떻게 된 거지? 이봐! 급사!

술집 주인 얼른 와 봐!

〔소년 등장〕

소년 부르셨어요, 나리?

위트굿 여기 있던 부인이 이층으로 올라가셨나?

소년 올라갔냐고요? 밖으로 나가셨어요, 나리.

위트굿 밖으로?

소년 예, 밖으로요. 한참 전에 호어드 씨란 분이 신사들하고 와서, 부인을
　　뒷문으로 데리고 나갔어요, 나리.

〔소년 퇴장〕

위트굿 호어드라고? 이런 망할, 호어드라니?

••
2) 스태포드셔(Staffordshire)는 영국 중부 지역이다.

〔여관 주인 등장〕

여관 주인 빌어먹을 반지를 도저히 못 찾겠네!
위트굿 아니, 무슨 일이에요? 과부는 어디 있죠?
여관 주인 우리 마님이오? 여기 안 계세요, 나리?
위트굿 점점 더 미칠 노릇이군!
여관 주인 나한테 반지 찾아오라고 보내셨는데요.
위트굿 이건 음모야, 음모! 배로 가요! 과부를 훔쳐 갔어요!
여관 주인 뭐라고요?

〔루커와 신사들 등장〕

위트굿 따라가요! 늙은 호어드를 찾아. 우리 숙부님의 원수 ─

〔여관 주인 퇴장〕

루커 조카야, 무슨 일이냐?
위트굿 난 세 배로 비참한 놈이에요!
루커 아니, 무슨 일이냐니까?
술집 주인 과부를 채 갔어요, 나리.
루커 하! 맙소사! 여러분, 무거운 소식이 우리를 맞아 주네요.
신사 1 과부가 없어졌다고요?
루커 누가 감히 그런 짓을 한 거냐?
위트굿 누구겠어요? 숙부님 원수인 호어드 영감이지요!

노인네 술수 잡는 젊은이의 계략

루커 아니!

위트굿 그자의 공모자들도 함께요.

루커 호어드, 내 철천지원수! 여러분, 내 편이 되어 주세요.

　　난 참지 않겠어요. 이건 날 미워해서 벌인 일이에요.

　　그 악당은 내 치욕을 원하고 내 피를 갈구해요.

　　나한테 끔찍한 악의를 품고 있거든요.

　　그자가 나와 내 조카를 이런 식으로 방해하지 못하도록

　　난 이 못된 음모를 분쇄하는 데 내 재산을 다 걸 거예요.

위트굿 이렇게 악랄할 수가!

〔여관 주인 등장〕

루커 이 못된 배신자, 어떻게 된 거냐?

여관 주인 그건 제 이름이 아닌데요, 나리.

위트굿 저 가엾은 사람도 전혀 몰랐던 일이에요.

루커 미안하네. 그럼 그냥 그자가 꾸민 일이군.

여관 주인 제가 거의 쫓아가다가 ―

루커 그런데?

여관 주인 그자들이 콜 하버로 갔단 얘기를 분명히 들었어요.

루커 거긴 악마의 피난처야!

　　하지만 그놈들이 쉬지 못하게 해 줄 테다.

　　난 그놈 품 안에서 과부를 떼어 낼 거야.

　　친절하고 소중하신 신사 여러분,

　　만약 여러분 마음속에 내가 있어 왔다면 ―

신사1 더 이상 말씀하실 필요도 없어요.

　　선생이 모욕당하는 걸 보는 건 우리에게도 모욕입니다.

　　이렇게 정당한 명분이라면 우리 목숨을 바쳐서라도

　　우리 친구들이 당한 일을 바로잡을 거예요.

루커 정직하고 친절하신 분들! 자, 우린 너무 지체했어요.

　　조카야, 걱정 마라. 정당한 명분은 강한 법이야.

위트굿 그게 제 유일한 위안이에요, 숙부님.

　　〔루커, 신사들, 여관 주인 퇴장〕

　　하, 하, 하! 이제 나머지 일들도 행운을 받아 잘 풀어지기를!

　　재사(才士)들이 말하기를, 노력하는 자만이 이길 수 있다 했어.

　　〔퇴장〕

3막 4장

〔고리대금업자 댐핏이 술 취해서 등장〕

댐핏 내가 언제 기도했었지? 1588년, 스페인 무적함대가 쳐들어오고 있을
    때였구나. 그 다음에는 1599년, 천둥 번개가 심할 때였지. 그때 푸비즈
    의 새 건물들이 무너지게 해 달라고 간절히 기도했었잖아.[1] 쇠로 만든
    커다란 궤 옆에서 무릎 꿇었던 게 기억나.

〔댐핏의 하녀 오드리 등장〕

오드리 댐핏 씨, 하도 큰소리로 말씀하셔서 눈보다 귀가 먼저 나리를 알아
    보겠어요. 기분 좋으신가 봐요, 댐핏 씨. 우리는 벌써 세 시간 전에 잠자
    리에 들었는데요.
댐핏 오드리야?
오드리 네, 나리는 멋진 신사시고요.
댐핏 그래, 내가 그렇지. 게다가 훌륭한 학자이기도 해. 보통 이렇게 일찍

∵
1) 푸비즈(Poovies)는 댐핏의 경쟁자로 설정된 가상의 인물로, 댐핏이 자기 경쟁자가 건물 지은
   것을 시샘하여 그 건물이 무너지기를 기도하는 것이다.

잠드나, 오드리?

오드리 이게 일찍이에요, 댐핏 씨?

댐핏 이제 겨우 새벽 한 시잖아? 그럼 충분히 이른 시간 아니야? 신선한 맥주 한잔 가져와.

오드리 여기 나리의 수면용 모자를 제가 따뜻하게 해 놓았어요, 댐핏 씨.[2]

댐핏 그럼 그걸 씌워 줘. 난 굉장히 약해졌어. 지난 사흘 동안 먹은 거라곤 달걀 한 개도 안 된다고.

오드리 그래서 술을 더 많이 드셨죠, 댐핏 씨.

댐핏 무슨 소리야?

오드리 나리가 음식을 드시려 했다면 드실 수 있었다고요, 댐핏 씨.

댐핏 내가 대답해 주지. 난 먹을 수가 없었다고. 이제 그만 지껄여. 넌 너무 많이 떠드는데 막상 이해하는 건 거의 없잖아. 자, 그럼 대답된 거지?[3] 맥주 한잔 가져오라니까.

오드리 나리 건강이 어떤지 물어봐도 돼요? 댐핏 씨?

댐핏 내가 어떠냐고? 엉망이지.

오드리 그렇지 않은 걸 본 적이 없는 것 같아요.

댐핏 지난 2년 동안 빵이라곤 1페니어치도 먹지 않았어. 신선한 맥주 한잔 가져오라니까. 난 아프지도 않지만 건강하지도 않아.

오드리 이 따뜻한 수건을 목에 두르세요. 옷 벗는 것 도와 드릴 동안요.

댐핏 수다쟁이 오드리, 무슨 수작을 부리려는 거야? 무슨 소리냐고?

••

2) 잘 때 쓰는 보온용 고깔모자를 말한다.
3) "대답된 거지?(are you answer'd?)"가 댐핏의 독특한 말버릇이다. 댐핏이 얘기할 때 대화의 문맥에 상관없이 도처에 나온다.

오드리 무슨 소리냐고요, 댐핏 씨? 단지 나리가 너무 쇠약해졌다고 말한
　것뿐이에요.

댐핏 넌 런던에 있는 누구보다도 사람 속이는 기술을 더 많이 갖고 있어.

오드리 아니, 댐핏 씨, 전 평생 단 한 번도 나리를 속인 적 없어요.

댐핏 왜 그런 줄 알아? 내가 한 번도 널 믿은 적이 없기 때문이야.

오드리 뭐라 하시건 전 신경도 안 써요, 댐핏 씨.

댐핏 그만 좀 떠들어. 내가 대답해 줄게. 넌 거지고, 창녀고, 뚜쟁이야. 자,
　대답된 거지?

오드리 아니, 댐핏 씨! 신사분이 어떻게 그런 말을 쓰세요!

댐핏 쳇, 넌 불운을 가진 천한 일꾼이고, 동냥질, 사기질, 바보짓 하는 부
　엌데기 쓰레기 창녀고, 멍청하고 사기치고 난잡해서 볼때기가 쑥 들어간
　년이야.[4] 내가 분명히 말해 두지만, 난 네년의 행복 따위는 전혀 신경 쓰
　지 않아.

오드리 그래요, 댐핏 씨? 나한테 구애하러 오는 신사가 하나 있는데, 나리
　가 그 양반한테서 나를 빼앗을까 봐 걱정하던데요.

댐핏 내가? 내가 이천 파운드를 받는 대가로 널 갖거나 너하고 자면, 지옥
　에 떨어져도 좋아! 멍청하고 아첨하고 바보짓만 해 대는 천하고 뻔뻔한
　창녀야. 자, 대답된 거지?

오드리 자, 일어나서 자러 가셔야죠, 나리.

댐핏 일어나서 자러 가라고, 오드리? 어떻게 지내셨나, 페르세포네 부인?[5]

• •

4) 원문에서 댐핏이 쓰는 많은 단어들(infortunity, cavernesed quean of foolery, bawdreaminy
　등)은 댐핏이 멋대로 만들어 낸 신조어이다. 이렇게 어렵고 문어적이며 난삽한 단어를 굳이
　만들어서 쓰는 언어습관이 댐핏의 괴팍하고 학자연하는 태도를 보여 준다.
5) 페르세포네는 대지의 여신 데메테르의 딸이고 하계의 신 하데스의 아내이다. 그런데 댐핏은

오드리 아이고!

댐핏 그 여자는 냄새나는 놈의 마누라인데, 런던 자치구 안의 어느 창녀 못지않게 멋진 철학자야.[6] — 이봐, 이봐, 오드리!

오드리 왜요, 댐핏 씨?

댐핏 젠장, 여기선 끔찍하게 고약한 냄새가 나! 너 대체 무슨 짓을 한 거야, 오드리? 젠장, 진짜 최고로 고약한 냄새라고! 신선한 맥주 한잔 갖다 줘. 그럼 자러 갈게.

오드리 위에 갖다 놨어요, 나리.

댐핏 휴우, 난 또 바나드 법학원에서 뿔 태우는 줄 알았지.[7] 그런 끔찍한 냄새를 진즉 맡았더라면 난 고리대금업을 그만뒀을 거야.

〔댐핏 퇴장〕

오드리 그 냄새는 나리가 사람 짓밟고 다니는 신발 바닥의 징에서 나는 건데 엉뚱하게도 뿔 태우는 얘기를 하시네.

〔퇴장〕

∴
여신에게 부인(Mistress)이란 칭호를 붙여서 친근한 이름으로 만들었다.

6) 런던 자치구(liberty)는 런던의 엄격한 치안이 제한적으로 미치는 곳이어서 매춘이 많이 벌어졌다.

7) 바나드 법학원(Barnard's Inn)은 요즘의 법대에 해당하는 법학원(Inns of Court) 중 하나이고, 뿔은 아내가 바람피우는 남편의 이마에 가상으로 돋아난다고 여겨지는 굴욕의 상징이었다. 댐핏은 법학원의 변호사나 법학도들이 그런 남편이라고 조롱하는 것이다.

4막 1장

〔호어드, 과부, 램프리, 스피치콕을 비롯한 신사들이 콜 하버에 등장. 호어드는 과부와 혼인한 상태이다〕

신사 1 혼인의 구속력 있는 약속으로
　　두 손을 합치고 두 마음도 합치세요.
　　죽음이 두 분 심장을 쪼개 놓을 때까지
　　절대 서로 헤어지지 않도록요.
　　〔호어드에게〕 당신은 모든 다른 여자를 멀리할 것이며,
　　〔정부에게〕 당신은 귀족, 기사, 신사, 자작농을 멀리하세요.
　　내 말이 빠뜨린 게 있다면 당신들 입술로 보충하세요.
호어드 축하해요, 호어드 부인. 우리 키스합시다.

〔노크 소리 들린다〕

　　누가 노크하는 거지?
　　내 귀여운 돼지고기 애호가를 데리고 나가요.[1]
루커 〔무대 뒤에서〕 호어드!
호어드 맙소사! 여러분, 내 원수예요.

루커 〔무대 뒤에서〕 호어드, 문 열어. 아니면 우리가 부수고 들어갈 테다. 과부를 내놔.

호어드 여러분, 저자들이 못 들어오게 하세요.

램프리 여기 들어오는 자는 죽음을 맞을 거예요.

루커 〔무대 뒤에서〕 여러분, 나 좀 도와주세요.

호어드 저자한테 조력자들이 있어요, 여러분.

램프리 흥! 호어드건 그 조력자들이건 우린 이 일에서 무섭지 않아요.

루커 〔무대 뒤에서〕 내가 과부와 평화롭게 한마디만 해도 되겠소?

정부 서방님, 그리고 여러분, 제가 한마디만 할게요.

호어드 마음대로 얘기해요, 내 사랑하는 여보.

정부 저분을 평화롭게 들어오게 해 주세요. 저분이 어떤 행동을 해도 우리가 안전하다는 건 여러분도 잘 아시잖아요.

호어드 그건 맞아요.

정부 여러분은 그저 옆에 서서, 저자의 늙고 허약한 모습에 미소 지으셔도 돼요. 내가 혼자 상대할게요.

호어드 좋아요. 그것도 재미는 있겠군. 여러분, 어떻게 생각하세요?

램프리 좋은 장난거리가 되겠네요!

호어드 소란 피우지 않겠다는 조건으로 들어오라고 해요.

루커 〔무대 뒤에서〕 악의와 원한밖에 없어서 —

램프리 루커 씨, 잘 들으세요.

　　선생이 거기 있는 친구들과 평화롭게 들어와서

∵

1) 호어드는 "돼지고기 애호가(pig-eater)"를 일종의 애칭으로 사용했는데, 아내에게 쓰기에는 참 생뚱맞은 애칭이다.

　노인네 술수 잡는 젊은이의 계략

화내지 않고 과부와 조용히 얘기만 하겠다고 맹세하면,

들어오시게 해 드릴게요.

루커 〔무대 뒤에서〕 맹세해요.

램프리 그럼 들어와서 마음대로 얘기 나누세요.

저기 그녀가 있으니까요.

〔루커, 신사들, 여관 주인 등장〕

루커 오, 호어드 씨, 당신은 앙심 품고 때를 기다려 왔군요. 당신은 복수에

뛰어난 재주가 있어요, 호어드 씨.

호어드 하, 하, 하!

루커 당신이 비웃고 있는 바보가 바로 나죠.

당신은 현명한 사람이고 때를 잘 맞췄어요.

이리 오세요, 부인.

〔둘이 따로 얘기한다〕

아니, 그렇게 됐단 말이죠?

아, 부인은 내게 무한한 치욕을 주었고,

당신 명예에도 적지 않은 손실을 끼쳤어요.

내 원수가 그토록 악의적으로

내 조카한테서 당신을 데려가게 허락하다니요!

오, 차라리 어느 굶주린 악당이 내 재산 절반을

구걸하거나 빼앗는 게 나한텐 차라리 더 낫겠어요!

정부 아니, 그럼 내가 어떻게 하면 좋으시겠어요?

난 사랑 때문에 내 재산을 집어 던질 수는 없다고요.

우리 과부들에겐 그런 수많은 선례들이 있죠.

그렇게 신세 망친 수천 명의 부유한 과부들한테서

사람은 어떤 교훈을 얻을 수도 있답니다.

내가 댁의 조카를 사랑했다는 건 인정해요.

아니, 난 내 친구들의 판단과 감정에 역행해서

그 사람을 사랑했고, 그의 약속들을 믿었고,

화려한 생활과 자랑하던 토지를 기대하며 여기 왔어요.

그런데 그 사람의 부와 지위를 확인해 보니

그게 모두 엉터리였던 거죠. 그런 사람이 아니었던 거예요.

불완전하고, 가난하고, 자기 생계조차 꾸릴 수 없고,

말로는 멋진 귀족이지만 실제로는 헛간에 불과했던 거죠.

대체 어느 여자가 존재하지도 않는 걸 사랑할 수 있을까요?

루커 그것 때문에 파혼한 거예요?

정부 그 정도면 충분한 이유 아닌가요?

난 그의 재산 상황을 알아보기 위해 사람을 보냈어요.

그의 재산 대부분이 2년째 자기 숙부에게 저당 잡혀 있다더군요.

루커 뭐, 그렇다 칩시다.

하지만 부인은 내 뜻을 알아볼 수도 있었잖아요.

난 곧 전부 되돌려줄 수 있었다고요.

정부 아, 그런 일이 일어날 줄 알았더라면, 그걸로 내 사랑을 묶고 내 첫 욕망 안에 날 가두었을 텐데요. 그쪽 조카에 대한 댁의 약속이 현실화되었다면, 내가 정말로 이 말라비틀어진 참나무를 휘감았을 거라고 생각하세요?

루커 아니, 아직 너무 늦은 게 아니라면,

　　내 원수가 이렇게 내 기대를 망치는 걸 보느니

　　난 차라리 —

정부 흥! 댁은 항상 황금빛 말만 번지르르하지요.

　　말이 토지라면, 댁의 조카는 이미 부자가 됐을 거예요.

루커 부인, 내 말을 믿으세요.

　　이 신사들 앞에서 내 최고의 축복을 걸고 맹세하지만,

　　난 내 조카에게 건 저당을 즉시 포기하겠어요.

　　그러기 전에 난 자지도 먹지도 않을 거예요.

신사 2 부인, 우리 명예도 걸게요. 저분 말씀대로 완전히 이루어지게 만들

　　겠어요.

루커 아니, 그 이상으로 해 줄 거예요.

　　난 더 큰 축복으로 조카에게 재산을 주겠어요.

　　그 아이를 내 상속자로 삼을게요.

　　난 아들이 없거든요. 그 조건으로 맹세할게요.

정부 이 약속이 이행되었다는 걸 확인하면, 저 역시 합리적인 조건으로 합

　　의할게요.

루커 그동안 부인은 지금 현재의 상태 그대로 있겠다고

　　이 신사들 앞에서 맹세하시겠어요?[2]

정부 이 신사들 앞에서 맹세할게요.

．．

2) 루커는 아직 과부가 호어드와 결혼식을 치르지 않은 것으로 잘못 알고 있다. 과부가 호어드
　와 혼사 치르지 않은 채 기다려 주겠냐고 묻고 있는 것이다.

난 지금처럼 그때도 깨끗하게 있을 거예요.

루커 부인을 믿을게요. 여기 부인의 정직한 하인이 있어요.

　　내가 저 사람을 같이 데려갈게요.

정부 네, 그렇게 하세요.

루커 저 사람이 모든 게 약속대로 이루어지는 걸 보고

　　부인께 알려 주도록 할게요.

정부 전 그 소식만 기다리고 있겠어요.

호어드 이제 얘기 다 끝났어요, 루커 씨? 하, 하, 하!

루커 실컷 웃어, 호어드. 당신의 가엾은 적을 실컷 비웃으라고.

　　바람이 거꾸로 불어서 당신이 웃음거리가 될 수도 있으니까.

　　그래, 그럴 수도 있다고. 하, 하, 하!

〔루커, 신사들, 여관 주인 퇴장〕

호어드 하, 하, 하! 악의로 잔뜩 부푼 사람들이

　　전부 나처럼 행복하게 복수할 수만 있다면,

　　그 사람은 친목을 버리고 증오를 선택할 거야.

　　여보, 그자가 뭐라고 했어요?

정부 그냥 자기 마음 편하자고 한 얘기였어요.

호어드 흠!

정부 아시잖아요. 별 의미도 없는 얘기요.

호어드 그래, 그렇겠지.

정부 지금 그 사람은 산이라도 움직여 보겠다는 거예요.

호어드 그래, 그래. 그렇겠지.

램프리 호어드 씨, 선생이 그 양반을 아주 죽여 놓으셨어요.

스피치콕 맞아요. 그리고 그 조카도 절망적으로 만드셨죠.

호어드 나도 알아요, 여러분. 맞아요.

　나만큼 원수를 박살내 준 사람은 또 없을 거예요.

〔함께 퇴장〕

4막 2장

〔루커가 신사들, 여관 주인과 함께 등장하다 샘 프리덤과 마주친다〕

루커 내 의붓아들 샘 프리덤이네. 내 조카는 어디 있나?

샘 오, 슬퍼하는 남자 말씀하시는 거죠, 아버지!

루커 뭐라고!

샘 그 사람은 지금 주사위 도박판에서 겉옷 잃은 도박꾼처럼 자기 가슴을 치고 있어요. 셔츠 바람으로 서서 참회하고 있거든요.

루커 저런, 가엾은 신사로군.

샘 조용한 저녁이라면 그 사람 한숨 소리가 하이게이트의 아버지 집까지 들려올 정도예요.[1]

루커 그 애한테 집안으로 들어오라고 해 다오.

샘 더 중요한 일과 관련된 거라면 아버지를 더 붙잡지 않겠어요. 우리 어머니랑 결혼한 분이니까요.

〔샘 퇴장〕

••
1) 하이게이트(Highgate)는 런던 북부 지역이다.

　　노인네 술수 잡는 젊은이의 계략

루커 여러분, 조카 기분 좀 풀어 주세요. 난 저당문서만 가지러 갔다가 바로 돌아올게요.

〔루커 퇴장〕

신사 1 우리도 최선을 다할게요. 마침 저기 오네요.
    얼마나 우울한 건지 행색도 엉망이에요.

〔위트굿 등장〕

신사 2 위트굿 씨, 좀 어떠세요? 아니, 누구나 인정하는 학자에다 이해심까지 많은 신사가 고작 열정 따위에 휘둘리다니요?
신사 1 그래선 안 되죠!
위트굿 아, 여러분 —
신사 1 저런, 그렇게 한숨을 쉬다니요! 그런 과부가 아홉 명 있다 해도 그렇게 한숨 쉴 만한 가치는 없답니다.
위트굿 호어드 같은 난봉꾼이 나한테서 그녀를 채 갔잖아요!
신사 1 그건 댁의 숙부에 대한 복수예요.
    선생한테 피해 주기 위해서라기보다는
    댁의 숙부에 대한 앙심 때문에 그런 거라고요.
    하지만 우리가 지금 위안을 가져왔어요.
위트굿 제발, 여러분 —
신사 2 기운 내세요. 그녀를 되찾아올 희망이 있어요.
위트굿 너무 기쁜 소식이어서 믿기가 힘드네요.

[루커 등장]

루커 조카야, 좀 어떠니? 저런, 가엾은 신사가 아주 못 알아볼 만큼 변해
　　버렸네! 네 창백한 두 뺨에 신선한 피를 다시 불러들이렴. 그녀가 올
　　거야 ―
위트굿 숙부님, 지금 제가 가장 괴로운 이유는요,
　　하필이면 상대가 숙부님의 원수라는 것과
　　그자가 오직 숙부님에 대한 원한으로 음모를 꾸몄다는 거예요.
루커 그래. 나도 그게 화가 나고 분하단다! 내 재산을 다 써 버리는 한이 있
　　더라도, 그놈이 그렇게 과부를 빼앗아 가게 두진 않을 테다. 그건 오로지
　　나한테 앙갚음하려고 그런 거거든. 그래, 그렇게 된 거야. 자, 애야, 여기
　　친절하신 신사들 앞에서 내가 네 저당문서를 돌려주마. 이건 과부와 약속
　　한 거야. [위트굿에게 서류를 준다] 봐, 된 거야. 그러니 현명하게 굴어. 이
　　제 넌 다시 한 번 네 땅의 주인이 된 거라고. 이제 네가 세상에서 평가하
　　듯이 그렇게 완전한 빈털터리 거지가 아니란 걸 과부한테 알려 줘야지.
　　넌 과부한테 일 년에 300파운드 수입을 가져다줄 수 있게 된 거라고.
신사1 맙소사, 그건 작은 돈이 아니죠.
루커 애야, 나랑 얘기 좀 하자.
신사1 [여관 주인에게] 이제 댁은 가서 과부한테 확인해 주세요.
루커 너도 똑바로 알아 둬야 한다. 널 유리하게 만들기 위해서 내가 이러기
　　로 했다는 걸 말이야.
위트굿 저도 알아요, 숙부님.
루커 너도 양심이 있으면 내가 그 땅을 너한테 비싸게 양도받았단 걸 알
　　거야.

위트굿 네, 그건 확실히 그렇죠.

루커 많은 돈이 들어갔단다. 소작료 받으러 내가 여러 번 갔던 비용은 제하고도 말이다. 네가 그걸 좀 기억해 주면 좋겠구나, 얘야.

위트굿 안 그러면 제가 짐승만도 못한 거죠, 숙부님.

루커 비록 과부와 세상을 속이기 위한 책략으로 내가 이러기는 했다만, 그래도 양심이라는 게 있는 거잖니, 얘야.

위트굿 아니면 천벌받을 일이죠!

루커 네가 과부를 완전히 소유하게 되면 이 땅을 내게 돌려주는 건 아무 것도 아니지.

위트굿 아이고, 당연히 빨리 그렇게 해야죠, 숙부님.

루커 맞는 말이야! 너한테 이 땅을 잠시 맡길 뿐이란 걸 분명히 알아 둬야 한다.

위트굿 내가 제대로 이해했는지 확인할게요, 숙부님. 저한테 그 땅을 믿고 "주겠다"는 말씀이죠?

루커 아니지.

위트굿 그럼, 그냥 잠시 맡겨 두기만 한단 거군요.

루커 그래, 맞아.

위트굿 〔방백〕하지만 내가 그걸 다시 당신한테 맡기는 일이 생긴다면, 내수고에 대한 보상으로 날 목매달아도 좋아!

루커 여러분 모두 잘 보셨죠? 여기 계신 신사들과 거기 하인도요.

여관 주인 제 목숨을 걸고 똑똑히 봤습니다, 나리. 우리 마님의 마음이 댁의 조카를 향해 있단 건 제가 잘 알아요. 이제 모든 걸 다 준비해서 최대한 격식 갖춰 마님을 이리 모셔 올게요.

〔여관 주인 퇴장〕

루커 착한 하인이야. — 여보! 지니!

〔루커 부인 등장〕

루커 부인 무슨 일이에요, 여보?

루커 결혼식 날짜가 코앞으로 다가왔어. 여보, 당신이 살림꾼이라는 걸 보여 줘요. 당신, 요리 잘하잖아. 그것 때문에 당신 첫 남편이 결혼으로 시의원 댁 부엌에서 당신을 꺼내 줬지. 〔루커 부인이 이 말에 싫은 티를 낸다〕 내 말이 맞잖아! 그 양반이 밀가루 반죽 잘 부풀린다고 당신 신분까지 부풀려 줬지. 뭘, 그런 걸 갖고 그래! 여긴 친구들밖에 없고, 우리는 서로의 출신에 대해 대부분 눈감아 줘야 하잖아. 여러분, 목요일 아침에 있을 내 조카의 결혼식에 모두 초대합니다.

신사 1 기꺼이 참석할게요. 선생의 원수가 그런 굴욕을 당하는데 가서 즐겨 줘야죠.

루커 그자가 날 비웃었어요, 여러분. 하, 하, 하!

〔위트굿만 남기고 모두 퇴장〕

위트굿 그들을 비웃는 사람은 양심이 없는 거야.

　　사실 저들은 서로 비웃는 거거든!

　　그러니 누가 그렇게 잔인할 수 있겠어? 분명히 난 아니야.

　　난 누구를 시샘하기보다는 오히려 동정하고 있거든.

　　노인네 술수 잡는 젊은이의 계략

난 나 자신의 행복에 너무 기쁜 나머지
저들의 어리석음을 비웃어 줄 여유가 없다고.

〔저당문서에 키스한다〕

그대, 내 재산의 영혼이여. 네게 키스해 주마.
네가 없을 때 내 삶의 위안도 같이 없어졌었지.
오, 내가 이 세상을 하직할 때까지
난 다시는 너와 헤어지지 않을 거야.
우리는 친척의 양심을 다시는 믿지 않을 거야.
친척이라는 자격 자체가 속임수에서 오는 거니까.

〔퇴장〕

4막 3장

〔세 명의 채권자 등장〕

채권자 1 내가 일곱 시간 기다리는 한이 있더라도 그자가 잡히는 꼴을 보고
야 말겠어요.

채권자 2 나도 그래요.

채권자 3 목매달아 죽여 마땅한 방탕한 놈 같으니라고! 그놈이 과부를 빼
앗겼잖아요.

채권자 1 사실 과부가 더 현명한 거죠. 더 행복한 선택을 했잖아요. 그래서
난 다른 과부들 마음은 대체 어떤 한심한 재료로 만들어진 건지 알고 싶
어요. 그 여자들은 턱수염 난 점잖은 신사들보다 수염도 안 난 어린 남
자애들하고 결혼하려 하잖아요.

〔소년 등장〕

소년 새 소식이 있어요! 새 소식이에요!

채권자 1 뭐냐, 애야?

소년 난봉꾼이 잡혔대요.

채권자 1 그래, 그래. 그렇단 말이지. 그 얘기를 들으니 내 마음까지 따스해

지네. 난 개 떼가 사람들한테 달려드는 걸 보는 게 그렇게 좋더라고요. 저기 그자가 오네요.

〔위트굿이 채권추심 순사들과 등장〕[1]

위트굿 내 마지막 기쁨이 너무 큰 나머지, 난 미래의 모든 고통을 감지 못하게 됐나 봐. 하루 사이에 이렇게 뒤집히다니! 시커먼 폭풍우가 이렇게 빨리 불어 닥치다니!

채권자 1 이제야 얘기 나눌 수 있게 되었군요, 선생! 당신의 부자 과부는 어떻게 됐죠? 이제 과부에 대한 희망 따위는 버려도 되는 거 아닌가, 안 그래요?

채권자 2 저자가 부자 과부랑요? 누가요? 저렇게 방탕하고, 날마다 흥청거리고, 밤마다 술 먹고 토하는 놈인데요? 저자가 부유한 과부와요? 저자는 카운터 채무감옥 중에서도 구멍 감방에나 가야 할 놈인걸요![2]

위트굿 여러분, 참 잘하는 짓입니다. 불행한 사람에게 폭군 짓하고, 고통받는 사람에게 더 큰 고통을 주다니요. 그건 당신들끼리 늘 해 오던 관습이죠. 당신들이 절대 그 관습을 그만두지 말기를, 당신들이 내 소원대로 행동해 주길 바랄 뿐이에요.

∴

1) 당시 빚을 못 갚은 채무자들은 채무자 감옥으로 끌려갔고, 이때 이들을 잡아가는 하급관원들을 채권추심 순사(sergeant)라고 불렀다. 이들 채권자 감옥은 런던에 여러 개 있었는데, 가장 악명 높은 곳이 폴트리(Poultry Compter), 카운터(Wood Street Counter), 클링크(Clink) 등이었다.
2) 국가가 의식주를 해결해 주는 오늘날의 감옥과 달리 당시의 채무자 감옥은 수감자가 자신의 모든 비용을 대야 했고, 경제력에 따라 수감자에 대한 처우와 감방이 달라졌다. 구멍 감옥(hole)은 가장 돈 없는 채무자가 배치되는 감방으로 그 열악한 환경으로 인해 악명 높았다.

채권자 1 자, 자, 이제 당신의 백 파운드짜리 차용증서에 대해 뭐라고 임기응변을 댈 거요? 당신 윗옷에 향수 뿌리느라 쓴 달콤한 빚이잖아.

채권자 2 여기 내 사십 파운드짜리 차용증서도 있어요.

채권자 3 여기 내 오십 파운드짜리도요.

위트굿 제발, 여러분, 나도 숨 좀 쉬게 해 주겠어요?

채권자 1 아니, 우린 당신이 계속 헐떡거리게 만들 거야. 그래서 당신이 우리한테 도망 못 가도록 확실히 해 둬야지.

위트굿 제발 내 말을 들어주기라도 하세요.

채권자 2 그건 못 해 주겠소. 당신 말솜씨가 지나치게 매끄럽다는 걸 우리도 잘 알거든. 당신은 최근에도 우리를 압도했잖아. 부끄러운 줄 알아야지! 증인이 없는 바람에 우리가 그 모든 걸 다 잃을 뻔했다고. 그때 우리는 약아빠진 사람을 상대했던 거지. 우리가 가장 똑똑한 척할 때, 오히려 가장 바보란 게 판명되는 법이거든. 더 이상 얘기할 것도 없어요. 우리를 보면 알지만, 우리가 머리 써서 잘될 팔자는 아니에요. 그러니 우리는 장사꾼에 만족해야죠.

위트굿 나한테 합당한 시간만 주면 내가 댁들한테 충분한 보상을 해 줄게요.

채권자 1 우리한테 합당한 시간을 운운해?

위트굿 그렇죠. 짐승은 합당한 시간이라는 걸 모를 테니까요.

채권자 2 우리는 돈을 받아 내든가 아니면 당신을 감옥에 보낼 거요.

위트굿 아니, 날 감옥에 보내서 댁들한테 무슨 이익이 있어요?

채권자 3 아, 그건 우리끼리 갖고 있는 은밀한 즐거움이지. 단언컨대 우리는 새장에 새 가두는 게 워낙 익숙해서 사람도 감옥에 가두고 싶어 하거든.

위트굿 〔방백〕 내 머리에 조금만 더 도움을 간구해야겠군. 이번 한 번만 날 위해 수단을 강구해 다오. 그럼 앞으로는 이런 식으로 널 귀찮게 하지 않겠다고 맹세할게. 내 평생 널 다른 용도로 더 잘 쓰도록 할게. 〔채권자들에게〕 여러분, 내가 친구들의 도움을 받아 가능한 모든 수단을 다 쓰도록 허락해 주시겠소?

채권자 1 우리가 바라는 게 바로 그거요.

〔여관 주인 등장〕

여관 주인 위트굿 씨.

위트굿 오, 왔어요?

여관 주인 저와 따로 얘기 나눌 수 있을까요?

위트굿 아니, 그건 어렵겠는데요. 난 지금 지옥에 있어서, 악마들이 내가 당신한테 가는 걸 허락하지 않을 테니까요.

채권자들 지금 우리더러 악마라고 했소? 그럼 우리가 청교도인이란 걸 알게 해 주지![3] 〔채권추심 순사들에게〕 이자를 데려가시오. 저 둘이 가면서 얘기 나누라고 해요. 우리는 저자들이 하는 말이나 들으면서 여기 서 있진 않을 테니. 〔위트굿에게〕 아니, 이봐요. 내가 악마라고? 평생토록 날 더 높이 평가해 줘야겠네. 악마라니, 맙소사!

〔채권자들 **퇴장**〕

: :
3) 청교도인은 신교의 한 분파로 도덕적이고 금욕주의적인 삶을 주장하였고, 엄격하고 원칙주의적인 태도로 인해 종종 문학에서 조롱의 대상이 되기도 했다. 채권자들은 자신들이 청교도인처럼 엄격하게 법 집행하겠다고 얘기하고 있다.

4막 4장

〔호어드 등장〕

호어드 호어드, 수많은 사람들에 비하면 넌 정말 달콤한 축복을 가지고 있
어! 그런데도 넌 고마워하지 않을 거야? 네가 이렇게 축복받았던 때가
또 있었냐고? 아니면 넌 지금이 최고조의 행복이라고 생각하는 거야?
당연히 넌 그렇게 생각하겠지. 네 아내는 재산이 많을 뿐 아니라 커다란
만족까지 줄 수 있으니까. 그녀는 부자인 데다 젊고, 아름답고, 현명하지.
내가 잠에서 깰 때, 난 그녀의 토지들을 생각해. 그럼 다시 기운이 나지.
그리고 잠자리에 들 때는 그녀의 아름다움을 생각해. 그거면 나한테 충
분하니까. 그녀는 속곳만 입고 있어도 일 년에 400파운드 가치가 있어.
남자가 그걸 어떻게 이용하는지 알기만 한다면 말이야. 하지만 시골로
가는 신행(新行)이야말로 굉장할 거야. 난 위엄과 격식을 갖춘 채 말을
타고 그녀 소유의 토지로 갈 거야. 내 형님과 다른 존경받는 신사들 뒤
를 따라서 말이야. 이미 그분들을 모셔 오려고 사람을 보냈거든. 점잖은
턱수염과 넓은 벨벳 코트, 두세 겹 두른 금목걸이로 치장한 그 양반들
이 우리와 같이 시골로 말 타고 가는 거지. 그때를 위해서 난 열 명 정도
의 제복 입은 하인을 고용할 생각이야. 전부 유능한 자질과 기능을 가진
사람들로만 골라서 말이야. 게으른 사람은 내 곁에 두지 않을 거거든.

내 원수 루커가 그 광경을 보면 펄펄 뛸 거야. 우린 일부러 그자의 집 앞을 지날 거고, 별것 아닌 일로 거기 잠시 머물면서 내 말들이 그자의 창문 앞에서 앞발 들어 올리게 할 거니까. 틀림없이 그자는 그 광경을 참아 내지 못할 거고, 바로 뛰어가서 자기 목을 매달 거야.

〔하인 등장〕

이봐, 어떻게 돼 가고 있어? 하인 되겠다고 지원한 사람은 있는 거야?

하인 예, 나리. 몇 사람이 복도에서 기다리고 있어요. 나리 마음에 들어서 일자리 얻을 수 있길 바라면서요.

호어드 기술이 있는 자들이냐?

하인 나리께 어울릴 만한 사람들이에요.

호어드 그래? 전부 들여보내 봐.

〔하인 퇴장〕

열 명이나 되는 하인들이 옅은 푸른색 제복과 주황색 망토를 차려입은 채 내 뒤에서 말 타고 오는 걸 보게 되면, 그자의 기가 완전히 꺾이고 말 거야.

〔재단사, 이발사, 향 뿌리는 사람, 매사냥꾼, 사냥꾼 등장〕[1]

··
1) 향 뿌리는 사람(perfumer)은 방에 향을 피우거나 향내 나게 하는 하인을 말한다.

재단사 나리, 전 재단사입니다.

호어드 재단사? 오, 잘됐군. 자네는 제복을 전부 만들면 되겠어. — 자네는
　뭔가?

이발사 이발사입니다, 나리.

호어드 이발사? 꼭 필요하지. 자네가 온 집안 이발을 다 맡으면 되겠어. 그
　리고 필요하다면 여름에 추수꾼으로 써도 되겠군.[2] — 자네는?

향 뿌리는 사람 향 뿌리는 사람입니다.

호어드 미리 냄새 맡고 바로 눈치챘지. 향 뿌리는 사람들은 다른 누구보다
　도 행실을 똑바로 해야 해. 한 번이라도 나쁜 짓을 하면 바로 냄새가 날
　테니까. — 자네는 뭔가?

매사냥꾼 매사냥꾼입니다, 나리.

호어드 "사 호, 사 호, 사 호!"[3] — 자네는 뭔가?

사냥꾼 사냥꾼입니다, 나리.

호어드 "저기야, 이놈아! 저기야, 이놈아! 저기라고, 이놈아!"[4] 앞으로 즐거
　운 날들이 없을 만큼 내 나이가 많은 건 아니오. 약속하지만, 난 여러분
　이 너무 마음에 들어서 전부 채용할 생각이오. 난 이미 여러분한테 호의
　를 품고 있으니 곧 내 하인으로 제복 입게 해 주겠소. 특히 거기 두 사
　람, 유쾌한 매사냥꾼과 활달한 사냥꾼은 내 아내의 시골 영지에서 요긴
　하게 쓰일 것이오. 당신들이 활약할 멋진 공원들과 최고의 토지들이 거
　기 있으니 말이오. 우리는 우리끼리 온갖 즐거운 사냥을 하게 될 거고,

....

2) 호어드가 사람 머리카락 자르는 일과 들판의 곡식 베는 일을 동급으로 취급하고 있다.
3) 영국에서 매사냥꾼이 매를 부르는 전통적인 소리이다.
4) 영국에서 사냥꾼이 사냥개에게 외치는 구호이다.

그 지역의 모든 신사들이 우리와 우리의 취미생활에 고마워하게 될 거요.

매사냥꾼 나리가 존경받으시도록 저희도 최선을 다하겠습니다, 나리.

호어드 그래? 내가 존경받게 해 준다면, 자네들에게도 부족한 게 없게 해 주겠네. — 재단사!

재단사 곧 갑니다, 나리.

호어드 어서 가서 제복 만들기를 시작하게.

재단사 예, 나리.

호어드 이발사!

이발사 예, 나리.

호어드 저들을 전부 깔끔하게 다듬어 주고 머릿니도 없애 줘. 특히 저기 사냥꾼한테 신경 써야 하네. 그리고 저들의 턱수염을 폴란드 스타일로 잘라 줘. — 향 뿌리는 사람은 어디 있지?

향 뿌리는 사람 나리 코 밑에 있습니다요.

호어드 저놈들한테 더 좋은 향을 뿌려 줘. 재단사 발 냄새하고 이발사의 오줌 화장품 냄새도 없애 주고[5]

향 뿌리는 사람 신중히 처리하겠습니다, 나리.

호어드 하지만 특히 매사냥꾼과 사냥꾼, 난 자네들 둘을 제일 환영하는 바일세.

사냥꾼 저희도 나리의 총애 받을 자격이 있다는 걸 보여 드릴게요.

호어드 그래, 그렇게 해 주게. 자, 여러분 모두 가서 식료품 창고의 술로

..

[5] 당시 소변을 화장품 재료로 쓰기도 했는데, 이발사는 늘 화장품을 만지는 직업이므로 손에 소변 냄새가 배었을 수 있다.

폐부까지 씻어 내리게. 자, 어서 가라고!

〔재단사, 이발사, 향 뿌리는 사람, 매사냥꾼, 사냥꾼 퇴장〕

아이고, 마침 생각났네. 아내한테 그걸 물어봐야지. 여보! 제인 호어드
마님!

〔정부가 전과 달라진 복장으로 등장〕

정부 여보, 부르셨어요?
호어드 결혼 피로연을 어디서 여는 게 좋을지 물어보려고 불렀어요, 사랑
　　스런 우리 마누라! 여기서 할까, 아님 시골 영지에서 할까?
정부 흠. 전 여기가 더 좋아요. 여기서 결혼식 올렸으니 여기서 모든 의식
　　을 끝내기로 해요.
호어드 후작부인이라도 이보다 더 좋은 대답을 할 수는 없겠지? 호어드,
　　넌 머리를 높이 쳐들어도 좋아. 널 출세시킬 아내가 네게 있으니까.

〔여관 주인이 편지 들고 등장〕

왜 저렇게 황급히 들어오는 거지? 뭐야, 편지인가? 아마도 내 원수의 원
한 찌꺼기가 들어 있겠지. 어이, 이리 와 봐. 무슨 소식이지?
여관 주인 저희 마님과 관련된 일입니다, 나리.

〔편지를 정부에게 준다〕

호어드 그럼 나하고도 관련이 있는 거잖아, 한심한 놈아.

여관 주인 네, 맞아요. 그리고 나리도 한심한 놈이세요. — 죄송해요. 하지
만 두 분 다 곤란해지실 것 같아서 나온 말이에요. 혼전계약이 있었다고
하네요.[6]

호어드 뭐야! 혼전계약이라고 했나?

여관 주인 그 증거가 너무 많이 있는 것 같아 걱정이에요, 나리. 늙은 루커
는 화가 나서 미쳐 날뛰면서, 가능한 한 가장 빠르게 법에 호소하겠다고
하고요. 채권자들한테 붙잡혀서 감옥에 갇혀 있는 젊은 위트굿은 거기
서 나리와 마님을 비난하면서, 두 분이 자기의 혼전계약을 고의로 침해
해서 자기를 파멸시켰다고 말하고 있어요.

호어드 맙소사!

여관 주인 그래서 자기는 끝까지 해 보겠대요.
법이 자기한테 보상해 줄 거라면서요.

정부 〔방백〕 아아! 채권자들이 너무 무자비하네! 지금 내 처지가 아직 불안
하긴 하지만, 그 양반을 돕는 게 그리 무분별한 일은 아닐 거야.

여관 주인 정말 그렇다니까요, 나리 —

호어드 여보, 그 편지에서 뭐라고 하는 거요? 나도 읽어 봅시다.

정부 내 성급하고 어리석었던 말에 저주가 내리길!
난 내가 했던 말들을 내 발로 짓밟고,
성급했던 내 약속을 흙먼지로 만들겠어요.

∵

6) 당시에는 정식 결혼식을 올리지 않았더라도 이 혼전계약서가 있으면 법적인 결혼이 인정되
었다. 즉 위트굿과의 혼전계약서가 있다면 호어드와의 결혼이 중혼(重婚)이 되므로 자동으로
무효가 된다.

〔정부가 편지를 짓밟는다〕

호어드 아니, 여보 —

여관 주인 〔방백〕 정말 영리한 행동이야. 여자가 남편한테서 멋지게 편지 빼돌릴 수 있다면 칭찬받아 마땅하다고. 게다가 이건 정말 깔끔하게 처리됐잖아.

정부 내가 그런 거 맞아요, 여보.

바보 같은 말들이 오갔다는 건 나도 인정해요.

지금 그자는 그걸 법적으로 나한테 따지려는 거예요.

호어드 무슨 근거로? 내가 검토해 볼게.

정부 그게 너무 강한 근거일까 봐 난 걱정이에요. 그자를 아주 떼어 내 버릴 수만 있다면 얼마나 좋을까요.

호어드 내가 거래를 좀 해 볼까?

정부 아니요, 여보. 전 오히려 당신 쪽에서

좀 더 고상한 방식으로 해결해 주면 좋겠어요.

당신이 명예롭게 끝내 줬으면 하는 거죠.

천한 짓은 그자들이나 하게 내버려 두자고요.

당신한텐 방법이 있잖아요? 그걸 쓸 기회가 온 거예요.

호어드 그게 뭔데? 어떻게 하면 되지, 여보?

정부 그자가 지금 채권자들한테 잡혀 있대요. 그 종놈은 궁핍한 상태고, 그의 빚은 얼마 안 돼요. 그자는 감옥에서 썩으니 차라리 불편한 합의라도 받아들이려고 할 거예요. 이게 당신이 그자에게서 날 풀어 줄 수 있는 유일한 수단이에요. 아직은 혼전계약 얘기가 그의 숙부 귀까지는 안 들어간 것 같아요. 그러니 빨리 그자의 채권자들을 불러 오세요. 지금쯤

그자는 필사적으로 되어 있을 거고 그래서 무슨 서류든지 다 서명할 거
예요. 그의 빚을 떠맡든가 아니면 아예 갚아 버려요. 염병에나 걸릴 놈!
이참에 완전히 그 나쁜 놈을 떼어 내자고요!

호어드 훌륭해! 당신은 정말 날 놀라게 하는군. 〔여관 주인에게〕 어서 가. 뛰
어. 서두르라고. 채권자들하고 위트굿을 이리 데려와.

여관 주인 〔방백〕 이건 어느 정도 복수가 되겠군.

〔여관 주인 퇴장〕

호어드 그동안 난 혼전계약을 해지하는 서류를 작성해야지. — 거기 누구
없나?

〔하인 등장〕

하인 부르셨어요?

호어드 이봐, 내가 길을 알려 줄 테니 내 공증인을 찾아가.

〔호어드가 하인과 따로 얘기한다〕

정부 〔방백〕 난 아직 꿈속에서만 부자 된 사람들과 같아.
꿈에서 깨어나면 그 재산은 다 허망한 게 되어 버리지.
지금 내 운명이 바로 그런 지경이어서,
난 절망적이었을 때보다 더 큰 위험을 무릅쓰고 있어.
비록 내가 죄를 지었지만 난 새사람이 될 수도 있어.

일단 맹세한 남자한테 난 영원히 정절을 지키거든.

호어드 어서 가! 빨리! 내가 화내기 전에 어서.

〔하인 퇴장〕

좋은 기회야! 그자의 기분이 거기 서명하고 싶어져야 할 텐데! 변덕 부리면 안 되는데 말이야! 그의 모든 어리석음이 죄다 모여서 그자를 얼빠지게 만들면 좋겠어.

그자를 위해 기도해야지. 마침 저기 오네.

〔위트굿과 채권자들 등장〕

위트굿 이번엔 내게 무슨 볼일이오? 우리 숙부님의 철천지원수께서?

호어드 아니, 난 친구가 되려는 거요.

위트굿 그래요. 댁은 원한을 다 풀었으니 그렇겠죠.

호어드 댁이 체포당했다고 들었소.

위트굿 그래서 뭐요? 그런다고 당신이 내 빚 중 한 개라도 갚아 줄 건 아니잖아요.

호어드 현명한 사람이라면 그거야 모르는 거죠.

서로 조건만 합의되면 내가 많은 걸 해 줄 수도 있거든요.

위트굿 흥, 대체 언제요?

이게 다 너 때문이야. 맹세하고도 안 지키는 년!

어떤 나쁜 욕도 네가 한 배신보다는 덜 나빠.

네년의 배신으로 지금 내가 이 수모를 겪고 있잖아.

정부 저리 가, 이 가난뱅이 종놈!

호어드 아니, 여보. 당신 너무 심하잖아.

　　저 사람을 그냥 둬요. 패자한테도 말할 기회를 줘야지.

위트굿 내가 첫번째 약속보다 훨씬 더 강한 다른 약속을 기억나게 해 줘?

정부 나도 기꺼이 알고 싶네.

위트굿 그럼 당신 뺨에 수치심이 몰려올 텐데.

정부 수치심이라고?

위트굿 당신 귀에만 알려 주지. 〔둘이서 따로 얘기한다〕 저자가 정말 우리 의
　　도대로 내 빚을 전부 갚아 줄까?

정부 걱정 말아요. 지금 혼전계약을 해지하는 문서를 작성하고 있으니까
　　당신은 거기 서명하기만 하면 돼요.

위트굿 잘됐군!

정부 하지만 저당 잡혔던 토지까지 도로 받은 마당에, 당신이 직접 이 일을
　　해결할 수도 있었잖아요. 그랬으면 내가 이 일로 내 양심을 무겁게 하지
　　않아도 됐죠.

위트굿 그럴 수가 없었어. 잔인한 내 채권자들이 현재 상태까지 손을 뻗쳤
　　거든.

정부 그만 얘기해요. 〔큰소리로〕 아니, 그것 때문이라면 당신 마음대로 해
　　봐요. 난 눈 하나 깜짝하지 않을 테니.

위트굿 당신은 정말 뻔뻔하군! 내가 증인들을 소환할 거야.

정부 당신 머리나 소환하지 그래요. 당신은 너무 오랫동안 바보짓만 해 왔
　　으니까.

호어드 여보, 너무 심하게 말하지 말아요. 위트굿 씨, 그리고 채권자 여
　　러분, 제가 온건한 얘기를 하나 할게요. 바로 이거예요. 최근에 내게는

특별한 행운이 쏟아졌는데, 여기 이 사람이 바로 그 행운이에요. 난 그 녀와 결혼해서 잠자리도 같이 했는데, 그녀 역시 손해 본 건 없어요. 듣 자니 내 아내가 시골 영지에서 당신한테 어리석은 소리를 좀 했고, 당신 은 여기 런던에서 사소한 빚을 좀 진 것 같네요. 이걸 피장파장으로 칩 시다. 당신이 내 아내가 했던 말을 해지해 주면 난 당신 빚을 해지해 줄 게요.

위트굿 그렇게 해 주시겠어요? 그럼 저야 감사하지요. 사실 당신 잘못은 아니니까요.

호어드 그런데 빚이 말보다 더 구속력 있지 않나요?

위트굿 말은 약속 아닌가요? 그리고 약속이 빚 아닌가요?

호어드 〔방백〕 내가 한 방 먹었군.

채권자 1 잠깐 이리 와 보세요, 위트굿 씨. 이리로요. 한 번만 더 바보들 얘 기를 들어 보세요.

채권자 2 우리는 런던시민이고 런던시민다운 처신을 잘 알고 있어요.

채권자 1 저 사람 제안을 받아들여요. 염병할 여자니까 저런 여자는 가게 내버려 둬요. 일단 선생 빚이 해결되기만 하면, 내가 저런 여자 열 배 가 치의 과부랑 잘되게 해 줄게요.

채권자 3 아이고, 맞네. 댁의 말을 듣고 생각난 건데, 멀리그럽 씨 여동생 도 최근에 과부 됐잖아요.

채권자 1 맙소사, 아주 딱이네! 당신한테 딱 맞는 과부에요. 만 파운드 현금 자산이 있고 거기에 은접시랑 보석이랑 기타 등등도 있어요. 댁한테 딱 맞는 배필이라고요. 우리가 그 과부와 모든 일을 일사천리로 진행시킬 수 있어요. 그러니 어서 해치우라고요. 우리가 곧 그 과부한테 선생을 데려갈 테니까.

위트굿 내가 혼전계약 해지 문서에 서명했단 걸 알게 되면 우리 숙부님이 날 절대 용서하지 않을 거예요.

채권자 2 내가 거기 쓸 속임수를 알려 줄 테니 잘 들어요. 나도 예전에 소송하느라 오백 파운드나 써 봤으니 그런 것쯤은 잘 알고 있죠. 당신은 지금 감옥에 있으니까 해지문서에 서명해도 돼요. 내 말을 믿으라니까. 감옥에 있는 동안 사람이 뭘 하건, 그건 법적으로는 아무것도 아니에요. 이만큼도 안 된다고요. 〔자기 손가락으로 딱 소리를 낸다〕

위트굿 정말이오?

채권자 3 대가를 치러 봤으니 내가 가장 잘 알죠.

위트굿 그렇다면 진행하세요. 저도 동의할게요.

채권자 3 아이고, 잘 생각하셨어요.

호어드 자, 채권자 여러분, 위트굿 씨하고 어떻게 얘기 됐나요?

채권자 1 위트굿 씨가 합의하도록 어렵사리 설득했답니다.

호어드 잘됐네요! 지금 저분 빚이 얼마나 되죠?

채권자 1 대충 백육십 파운드 정도 됩니다.

호어드 아니, 아니, 아니죠. 그건 아니죠. 다시 계산해서 얘기하세요. 더 적은 금액을 부르셔야지. 원래 못 받아 낼 빚이란 걸 당신들도 잘 알잖아요. 이런 상황이 아니라면 애초에 받아 낼 수 없는 돈이죠. 저자는 궁핍하고 가난한 사람이어서 그냥 감옥에서 굶다가 썩어문드러질 처지잖아요. 자, 자, 여러분한테 십 실링 드리리다. 그렇게 대충 계산합시다.

채권자 1 일 마르크는 주셔야 하는데요, 나리.[7]

호어드 그럼 그렇게 합시다. 그동안 돈이나 세 보세요. 대충 그 정도 될 테

∴

7) 당시 1마르크는 13실링 정도 되었다.

니까. 〔돈을 준다〕 자, 위트굿 씨, 당신은 자기한테 이득 되는 일에 망설인 거예요.

〔공증인 등장〕

어서 오세요, 공증인 양반. 위트굿 씨, 이제 혼전계약 해지 증서를 읽어 줄 테니 들어 보세요.

공증인 "이 증서로 모든 사람들에게 알리노니, 나 ─ 페쿠니우스 루커의 유일한 조카이자 신사인 테오도루스 위트굿은 안토니 메들러의 과부이자 워커다인 호어드의 현재 아내인 제인 메들러에게 부당한 요구와 권리를 주장한바, 상당한 액수의 내 빚을 청산해 주는 대가로, 전술(前述)한 안토니 메들러와 동거했고 지금은 워커다인 호어드와 동거하고 있는, 전술한 과부에 대해 일체의 주장, 권리, 요구, 재산권을 이후로 영원히 포기하는 바이다. 또한 과거의 어떤 계약, 증서, 약속, 혹은 양도증서에 입각해, 그녀의 모든 가재도구, 돈, 은접시, 보석, 액자, 목걸이, 팔찌, 가구, 벽걸이 등의 동산, 부동산을 비롯해 그녀의 영지, 영지 안의 집들, 공원, 숲, 초지, 경작지, 곳간, 낟가리, 마구간, 비둘기 집, 토끼굴에 대해 어떤 요구도 하지 않을 것이다. 이에 대한 증거로 나, 진술한 테오도루스 위트굿은 상기(上記)한 날짜와 시간에 여기 계신 분들 앞에서 서로 증서에 서명하고 봉인하는 바이다."

위트굿 귀중한 재산을 이렇게 짐승처럼 놓쳐 버리다니!

호어드 자, 내키지 않더라도 어서 하세요.

위트굿 그래요, 호어드 씨. 펜을 주세요.

우리 운명과 싸우는 건 헛된 짓이죠.

호어드 오, 더할 수 없이 헛된 짓이죠. 그보다 더 말도 안 되는 짓은 없답니다. 자, 이제 서명하세요. 여기 모든 분들 앞에서 이제 난 댁과 영원히 친구가 되는 거예요.

위트굿 그래요. 이제 내가 댁한테 어떤 앙심이라도 품는다면 그거야말로 유감스런 일이죠.

호어드 좋아요. 이제 난 댁의 숙부를 결혼식 피로연에 초대할 거예요. 우리 모두 다시 한 번 친구가 되는 거죠.

위트굿 저도 그렇게 되길 바라요.

호어드 〔채권자들에게〕 어때요? 금액이 맞나요, 여러분?

채권자 1 조금 모자라지만 이 정도면 될 겁니다.

호어드 좋아요. 요즘은 착한 양심이 더 멋져 보이죠.

  자, 여러분. 가기 전에 내 포도주나 맛보고 가세요.

모두 그렇게 하겠습니다.

〔호어드, 공증인, 정부 퇴장〕

위트굿 〔방백〕 이제 저놈들을 시험해 봐야지. 〔채권자들에게〕 얘기 좀 하시죠, 선생. 이제 그 과부한테 날 데려가 줄 거죠?

채권자 1 아니, 우리가 진심으로 그랬다고 생각하는 거예요? 부유한 과부한테 당신을 데려가라고? 그렇게 하면 퍽이나 우리 신용에 도움 되겠네! 악명 높은 난봉꾼에다, 한심한 방탕아인데? 그건 돈 받아 내려고 우리끼리 벌인 속임수라고! 잘 가시오, 선생.

〔채권자들 퇴장〕

위트굿 너희도 잘 가고, 교수형이나 당해라. 짧은 돼지털 머리카락에 숫양 뿔까지 난 나쁜 놈들![8] 내 장담하지만 너희 말을 믿는 사람은 결코 구원받지 못할 거야. 하지만 호어드와의 새 인연 덕분에 난 내 사랑에 닿을 통로를 갖게 됐어.[9]

〔조이스가 상부 무대에 등장〕

조이스 위트굿 씨!
위트굿 내 생명!
조이스 곧 날 만나러 오세요. 그 쪽지에 방법을 써 놨어요. 〔쪽지를 던진다〕 난 의심받으면 안 돼요. 우리 행복이 우리를 따라올 거예요. 그럼 안녕!

〔조이스가 상부 무대에서 퇴장〕

위트굿 저 말만으로도 내겐 충분해!

〔위트굿 퇴장〕

∴

8) 아내가 바람피운 남편들의 이마에 돋는다고 여겨진 가상의 뿔을 말한다. 가부장제 사회에서 아내의 불륜과 사생아는 가부장에게 최악의 상황이었으므로 이런 욕은 최악의 욕이자 조롱이었다.
9) 위트굿이 사랑하는 여성이 호어드의 조카인 조이스이다.

4막 5장

〔침대에 누워 있는 고리대금업자 댐핏 옆에서 오드리는 실을 잣고 있고 소년은 옆에 서 있다〕

오드리 〔노래한다〕 고리대금업자가 높은 이자를 받아먹어도

　　그자를 처벌할 구렁텅이는 충분히 많이 있어.

　　그자가 지옥까지 안 가더라도 말이야.[1]

　　호본에도 좀 있고, 플릿가에도 좀 있지.

　　그자가 어디에 가건 여기저기에 다 있다고.

댐핏 〔라틴어로〕 쳐, 치라고. 〔영어로〕 커튼을 치란 말이야. 백포도주 한 모금 더 가져와.

〔램프리와 스피치콕 등장〕

램프리 저기 봐요. 내가 말했죠? 저 사람이 쇠사슬에 묶인 악마처럼 누워

⋮

1) 원문의 "구렁텅이(pit)"는 지옥이란 뜻 외에 여성의 성기, 창녀, 술집 등을 포괄적으로 의미한다. 고리대금업자가 굳이 지옥까지 안 가더라도 술, 여자, 성병 등으로 미리 파멸한다는 의미이다.

있다고. 악마가 천 년 동안 묶여 있었잖아요.[2]

스피치콕 하지만 악마에겐 강철 침대기둥이 없었죠. 그 면에선 저 사람이 악마보다 더한 거네요.[3]

램프리 아니, 과음으로 생긴 저 증상 좀 보세요. 누군가 손수건으로 저자의 입을 닦아 줘야 한다고요. 보이세요?

스피치콕 사람 짓밟는 걸로 유명하던 그자가 병석에 누워 있는 이 사람이라고요? 그냥 과음해서 누워 있는 것 같은데요.

램프리 그 사람 맞아요. 우리를 봤어요.

댐핏 이게 누구야, 트리스트럼 경인가?[4] 쇠약해진 사람을 보러 여기까지 오셨군. 난 아주 쇠약해졌어요.

램프리 몸이 약해졌으면 기도를 강하게 하셔야죠.

댐핏 아, 나는 기도를 너무 많이 해서 오히려 탈이라오. 가여운 분.

램프리 〔스피치콕에게만 들리게〕 자네가 저자의 영혼을 맛보게 해 주지.

스피치콕 〔램프리에게만 들리게〕 역겹겠군!

램프리 선생께 백 파운드 빌리러 왔어요.

댐핏 저런, 하필 안 좋을 때 오셨네. 지금은 그럴 돈이 없어요. 집안에 이천 파운드밖에 없거든.

오드리 하, 하, 하!

••

2) 『요한계시록』 20.1-2. "또 내가 보매 천사가 무저갱의 열쇠와 큰 쇠사슬을 그의 손에 가지고 하늘로부터 내려와서／용을 잡으니 곧 옛 뱀이요 마귀요 사탄이라 잡아서 천 년 동안 결박하여"

3) 댐핏이 쇠기둥이 있는 침대에 누워 있는 걸 보고 하는 농담이다.

4) 램프리를 트리스트럼(Tristram)이라고 부르고 있다. 아서 왕의 기사 중 하나인 트리스트럼 경은 이졸데(Isolde)와 슬픈 사랑을 한 것으로 유명하고, 램프리(Lamprey)는 정력에 좋은 장어(lamprey)란 뜻이므로 댐핏이 램프리의 이름을 갖고 성적 농담을 하고 있다.

댐핏 나가! 이 구시렁거리는 창녀, 사악하고 우울한 두꺼비, 탐욕의 실을
잣는 거미야!⁵⁾

〔랜슬롯 경 등장〕

랜슬롯 경 아니, 두 분이 우리보다 먼저 여기 오셨네요? 저 양반은 좀 어
때요?

램프리 여전히 똑같아요. 술독에 빠져 있지요.

랜슬롯 경 저자를 갖고 좀 더 장난을 쳐 봅시다. 조용히 해 주세요. — 댐핏
씨, 좀 어떠세요?

댐핏 오, 내 절친한 친구 랜슬롯 경이네. 좀 어떠냐고요? 선생이 와 준 덕
에 기운이 나고 있어요.

랜슬롯 경 하지만 댐핏 씨, 한량들 사이에서 당신에 대한 불평이 많이 들리
던데요.

댐핏 그 얘기를 들으니 기쁘네요. 그런데 뭐가요?

랜슬롯 경 사람들 말이 최근에 당신이 너무 거만해져서 오후에 친구가 찾
아오면 거의 못 알아본다고 하더군요.

댐핏 말도 안 돼! 거만하다니? 난 그런 일은 전혀 기억나지 않아요. 아마
그때 내가 취했었나 보죠.

랜슬롯 경 그렇게 생각하세요?

댐핏 네, 맞아요. 그냥 백포도주가 거만했던 거예요. 그 친구들한테 그렇

∵

5) 이 문장에서 원문에 있는 단어들은 모두 현학적인 신조어들이다. 이런 용어를 사용해서 자신
의 박식함과 괴팍함을 드러내는 것이 댐핏의 말버릇이다.

게 확실히 얘기해 주세요. [소년에게] 이놈아, 백포도주 가져와.

소년 [방백] 언젠가 당신이 당할 날이 올 거야!

오드리 아니, 댐핏 나리, 나리께서 세상에 처음 나온 모습 그대로 좀 더 오
래 누워 계시면. 나중에 나리 재산을 어떻게 처리할지 걱정하지 않아도
되겠어요. 나리가 술집주인을 상속자로 만드실 테니까요.

댐핏 나가! 쓸데없이 지껄이는 수다쟁이, 매독 치료하느라 온통 화상 입고
머리카락까지 다 빠진 매춘부, 피부에 딱지 앉은 년!⁶⁾

오드리 댐핏 씨, 숫처녀인 하녀한테 참 좋은 단어들만 골라서 쓰시네요.

댐핏 네년의 처녀성은 사내놈 육봉에 매달아야 해!

오드리 말 참 예쁘게 하시네요! 주인마님한테 이를 거예요.

램프리 [방백] 이 고리대금업자 종놈이 얼마나 비참한 상황인지 좀 봐. 술
취해서 내뱉은 신성모독의 독성으로 가득 찬 채, 냄새나는 똥 무더기처
럼 여기 누워 있잖아. 게다가 저자가 전 재산을 남겨 줄 사람들은 저자
가 먹는 밥알 하나, 저자가 베고 자는 베개마저 아까워하고 있어. 고리
대금업자들은 이자한테서 자신의 종말을 볼 수 있을 거야. 이 세상에서
도 노예로 살았는데, 저 세상에서마저 악마로 산다면 대체 무슨 이득이
있겠어?

댐핏 랜슬롯 경, 내가 키스해 드릴게요. 당신은 내가 존경하고 존중하는
유일한 친구예요, 랜슬롯 경.

랜슬롯 경 그렇게 말해 주니 고마워요, 댐핏 씨.

⁞

6) 당시 매독 치료법으로 수은 훈증 요법이 있었다. 수은을 넣은 상자 속에 환자를 넣고 그 밑
에 불을 때서 뜨거운 수은 김을 쐬게 하는 것이었는데, 그로 인해 환자가 화상을 입거나 여러
부작용을 겪었다.

댐핏 잘 가요, 내 절친한 친구 랜슬롯 경.

랜슬롯 경 〔램프리와 스피치콕에게만 들리게〕 여러분, 날 아끼신다면 날 두 분 뒤에 숨겨 주세요. 그리고 두 분 중 한 분이 저자한테 내 얘기를 해 보세요.

램프리 좋아요. 〔큰소리로〕 댐핏 씨.

댐핏 왜요?

램프리 랜슬롯 경이 지금 막 당신 보러 여기 왔었죠.

댐핏 교수형 시켜야 될 나쁜 놈!

램프리 누구요? 랜슬롯 경이오?

댐핏 피타고라스 같은 악당이야!⁷⁾

램프리 피타고라스요?

댐핏 그래요. 채권추심 순사를 만날 때마다 외투를 바꿔 입거든.

랜슬롯 경 〔방백〕 뭐 이런 나쁜 놈이 있담!

램프리 그 양반을 비난하시면 안 되죠. 댁에 대한 우정으로 방문한 건데요.

댐핏 우정은 개뿔! 그자의 아비는 빗 만드는 기술자였어요. 난 그런 놈의 비굴한 우정 따위는 필요 없다고. 그자는 빚 갚을 날짜를 유예해 달라고 온 것뿐이야. 아주 최악의 악당이지.

랜슬롯 경 〔방백〕 제기랄, 난 더 이상 저 나쁜 놈을 못 참아 주겠어. — 댐핏 씨, 다시 한 번 작별인사 하러 왔어요.

댐핏 누구시죠? 영국에서 유일한 신사이자 내 소중하고 친절하신 랜슬롯 경이잖아요? 내가 포옹해 드릴게요. 잘 가세요. 수천 번 안녕히!

∴

7) 그리스 철학자 피타고라스는 윤회와 환생을 주장했다. 댐핏은 랜슬롯이 채권추심 순사를 피하기 위해 변장하는 것과 피타고라스의 윤회설을 현학적으로 연결하며 욕하는 것이다.

램프리 〔신사들끼리〕 노예 같은 아첨과 욕설이 뒤섞여 있네요.

랜슬롯 경 〔신사들끼리〕 아니, 여러분, 저자가 보여 줄 재주가 더 남아 있어요. 내가 저자의 다른 면도 맛보게 해 드리지요.

램프리 〔신사들끼리〕 그게 가능해요?

랜슬롯 경 〔신사들끼리〕 저자의 기억력이 가물거리기 시작했으니까요.

댐핏 백포도주 한잔 더 가져와!

랜슬롯 경 〔신사들끼리〕 저런, 그걸 마시면 기억력이 완전히 가 버릴 텐데! 저자가 그 술을 마시기 전에 시골에서 온 의뢰인이 저자의 고명한 충고를 원한다고 전해요.

램프리 〔신사들끼리〕 알았어요.

댐핏 한잔 더 줘. 그리고 그 후에 내 장례식 종을 울리게 해. 그때쯤엔 내가 충분히 허약해져 있을 테니까.

램프리 댐핏 씨.

댐핏 포도주 따르고 있나?

램프리 지금 오고 있어요. 그런데 여기 시골사람이 하나 와서 선생님의 심오하고 해박한 조언을 기다리고 있어요. 선생님의 의뢰인이지요.

댐핏 멍청한 놈이란 거네요? 그자가 어디 있나요? 들어오라고 해요. 날 좀 일으켜 앉혀 줘요.

램프리 가까이 오세요, 선생.

댐핏 자, 바보천치 씨, 무슨 얘기를 하러 오셨소?

랜슬롯 경 〔목소리를 변조해서〕 존경하는 나리, 전 그저 가난한 사람일 뿐인데요 —

댐핏 그럼 내 방엔 왜 온 거요?

랜슬롯 경 정당하고 정직한 명분에 대해 나리의 조언을 구하러 왔어요.

댐핏 난 그런 일엔 끼어들지 않아요. 그런 문제는 노맨 씨 사무실로 넘겨 버리죠.[8]

랜슬롯 경 이 세상에서 제가 가진 거라곤 달랑 집 한 채뿐인데요, 나리, 그건 제 아버지 집이었고, 할아버지 집이었고, 증조할아버지 집이었어요. 그런데 지금 나쁜 놈이 그걸 부당하게 **빼앗아서** 차지하고 있답니다.

댐핏 그자가 그런 짓을 했다고요? 당신이 할 수 있는 가장 좋은 방법은 점유 부동산 퇴거명령서를 가져가서 7년 후에 법의 힘을 빌려 그자를 밀어내는 거예요.

랜슬롯 경 아이고, 나리, 전 도와줄 친구도 별로 없고 돈은 더더욱 없어요.

댐핏 맙소사! 그럼 이 일이 퍽이나 잘되겠는걸! 돈이 없다고? 이봐, 그렇다면 내 충고는 그 집에 불 질러서 그자를 내쫓으라는 거야.

램프리 그럼 갈등이 끝나긴 하겠네요.

랜슬롯 경 선생님의 뜨거운 충고에 정말 감사 드려요. 〔신사들에게〕 목소리 조금 바꿨을 뿐인데, 날 못 알아보는 거 보셨죠? 이걸로 봐서는 저 주정뱅이의 기억력이 사람보다는 목소리에서 더 오래가는 것 같아요. 그런데 여러분, 내가 재미있는 광경을 보여 드릴까요? 여기 이자보다 더 나쁜 시절을 보낸 고리대금업자 걸프, 저주받은 작은 논병아리가 저기 오네요.[9]

〔호어드와 걸프 등장〕

••
8) 여기서 "노맨"의 원문은 No-man이다. 즉 정직하고 정당한 변호사는 세상에 없다는 풍자이다.
9) 작은 논병아리는 걸프의 작은 키를 비웃는 표현이다.

램프리 걸프와 같이 오는 사람은 누구죠?

랜슬롯 경 아, 최근에 메들러 과부와 결혼한 호어드예요.

램프리 아이고, 제가 못 알아봤습니다, 선생.

호어드 여러분도 방문하셨군요. 댐핏 씨는 좀 어떤가요?

랜슬롯 경 저기 누워 계세요. 좋은 포도주를 엄청나게 마셔 대면서요. 사실은 너무 쇠약해져서 기억력마저 거의 없어졌답니다.

호어드 쯧쯧, 댐핏 씨, 선생이 이렇게 게으르게 누워 계시니까 내가 내 결혼 피로연에 초대하러 직접 왔잖아요. 그러니 그만 일어나세요. 어서요, 어서!

댐핏 누구요? 호어드 씨인가요? 바보짓의 이름으로 묻나니, 대체 누구랑 결혼한 거요?

호어드 부자 과부요.

댐핏 네덜란드 과부라니![10]

호어드 부자 과부라고요. 메들러 과부라는 사람이에요.

댐핏 메들러요? 그 부인은 늘 손님들한테 자기 집을 개방하지요.[11]

호어드 전남편이 살아 있을 때는 그랬던 모양이에요. 모든 방문객한테 집을 개방했대요. 말도 사람도 환영해 줬고, 그들을 위한 자리가 충분히 있었다네요.

∴

10) 귀가 어두운 댐핏이 "부자 과부(rich widow)"를 "네덜란드 과부(Dutch widow)"로 잘못 알아듣고 반문하는데, 네덜란드 과부는 창녀의 속어이므로 댐핏이 자기도 모르게 사기결혼의 진실을 흘린 셈이다.

11) 중의적인 의미이다. 한편으로는 손님 접대를 많이 하는 여주인이란 뜻이고, 다른 한편 아무 남자한테나 문을 열어 주는 창녀란 의미이기도 하다. 이 대목에서 댐핏은 계속 메들러가 창녀일 가능성을 들먹이면서 호어드를 놀리고 있다.

댐핏 그럼 선생이 감당할 수 없겠는데요. 일부분을 이웃들한테 내줘야 할 지도 모르잖아요.

걸프 아니, 산 채로 사슬에 매달려 있는 거예요? 아주 장관이네! 철로 된 침대기둥이라니? 〔라틴어로〕 "오, 끔찍한 괴물이구나. 기괴하고, 거대하고, 앞 못 보는 괴물이야."[12] 〔다시 영어로〕 오, 댐핏, 댐핏. 이건 당신이 고리대금업으로 갈취하고 사람 짓밟은 악행에 대해 정당한 심판을 받은 거예요!

랜슬롯 경 〔방백〕 멋지군! 도둑놈이 다른 도둑한테 악담을 하네!

걸프 살인적인 고리대금업, 난봉질, 신성모독의 결과가 고작 이건가요? 고리대금업자가 어떤 경주를 달리게 되는지 이제 여러분도 곧 보게 될 거예요.

댐핏 아니, 네놈은 광범위한 악당이구나! 내가 네놈을 모를 줄 알아? 네놈 목소리는 웨일즈의 대사(大使)인 뻐꾸기처럼 들린단 말이다.[13] 이 비겁한 종놈, 무기 다 내려놓은 병자와 싸우자고 달려들다니! 병상에 벌거벗고 누워 있는 나한테 험담을 퍼부어? 네놈은 거대한 루시퍼의 작은 대리인에 불과해. 내가 아무리 쇠약해졌어도 첫눈에 악당을 알아볼 수는 있지. 이 양심 없는 불한당! 네놈은 저녁밥 놓치지 않겠다는 이유 때문에 굳이 미들섹스 법관들한테 가서 네 변론을 서둘러 포기할 놈이야.[14] 그럼 대답

..

12) 고대 로마 시인, 버질(Virgil)의 『아에네이드(*Aeneid*)』의 일부분으로 괴물 폴리페무스 (Polyphemus)에 대한 묘사이다.

13) 웨일즈(Wales)는 영국의 남서쪽 지역으로 원래는 독립 국가였으나 13세기에 잉글랜드와 합병되었다. 웨일즈 대사(Wales ambassador)란 과거에 웨일즈가 잉글랜드 국경을 자주 침략 했던 것에서 나온 말일 것으로 짐작된다. 웨일즈인들이 주로 봄에 침략해 왔으므로 봄에 우는 뻐꾸기를 연상시키는 것이다. 댐핏의 말들이 대개 그렇듯이 이 대사 역시 뜬금없는 현학적인 비유이다.

된 거지?

걸프 이게 수치스런 일만 아니라면 —

[걸프가 단검을 뽑아 든다]

댐핏 그럼 넌 교수형 당하는 거지.

랜슬롯 경 아니, 좀 참으세요, 걸프 씨. 댁은 꼭 아픈 사람 병실에서 그러시
　　더라.

　　[댐핏에게] 저 사람은 꼭 몸져누워 있는 사람들하고만 싸우려고 든답니
　　다. 제가 잘 알아요.

댐핏 그냥 덤비게 놓아 두세요, 여러분. 나한테도 무기가 있거든요. 저기
　　내 요강을 가져와요.

랜슬롯 경 곧 멋진 싸움이 벌어지겠군. 여러분, 난 갑니다.

램프리 아니, 우리도 같이 갈게요. 걸프 씨 —

걸프 저놈은 목매달아 죽여야 해요, 고리대금업이나 하는 나쁜 놈!

랜슬롯 경 쳇! 저자와 힘으로 겨루어 보고, 머리로도 겨뤄 보지 그래요.

오드리 여러분, 제발 가 주세요. 나리의 마지막이 다가왔어요. [댐핏을 안아
　　준다] 제 품에서 잠드세요. 푹 주무세요.

랜슬롯 경 아니, 우린 저 사람이라면 지긋지긋해요.

　　저자를 집에 붙잡아 둬요. 당신 최선을 다해서.

　　저 사람 재산의 세 배를 준다 해도

　　난 저 사람 같은 양심을 갖고 싶진 않아요.

∴∴

14) 런던 근교인 미들섹스(Middlesex) 지역 법정은 엉터리 판결로 악명 높았다.

　노인네 술수 잡는 젊은이의 계략

걸프 이제 저자가 잠들었으니 하찮은 무기로도 저자를 이길 수 있겠어요.

랜슬롯 경 아니, 그래서 저자가 깨어나면 난리가 날 거예요. 난 그런 꼴은
　　보고 싶지 않아요.

걸프 여러분 말씀대로 할게요.

〔함께 퇴장〕

5막 1장

〔루커와 위트굿 등장〕

위트굿 아니, 숙부님, 이번엔 제 말대로 좀 하세요. 그 양반이 숙부님을 초
　　대했으니 저랑 같이 가시자고요.

루커 그놈이 과부를 채 간 마당에 내가 거기 가서 퍽이나 기뻐하겠다.

위트굿 그것 보세요.

　　난 숙부님이 무슨 생각하실지 다 알고 있었다고요.

　　하지만 숙부님, 그런 게 전혀 아니에요.

루커 뭐가 아니란 거냐? 그놈이 과부하고 결혼한 거 맞잖아?

위트굿 아니요, 숙부님. 그렇지 않아요.

루커 무슨 소리냐?

위트굿 사실을 알고 싶으세요? 사실 그 양반은 창녀랑 결혼했답니다.

루커 웃기는 소리 하지 마.

위트굿 숙부님, 그게 아니라면 제가 영원히 숙부님 눈 밖에 나도 괜찮아요.

　　게다가 정숙한 여자와 결혼한 건 바로 저라고요.

루커 하! 그렇다면 그 꼴을 보기 위해 십 마일이라도 걸어가야지.

위트굿 반드시 그 꼴을 보셔야만 해요. 아니면 제가 숙부님을 다시 안 볼
　　거니까요.

루커 정말 창녀란 말이지? 하, 하, 하!

〔함께 퇴장〕

5막 2장

〔호어드가 포도주 마시면서 들어오고, 하인 제복과 망토를 입은 여관 주인이
그 뒤를 따라 등장한다〕

호어드 흠, 흠! 이 포도주는 마음에 안 드는군. 집안에 더 고급 술통이 없
　　　었나?

여관 주인 예, 나리. 영국 어느 집 것보다 훌륭한 포도주 통들이 집 안에 있
　　　던데요.

호어드 이봐, 자네 여주인한테 전부 다 한 번씩 맛보시라고 전해. 그녀가
　　　더 솜씨가 좋으니까.

여관 주인 〔방백〕 그녀가 그렇단 거지? 그럼 그녀에겐 더 잘됐고 당신한텐
　　　더 나쁜 일이네.

〔여관 주인 퇴장〕

호어드 아서!

〔하인인 아서 등장〕

찬장의 접시들은 다 꺼내 놨나?

아서 다 정렬해 놓았어요, 나리.

〔아서 퇴장〕

호어드 내 하인들 제복을 생각할 때마다 난 그 제복과 사랑에 빠진다니까. 정말 근사해 보이잖아. — 애야!

〔조카딸 조이스 등장〕

조이스 부르셨어요, 숙부님?

호어드 애야, 좀 부지런하게 굴고 하인들도 잘 감시해라. 그놈들은 오늘 훔치고 도둑질할 거고, 파이란 파이는 몽땅 집에 보내 제 마누라들한테 줄 거라고. 네가 착한 조카딸이라면 내가 도둑맞는 꼴을 봐서는 안 되겠지.

조이스 걱정 마세요, 숙부님. 〔방백〕 내가 잘 지켜야 할 이유는 따로 있거든요. 이 연회는 숙부님을 위한 거지만 내 결혼 피로연으로도 적합할 테니까요.

〔조이스 퇴장하고 램프리와 스피치콕 등장〕

호어드 램프리 씨, 스피치콕 씨, 내가 가장 환영해야 할 두 신사가 오셨네요! 두 분 아버님들과 내 아버지는 모두 생선장사 길드에 속하셨죠.[1]

램프리 맞아요. 초대받자마자 이렇게 오다니 우리가 무례한 손님은 아닌지 모르겠네요.

호어드 아니요, 그게 가장 좋은 거예요.

〔하인 등장〕

무슨 일이냐?
하인 마차가 문을 향해 오고 있어요, 나리.

〔하인 퇴장〕

호어드 틀림없이 레이디 폭스스톤일 거야!²⁾ ─ 제인 호어드 부인! 여보 ─
맙소사, 정말 귀족부인께서 오셨어.

〔레이디 폭스스톤 등장〕

마님, 이렇게 준비도 안 되고, 대접할 것도 부족하고, 시중들 하인마저
모자란 집에 와 주신 걸 환영합니다.
레이디 폭스스톤 부족하면 부족한 대로 어쩔 수 없죠.
호어드 여보!

〔정부 등장〕

∵

1) 호어드가 이 두 사람의 성을 갖고 말장난하는 것이다. 램프리(lamprey)는 장어이고 스피치
   콕(spitchcock)은 뱀장어 석쇠구이란 뜻을 갖고 있다.
2) 레이디(Lady)는 귀족부인에게 붙이는 호칭이다.

레이디 폭스스톤 이 사람이 신부인가요?

호어드 예, 마님. 〔정부에게〕 레이디 폭스스톤께 인사 드려요.

정부 마님, 잠시 정원에서 산책하면서 바람 좀 쐬시겠어요?

레이디 폭스스톤 그러고 싶군요.

〔레이디 폭스스톤과 정부 퇴장〕

호어드 이러니 누구인들 결혼하고 싶지 않겠어요? 가장 즐거운 삶인걸요!
　　이 세상 어떤 기쁨도 아내가 주는 위안만 한 건 없다고요.

램프리 〔방백〕 그런 건 우리 총각들이 하는 생각이지. 우리는 부인들 때문
　　에 귀찮은 일이 없으니까.

〔하인 등장〕

하인 나리의 형님께서 다른 노신사와 함께 지금 막 말에서 내리셨어요.

〔하인 퇴장〕

호어드 오네시포루스 호어드 씨야! 자, 이제야 우리 일행들이 들어오기 시
　　작하는군.

〔오네시포루스 호어드, 림버, 킥스 등장〕

소중하고 다정하신 우리 형님, 어서 오세요.

오네시포루스 우리가 시간 잘 지키는 사람들이란 걸 알겠지, 아우야.

호어드 예, 형님 말씀이 정말 맞아요. 이 주(州)의 어느 신사보다도 시간 딱 맞춰서 연회에 오셨으니까요. 노신사 림버 씨와 킥스 씨! 유쾌하신 신사 분들, 어서 오세요.

림버 손님이 좀 없어야 우리가 온 게 반가우실 텐데요.

호어드 아니, 잘 오셨어요. 정말 잘 오셨어요. 여러분 같은 손님이야 당연 히 부족하지요.

오네시포루스 아우야, 메들러 과부를 붙잡은 거야?

호어드 경쟁자들 전부로부터요, 형님. 사실 막강한 적들이 많았답니다. 아 주 끈질기게 달라붙었지요. 늙은 루커는 지독한 여우예요, 형님.

오네시포루스 제수씨는 어디 있나? 내가 가서 그녀를 찾아내야겠어. 제수씨 입술에 키스해 주고 싶구나.

호어드 그러셔야죠, 형님. 저기 아내가 오네요.

〔정부 등장〕

제 아내한테 키스해 주는 소리가 온 집 안에 다 들리게 해 주세요.

정부 오 하느님, 난 들켰어! 난 저 얼굴을 안다고.[3]

〔정부와 오네시포루스가 동시에 서로 등지고 돌아선다〕

∵

3) 이 극의 무대는 레스터셔(Leicestershire)와 런던인데, 레스터셔 출신인 정부와 오네시포루스 가 이미 서로 얼굴을 아는 사이인 것이다. 정부의 정체가 들통 나는 순간이다.

호어드 하, 하, 하! 아니, 왜 그러세요? 둘 다 부끄러워서 그래요? 자, 신사
　여러분, 우리는 다른 쪽을 보고 있을게요.

오네시포루스 아우야, 들어 봐. 너 지금 기분 좋으려고 장난치는 거지?

호어드 우리 그러려고 모인 거잖아요?

오네시포루스 아니, 그 얘기가 아니고. 네가 장난이 아니었을까 봐 이렇게
　겁난 적은 내 평생 다시없었다.

호어드 무슨 뜻이에요, 형님?

오네시포루스 저 여자가 네 아내라고 네가 말했잖니.

호어드 제가 그랬나요? 맞아요. 내 아내예요.

오네시포루스 정말이지, 아우야?

호어드 내가 친구들한테 거짓말할 이유가 대체 뭐겠어요, 형님? 결혼으로
　그녀를 내 사람으로 만들 수 있다면, 그녀는 내 사람 맞아요. 왜 그러
　세요?

오네시포루스 사실 내가 갑자기 몸이 안 좋구나. 네 양해를 구해야겠다, 아
　우야. 널 보러 왔지만 저녁 식사 때까지 못 있겠어.

호어드 저한테 이러시면 안 되죠, 형님.

림버 호어드 씨, 저희도 양해를 구해야겠는데요 ―

호어드 이게 뭐죠? 이게 뭐냐고요? 여러분, 원래는 현명하게 처신하는 분
　들이잖아요.

림버 하지만 댁이 이번에 너무 바보짓을 하셨잖아요.

호어드 뭐라고요?

킥스 이건 아니죠! 선생처럼 명망과 체면을 갖춘 분이!
　선생은 친구들한테 연회 베풀려고 했지만
　먼저 수치심부터 질리게 먹인 꼴이 됐어요.

호어드 이건 너무 지나치군. 알아듣게 얘기해 보세요.

림버 노년의 나이에 창녀한테 빠지다니요!

호어드 아니!

킥스 매춘부와 결혼하다니요!

호어드 여러분!

오네시포루스 게다가 위트굿의 정부였던 여자를!

호어드 오! 그럼 토지도 재산도 다 없단 건가요?

오네시포루스 재산이라고?

호어드 〔정부에게〕 당신이 말해 봐!

정부 아아, 당신은 처음부터 그런 줄 알고 있었어요. 나는 가진 게 전혀 없
다고 전에 이미 말했잖아요.[4]

호어드 나가, 나가라고! 난 속았어. 끔찍하게 사기당했다고!

림버 아니, 호어드 씨 ―

호어드 네딜란드 과부였어. 네덜란드 과부! 네덜란드 과부였다고![5]

〔위트굿과 루커 등장〕

루커 아니, 애야. 여전히 네놈이 거짓말쟁이란 걸 네가 꼭 확인해야겠니?
날 화나게 만들 셈이냐? 저기 있는 게 과부 아니냐고?

위트굿 저런, 숙부님은 정말 절 못 믿으시네요. 맹세코 저 여자는 창녀예요.

..

4) 사실 정부가 3막1장에서 그렇게 말했으나 호어드는 당시에는 수사적인 표현인 줄 알고 신경
쓰지 않았다.
5) 앞서 여러 번 나왔듯이 창녀를 부르는 다른 속어가 네딜란드 과부이다.

노인네 술수 잡는 젊은이의 계략

루커 그렇다면 넌 바보겠구나.

위트굿 〔라틴어로〕 그 주장은 부인하겠습니다.

루커 〔라틴어로〕 애야, 내가 그걸 증명해 주마. 〔다시 영어로〕 여자가 창녀라
　　는 걸 알게 된 남자는 반드시 바보임에 틀림없어. 넌 그녀가 창녀란 사
　　실을 안다고 했잖니. 그러므로 그녀가 창녀라면 넌 바보가 되는 거지.

위트굿 〔라틴어로〕 숙부님의 결론은 전제에서 자연스럽게 도출된 게 아닙
　　니다. 〔다시 영어로〕 여자가 창녀란 걸 아는 남자는 반드시 바보일 수밖
　　에 없다는 걸 전 부정하겠어요.

호어드 루커와 위트굿, 당신들은 둘 다 악당이야. 내 집에서 썩 나가!

루커 아니, 당신 결혼 피로연에 날 초대한 건 바로 당신이잖아?

위트굿 게다가 당신과 나는 증인들 앞에서 영원한 친구가 되기로 맹세하
　　고, 그걸로 축배까지 들었잖아요?

호어드 철저히 당했어! 네놈들이 나한테 계략을 쓴 거라고.

루커 하, 하, 하!

호어드 이놈 저놈 다 받던 창녀라니!

위트굿 아니, 그건 그녀에게 부당한 비난이에요, 선생. 내가 그녀라면 그
　　말에 대해 당신을 고소할 거예요. 내가 그녀를 위해 증언할 수도 있지만,
　　그녀는 여러 남자를 손님으로 받지도 않았고 천한 생각을 한 적도 없
　　어요.

정부 당신이 날 멸시하고 사람들한테 공표한다 한들,
　　내가 당신 아내라는 사실은 변하지 않아요.
　　내가 받는 모든 수치 역시 당신이 함께하잖아요?
　　당신이 그렇게 내 치욕을 공유하게 됐지만,
　　당신을 찾아낸 건 내가 아니었어요.

당신이 날 쫓아다녔죠. 아니 나한테 강요했잖아요.

내게 친구들이 있다면 당신을 고소할 수도 있어요.

당신이 한 짓보다 가벼운 일도 납치로 판결됐다고요.[6]

오네시포루스 아우야, 정말이냐?

정부 게다가 난 당신한테 토지를 자랑한 적도 없어요.

돈이나 물건 역시 마찬가지고요.

나는 더 정직한 길을 택해서,

난 가진 게 없다고 당신한테 솔직히 말했어요.

당신이 실수를 범했다면 그건 순전히 당신 탓이에요.

그러니 당신 자신의 어리석음에나 고마워하세요.

게다가 내 죄가 그렇게 끔찍한 것도 아니에요.

그보다 더 나쁜 죄도 용서받곤 했으니까요.

그리고 어느 노인의 사랑이건 맘껏 못 누릴 만큼

내가 생김새가 부족한 것도 아니잖아요.

미리 죄를 맛보지 못한 여자는 나중에라도 십중팔구 반드시 죄 맛을 보게 돼 있어요. 당신네 노인들 대부분은 젊은 숫처녀와 결혼하고 싶어 하지만, 그 뒤에 따라오는 일까지 감당해야만 해요.[7] 반면에 우리 같은 여자와 결혼한다면, 당신은 죄인도 구제해 주는 거고 아내가 바람피울 걱정에서도 영원히 해방되는 거죠.

결국 간단히 말해, 이렇게 생각하는 게 당신한테 가장 좋을 거예요.

⁘

6) 당시 부유한 과부를 강제로 납치해서 결혼하는 일이 잦았고, 이로 인한 송사도 많았다.

7) 재산이 있는 늙은 남자와 돈 없는 젊은 여자의 결혼은 당시 흔한 일이었고 이를 5월/12월 결혼(May-December marriage)이라고 불렸다. 정부는 젊은 처녀만 찾는 노인들의 욕심이 반드시 젊은 아내의 바람기로 이어진다고 경고하는 것이다.

죄를 아는 여자라면 죄를 미워하는 법도 가장 잘 알게 마련이라고요.

호어드 모든 원망은 저주받으라고 해!

분노의 열매는 시커멓고, 그 주인부터 먼저 해치게 마련이니까.

오, 여러분, 난 치욕을 없애기 위해 치욕을 껴안아야만 해요.

수치를 잘 숨기면 공개적인 망신은 피할 수 있죠.

아, 위트굿! 아, 테오도루스![8]

위트굿 아, 어르신. 제 양심이 찔려서 저는 그녀가 잘 시집가는 걸 보고 싶었답니다. 그러니 동정심 많은 어르신이 아니라면 달리 누구에게 그녀를 더 잘 맡길 수 있겠어요? 나 하나만 제외하면 그녀는 숫처녀나 다름없고, 그건 제가 보증해요. 그리고 이제 제가 어르신 조카딸과 혼인했으니 저 역시 그녀로부터 영원히 축출된 거죠. 지금은 그녀가 제 처숙모가 되었으니 제가 숙모와 엮일 수는 없는 거잖아요. 그건 내 처숙부에게 죄 짓는 거니까요.[9]

정부 보세요, 여러분. 여러분 모두의 앞에서

전 완전히 개심한 사람으로 엎드리겠어요.

〔무릎 꿇는다〕

이제부터 영원히 전 이런 걸 거부할게요.

..
8) 호어드는 테오도루스 위트굿을 그동안 성(姓)인 위트굿으로만 불러 왔는데, 여기서 처음으로 이름인 테오도루스를 부름으로써 둘 사이의 친근해진 관계를 보여 준다.
9) 숙모(aunt)는 창녀의 다른 말이기도 하다. 한편으로는 위트굿이 진담으로 호어드와 인척관계가 됨으로써 앞으로 메들러와 불륜을 저지르지 않겠다는 것을 약속하는 거지만, 다른 한편 '숙모'란 단어로 말장난하는 것이기도 하다.

연애의 기술이라고도 불리는

의뭉스런 곁눈질, 부채 흔들기뿐 아니라

발가락 밟기, 손깍지 끼기, 입술 깨물기,

음탕한 걸음걸이, 유혹하는 발걸음,

모든 비밀 친구들과 은밀한 만남들,

남몰래 전달된 편지와 뚜쟁이들의 안부인사,

출산하는 여자 집에 간다고 핑계 대면서

옆집으로 불려 가서 놀기,

사혈(瀉血)하기 좋은 별자리 때에

사혈은 시작도 않고 가짜 약만 먹기,[10]

침실 바꾸고 침대 위치까지 바꿔 가면서

남편이 아닌 애인들을 환영해 주기,

당신과 결혼하지만 애인들과 즐기기,

당신은 기다리게 하고 애인 먼저 대접하기,

당신이 모은 돈을 애인이 쓰게 하기,

그들 자식이지만 당신이 키우게 하기,

이 외에 수천 가지 다른 일들을

개심한 저는 이제 결코 하지 않겠어요.

루커　아, 이건 네놈이 배워야 할 교훈이네, 이 방탕한 놈아!

위트굿　저도 제 잘못을 고백해야 하니 무릎 꿇을게요.

∴

10) 당시 다양한 병에 사혈(피 뽑기)이 시행되었다. 여자가 불륜 애인을 만나기 위해 아프다고
　　핑계 대면서, 막상 치료는 받지 않고 가짜 약만 먹으며 남편을 속인다는 뜻이다.

[무릎 꿇는다]

저 역시 젊은이를 파멸시키는 원인들을

이 자리에서 영원히 포기하겠습니다.

거지, 도둑, 뚜쟁이를 만들어 내는 진짜 외래 문물인

도박, 특히 주사위 도박 외에

영혼을 소진시키는 과식, 사악한 방종,

창녀의 성병, 의사의 처방식,

약제사의 약들, 외과의사의 관장약,[11]

여자한테 건배하려고 칼로 팔 찌르기,[12]

연인에게 정표로 받은 리본 매듭, 음탕한 말들,

향수 뿌린 값비싼 윗옷에 땡전 한 푼 없는 바지,

불붙인 건포도 안주에 오줌으로 건배하기,[13]

남자를 꽉 붙잡고 안 놓아 주려는 창녀들 ─

전 이 모든 것을 거부하겠습니다.

여러분 모두의 정직한 손을 제게 내밀어 주세요.

전 여기서 개심한 사내로 일어나서

이 모든 보편적인 악덕을 혐오하겠어요.

∴

11) 당시 신사들이 의사나 약사들로부터 다양한 처방이나 치료를 받으며 돈을 낭비한 것을 풍
    자하는 대목이다.
12) 한량들이 칼로 팔을 베서 나온 피에 포도주를 섞고, 이를 함께 마시면서 여자에게 건배하는
    관습을 말한다.
13) 건포도 등의 안주에 불을 붙이고, 불붙은 그대로 술에 곁들이던 관습과 오줌에 포도주 섞어
    서 애인을 위해 건배하는 풍습을 말한다.

호어드 자, 자, 여러분. 피로연 음식이 식겠어요.

가끔은 가장 약아 보이는 사람이

오히려 가장 바보란 게 드러나기도 하는 법이죠.

〔모두 퇴장〕

노인네 술수 잡는 젊은이의 계략

칩사이드의 순결한 처녀

등장인물

옐로우해머 금세공사
모들린 금세공사 아내
팀 금세공사의 아들
몰 금세공사의 딸
가정교사 팀의 가정교사

월터 호어하운드 경 몰의 구혼자
올리버 킥스 경 월터의 친척
레이디 킥스 올리버 경의 아내
올위트 런던시민
올위트 부인 올위트의 아내
웨일즈 여자 월터의 정부
와트와 닉 월터의 사생아들
데이비 다후마 월터의 하인

터치우드 시니어 몰락한 신사
터치우드 시니어의 아내
터치우드 주니어 터치우드 시니어의 동생
　이자 몰의 구혼자
저그 레이디 킥스의 하녀
수잔 몰의 하녀

염탐꾼 1, 2, 하인들, 뱃사공들, 여자, 유모,
젖 유모, 문지기, 신사, 바구니 든 남자들,
청교도인들, 동네 아줌마들, 산파, 목사*

---

* 다른 도시희극과 마찬가지로 이 극의 등장인물들 역시 이름으로 각자의 특징을 드러낸다. 예
컨대 옐로우해머(Yellowhammer)는 금세공사답게 '황금색 망치' 혹은 '금화'란 뜻이고, 그 아
내 모들린(Maudline)은 매사에 감정적(maudlin)인 성격을 보인다. 몰(Moll)은 이 극에서 유
일하게 정숙한 여성이고 제목인 『칩사이드의 순결한 처녀(A Chaste Maid in Cheapside)』에
서부터 그 점이 강조되지만, 사실 몰이란 이름 자체는 당시 창녀를 통칭하던 이름이기도 해
서 이 극이 처녀/창녀의 이분법을 희극적으로 문제 삼을 것임을 예고한다. 몰의 구혼자인
월터 호어하운드는 창녀(whore)+사냥하다(hound)가 합해진 이름이어서 창녀를 쫓아다니
는 난봉꾼임을 알 수 있다. 몰의 또 다른 구혼자 터치우드 주니어는 건드리다(touch)+장작
(wood)이고, 원래 "touchwood"가 화약에 불붙이는 부싯돌이란 뜻이어서, 터치우드 형제
가 강력한 성적 욕망을 갖고 있거나 여성에게 욕망을 불러일으키는 인물임을 알 수 있다. 올
리버 킥스에서 킥스(kix)는 마른 줄기란 의미를 갖고 있어서 그가 불임 남편임을 알 수 있고,
다후마(dahuma)는 웨일즈어로 '이리 오너라'는 뜻이어서 하인이나 아랫사람을 부르는 명령
어를 아예 이름으로 쓴 경우이다.

1막 1장

〔막이 열리면 가게가 보이고 모들린과 몰이 등장한다〕

모들린 애야, 버지널[1] 연주 배운 거는 잘 복습하고 있니?

몰 네.

모들린 "네"라니, 애가 요새 아주 둔한 처녀애가 돼 버렸네. 넌 그 나른한
빈혈 좀 고쳐야 해.[2] 아니, 울어? 너한테 필요한 건 남편이야! 사내놈 튼
실한 물건이 우리한테 점지되지 않았더라면, 대체 우리 같은 여편네들
을 어디에 써먹겠어? 샐러드 만드는 데 쓰겠니, 아님 길바닥에서 "미나
리 사세요!" 하며 팔겠니?[3] 아이고, 시절이 이렇게 달라졌다니까! 내가
네 나이일 때, 결혼 전의 나는 몸도 가볍고 기운도 펄펄했지.[4] 너 같은 애

1) 버지널은 피아노의 전신인 하프시코드의 한 종류이다. 또한 버지널은 처녀(virgin)의 형용사
형으로, 버지널을 연주한다는 것에는 성적인 의미도 있다.
2) 당시 젊은 아가씨들에게 빈혈이 많았고 그로 인해 나른해지는 증상이 있었다. 흔히 이 빈혈은
상사병으로 인해 발생된다고 생각했고 성행위에 의해 치유된다고도 여겨졌다. 즉 모들린은
자기 딸이 매사에 의욕을 보이지 않는 것이 남자가 없어서라며, 남자(남편)와의 성행위로 그
나른함을 치유해야 한다고 주장하는 것이다. 이처럼 이 첫 장면에서 모들린의 모든 대사는
성적인 함의로 가득하다.
3) 남자와 관계를 맺지 못한 여자들은 풋풋한 채로 남아 있으므로 샐러드 재료로 쓰든지 아니
면 길바닥에서 미나리처럼 팔려야 한다는 뜻이다.
4) '펄펄하다'는 뜻의 원문 quick에는 '임신하다'는 뜻도 있다. 후자로 본다면, 모들린이 결혼 전에

가 기사(騎士)의 신붓감이 되다니!⁵⁾ 졸린 낯짝에, 눈은 흐릿하고, 기분은 금속 찌꺼기처럼 처져 있는데 말이야.⁶⁾ 내 목숨을 걸어도 좋지만 너 춤추는 것도 까먹었지?⁷⁾ 춤 선생 언제 왔었니?

몰 지난주에요.

모들린 지난주라고? 내가 너처럼 젊었을 때, 내 춤 선생은 하룻밤도 거르는 법이 없었어. 아주 날 붙잡아 놓다시피 했단다.⁸⁾ 난 배우는 게 재미있었고 선생도 날 가르치는 걸 좋아했지. 짙은 피부의 멋진 신사였는데 나랑 같이 하는 걸 아주 좋아했단다. 하지만 넌 이렇게 둔해 빠졌으니 너한테 날렵한 동작이 나올 리 없지. 넌 춤을 춰도 배관공 딸년처럼 무겁게 출 거야. 그러니 네 지참금으로는 금붙이가 아니라 납덩이 이천 파운드가 더 어울릴 거다.

〔옐로우해머 등장〕

옐로우해머 모녀지간에 왜 이렇게 시끄러운 거야? 응?

모들린 별일 아니에요. 당신 딸 메리한테 오류를 지적하고 있었어요.⁹⁾

∙∙

   이미 임신한 적 있다는 의미로도 해석되는데, 이처럼 이 극의 모든 등장인물들은 남녀 불문하고 혼외관계를 했거나 지금도 하고 있다.
5) 옐로우해머 부부가 몰과 기사인 월터와의 결혼을 추진하고 있으므로 걱정하며 하는 소리이다. 여기서 기사는 월터가 가진 하급 작위를 말한다.
6) 금속 찌꺼기(dross)는 귀금속을 제련하고 남은 찌꺼기이다. 금세공사의 아내다운 비유이다.
7) 런던 상인의 딸인 몰에게 악기연주와 춤을 가르치는 것은 사실 중산층답지 않은 교육이다. 옐로우해머 부부가 딸의 신분상승을 염두에 두고 귀족적인 교육을 시키고 있음을 알 수 있는 대목이다.
8) 춤 선생과 매일 밤 춤을 췄다는 의미이면서, 동시에 매일 밤 성관계를 맺었다는 의미이기도 하다.

옐로우해머 "오류"라고? 아니, 마누라. 우리 런던 시로는 당신 성이 안 차서 꼭 웨스트민스터에서 쓰는 말까지 가져와야겠어?[10] 정말 지긋지긋하군. 혹시 최근에 어느 변호사 놈이 우리 가게에 와서 그 어머니가 보내 줬다는 반 크라운짜리 금화를 바꾸어 갔거나, 아니면 2펜스짜리 도금 동전을 금화라고 하면서 당신 속인 거 아니야? 런던 여자들이 의무와 복종을 소홀히 하거나 틈 보일 때 쓰라고, 그놈이 그 "오류"라는 상류층 단어를 가져온 게 아니냐고? 뭐, 그런 단어를 쓰고 싶으면 써도 좋아, 마누라. 흠결 없이 만들어진 여자는 없는 법이니까. 가장 깨끗한 한랭사라도 올 풀린 부분이 있고, 제아무리 고급 아마포라도 결점이 있게 마련이잖아.

모들린 하지만 모든 틈을 메워 주는 게 또 남편이 할 일이죠.[11]

몰 아니, 그분이 벌써 오신 거예요, 아버지?

옐로우해머 월터 경이 이미 와 있단다.

　　호본 다리에서 나와 마주쳤는데

　　어느 단정하고 예쁜 젊은 규수랑 같이 있더구나.

　　그 빨간 머리랑 지체 높은 외양으로 보아

---

9) 몰과 메리는 같은 이름이다. 그러나 몰은 창녀를 대표하는 이름이고 메리는 성모 마리아를 연상시키는 순결한 이름이므로, 이와 같은 이중성이 이 극의 중요한 모티프 중 하나가 된다.

10) 웨스트민스터는 왕궁이 있는 런던의 서쪽 지역으로 상류층이나 변호사들이 살던 런던의 신흥 부촌이었다. 웨스트민스터의 법조인들은 프랑스 법률용어를 많이 사용했고 "오류(error)"도 그런 어원의 단어이다. 반면에 이 극의 무대인 칩사이드는 런던 구시가지에 있는 런던 최고의 시장으로, 신흥 부촌인 웨스트민스터와 경쟁관계에 있었다. 칩사이드의 금세공사인 옐로우해머 역시 웨스트민스터에 대해 계급적, 언어적으로 민감하게 굴며, 런던시민으로서의 자존심을 언어사용에서까지 주장하고자 하는 것이다.

11) 결점을 메워 준다는 원래 뜻 외에 성적인 함의가 들어 있는 말이다.

웨일즈에서 데려온 자기 조카딸인가 봐.[12]

땅을 많이 갖고 있다는 조카 말이야.

우리 캠브리지 대학생 팀하고 결혼시킬 여자지.

그건 월터 경이 직접 주선한 결혼이란다.

우리 상속자들과 겹사돈을 맺어서

자기와 우리를 영원히 묶어 두려고 말이다.[13]

모들린 그렇게 되면 우리야 영광이죠.

여기 이 한심한 물건도 제 주제를 알고,

그 양반이 들어올 때 성심껏 키스해야 할 텐데요.

난 아무리 해도 애한테 손 놀리는 법을 가르칠 수가 없어요.

이렇게 앞뒤로 손 움직이는 거 말이에요.[14]

기사는 앞뒤로 그러는 걸 기대할 텐데 말이죠.

내가 항상 애한테 말했었거든요. 남자를 동하게 만들고

효과도 좋은 건 여자의 손놀림이라고요.

그런데 여보, 캠브리지에 전갈은 보냈어요?

팀이 이 소식을 들었을까요?

··

12) '지체 높다'의 원문은 rank인데 이 단어는 음탕하다는 뜻도 중의적으로 갖고 있다. 게다가 서양에서 빨간 머리는 전통적으로 성욕이 많다고 여겨지므로, 옐로우해머가 묘사한 외모는 얌전한 규수보다는 매춘부에 어울리는 표현이다.

13) 근대초기 영국은 초기자본주의의 도입과 혼란 속에서 계급 간의 경계가 허물어지고 계급 간의 유동성이 커졌는데, 그 대표적인 예가 돈 많은 중간계층과 가난한 귀족계급 간의 결혼 이었다. 결혼을 통해 각각 돈과 계급을 얻는 것인데, 이 극에서 부유한 런던시민의 딸인 몰과 기사작위만 있을 뿐 가난한 월터 경의 결혼이 그 전형적인 예다.

14) 아마도 이 대목에서 모들린이 음탕한 손짓을 해 보임으로써 대사의 성적인 함의를 보충할 것으로 짐작된다.

옐로우해머 당신이 은수저 보낸 다음날 바로 보냈지. 홀에서 다른 부잣집 학생들과 죽 먹을 때 쓰라고 당신이 은수저 보냈었잖아요.[15]

모들린 딱 맞춰서 잘 보냈네요.

〔캠브리지 대학의 문지기 등장〕

옐로우해머 무슨 일인가?

문지기 캠브리지에서 한 신사가 보낸 편지입니다요.

옐로우해머 홉슨네 문지기 중의 하나로군.[16] 어서 와요. 팀한테 답이 올 거라고 내가 말했잖아, 모드.[17] 〔라틴어를 소리 나는 대로 읽는다〕 "아만티시미스 카리시미스크 암보부스 파렌티부스 파트리 에 마트리."[18]

모들린 그게 다 무슨 소리에요?

옐로우해머 몰라. 나도 정말 모르니까 나한테 묻지 마. 얘가 말이 너무 많아졌네. 이 학식이란 건 대단한 마녀야.

모들린 어디 내가 좀 볼게요. 난 걔를 곧잘 이해하곤 했으니까. 〔라틴어를 읽으며 엉터리로 번역한다〕 "아만티시미스 카리시미스", 짐꾼을 하나 보냈

··

15) 당시 대학의 부유한 학생들은 대학에서 받을 수 있는 여러 특권에 대해 따로 돈을 냈는데, 그중 하나가 가난한 학생들과 구분되는 식탁에서 자기들끼리 따로 식사하는 것이었다.

16) 홉슨은 캠브리지 대학의 유명한 짐꾼이다.

17) 모드는 모들린의 애칭이다.

18) 원문은 "Amantissimis carissimisque ambobus parentibus patri et matri"로서 "아버지, 어머니, 내가 가장 사랑하는 부모님께"라는 뜻이다. 라틴어를 모르는 런던시민인 부모에게 자신의 얕은 라틴어 지식을 자랑하기 위해 팀이 보낸 것이다. 이 간단한 라틴어 문구를 옐로우해머, 모들린, 문지기 세 사람이 각자 오독하면서 웃음을 자아낸다. 이처럼 무식한 사람들이 라틴어를 오역하면서 자아내는 웃음이 당시 희극의 흔한 소재 중 하나였다.

다네요. "암보부스 파렌티부스", 그 편에 신발 한 켤레 보내래요. "파트리 에 마트리", 문지기한테 사례하래요. 아님 소용없다고요.

문지기 예, 맞아요. 마님이 라틴어를 좀 잘못 이해하시긴 했지만요. 전 벨여관에서 여기 오느라 엄청나게 고생해서 땀투성이가 됐어요.[19] 어디, 제가 좀 볼게요. 저도 40년 전엔 대학생이었거든요. 내용은 이런 거예요. 제가 보증하지요. 〔엉터리로 라틴어를 번역한다〕 "마트리", 소용없어요. "암보부스 파렌티부스", 신발 한 켤레 보내세요. "파트리", 문지기한테 사례하세요. "아만티시무스 카리시무스", 그 사람은 짐꾼이고 이름은 심즈에요. ― 맞아요. 내 이름이 심즈 맞아요. 예전에 배웠던 걸 다 까먹진 않았네요. 돈 얘기일 줄 알았어요. 내가 맞출 줄 알았다고요.

옐로우해머 알았어요, 알았어. 정말 교활한 늙은 여우로군. 여기 6펜스 있소.

〔돈을 준다〕

문지기 거위 축제에서 나리를 뵙게 되면 새를 재료로 요리해 드릴게요.[20]

옐로우해머 보우 지역에 사나?[21]

문지기 예, 나리, 평생 살았어요. 거위한테도 "보우"라고 외치면서 몰아댈 정도랍니다. 그럼, 나리, 전 이만 가 볼게요.[22]

∴

19) 벨 여관은 캠브리지에서 오는 여행객들이 주로 사용하던 여관이다.
20) 음담패설이다. 여자를 흔히 새로 비유했으므로, 옐로우해머를 위해 여자를 준비해 놓겠다는 뜻이다. 사실 캠브리지 문지기들의 주요 임무 중 하나는 학생들에게 여자를 주선해 주는 뚜쟁이 역할이었다.
21) 런던 북쪽에 있는 스트렛포드 르 보우(Stratford-le-Bow)는 거위를 사고파는 시장으로 유명했다.

〔문지기 퇴장〕

옐로우해머 유쾌한 문지기로군.

모들린 우리 아들 팀이 보낸 캠브리지 편지를 가져왔는데 유쾌한 것도 당
　연하지요.

옐로우해머 그런데 대체 무슨 내용이지? 〔라틴어를 소리 나는 대로 읽는다〕
　"막심 딜리고?"²³⁾ 이런, 유식한 내 변호사한테 이걸 가져가 봐야겠다. 안
　그러곤 도저히 알 길이 없겠어.

모들린 그럼 법학원에 있는 내 사촌한테 가 봐요.²⁴⁾

옐로우해머 쳇, 그자들은 온통 불어만 하잖아.²⁵⁾ 라틴어는 안 한다고.

모들린 그럼 목사님이 읽어 줄 거예요.

　　　〔한 신사가 목걸이 들고 등장한다〕

옐로우해머 아니야, 목사님은 거절할 거야. 라틴어를 "천주쟁이"라고 부르
　는 양반인걸.²⁶⁾ 상대도 안 하려고 할 거야. 〔신사에게〕 뭐 필요한 거 있으
　세요?

∙∙
22) 거위한테 잘 쓰는 "보우(Bo)"라는 의성어와 보우(Bow) 지역의 발음이 같은 데서 오는 말장
　난이다.
23) 라틴어 Maxime diligo로 "존경하옵는"이란 뜻이다.
24) 당시 영국의 고등교육기관은 영국의 양 대학, 옥스퍼드와 캠브리지 외에 법을 가르치는 법
　학원(Inn of Court)들이 있었다. 사촌이 법학원에서 공부하고 있는 것으로 보아 모들린 집
　안이 금세공인 옐로우해머보다 계급적으로 조금 위에 있음을 알 수 있다.
25) 당시 법학 전문용어들은 불어가 많았다. 또한 성병을 프랑스 병이라고 부른 것에서 알 수
　있듯이 이 대사에는 법학원 학생들의 방종한 생활을 풍자하는 의미도 있다.

신사 이 목걸이 좀 달아 봐 주세요.

〔옐로우해머가 목걸이 무게를 단다〕

〔호어하운드 경, 웨일즈 여자, 데이비 다후마가 등장하여 무대 한쪽에서 따로
얘기 나눈다〕

월터 경 이봐, 런던시의 심장에 온 걸 환영해.

웨일즈 여자 〔웨일즈어로〕 맙소사!

월터 경 네가 원한다면 영어로 고맙다고 해도 좋아.

웨일즈 여자 네, 나리. 그럴게요.

월터 경 그래, 그 정도면 됐어. 내가 널 그렇게 여러 번 데리고 잤는데도 너
    한테 영어를 못 가르쳤다면, 그게 오히려 이상한 일이지. 그거야말로 부
    자연스러운 거라고. 내가 널 런던에 데려온 이유는 널 황금으로 변하게
    해 주고, 이문이 많이 남아 반짝이는 장사처럼 네 운도 반짝거리게 해
    주려는 거야. 금세공사 가게야말로 런던 처녀를 돋보이게 하는 곳이거
    든. 데이비 다후마, 넌 한마디도 하지 마!

데이비 입 다물고 있을게요, 나리.

월터 경 여기서 넌 숫처녀 행세를 해야 해.

데이비 〔방백〕 순결한 웨일즈 숫처녀라 이거지! 브레크녹셔에서 처녀성을
    잃은 주제에.[27]

∷

26) 16세기 중반 헨리 8세의 종교개혁으로 영국은 신교국가가 되었고 예배의 형식에서 가톨릭
    적인 요소를 강제로 배제하였다. 고지식한 영국 국교회의 목사가 가톨릭 미사에서 쓰이는
    언어라는 이유로 라틴어를 "천주쟁이"라고 부르며 싫어한다는 것이다. 당시 극심했던 종교
    간 갈등을 짐작할 수 있다.

월터 경 너 우물거리는 소리 들린다, 데이비.

데이비 제겐 씹을 수 있는 이빨이 있는걸요, 나리. 지난 40년간 우물거릴 필요 따윈 없었답니다.

월터 경 〔방백〕 저놈이 남 아픈 데를 골라서 고약하게 물어뜯네.[28]

옐로우해머 〔신사에게〕 얼마를 부르시겠어요, 손님?

신사 백 파운드요.

옐로우해머 최대한 쳐서 백 마르크 드리지요.[29] 아니면 딴 집으로 가 보세요.

〔신사 퇴장〕

— 아니, 월터 호어하운드 경이시잖아요!

몰 〔방백〕 아, 난 죽었네!

〔몰 퇴장〕

모들린 아니, 애야! 아이고, 저 망할 것!

수줍은 처녀애라서 그래요, 경.

..
27) 브레크녹셔는 웨일즈의 한 지역이다.

28) 데이비 다후마가 굳이 자신의 치아를 언급해 "우물거리지" 않는다고 하는 것은 월터에게 치아 문제가 있어 실제로 우물거리는 것을 빗대어 놀리는 것이고, 이를 알아들은 월터가 분개하는 것이다.

29) 1마르크는 1파운드의 2/3인 13실링 4펜스였다. 당시 금세공사들은 금붙이를 제작했을 뿐 아니라 귀금속을 사들이거나 이를 담보 삼아 돈을 빌려주는 소매금융업까지 겸했다. 여기서 옐로우해머가 손님이 요구하는 가격의 2/3로 값을 깎는 것은 당시 런던의 금세공사들이 빈틈없는 장사꾼이었음을 보여 주는 예이다.

젊은 아가씨들은 부끄러움이 많은 법이죠.

게다가 월터 경, 경께선 런던에서 자란 처녀애들을

위압할 만한 풍채를 가지셨잖아요.

[몰 다시 등장]

궁정의 용감한 기백이 우리 처녀애들을 동요시켜서

허벅지가 덜덜 떨린 채 키스하게 만드는 거죠.[30]

보세요. 저기 우리 애가 오네요.

월터 경 자, 자, 예쁜 아가씨. 이제야 당신을 붙잡았군요. 아니, 당신의 충성스런 하인한테 이렇게 벗어나려 하다니 너무하시는 것 아니에요?

옐로우해머 쯧쯧, 그런 말씀 하지 마세요, 기사님. 안 그러면 저 애 얼굴이 빨개질 거예요. 자유구역에 사는 딸내미들한텐 분에 넘치는 말들이에요. "명예"니 "충실한 하인"이니 그런 말들은 화이트홀이나 그리니치의 높으신 분들에게나 어울리는 찬사지요. 우리 같은 사람한테는 꾸밈없고 소박한, 특별세 내는 런던시민들의 단어면 충분하답니다.[31] 그런데 여기

••

30) 음담패설이다.

31) "자유구역(Freedom)"은 런던 시내에서 장사할 수 있는 허가를 받은 지역, 즉 교외와 구분되는 런던성곽 내의 구시가지를 뜻했다. 따라서 "자유구역에 사는 딸들"이란 런던 토박이 아가씨들을 가리키는 말이고 은근히 런던시민임을 자랑하는 옐로우해머의 태도가 드러나는 표현이기도 하다. 화이트홀(Whitehall)과 그리니치(Greenwich)에는 왕궁이 있어서, 상인이나 장인이 주를 이루는 중산층 런던시민들과 대비되는 귀족들의 지역이었다. 특별세(subsidy)는 왕실에서 런던의 부유한 시민들에게만 부과하는 특별한 세금으로, 런던의 가난한 시민들과 부유한 시민들을 차별화하는 일종의 특권의 징표였다. 이 대목은 옐로우해머가 자기 같은 런던시민을 소박한 사람들로 묘사하면서도 은근히 자신들의 재력과 특권을 과시하는 장면이다.

계신 규수가 경의 훌륭하신 조카따님인가요?

월터 경 예, 그렇게 보셔도 됩니다. 제 조카예요. 무려 열아홉 개나 되는 산
을 가진 상속녀지요.

옐로우해머 아이고, 맙소사! 경의 말씀을 들으니 부유함으로 압도되고 애정
이 샘솟아 오르네요.

월터 경 그 산들은 전부 성 바울 성당만큼 높답니다.[32]

데이비 〔방백〕 참 기가 막히는군.

월터 경 뭐라 그랬나, 데이비?

데이비 예, 나리, 훨씬 더 높다고 했습니다. 산꼭대기가 안 보일 지경이라
고요.

옐로우해머 아, 그래요? 모들린, 이 규수에게 인사해요.
〔부인에게만〕 일이 잘 풀리면 우리 며느리 될 사람이야.

〔터치우드 주니어 등장〕

터치우드 주니어 〔방백〕 우리 기사 나리가 종복 두어 명에다
자기의 암양 창녀까지 대동하고 행차하셨군.[33]
런던에서 숫양을 찾아 주겠다고 말이야.
나도 서둘러야겠어. 아니면 굶어죽는 수밖에.
아가씨의 뜨거운 피는 날 원하고 있어. 그건 확실해.

• •

32) 당시 런던의 성 바울 성당은 런던에서 가장 높은 건물로 "성 바울 성당만큼 높다."는 표현은
높은 것을 의미하는 관용적인 표현이었다.

33) 양고기는 창녀를 일컫는 속어이기도 했다. 특히 다 자란 암양은 어린 양의 고기보다 질기고
맛이 없었으므로 여기서 암양이란 웨일즈 여자처럼 한물간 창녀를 의미한다.

자, 기사양반, 저 최고의 사냥감은

오직 나만을 위해 아껴 둔 거라고.

〔몰을 옆으로 잡아끈다〕

몰 당신이세요?

터치우드 주니어 돌아보지 말아요. 당신이 합법적으로 내게 그럴 수 있을 때
  까지요. 당신이 돌아보면, 안 그래도 날카롭게 벼려진 내 욕망만 더 자
  극할 뿐이에요. 〔편지를 준다〕 그 편지를 잘 읽어 봐요. 언제나 내가 의심
  받지 않도록 하고, 내 열정은 오직 당신 마음속에서만 알고 있어요. 내
  편지를 읽고 당신 생각은 어떤지 세 단어로 보내 주세요. 그럼 내가 근
  처에 있다가 받아 갈게요.

옐로우해머 경, 이리 들어오세요. 이리로요.

  그냥 평범한 아이지요. 대학생이에요.

  아들놈은 다음 사순절에 학사학위를 받게 돼요.

  그러면 온 캠브리지에서 옐로우해머 경으로 불릴 거예요.

  그건 절반은 기사나 마찬가지죠.[34]

모들린 기사님, 이리 가까이 오셔서 런던의 환대를 맛보세요.

옐로우해머 어서요, 월터 경. 댁의 정숙하신 조카따님도요.

월터 경 호의를 받아들이는 것도 예의지요.

··

34) 옐로우해머는 아들의 학위가 갖는 의미를 과장하고 있다. 옥스퍼드나 캠브리지 대학을 졸
  업하면 학사학위를 받는데, 이를 가리키는 라틴어 dominus는 때로는 "경(Sir)"으로 번역되
  었다. 따라서 대학을 졸업하면 절반은 기사, 즉 "경"이라고 주장하는 것인데, 이는 성공한
  런던 중산층이면서도 신분상승에 집착하는 옐로우해머의 이중성을 보여 주는 부분이다.

옐로우해머 안으로 모시고 가요, 여보.

월터 경 선생도 들어오시지요.

옐로우해머 저도 곧 들어갈게요.

　〔모들린, 월터 경, 데이비, 웨일즈 여자가 퇴장한다〕

터치우드 주니어 〔방백〕 악마와 부자들은 참 희한하게 바쁘구나!

　가여운 내 사랑은 너무 심하게 감시당하고 있어.

　그 어머니의 눈이 기사를 향해 있으니 자기 딸에겐 가혹한 거지.

　그녀의 아버지한테 자기 딸의 결혼반지를 만들게 하면

　재밌는 장난이 될 거야. 내가 그렇게 해 봐야겠다.

　모르는 사람한테 돈 벌게 해 주느니

　내 장인 될 양반한테 보태 주는 게 정직한 행동이잖아.

옐로우해머 〔방백〕 내 딸애가 이상하게 까다롭네.

　틀림없이 딴 놈한테 마음이 가 있는 거야.

　그렇게 되면 모든 게 다 수포로 되잖아.

　그것만은 철저히 감시해야 해.

　자식들한테는 조심할수록 좋은 법이거든.

　〔터치우드 주니어에게〕 뭘 드릴까요?

터치우드 주니어 〔방백〕 지금은 없어요. 내가 원하는 건 다 있거든요.

　〔옐로우해머에게〕 규수에게 줄 결혼반지를 맞추고 싶어요.

　가능한 한 빨리요.

옐로우해머 무게는 어떻게 해 드릴까요?

터치우드 주니어 반 온스 정도요.

작은 다이아몬드를 박아서 예쁘고 얌전하게 해 주세요.

조금이라도 품격을 잃어선 안 돼요.

옐로우해머 〔다이아몬드를 받아들며〕 어디 좀 봅시다. 네, 손님. 아주 순정한

다이아몬드네요.

터치우드 주니어 그 아가씨도 그렇답니다.

옐로우해머 그분 손가락 치수는 아시나요?

터치우드 주니어 그럼요. 내가 그 치수 적은 걸 갖고 왔답니다 —

이런, 그게 밑으로 너무 들어가 버렸네.

지금은 못 보여 드리겠어요.

그걸 꺼내려면 온갖 걸 다 꺼내야 하거든요.

어디 봅시다. 가늘고 길고 관절이 매끈한 손이에요.

댁의 따님인 저 규수의 손가락과 아주 똑같아요.

옐로우해머 그렇다면 그분도 규수는 아니겠네요.[35]

터치우드 주니어 맹세해도 좋지만 두 아가씨가

저보다 더 똑같은 손을 가진 건 본 적이 없어요.

선생이 허락해 주신다면 더 멀리 찾을 것도 없겠는데요.

옐로우해머 내 딸 손가락과 같다고 장담하신다면 그렇게 하시죠.

터치우드 주니어 장담합니다. 잘못돼도 제가 책임지지요.

옐로우해머 그렇게 하시겠어요? 애야, 이리 좀 와 보렴.

터치우드 주니어 아가씨, 제가 감히 손가락 좀 봐도 될까요?

몰 그렇게 하세요.

..

35) 역시 계급에 민감한 옐로우해머의 반응이다. 자기 딸은 런던시민이므로 귀족이나 기사계급
여성들에게 붙이는 규수(gentlewoman)가 아니라는 것이다.

〔반지를 몰의 손가락에 끼워 본다〕

터치우드 주니어 저분 손가락에 아주 딱 맞네요.

옐로우해머 이제 반지에 새기는 글은 어떻게 할까요?

터치우드 주니어 저런, 그걸 새겨야 하는군요. 맞아요.

그럼, 이렇게 해 주세요, 주인장.

"현명한 사랑은 부모의 눈을 속인다."

옐로우해머 뭐라고요? 제가 이런 말씀을 드려도 될지 모르겠습니다만, 제

가 장담하건대 —

터치우드 주니어 뭡니까, 선생?

옐로우해머 말씀 드려도 될는지요?

터치우드 주니어 되냐고요? 그럼요, 선생.

옐로우해머 정말 해도 됩니까?

터치우드 주니어 네, 됩니다.

옐로우해머 손님은 어떤 사람의 딸을 훔쳐 내려 하시는군요. 맞나요?

옆으로 돌아서시는군요.

당신 같은 신사들은 미친 장난꾸러기예요.[36]

모든 일을 너무나 교묘하게 처리해서

부모들을 그렇게 잘 속이다니 말이에요.

∙∙

36) 여기서 신사란 태도나 심성에 기초한 현대적인 의미가 아니라 계급적인 개념이다. 일정한
   토지를 소유하고 있어서 노동하지 않고도 살 수 있는 유산계급, 특히 토지소유계층을 의미
   한다. 기술이나 장사를 해서 돈을 벌고 생계를 유지하는 런던시민들과 차별화되는 상류계
   급으로서, 이들 신사계급과 런던시민 사이의 갈등이 이 극을 비롯한 도시희극 장르의 주요
   플롯 중 하나이다.

하지만 두 눈 시퍼렇게 뜨고도

　제대로 보지 못하는 부모는 당해도 싼 거예요.

터치우드 주니어 〔방백〕 그게 바로 당신 운명이에요.

옐로우해머 내일 정오면 반지가 다 완성될 겁니다.

터치우드 주니어 그렇다면 정말 빠른 거네요. 감사합니다.

　아름다운 아가씨, 잘 있어요.

　〔터치우드 주니어 퇴장〕

몰 감사합니다.

　〔방백〕 내 소원대로 될 수만 있다면 나도 당신과 같이 갈 텐데.

옐로우해머 자, 안에서 어떻게 대접하고 있는지 들어가 보자.

몰 〔방백〕 내 기쁨을 빼앗는 게 바로 그거예요. 내가 얻은 모든 걸 거기서
　다 잃는다고요.

　〔함께 퇴장〕

1막 2장

〔데이비와 올위트가 무대 양쪽에서 각각 들어온다〕

데이비 〔방백〕 차마 못 볼 걸 봤네! 저기 제 마누라 팔아먹은 놈이 오잖아.

올위트 아니, 데이비 다후마 아니야? 북웨일즈에서 온 걸 환영하네.

그럼 월터 경도 오신 거야?

데이비 지금 막 런던에 도착하셨어요.

올위트 데이비, 하녀들한테 가서 지금 바로 기사님 방을 준비하라고 일러
주게. 내 아내는 배가 너무 나와서 버둥거릴 지경이야, 데이비. 아내가
갈망한 건 피클에 절인 오이랑 월터 경뿐이었는데 이제 둘 다 실컷 가질
수 있게 됐어.[1]

데이비 당연히 그러시겠죠, 나리.

올위트 아내는 자네만 봐도 기뻐할 거야.

기사님이 몸소 오실 때까진 말이야.

자, 자, 안으로 들어가세, 데이비.

〔데이비 퇴장〕

••
1) 임신 중이라 새콤한 것을 원한다는 의미이다.

설립자가 런던에 오셨네.

자기를 위해 차려진 밥상을 발견한 남자는

그렇게 해 준 설립자를 위해 기도하지.

언제나 차려진 밥상을 받는 나 역시 마찬가지야.

"존경해 마지않는 훌륭한 설립자의 삶을 축복하소서."

난 그에게 감사해. 그는 지난 십 년간 내 집안을 먹여 살렸지.

내 아내의 모든 비용을 댔을 뿐 아니라

나와 내 가족 모두를 부양했어. 난 그의 밥상에 앉지.

그는 내 아이들 전부의 친아버지고 유모에게 급여도 줘.

매월, 매주 안 빠지게 줘서, 난 한 푼도 안 내.

집세도, 교회 헌금도, 심지어 청소부 돈까지 말이야.

이건 남자로 태어나서 누릴 수 있는 가장 행복한 경지야!

난 아침에 산책 나갔다가 아침 먹으러 돌아와.

멋진 밥상이 차려져 있고 겨울엔 불까지 지펴져 있어.

난 한여름 밤에 석탄 창고를 들여다봐.[2]

새로 들여온 석탄 대여섯 포대가 가득 차 있지.

또 내 뒷마당도 들여다봐.

켄트에서 가져온 장작더미가 탑처럼 쌓여 있어.[3]

풍차나 물방앗간도 내려다보일 정도로 높단 말이야.

그럼 난 아무 말도 안 해.

그저 빙그레 웃고 문단속을 하지.

• •

2) 겨울에 쓸 석탄을 여름에 미리 쟁여 놓을 만큼 여유가 있는 것이다.
3) 켄트산(産) 장작이 품질 좋기로 유명했다.

내 아내가 출산할 때면 — 이제 막 그럴 것 같긴 하지만 —

어느 귀족부인도 그보다 더 화려하게 산실(産室)을 꾸미진 못해.

돈을무늬 장신구에, 자수에, 반짝이에, 기타 등등 다 해서

마치 그리섬 거래소에 있는 사치품 가게들이

죄다 그녀의 출산을 위해 와 있는 것 같다고.[4]

게다가 그녀의 강장제들은 또 얼마나 널려 있는지,

젊은 약사한테 가게 하나 차려 주거나

약국 직원의 재고를 든든히 채워 줄 수 있을 정도지.

그녀는 설탕도 아예 덩어리째 먹고,

포도주도 통으로 갖다 놓았어.[5]

난 이 모든 것들을 보긴 하지만, 행복한 남자답게

그중 어떤 것도 내 돈 주고 산 건 없어.

하지만 바보들은 그게 다 내 거라고 생각하지.

난 부자란 명망을 얻고 그의 황금으로 광을 내.

어떤 상인들은 마누라한테 천국 사 주려고

자기 영혼 속에서 지옥과 입 맞추고,

자신의 정부(情婦)를 치장해 주려고

방탕한 상속자들 피로 제 양심을 물들이지.[6]

∴

4) 그리섬 거래소(Gresham Burse)는 1566년 토머스 그리섬(Thomas Gresham)이 자비로 설립한 런던 최고의 번화가로 고급상점들이 밀집해 있었다.

5) 당시 정제된 설탕은 원추형의 고체 모양으로 나왔으며 값이 비쌌다. 올위트 부인이 이 값비싼 설탕을 원추형 덩어리 그대로 여러 개 두고 먹었던 것에서 그녀가 누렸던 사치를 짐작할 수 있다.

6) 런던상인들이 상류층의 젊은 상속자들에게 사치품을 대 주고 부추김으로써 그들이 상속받은 재산을 거덜 나게 하는 양심 없는 행태를 말한다.

하지만 그들은 이렇게 다 해 주고도

결국엔 질투에 뼛속까지 먹히고 말아 —

다른 놈 정욕 채워 주려고 제 마누라 살찌우는 것보다

남자들 본성을 더 괴롭히는 게 뭐가 있겠어? —

하지만 난 이 모든 고통에서 자유롭지.

난 아내에 대한 비용뿐 아니라 질투에서도 해방됐거든.

오, 둘 다 기적 같은 축복이야!

기사(騎士)가 내 손에서 모든 수고를 가져가 줬거든.

난 가만히 앉아서 놀기만 하면 돼.

그가 나 대신 질투하고 그녀의 발걸음까지 감시하고

염탐꾼을 붙이지. 난 편하게 살기만 하면 돼.

그자가 비용과 고통, 두 가지 다 감내해 내니까.

그의 심장 줄이 애가 닳을 때, 난 먹고 웃고 노래 불러.

〔노래한다〕 라 딜도, 딜도 라 딜도, 라 딜도 딜도 데 딜도.[7]

〔두 명의 하인 등장〕

하인 1 〔하인 2에게〕 뭐야, 저자 머릿속에 이제 노래까지 들어 있네?

하인 2 이젠 할 일이 없으니까 딜도 만들기 시작했나 봐.[8]

∵

7) "딜도"는 의미 없는 후렴구이기도 하고 남성의 인공 성기를 의미하기도 한다. 올위트 대신 월
터가 "딜도" 역할을 한다는 것이다.

8) 실제로 할 일이 없다는 것과 성적인 역할을 못한다는 이중적인 뜻을 가지고 있다. 이처럼 이
집안의 하인들조차 올위트를 비웃고 무시하는데, 당시 올위트처럼 아내를 다른 남자에게 내
주고 이득을 취하는 남자는 가장 경멸받는 대상이었다.

올위트 이봐, 월터 경이 오셨어.

하인 우리 주인님이 오셨다고요?

올위트 너희 주인님이라고? 그럼 난 뭐냐?

하인 1 그걸 모르세요, 나리?

올위트 내가 너희 주인이잖아?

하인 1 오, 나리는 그냥 우리 마님의 남편일 뿐이죠.

〔월터 경과 데이비 등장〕

올위트 〔라틴어로〕 그러므로, 너희 주인이지, 이놈들아.

하인 1 〔라틴어로〕 그 논리는 틀렸습니다. ― 저기 월터 경이 오시네요. 〔하인 2에게만 들리게〕 저 봐. 저자가 우리처럼 모자를 벗었잖아. 저자는 기껏해야 하인보다 아주 조금 위일 뿐이라고. 그만큼 된 것도 다 뿔 덕분이지만 말이야.[9]

월터 경 잘 있었나, 잭?

올위트 경께서 건강하셔서 다행입니다.

월터 경 자네 아내는 어떤가?

올위트 경께서 만들어 주신 그대로지요.[10] 배가 아주 한 짐이어서 코가 배에 닿을 지경이에요.

월터 경 때가 되면 그 둘이 서로 떨어지겠지.

⁝

9) 모자를 벗는 것은 아랫사람이 윗사람이나 상전에게 하는 예의인데, 올위트가 월터에게 모자를 벗어 예를 표하고 있다. 또한 바람난 부인을 가진 남편의 머리에는 가상의 뿔이 돋는다고 생각했다.

10) 월터가 임신시킨 것을 말한다.

올위트 그럼요, 출산하고 나면 그렇게 될 겁니다.

월터 경 〔하인에게〕 이봐, 내 부츠를 잡아당겨. 〔올위트에게〕 모자 써, 모자 쓰라고, 잭.

올위트 감사합니다, 경.

월터 경 슬리퍼 가져와! 〔하인이 슬리퍼를 가져온다〕 젠장, 왜 이렇게 굼뜬 거야.

올위트 〔방백〕 게임이 또 시작되었군.[11]

월터 경 쯧쯧, 모자 쓰라고, 잭.

올위트 〔방백〕 이젠 써야겠어. 지금 안 쓰면, 처음 한 번 권했을 때 냉큼 쓰기라도 한 것처럼 화를 낼 테니까. 사람은 눈치가 빨라야 하거든. 〔모자를 쓴다〕 사람 성질을 한 번만 잘 파악하면, 평생 그 사람을 조종할 수 있는 법이지.

월터 경 최근에 이 집에서 무슨 접대를 했지?
        나 없을 때 누구 새로 온 사람 없나?

하인 1 예, 나리. 아무도 없었습니다.

올위트 〔방백〕 질투가 시작됐군. 저자의 골수가 녹아나는 동안
        속으로 웃을 수 있는 나야말로 행복한 거 아니야?[12]

월터 경 증명할 수 있어?

하인 1 나리, 진정하세요.

월터 경 두 달이나 비웠으니 증거를 봐야겠어.

하인 1 개미 한 마리도 들어가지 ―

:.

11) 힘없는 올위트가 모자 쓰고 벗는 별것 아닌 일로 월터와 신경전을 벌이는 것을 말한다.
12) 당시에는 질투의 열기로 골수가 녹아내린다고 생각했다.

월터 경 들어가?[13] 이봐, 맹세할 수 있어? ―

하인 1 제 말 좀 끝까지 들어 보세요, 나리 ―

월터 경 그래, 좋아. 어디 끝까지 들어 보자.

하인 1 저 나리도 증명해 주실 수 있어요.

월터 경 젠장, 저자가 증명한다고?

　　내가 저자를 믿을 거라고 생각해?

　　담보물 맡겨 놓은 고리대금업자를 믿는 게 낫지.

　　저 사람을? 말도 안 되는 얘기지! 저자를 믿으라고?

　　악마가 지옥을 욕할 수 있겠어? 자네가 좀 말해 봐.

올위트 제 영혼과 양심을 걸고 말씀 드립니다만, 그녀는 어느 자부심 강한
　　귀족부인 못지않게 남편인 제게도 자기 몸의 순결을 지키는 아내예요.

월터 경 하지만 전에 자네가 그녀 침대에 들어가려던 적도 있다던데.

올위트 아닙니다. 절대 아니에요. 경.

월터 경 젠장, 그러기만 해 봐. 아예 몽땅 다 차지하게 해 줄 테니까. 내가
　　딴 여자와 결혼해 버릴 거라고!

올위트 제발요, 경 ―

월터 경 〔방백〕 이러면 저 종놈이 정신 차리고 제 몸뚱이 관리를 잘하겠지.

올위트 〔방백〕 그럴 틈이 보이기만 하면 내가 다 막을 거야.

　　내가 이미 저자의 혼삿길에 독을 타 놓았거든 ―

　　돈 많은 늙은 과부나 땅 가진 처녀들한테 말이야.

⁘

13) 질투심에 사로잡힌 월터가 하인이 쓴 "들어간다"는 표현에서 성관계를 연상하고 과잉반응
　　하는 것이다.

[와트와 닉, 두 아이 등장]

그리고 난 저자를 잃지 않도록 계속 공작할 거야.

벌써 떨어져 나가기에는 저자가 너무 달콤하거든.

와트 〔올위트에게〕 안녕히 주무세요, 아버지.

올위트 이런, 이놈, 조용히 해!

닉 편안히 주무세요, 아버지.

올위트 입 다물어, 사생아 놈! 〔방백〕 저자가 들었으면 어쩌지 —

아둔한 애들이어서 여기 앉아 계신 신사를 못 알아보네요.

월터 경 오, 와트! 잘 있었니, 닉? 학교도 잘 다니고 공부도 열심히 하고 있

는 거야? 어때, 얘들아?

올위트 〔아이들에게〕 제대로 절하지 못해? 후레자식들 같으니라고. 〔방백〕

저 애들이 기도를 할 줄 안다면 사실 저자 앞에서 무릎 꿇어야 할 텐데.[14]

월터 경 〔방백〕 어디 보자, 잠깐만.

내가 결혼하면 이 두 사생아를 어떻게 처리해야지?

결혼 후에 나올 다른 애들과 섞이면 안 되잖아?

그러면 꼴사나운 일이 벌어지고

여러 폭풍우를 불러올 거란 말이지.

와트는 금세공사에게 견습공으로 묶어 놔야겠어 —

내 장인 옐로우해머한테 말이야.

그럼 더할 나위 없이 좋은 거지.

닉은 양조업자한테 견습공 보내야지.[15]

⋮

14) 자식들이 아버지에게 축복 구하며 무릎 꿇는 것을 의미한다.

좋아, 금세공사와 양조업자라.

금잔에 포도주 마시게 생겼군.

[올위트 아내 등장]

올위트 부인 우리 기사님, 어서 오세요.

　이제 내가 고대하던 대상이 죄다 런던에 왔으니

　난 아무 때나 출산해도 좋아요.

월터 경 내 사랑, 좀 어때요?

올위트 부인 날 무겁게 만들어 준 그분이 오셔서 기분이 아주 가벼워졌어요.[16]

월터 경 부인이 보름달처럼 씩씩해 보이네요.

올위트 맞아요. 만약 아들이면 그 달 속에 남자가 있는 셈이지요.

월터 경 달 속에 있는 건 아직 소년일 뿐이야, 이 양반아.

올위트 제 말은, 애초에 남자가 그 달 속에 들어갔단 거죠. 아니면 소년도

　생겨날 수 없었을 테니까요.[17]

월터 경 그럼 당신 애겠네요.

올위트 아니요, 절대 아닙니다. 맹세코 제 아들이 아니에요. 그 아들을 배

---

15) 당시 장인이나 상인이 되려면 7년간 견습공으로 묶여 훈련받아야 했다. 자기 자식을 장인의
　견습공으로 맡긴다는 것이 현대의 감수성으로 보자면 가혹하고 무책임해 보이지만, 당시의
　기준으로 보자면 자기 사생아를 버리지 않고 살 방편을 마련해 주는 것이므로 오히려 월터
　에게 의외의 책임감이 있음을 보여 주는 장면이다.

16) 한편으로는 월터가 런던에 없어서 우울했다는 뜻이고, 다른 한편으로는 자기 몸을 무겁게,
　즉 임신시켰다는 뜻이다.

17) 여자의 자궁을 달로 받아서, 남자가 성관계로 달에 들어가서 아들(소년)을 만들었다는 얘기
　이다.

게 만든 분이 아이도 맡아야죠.

〔방백〕 이렇게 난 골칫거리를 피하지.

난 그저 푹신하게 눕고, 잘 자고, 포도주 마시면서

즐겁게 식사만 하면 되는 거야.

〔모두 **퇴장**〕

2막 1장

[터치우드 시니어와 아내 등장]

터치우드 부인 당신과 떨어져 사는 건 너무 지루할 거예요, 여보.
　하지만 꼭 그래야 한다면 나도 따를 수밖에요.
터치우드 시니어 당신은 지루해하지 말았으면 좋겠어요, 여보.
　대부분의 경우에 지루함은 내 몫일 테니까요.
　당신에게 받는 축복을 제일 잘 아는 사람이 나잖아요.
　그러니 그걸 아는 사람에게 이별이란 고통스러운 일이죠.
　하지만 당신도 말했듯이 우리는 필요에 굴복해야 하고
　그래서 당분간은 떨어져 살아야 해요.
　우리 두 사람의 욕망은 우리의 곤궁한 처지가
　감당하지 못할 만큼 결실을 잘 맺잖아요.
　어떤 사람들에게 운명은 너무 가혹하게 작용하지요.
　누구는 재산만 얻고 자식을 못 얻는데,
　우리는 자식들만 얻고 재산은 못 얻는군요!
　그러니 우리 의지를 억제하고, 우리 상황이 나아질 때까지
　욕망을 조용히 잠재우는 게 가장 신중한 행동일 거예요.
　[방백] 젠장, 매년 자식이 하나, 어떨 땐 둘까지 나와.

밖에서 간음해서 낳는 애들은 빼고라도 말이야.

이런 식으로는 버텨 낼 재간이 없다고.

터치우드 부인 여보, 당신만 괜찮으시면

난 얼마 동안 우리 숙부님 댁에서 신세질게요.

행운이 우리 상황에 호의적인 눈길을 줄 때까지요.

터치우드 시니어 정숙한 부인, 정말 고맙소.

당신이 내게 가져다준 보물이 얼마나 완벽한지

내가 지금만큼 절실히 느낀 적은 없어요.

육체뿐 아니라 영혼까지 딱 맞는 짝을 만났을 때,

가장 가난할 때조차도 남자는 행복하답니다.

만약 지금 내가 호색적인 바보와 혼인한 상태라면,

— 요즘 규수들 중에는 안 그런 사람이 드물 정도니 —

그 여자는 내 목에 매달려서 키스를 퍼부으며

내가 음탕한 일을 하도록 만들 때까지

절대 그 두른 팔을 풀지 않을 거예요.

그러면 난 제정신이 들자마자

내가 한 짓을 아주 끔찍하게 원망할 거고,

출산의 고통보다 심한 저주를 내 행동에 퍼부었을 거예요.[1]

아이가 태어나는 건 부잣집에서도 충분히 힘든 일인데,

하물며 내 자식은 부모가 취중에 가졌어도 거지가 될 테니까요.[2]

∴

1) 신이 아담과 이브의 불복종에 대해 내린 복수가 출산의 고통이므로 그것에 비유해 자신이 책임 못질 성관계 후에 가졌을 회한과 저주를 얘기하고 있다.
2) 당시 부모가 취중에 아이를 가지면 그 아이가 나중에 커서 부자가 된다는 속설이 있었다.

기쁨이 이렇게 충만하다는 건 당신의 선함을 보여 주는 거예요.

당신은 비길 데 없이 좋은 아내야. 잘 가요, 내 기쁨.

터치우드 부인 내가 당신을 못 보게 되지는 않겠지요?

터치우드 시니어 내가 자주 보러 갈게요.

우린 즐겁게 대화하고 키스도 할 거예요.

가난뱅이들을 배는 일만 제외하곤 뭐든지 할게요, 여보.

그쪽으로는 난 아예 게임을 접었고 카드마저 내던졌으니

감히 다시 집어 들지 않을 거예요.

터치우드 부인 당신이 시키는 대로 할게요, 여보.

〔터치우드 부인 퇴장〕

터치우드 시니어 이건 그녀가 완벽하게 정숙할 뿐 아니라

신중함과 판단력까지 가졌다는 걸 인증하는 거야.

아내의 욕망이 음탕하다 하더라도,

어차피 우린 혼인한 사이니 욕먹을 일은 아니었을 거야.

하지만 난 내 아내가 모든 여자 중에

누구와도 비할 수 없는 보물이라고 생각해.

자기 쾌락을 욕망에 맞추는 게 아니라

상황에 맞출 줄 알잖아. 이건 결혼과 같은 거야.

결혼의 성찬(盛饌)은 육욕이 아니라 사랑이고,

재산 관리하는 데 있는 거거든.

반면에 나는 욕망을 쫓을 때

그저 즐기기만 하고 남한테 단물만 빨아먹지.

하지만 이건 다른 현명한 남자들도 다 가진 결점이야.

문제는, 남녀를 다 즐겁게 해 주는 그 게임에서

모든 남자들 중에 내가 제일 재수가 없다는 거지.

난 게임만 했다 하면 반드시 지는 패를 들게 되거든.[3]

그래서 내가 어디를 가건 가엾은 여자들이

나한테 지옥에나 가라고 저주를 퍼붓지.

그 여자들은 나 같은 남자를 본 적이 없거든.

원래는 적어도 한 번 이상 관계를 가져야 아이가 생겼을 테니.

하지만 난 그 일에선 너무나 치명적인 손가락을 갖고 있어서

특히 시골 처녀애들한테 그 손가락으로 진격하면

나 때문에 추수 때마다 건초 쌓기가 방해될 지경이라고.[4]

〔여자가 아기 안고 등장한다〕

지난 여름, 내가 행차했을 때만 해도

3주 사이에 자그마치 일곱 명이나 출산을 했잖아.[5]

여자 이 부싯돌 같은 놈, 드디어 찾아냈네?[6]

∴

3) "지는 패"의 원문인 bastard는 이중적인 의미를 갖고 있다. 카드게임에서 털지 못하고 끝까지
   손에 남아 있어서 불리하게 만드는 카드를 의미하기도 하고, 혼외관계에서 생기는 사생아를
   뜻하기도 한다.
4) 터치우드 시니어의 생식력이 하도 좋아서 한 번만 관계를 맺으면 아이가 생기므로, 그렇게
   임신한 시골 아가씨들이 많아서 추수 때 마을의 건초 쌓기에 지장이 있을 정도라는 자기 자랑
   이다. "손가락"은 남성 성기를 상징한다.
5) 왕실의 여름 행차와 자신의 여성편력을 동급으로 비교하고 있다.
6) 총에 불붙이는 부싯돌을 말한다. 여성의 성욕을 불붙게 한다는 의미이다.

터치우드 시니어 뭐야, 부싯돌?

여자 〔아기를 보여 주며〕당신 솜씨를 알아보겠어?

　　아니, 애한테 돌아서지도 말고 도망갈 생각도 하지 마.

　　그럼 길거리에서 고래고래 소리 지르며 쫓아갈 테니까.

　　당신 이름이 터치우드인 것도 당연해.

　　염병할 놈. 만지기만 해도 불길이 솟잖아.[7]

　　당신이 날 망쳤어. 난 처녀였다고.

　　그 증명서를 가져다줄 수도 있어.

　　그것도 두 교구 관리한테서 각각 말이야.[8]

터치우드 시니어 목사도 서명한 서류여야 해. 안 그러면 안 믿을 테니까.

여자 나쁜 놈, 그 이상도 받아다 주마. 더비셔에 있는 내 불쌍한 사촌 엘렌

　　때문에 내가 더 속이 상해. 당신이 그 아이 결혼식을 망쳐 놨잖아. 걔도

　　당신하고 한판 붙으러 올걸.[9]

터치우드 시니어 좋아. 그녀가 오면 그녀와도 한판 붙어 주지.

여자 법으로 한판 말이야, 이 양반아.

터치우드 시니어 그래, 변호사들도 다른 남자들처럼 한판 붙곤 한다고.

　　그리고 당신이 속상한 이유가 그것뿐이라면

　　내가 그녀에게 남편감을 구해 줄게.

∴

7) 터치우드의 원문인 Touchwood는 touch(만지다)＋wood(장작)이다.

8) 처녀 증명서는 과장된 표현이지만, 행실이 올바르다는 증명서는 교구(교회의 행정구역) 밖으
　로 여행할 때 필요했다. 하지만 그 성격상 모호할 수밖에 없는 내용이어서 신뢰할 수 없는 경
　우가 많았고, 특히 교구관리 같은 하급관리가 만들어 주는 증서는 엉터리가 많았다.

9) 다툼이나 소송이라는 뜻 외에 성관계를 의미하기도 한다. 이어지는 대사에서도 이 이중적인
　의미의 말장난이 계속된다.

그런 양고기랑 곁들여 먹으려고

일부러 바보 두세 명을 절여서 저장해 놨으니,

그중에서 하나 고르게 할게.[10]

이봐요, 아가씨, 제발 내 사정을 봐줘서

이 반 야드짜리 살덩이는 내게서 좀 면해 줘요.

게다가 이 아이는 발톱 한두 개도 없는 것 같다고.[11]

여자 아니야, 이 나쁜 놈아. 이 아이가 몸도 멀쩡하고,

발톱 개수도 다 있다는 걸 알게 해 줄게.

터치우드 시니어 사실 난 가난뱅이야.

그러니 나한테 자비를 베풀어 줘요, 아가씨.

난 작은아들이고, 가진 거라곤 아무것도 없어요.[12]

여자 아무것도 없다니! 당신은 너무 많이 가졌어, 이 거짓말쟁이 악당아.[13]

당신이 더 많이 감사할 줄 몰라서 그렇지.

터치우드 시니어 난 잘 곳도 없어요. 오늘 아침에 집을 정리해 버렸거든.

제발 날 불쌍히 여겨 줘요. 사실 난 착한 사람이야.

..

10) "양고기"는 여성 혹은 창녀를 가리키는 속어였다. "바보 두세 명을 절여서 저장해 놨다."는
것은 남자들을 피클처럼 저장해 두었다는 의미이면서 동시에 매독 걸린 남자들이라는 의미
이기도 하다. 당시 매독의 치료법이 수은이 들어 있는 뜨거운 탕에 들어가 그 연기를 쐬는
것이었기 때문이다.

11) "반 야드짜리 살덩이"는 아기를 의미하지만 자신의 성기를 의미하기도 한다. "발톱 한두 개
없는" 것은 매독에 걸린 산모에게서 출생한 아기에게 발톱이 없는 것을 의미한다.

12) 장자상속제인 영국에서 모든 재산은 장남에게 상속되어서 작은아들들은 자신의 힘으로 생
계를 찾아야 했다. 귀족집안의 작은아들들이 성직자나 군인, 법률가 등의 전문직업인이 되
는 이유도 바로 이 때문이다. 하지만 터치우드 시니어는 '시니어'에서 알 수 있듯이 작은아
들이 아니라 큰아들이고, 자신의 가난을 강조하기 위해 여기서 거짓말하고 있는 것이다.

13) 이 와중에 터치우드 시니어의 성적 능력을 칭찬하고 있다.

당신네 여자들한테 너무 친절했던 게 문제지.

내 배 밖에 그게 있다 해도 당신네 여자들 중

누구도 그걸 원하지는 않을 거야.[14]

〔방백〕 이 말은 항상 여자를 움직이는 데 효과가 있었어.

— 사실 이 애한테 당신이 손 뗄 방법은 얼마든지 있어요, 아가씨.

내일 새벽이나 오늘 저녁 일찍 부잣집 현관에

아이를 놓고 온다든가, 이런 방책이 스무 가지는 돼요.

이게 내가 가진 돈 전부니까 지갑째 다 가져가요.

〔방백〕 가게의 다른 물건들도 이렇게 다 치울 수만 있다면![15]

여자 남자답게 구는 사람한테는 나도 동정을 보여요.

이 아이 때문에 당신을 괴롭히진 않겠어요.

터치우드 시니어 나도 맹세할게요, 아가씨. 다음 아이는 내가 거둘게요.

여자 쳇, 먼저 임신이나 시키고 말해요.

〔방백〕 이 애가 나한텐 다섯 번째 아이야.

내가 지금은 처녀 행세할 수 있지만,

더 이상 모험하다간 창녀로 몰려서 수레 형(刑)을 받을 거야.[16]

〔여자 퇴장〕

∵

14) 여기서 "그것"은 성적인 의미일 수도 있고 돈일 수도 있다. 자신의 경제적, 성적 능력을 짐
짓 겸손하게 제시함으로써 여자의 동정심을 얻으려 하는 것이다.

15) 자신이 임신시킨 다른 사생아들도 이런 식으로 처리했으면 좋겠다는 뜻이다.

16) 당시 매춘은 불법이어서 창녀가 붙잡히면 처벌받았는데, 수레형도 그중 하나였다. 창녀를
수레에 실어 런던 거리들을 지나가게 함으로써 수치심을 느끼게 하는 벌을 말한다.

터치우드 시니어 이렇게 엄격한 사순절 기간에 저 여자가

　저 살덩이를 어떻게 처리할지 난 상상도 못하겠어.

　지금은 살코기가 감히 밖을 엿보지도 못할 때거든.[17]

　내가 런던에서 산 지 칠 년 이상 되었지만

　지금보다 더 잘 통치되던 시기를

　난 결코 알지도 못하고 들어 본 적도 없어.

　지난 반년 동안 공공의 이익을 위해 세워진 법들보다

　더 신앙심 깊고 건전한 법들도 내가 기억하는 한 없었다고.

　〔올리버 경과 그 부인 등장〕

　염탐꾼이랑 다른 해로운 관리 나부랭이들은 제외해야지.[18]

　그놈들은 전염성이 강해서 그 악독한 숨결로

　모든 선한 것들을 더럽히거든.

레이디 킥스 아이고, 나 같은 게 잉태되고, 태어나고, 자랐다니![19]

올리버 경 진정해요, 부인.

터치우드 시니어 〔방백〕 이건 또 무슨 일이지?

　내 장담컨대, 저 여자가 화가 머리끝까지 난 이유는

⋰

17) 아기와 육류가 "살덩이"로 동급으로 취급되고 있다. 사순절 기간에는 전통적으로 육식이 금지되었는데, 특히 이 작품이 초연된 1613년에는 역사상 가장 엄격한 사순절이 시행되어 시민들의 원성이 자자했다.

18) 사순절에는 육식이 금지되었으므로 육식 거래를 염탐하고 고발하는 하급관리들의 횡포도 극심했다.

19) 귀족부인에게는 레이디란 호칭을 붙였다.

송아지고기, 양고기가 다락에 감금돼서 그런 거야.[20]

지금은 송아지 머리 내놓으라고 울고 있을걸.

저 남편 머리통에 베이컨을 곁들이면

그럴 듯한 대용품이 될 것 같은데 말이야.[21]

〔터치우드 주니어 등장〕

레이디 킥스   저 사람 듣겠어요![22]

올리버 경   진정해, 여보.

〔킥스 부부가 옆으로 가서 따로 얘기한다〕

터치우드 주니어   형님, 여태 찾아 다녔잖아요.

터치우드 시니어   왜, 무슨 일인데?

터치우드 주니어   할 수 있는 한 빨리 허가증 좀 구해 줘요.[23]

터치우드 시니어   뭐, 허가증?

터치우드 주니어   젠장, 아니면 그녀를 잃게 돼요. 그녀를 영원히 놓치게 된
   다고요.

..

20) 사순절에는 육식이 금지되었으므로 다락 같은 은밀한 곳에서 육류를 사고팔았다.

21) 앞줄의 "송아지 머리"는 문자 그대로 송아지 머리 고기란 뜻과 바보란 뜻이 함께 있다.

22) 레이디 킥스가 지금 막 등장한 터치우드 주니어만 신경 쓰는 것으로 보아 킥스 부부는 터치
   우드 시니어의 존재는 아직 눈치채지 못하고 있다.

23) 당시 결혼관습으로는 결혼식 전에 공식적인 결혼 발표를 세 번 해야 했다. 그런 형식요건을
   갖추지 못한 경우에(예컨대 이 극에서처럼 비밀결혼을 해야 하는 경우) 교회에서 발행하는
   별도의 허가증이 필요했다.

터치우드 시니어 아니, 그래선 안 되지. 단돈 13실링 4펜스 때문에 그렇게 탐나는 과녁을 놓칠 수는 없잖아.[24]

터치우드 주니어 정말 고마워요.

〔터치우드 주니어 퇴장〕

올리버 경 제발 그만해요. 내가 비용을 더 쓸게.

　우리가 충분히 부자라는 걸 당신도 알잖아.

레이디 킥스 축복 빼곤 다 가졌죠.

　하지만 그 축복에선 거지가 우리보다 낫다고요.

　아이고! 아이고! 아이고!

　결혼한 지 7년이나 됐는데도 아이가 없다니.

　오, 단 한 명의 아이도 못 갖다니!

올리버 경 여보, 진정해요.

레이디 킥스 이보다 더 큰 불행을 가진 여자가 있어요?[25]

올리버 경 그래, 그게 크긴 하지. 하지만 그래서 어쨌단 거야, 마누라?

　나도 그건 감당할 수가 없다고.[26]

∴

24) 여기서 원문 mark에는 여러 의미가 있다. 과녁이란 뜻과 화폐단위(파운드의 2/3), 그리고 여성의 성기란 뜻까지 있어서 이 문장의 중의적인 뜻을 만들어 낸다.

25) "불행"의 원문인 cut에는 불행이란 뜻과 함께 여성의 성기란 뜻도 있다. 즉 레이디 킥스는 아이를 갖지 못하는 자신의 불행을 말하면서 동시에 자신의 성적 능력을 부각하면서 불임이 자기 책임이 아니라고 주장하는 것이다.

26) 앞줄과 연관되는 중의적 표현이다. 올리버 경이 불임을 해결하기 위해 본인이 할 수 있는 일이 없다고 하면서, 동시에 자기가 레이디 킥스를 성적으로 감당할 수 없단 말을 하는 것이다.

당신 의사의 권유로 지금 약제사가 약을 짓고 있잖아.

난 비용을 안 아낄 거야, 여보. 당연히 아니지.

설사 한 숟가락에 40마르크의 비용이 들어도 말이야.

돈 주고 임신할 수만 있다면 난 천 파운드라도 줄 거야.

브라이드웰 구빈원과 복지 병원 설립하는 데 들어간

수많은 자선 기부금을 조금만 줄여서 다시 회복하면 돼.[27]

난 자식이 없으니 선행으로 내 자식을 만들려는 거야.

레이디 킥스 그 선행을 나한테 해 줘 봐요.

그럼 내가 자식들을 구해 올 테니.[28]

〔터치우드 시니어 퇴장〕

올리버 경 빌어먹을, 지금까지 충분히 해 줬잖아.

레이디 킥스 거짓말 마, 이 조루야.

올리버 경 오, 끔찍하군. 감히 나한테 "조루"라고 해?

감히 나한테 버릇없게 굴겠단 거지?

레이디 킥스 당신은 더 당해도 싸.

우리가 자식이 없어서 잃게 될

..

27) 브라이드웰(Bridewell)은 부랑아나 창녀들을 잡아다가 강제노역을 시켰던 곳이다. 마지막 줄의 "회복"은 여러 가지 의미를 갖는다. 재산을 회복해서 그 돈을 불임치료에 쓴다는 뜻과 생식력을 회복한다는 뜻이 함께 있다.

28) 앞의 이중적인 뜻이 계속된다. 레이디 킥스가 남편이 선행에 내놓는 돈을 자기한테 주면 알아서(남편을 대리할 남자를 사서라도) 자식을 낳아 주겠다는 뜻과, 남편의 생식력이 회복돼서 자식을 갖고 싶다는 뜻을 함께 갖고 있는 대사이다.

비옥한 토지와 재산들을 생각해 봐요.[29]

올리버 경 그 얘기는 하지 말아 줘, 제발.

내가 여자가 돼서 울 것 같으니까.

레이디 킥스 우리가 아이를 못 낳아서 월터 경만 신났잖아요.

당신이 아이를 못 가져서 덕 보는 건 그 기사뿐이야.

그 사람은 그 덕에 일어선 데다 금세공사 딸의

막대한 지참금으로 곧 재산을 불릴 거라고요.

올리버 경 그들이 다 속은 걸 수도 있어.

제발 진정해요, 여보.

레이디 킥스 난 충분히 오래 괴로웠다고요.

올리버 경 그럼 실컷 더 괴로워해, 이런 염병할!

레이디 킥스 뭐라는 거야, 이 쓸모없는 악당이!

올리버 경 자, 자, 나부터 그만할게.

당신, 올위트 씨네 아이 세례식엔 갈 거요?

레이디 킥스 그래야죠. 나한텐 퍽이나 기쁜 일이겠지만요.

전부 나보다 앞서서 가잖아요.

지난 바돌로매 축일 전날 결혼한

내 동생도 곧 쌍둥이를 낳는다고요.[30]

오, 그 둘 중 하나만, 딱 하나만 있어도 내겐 충분할 텐데.

∴

29) 정확한 상속관계가 나와 있지는 않지만, 부유한 킥스 부부에게 상속자가 없을 경우, 그 재산이 월터에게 가게 되어 있을 것으로 추측된다.
30) 성 바돌로매 축일은 8월 24일이다. 극 중 현재 시점이 사순절 중간(보통 2월이나 3월)이므로 이 쌍둥이는 혼외자식일 가능성이 있다. 이 극을 지배하는 혼외관계와 서자의 모티프가 이런 사소한 부분에까지 들어 있다.

올리버 경 슬픔은 당신을 먹어치우고, 당신은 끊임없이 날 괴롭혀.
　　내 성질을 뻔히 알면서도 —

〔하녀 저그 등장〕

저그 오, 마님! 〔방백〕 울든지, 아니면 퍼붓든지,
　　그게 우리 집안의 화합이지.
레이디 킥스 저그, 무슨 일이니?
저그 아주 좋은 소식이에요.
레이디 킥스 뭐가 말이냐, 애야?
저그 마님의 의사가 준 약들은 던져 버리세요.
　　그 약들은 다 이단(異端)일 뿐이에요.
　　제가 확실한 처방을 가져왔거든요.
　　대를 이어 전수되고 증명돼서 실패한 적 없는 약을요.
올리버 경 오, 그거야, 그거. 바로 그거라고.
저그 제가 우연히 이름을 알게 된 어떤 신사분이 있는데요,
　　그분은 자기가 사용하는 물약으로 아이 아홉을 낳았대요.[31]
　　실패한 적이 없다네요. 아이가 하도 연달아 생겨서
　　이제는 그 약을 그만 쓰려고 하신대요.
레이디 킥스 착한 저그, 그분 성함이 뭐라고 하더냐?
저그 터치우드 씨란 분인데 점잖은 신사세요.
　　하지만 아이들을 낳느라 빚을 많이 졌대요.

••
31) 물약과 정액, 두 의미를 지닌다.

올리버 경 이게 가능한 얘기일까?

저그 아이고, 나리가 아무리 부자이셔도

　　그분은 그 물약을 사용해서

　　십오 년 안에 나리를 가난뱅이로 만들 거예요.

　　나리께 자식이 너무 많아 득시글거릴 테니까요.

올리버 경 정말 한 번 그렇게 해 보고 싶군.

레이디 킥스 그렇게 해 봐요, 여보.

저그 하지만 미리 말씀 드리는데요, 그분 굉장히 비싸요.

올리버 경 상관없어. 돈은 그러라고 있는 거잖아?

레이디 킥스 맞아요, 우리 멋진 서방님.

올리버 경 우리한텐 상속받을 땅이 있잖아.

　　그 사람 물약이 한잔에 오백 파운드 정도라고 해도

　　그 덕분에 천 파운드가 따라올 거고

　　게다가 아이까지 생기는 거잖아.[32]

　　난 할 거야.

레이디 킥스 당연히 그럴 가치가 있죠, 우리 착한 서방님.

〔함께 퇴장〕

..
32) 앞에서 언급되었던, 자식이 있어야 토지를 상속받는 상속조건을 말한다.

2막 2장

〔올위트 등장〕

올위트　지금 가서 수다쟁이 손님들한테 인사해야겠다.[1]
　　　그게 내가 할 일의 전부야. 난 움직일 필요도 없어.
　　　내가 좋아서 산책 나가 바람 쐬는 게 아니라면 말이야.
　　　난 이 일에서 무엇에도 묶여 있지 않아.
　　　내가 하는 일은 전부 재미로 하는 거거든.
　　　의무 때문이 아니라고.
　　　여기는 지금 죄다 이리저리 뛰어다니고,
　　　유모들도 여럿 있는 데다,
　　　허드렛일 하는 여자도 셋이나 있어.
　　　하녀들하고 이웃집 애들은 빼고도 말이야.
　　　아이고, 내가 무슨 고생을 할 뻔했는지!
　　　그 생각만 해도 식은땀이 난다니까.

∴

1) "수다쟁이 손님들"의 원문은 gossip인데, "소문"이라는 현대의 용례와 달리 근대초기 영국에
　서는 "말 많은 여자들, 지인들"이라는 뜻으로 쓰였다. 또한 세례받는 아이의 대모, 대부라는
　의미도 있어서 여기서는 수다스런 여자들이란 의미와 대부, 대모라는 의미가 같이 있다.

185

〔월터 호어하운드 경 등장〕

월터 경 어떻게 돼 가나, 잭?

올위트 지금 막 나리의 아이를 위해 손님들한테 인사 가던 참이었어요.

    정말 예쁜 따님이에요. 축하 드려요.

    그 애는 이천 파운드 지참금이 있는데도

    재봉사랑 도망간 여자처럼 그렇게 예쁘게 입고 있어요.[2]

    귀엽고 통통하고 눈이 새카만 계집아이지요.

    이런 말씀 드려도 될지 모르겠지만,

    저도 그 아이를 보는 게 아주 즐겁답니다. ― 유모!

〔유모 등장〕

유모 부르셨어요, 나리?

올위트 자네 말고 젖 유모 부른 거야.[3]

    젖 유모를 불러 주게.

〔유모 퇴장〕

〔젖 유모가 아기 안고 등장〕

••

2) 재봉사가 부잣집 딸을 꾀어 데려갔으므로 예쁜 옷을 만들어 입힐 거라는 비유이다.

3) 부유한 집안은 보통 젖을 먹이는 유모(wet nurse)와 양육을 총괄하는 유모(dry nurse)를 따로 두었다.

그래, 자네 부른 거야.

이리 와요, 이리.

다시 한 번 아기를 봐야겠어.

난 한 시간에 세 번씩은 애한테 뽀뽀해야 하거든.

젖 유모 자랑스러워하시는 것도 당연해요, 나리.

지금껏 낳으신 아이들 중 최고의 작품이거든요.

올위트 그렇게 생각하나, 유모? 와트와 닉에 대해서는 어떻게 생각해?

젖 유모 둘 다 예쁜 아이들이지요.

하지만 여기 이 아기는 아주 끝내주는 아가씨가 될 거예요.[4]

올위트 그래! 그렇단 거지? 까꿍, 우리 작은 백작 마님![5]

나리, 전 이 아이에 대해 경께 감사하고 있어요.

수만 번, 아니 그 이상도요.

월터 경 자네를 위해 그 아이를 낳아 줘서 나도 기쁘다네.

올위트 자, 아기를 안으로 데려가요, 유모.

잘 닦아 주고 이유식도 먹여요.

젖 유모 〔방백〕 댁의 입이나 닦으시지, 바보 양반.

〔젖 유모가 아기 안고 퇴장〕

올위트 이제 세례식의 대부, 대모에 대해 의논하지요.

∴
4) 예쁘다는 뜻과 성적으로 훌륭하다는 뜻을 둘 다 갖고 있다. 이처럼 당시 극에는 어린아이들을 두고 음담패설을 하는 경우가 많았다.
5) "백작 마님"은 애칭이다.

월터 경 두 명만 데려와요. 내가 직접 대부를 설 테니.

올위트 나리의 친자식인데요?

월터 경 의심을 피하기 위해선 그게 더 좋은 방책이야.

　　　모든 수단을 동원해서라도 소문 막는 게 좋으니까.

올위트 정말 신중하십니다, 나리.

　　　저 같으면 그런 생각 못했을 거예요.

월터 경 〔방백〕 그러니까 네놈이 더 바보란 거야!

　　　사람이 천해지면 그 영혼의 순수한 불꽃도 꺼지는 법이야.

　　　편안하게 살아서 기름기가 끼면 수치심의 눈까지 감게 되거든.

올위트 나리께 걸맞은 대모로 누구를 세워야 할지 고민 중이에요.

　　　내내 그 생각을 하고 있었답니다.

월터 경 그 고민은 내가 덜어 주겠네. 내가 알아서 정할게.

　　　〔방백〕 내 사랑, 금세공사 딸로 해야지.

　　　내가 부탁하면 그 아버지가 그렇게 하도록 시킬 거야.

　　　── 데이비 다후마!

〔데이비 등장〕

올위트 그럼 전 나리께 대부를 구해 드릴게요.

월터 경 누군데?

올위트 점잖고 친절한 신사예요. 터치우드 씨 동생이죠.

월터 경 터치우드라면 나도 알아요. 그 사람한테 동생이 있었나?

올위트 세련된 총각이에요.

월터 경 알았으니 그 사람으로 합시다.

서둘러요. 시간이 가까워지고 있어.

─ 데이비, 이리 와.

〔월터 경이 데이비와 함께 퇴장〕

올위트 사실 난 저자가 불쌍해. 가만히 서 있질 못하잖아.
　불쌍한 기사, 저 양반 고생이 얼마나 심한지 몰라.
　이쪽으로 사람 보내고, 저쪽으론 또 딴 사람을 보내지.
　한 시간도 쉴 틈이 없어.
　당신 쾌락을 다 준다 해도 난 당신처럼 고생하지는 않겠어.

〔두 염탐꾼 등장〕[6]

〔방백〕 어, 저건 뭐지? 저렇게 길모퉁이에 바짝 숨어서,
　귀 쫑긋 세우고 코 킁킁대는 놈들이 대체 누구야?
　연회장에 첫 음식 들어갈 때 부잣집 개들이 하는 짓 같잖아.
　맙소사, 염탐꾼들이구나!
　맞아. 내 목숨을 걸어도 좋지만
　저놈들은 불쌍한 송아지나 양의 시체를
　체포하려고 저기 숨어 있는 거야.

・・
6) 염탐꾼의 임무 중 하나가 육식이 금지된 사순절 기간에 육식을 판매하거나 소비하는 사람들을 색출하는 일이었는데, 당시 하급관리가 그랬듯이 염탐꾼들 역시 뇌물이나 향응을 받고 부당하게 공무를 집행하는 일이 많아 시민들의 원망의 대상이었다.

마치 탐욕스런 채권자들이 가엾은 채무자들 시체가

무덤에 들어가는 걸 가로막고,

미들섹스에서 발행된 영장을 들이대면서

이미 죽은 사람들을 막아서서 괴롭히는 것처럼 말이야.[7]

특히 이번 사순절엔 저 후레자식들이 곱창 먹어서 살찌고,

저놈들의 창녀들은 양 고환으로 배때기에 기름칠할 거라고.[8]

저놈들이 손에 넣을 수 있는 고기란 고기는

죄다 몰이나 돌 같은 창녀들한테 곧바로 갈 거거든.[9]

그년들은 저놈들이 벌어 오는 걸 먹고 너무 살이 쪄서

부활절 저녁쯤 되면 그 턱이 젖꼭지처럼 늘어질 거야.[10]

살살 문질러 주기라도 하면 마녀의 젖이 흐를걸.[11]

그런데 저 개자식들이 우리 마누라 출산한 걸 어떻게 알았지?

내가 저놈들을 멋지게 엿 먹여야겠다.

— 신사양반들, 말 좀 물읍시다.

제가 런던에 처음 온지라

여기서 육식이 금지된 줄도 몰랐네요.

⁝

7) 미들섹스(Middlesex)는 런던 교외와 관할이 겹치던 지역이다. 당시 범법자를 체포할 때, 미들섹스에서 발행한 허위 혐의의 영장을 사용하고, 일단 체포한 후엔 원래의 혐의로 바꿔치던 체포 관행을 비꼬는 것이다.

8) 육식이 금지된 사순절에 정작 이 염탐꾼들은 몰수된 고기로 배를 채우고, 그 애인들까지 짐승의 내장이나 특수부위를 먹인다는 것이다. 당시에 양의 고환이나 췌장 등의 장기에는 최음제 효과가 있다고 믿어졌다.

9) 몰(Moll)과 돌(Doll)은 창녀를 부르는 별칭이었다. 이 극의 여주인공 이름이 몰로 설정된 것 역시 처녀와 창녀의 이중성을 보여 주기 위한 것이다.

10) 사순절의 끝이 부활절이고, 살쪄서 두 턱 지는 것이 창녀의 특징으로 여겨졌다.

11) 마녀는 몸 여기저기에 젖꼭지가 있어서 정령들에게 그 젖을 먹인다고 믿어졌다.

염탐꾼 1　그래요. 뭘 알고 싶은 거요?

올워트　이번 사순절 동안 어디 가야 도살하는 사람을 찾을 수 있을까요?

염탐꾼 1　뭐요, 도살? 〔방백〕 딕, 이리 와 봐. 새가 잡혔어. 새가 왔다고.

염탐꾼 2　뭘 사려고 하는데요?

올워트　고기면 다 돼요.

　　하지만 특히 그린 소스에 곁들일 송아지 고기면 좋겠어요.[12]

염탐꾼 1　〔방백〕 풋내기 거위로군. 속여 먹기 딱 좋겠어.

올워트　난 위가 좀 약해서요, 생선은 몸에서 받지 않는답니다.[13]

염탐꾼　이번 사순절에 사겠다는 건 아니죠?

올워트　사순절이 무슨 상관인데요? 뱃속이 사순절인 걸 안답니까?

〔올워트가 자기 배를 찰싹 친다〕

염탐꾼 1　말씀 잘하셨어요.

　　신사 뱃속에 합당한 음식을 채워야 할 그럴 듯한 이유네요.

　　댁이 방금 자기가 신사라고 굳이 주장했으니 말이에요.

　　그래야 식욕도 생기고, 건강도 좋아지고, 욕구도 일깨울 테니까요.

　　그런데 이 거리에 가 보라고 누가 일러 주던가요, 선생?

올워트　네, 그러더군요.

..

12) 그린 소스는 향이 짙어서 고기의 품질이 좋지 않거나 상했을 때 그 냄새를 없애기 위해 쓰는 소스이다. 따라서 "그린 소스를 곁들인 고기"란 표현 자체가 사기당했다는 뜻이고, 올워트가 대놓고 자신이 어수룩한 사람이라고 말하며 미끼를 던지는 것이다.

13) "풋내기 거위"란 순진한 바보나 풋내기를 말한다. 또한 사순절 기간 동안 육식이 금지되었으므로 대신 주로 생선을 먹었다.

염탐꾼 2 그럼 아마 이 근처 다락방에서

백정이 도살도 하고 고기도 몰래 팔겠네요?

올위트 내가 알기론 어느 다락방이나 석탄광일 걸요.

둘 중 어떤 건지는 나도 몰라요.

염탐꾼 2 어느 쪽이어도 상관없어요.

[방백] 그 백정 놈은 뉴게이트 감옥과 키스하게 될 거야.

앞치마 주머니 속까지 탈탈 털어 우리한테 바치지 않으면 말이야. ―

지금 그 백정을 찾으러 가는 길이세요?

올위트 네놈들이 찾아낼 수 없는 곳이지.

내가 고기 사서 네놈들 코밑으로 들고 지나간다 해도 말이야,

양 물어뜯는 똥개, 바구니 뒤져 대는 도둑놈 같으니!

내 아내가 산후 조리 중이란 말이다.[14]

염병할 염탐꾼 놈들!

[올위트 퇴장]

염탐꾼 1 그렇게 빠져나갈 순 없을걸. 뭐 저렇게 나쁜 자식이 있어! 교묘하
게 당해 버렸네!

[고기 숨긴 바구니를 든 남자 등장]

··

14) 사순절에도 육식이 허락되는 예외 상황들이 있었는데, 출산 후 산후 조리하는 산모가 그중
하나이다. 즉 올위트는 자기가 합법적으로 고기를 살 수 있는 상황임을 이용해서 염탐꾼들
을 약 올리고 놀려댄 것이다.

염탐꾼 2 쉿, 숨어.

남자 지금까진 잘 피해 왔어. 사람들 말로는 염탐꾼들이 열심히 바쁘게 돌아다닌다던데.

염탐꾼 1 선생, 잠깐만요.

거기 외투 밑에 뭘 숨겼는지 우리가 좀 봐야겠어요.

남자 숨겨요? 난 아무것도 안 숨겼는데요.

염탐꾼 1 아니라고요? 그렇게 말한다 이거죠? 그럼 여기 삐죽 삐져나온 덩어리는 뭐죠? 우리가 좀 봐야겠어요, 선생.

남자 뭘 보겠다는 거예요? 세탁부한테 가져가는 침대보 두어 개랑 내 아내의 더러운 속옷들뿐인데요?

염탐꾼 2 오, 우린 바로 그런 걸 보고 싶어요. 우리가 제일 좋아하는 게 그런 거거든!

〔바구니를 뒤진다〕

뭐야, 우릴 바보 취급 하는 거야? 이런 걸 셔츠랑 속옷이라고 한 거야?

남자 염병으로 뒈질 놈들!

나랑 처가 식구 다섯 명 먹을 저녁거리를 속여서 빼앗아 갔어.

이젠 청어랑 우유죽으로 저녁을 때워야 한다고.

〔퇴장〕

염탐꾼 1 전부 송아지 고기네.

염탐꾼 2 전부? 빌어먹을, 운이 나쁘군! 턴불 거리의 사근사근한 여자한테

살찐 새끼 양 1/4을 갖다주기로 오늘 아침에 약속했는데 말이야.[15] 입덧
한다고 하더라고. 하지만 다 글러 버렸네.

염탐꾼 1 우선 이걸 우리 둘이 나누고, 다음엔 뭐가 걸리나 보자.

〔다른 남자가 바구니 들고 등장〕

염탐꾼 2 좋아. 다시 숨어. 저기 전리품이 또 오네.

　저 사람은 뭘 가져올까?

염탐꾼 1 선생, 잠깐 좀 봅시다.

남자 저 말인가요, 선생?

염탐꾼 1 올리버 씨 아니세요? 아이고, 죄송합니다.

　뭘 가져오신 거예요?

남자 양갈비하고 어린 양 반 마리예요.

　우리 마님 식단을 아시잖아요.

염탐꾼 1 가세요, 그냥 가세요. 우린 선생을 못 본 거예요.

　어서 가세요. 잘 숨어서 가셔야 해요.

　〔염탐꾼 2에게〕 제기랄, 얼른 보내 드려!

　우릴 후원해 주는 분들은 구분할 줄 알아야지.

〔남자 퇴장〕

염탐꾼 2 누군지 깜빡했지 뭐야.

∴

15) 턴불 거리는 사창가로 유명했다.

염탐꾼 1 베거랜드 나리댁 사람이잖아.[16]

　　우리한테 뒷돈 대 주는 부자 상인 말이야.

염탐꾼 2 이제야 누군지 생각나네.

염탐꾼 1 그 댁에서 사순절 내내 눈감아 달라고 돈 줬잖아.

　　성회 수요일에 우리한테 각자 동전 열 닢씩 줬다고.[17]

염탐꾼 2 맞아, 맞아.

　　〔여자가 바구니 속에 아기 넣고, 그 위에 양고기 한 덩이 얹어 들고 등장〕

염탐꾼 1 여자가 온다.

염탐꾼 2 그럼 얼른 숨어야지.

여자 〔방백〕 여기서 속이려면 여자도 머리가 좋아야 해.

　　머리 좋은 여자는 어디서든 살아남는 법이거든.[18]

염탐꾼 1 봐, 저걸 봐! 저 불쌍한 여자는

　　양고기 덩어리를 덮어 두지도 않았네.

　　저러면 걸리기 더 쉬울 텐데.

　　이건 마치 살인자가 자기 옷깃에 피 묻히고도

　　사람 죽인 걸 잡아떼는 꼴이잖아.

염탐꾼 2 지금이 어느 때인 줄 알아요, 아가씨?

　..
16) "배거랜드"의 원문은 Begggarland, 즉 거지 (beggar)＋토지(land)이다. 토지를 가진 귀족들
　　이 사치품에 돈 낭비하게 만들어서 거지로 만드는 중산층 상인들을 풍자하기 위해 붙인 이
　　름이다.
17) 성회 수요일은 사순절의 첫 날이다.
18) 이 여자는 앞에서 터치우드 시니어에게 아기 안고 와서 협박했던 인물이다.

여자 오, 나리. 전 불쌍한 하녀일 뿐이에요.

　절 그냥 보내 주세요.

염탐꾼 1 보내 줄게, 아가씨. 하지만 이 바구니는 우리가 맡아야겠어요.

여자 아니, 그러시면 전 죽어요, 나리!

　이건 약 드시는 부잣집 마나님이 드실 고기라고요.

　의사가 우리 마님한테 양고기를 허락했단 말이에요.[19]

　오, 댁들이 우리 마님의 소중한 목숨을 지키고 싶다면,

　제가 우리 주인나리를 이리 모셔 올게요.

　우리 주인나리가 높으신 분들한테 확인서 받아 와서

　나리들한테 보여 드리게 할게요.

　제가 빨리 뛰어갔다 올게요.

염탐꾼 2 그럼 바구니는 놓고 가요.

　빨리 뛰어갔다 와야 해.

여자 그러면 나한테 맹세하실래요?

　내가 돌아올 때까지 바구니 잘 간수하겠다고?

염탐꾼 1 하느님께 걸고 맹세할게.

여자 나리는요?

염탐꾼 2 정말 희한한 여자로군!

　바구니를 간수 못하면 우리가 죽어도 좋아요.

여자 좋아요. 그럼 뛰어갔다 올게요.

　〔여자 퇴장〕

•••
19) 의사의 처방이 있으면 사순절에도 육식이 허용되었다.

염탐꾼 1 그리고 다시 안 오면 좋겠군.

염탐꾼 2 교활한 여자야!

　우리한테 바구니 지키라고 맹세까지 시켰잖아.

　어디, 저 여자가 뭘 샀는지 보자고.

염탐꾼 1 〔바구니에서 꺼낸다〕 우선, 기름기 많은 양 엉덩이 살이네.

　이 천 밑에는 뭐가 있을까?

　새끼 양 사등분한 거면 좋겠다.

염탐꾼 2 난 양 어깨살이라는 데 걸겠어.

염탐꾼 1 내기하자.

염탐꾼 2 좋아.

염탐꾼 1 〔바구니 속을 더듬는다〕 맙소사, 내가 진 것 같아.

　좀 더 무거운 거야.

염탐꾼 2 그럼 송아지 고기인가?

염탐꾼 1 아니야. 새끼 양의 머리인가 봐.

　만져 보니 확실히 그래. 그래도 내가 이긴 거잖아.

　〔아기를 꺼낸다〕

염탐꾼 2 어?

염탐꾼 1 제길, 이게 뭐야?

염탐꾼 2 아기잖아!

염탐꾼 1 거짓말하는 교활한 창녀년들은 다 염병 걸려 뒈져야 해!

염탐꾼 2 재수 없는 아침거리네!

염탐꾼 1 어떻게 하지?

염탐꾼 2 그 창녀년이 우리한테 이걸 잘 간수하라고 맹세까지 시켰잖아.

염탐꾼 1 그것만 아니면 그냥 버리고 가도 되는데.

염탐꾼 2 아주 악독하고도 희한한 일이야!

　젠장, 그년은 우리같이 가난한 염탐꾼 말고는 사기 칠 데가 없었나?

　우리도 먹고살기 힘들어 죽겠는데?

염탐꾼 1 이제 우리 벌이의 절반은

　아기 이유식하고 유모 월급에 들어가게 생겼어.

　우지(牛脂)랑 비누도 엄청나게 써야 할 거고.[20]

　양초 만들 우지 구하려면

　우린 앞으로도 계속 양 엉덩이 살을 가로채야 해.

염탐꾼 2 내가 제일 화가 나는 건, 네가 이걸 만져 보고도

　새끼 양 머리인 줄 알았단 거야.

　그년이 우릴 송아지 대가리 취급한 거지.[21]

염탐꾼 1 제발 그 얘긴 그만해.

　아직 만회할 시간이 있잖아.

　아직 사순절 중간 일요일도 안 됐다고.[22]

염탐꾼 2 난 너무 화나서 오늘은 더 이상 염탐질 못하겠어.

염탐꾼 1 사실은 나도 그래.

염탐꾼 2 그럼 내가 제안을 하나 할게.

염탐꾼 1 그래, 뭔데?

∴

20) 우지는 양초의 재료였다. 밤에도 아이를 돌봐야 해서 양초가 필요하다는 말이다.

21) 원문의 송아지 머리(calves' heads)는 바보란 뜻이다.

22) 사순절의 절반 정도 되는 4주차 일요일을 말한다. 염탐꾼들이 뇌물 모을 시간이 아직 많이
　　남아 있다는 의미이다.

염탐꾼 2 우리 퀸하이브 부둣가의 체커 술집에 가서, 밀물 들어올 때까지 이 양고기나 구워 먹자. 그러고 나선 이 아이를 브렌포드로 보내자고.[23]

〔함께 퇴장〕

:
23) 퀸하이브(Queenhive)는 사순절에 쓸 생선들을 부려 놓던 런던 부두 이름이고, 브렌포드 (Brainford)는 템즈 강 북쪽의 교외지역인데 아기 키워 줄 유모들이 여기 많이 있었다.

2막 3장

〔올위트가 월터 경의 옷을 입고 등장하고, 데이비가 그 옷끈을 매어 주며 함께 등장〕

올위트 오늘은 우리 집이 바쁜 날이야, 데이비.

데이비 세례식 날은 늘 그렇죠.

올위트 끈을 묶어, 묶으라고. 데이비.

데이비 〔방백〕 당신이 목 매달리면 어차피 상관없잖아.[1]

올위트 이 옷이 나한테 맞는 것 같나, 데이비?

데이비 아주 잘 맞네요. 아시잖아요, 나리. 우리 주인님 물건들이 나리께 항상 잘 맞다는 걸요. 아주 빈틈없이 꼭 들어맞죠.[2]

올위트 맞는 말이야, 데이비.

　　지난 십 년간 우린 하나로 잘 맞았지.[3]

..
1) 원문의 "끈을 묶다(truss)"에는 "목매달다"란 뜻도 있다. 올위트를 경멸하는 데이비 다후마가 말장난하고 있는 것이다.
2) 올위트 부인을 염두에 둔 냉소적인 발언이다.
3) 역시 중의적인 표현이다. 두 사람이 잘 맞는다는 의미와 한 여자를 공유했다는 의미를 함께 갖고 있다.

〔하인이 상자 들고 등장〕

그러니 맞는 말이랄밖에. 넌 누구냐?

하인 설탕에 절인 과일집 사람입니다.

올위트 그럼 달콤한 젊은이겠군. 어서 유모한테 가 봐.

　빨리 가. 시간이 다 돼 간다고.

　너희 주인마님도 여기 오시겠지?

하인 이미 나서고 계셨어요, 나리.

〔두 명의 청교도들 등장〕

올위트 저기 우리 대모님들이 오시네. 아이고, 오늘 키스깨나 당하겠는걸.

　언더맨 부인, 어서 오세요.

청교도1 예쁜 따님 얻으신 거 축하 드려요.

　그 애가 부디 청정한 교육을 받아서

　신실한 자매로 자라기 바라요.[4]

올위트 자매님다운 축복에 감사 드려요, 언더맨 부인.

청교도2 우리 형제님들 부인 중에 이미 온 사람이 있나요?

올위트 몇 분은 안에 계시고, 몇 분은 아직 집에 계세요.

청교도1 그렇군요. 감사해요.

∵

4) 신교의 한 분파인 청교도들은 금욕주의를 주창하며 엄격한 생활태도를 강조했는데, 특히 연극과 극장에 적대적이었고, 당시 극에도 청교도의 금욕주의와 위선에 대한 풍자가 많이 있었다. 이 청교도의 이름이 언더맨인 것부터가 풍자적인데, 언더맨의 원문은 under + man이어서 성행위를 연상하게 하는 이름이다.

〔청교도들 퇴장〕

올위트 당신네들은 정말 바보야.

난 모든 장단에 맞춰 줘야만 해.

아니면 내 조화로운 삶이 끝나 버릴 테니까.

〔두 대모 등장〕

이번엔 친숙하고 다정한 두 분이 오네.

이 아줌마들은 내 마음에 들어.

대모 1 이봐요, 어떻게 지냈어요?

올위트 잘 지냈죠, 고마워요. 댁은 어떠세요?

대모 2 딱히 부족한 건 없어요. 댁이 얻은 게 나한테는 없어서 탈이죠.

올위트 수입이오? 아이고, 별로 못 벌어요.[5]

대모 1 아이, 그렇게 말씀하시면 안 되죠.

남자가 얻을 수 있는 제일 잘난 아이들을 가졌으면서.

데이비 〔방백〕 맞아. 남자가 얻을 수 있는 애지.

그 남자가 바로 우리 주인나리거든.

올위트 그저 예쁘고 어리석은 애들일 뿐이지요.

몇 분 만에 만들어 낸 애들이에요.

난 오래 버티지 못하거든요.

∵

5) 앞에서 대모들은 올위트가 아이 얻은 것을 말하지만, 실제 아이 아버지가 아닌 올위트는 이를
    굳이 돈을 버는 것으로 달리 해석한다.

안으로 들어가시겠어요?

〔대모들 퇴장하고, 터치우드 주니어와 몰 등장〕

터치우드 주니어 이건 우리가 바랄 수 있는 가장 행복한 만남이네요. 여기
　　반지도 준비됐어요. 당신 아버지가 서둘러 준 덕분이죠. 시간을 잘 지켜
　　주셨어요.
몰 아버지가 이보다 더 잘 지켜 주신 적은 없어요.

〔월터 호어하운드 경 등장〕

터치우드 주니어 물러서요. 아무 말도 하지 말아요.
월터 경 나와 함께 대부 서 주실 분과 내 약혼녀가 같이 있네.
　　한잔으로 두 분께 같이 건배 드려요.[6]

〔두 사람의 건강을 빌며 건배한다〕

데이비 〔방백〕 한잔으로라니! 아주 적절해.
　　금세공사의 딸에게 딱 맞는 찬사야.
올위트 예, 경. 저분이 오늘 세례식에서 경의 동료 대부가 될 겁니다.
　　터치우드 씨의 동생 분이세요.

∵

6) 사실 한잔으로 건배하는 것은 약혼 후 하는 의식인데, 두 사람에게 속고 있는 월터가 무의식
　　적으로 아이러니컬한 대사를 한 것이다.

월터 경 인사 드립니다.

터치우드 주니어 저야말로 인사 드려요.

월터 경 시간이 거의 됐네요. 가시죠, 올위트 씨.

올위트 예, 전 준비됐어요.

월터 경 들어가실까요?

터치우드 주니어 예, 따라가겠습니다.

〔모두 퇴장〕

2막 4장

〔아기 안은 산파와 모들린, 두 청교도와 대모들이 세례식에 등장〕

〔산파가 아기 데리고 먼저 퇴장〕

대모 1 〔앞자리를 양보하며〕 옐로우해머 부인, 먼저 가세요.[1]

모들린 아니, 아니에요.

대모 1 아니에요. 앞에 서셔야죠.

모들린 맹세코 사양하겠어요.

대모 1 그럼 나도 가만히 서 있을래요.

모들린 그렇게 되면 아기가 일행 없이 가게 되고

　난 맹세 어긴 사람이 되잖아요.

대모 1 아이고, 고집 부리시긴.

　　〔대모 1과 모들린 퇴장〕

..

1) 당시에는 행진하는 행렬에서 어느 위치에 서느냐가 중요한 문제여서, 계급이 높거나 재산이
　많을수록 행렬의 앞에 설 수 있었다. 이 장면에서도 행렬의 순서를 놓고 각 인물들이 다양한
　반응을 보인다.

대모 2 나보다 앞에 가겠다고요? 좀 뒤로 가세요.

대모 3 안 될 말씀이에요. 나도 내가 설 자리쯤은 아는 사람이라고요.

대모 2 설 자리요? 참 놀랍네요! 설탕 절인 과일 집의 부인 주제에?

대모 3 적어도 약장사 마누라보다 못할 건 없지요.

대모 2 그건 아니죠. 하지만 일단 그렇게 하세요.

〔대모 2와 3 퇴장〕

청교도 1 자, 자매님, 우리는 사이좋게 갑시다. 그래서 성령의 자식답게 평화
    의 결실을 보여 주자고요.

청교도 2 난 겸손을 실천하는 사람이에요.

〔청교도들 퇴장〕

대모 4 맞는 말이에요. 저러면서도 더 싸우는 게 문제긴 하지만요.
    하지만 행렬 뒤에 선 사람도 앞 사람만큼 자부심이 있는 법이죠.

대모 5 한 치의 오차도 없이 딱 맞는 말씀이에요.

〔함께 퇴장〕

3막 1장

〔터치우드 주니어와 목사 등장〕

터치우드 주니어 목사님도 사랑의 힘을 느껴 보신 적이 있다면
　제발 절 불쌍히 여겨 주세요.

목사 예, 선생. 내가 비록 결혼한 적은 없지만
　나 역시 양갓집 규수들에게 사랑의 힘을 느껴 봤답니다.
　그들 중 몇몇은 앞으로도 3년은 처녀행세할 거고요.
　그런데 결혼허가증은 가져왔나요?

터치우드 주니어 예, 여기 있습니다.

목사 잘됐군요.

터치우드 주니어 반지와 나머지 것들도 완벽하게 준비되어 있고
　그녀도 이쪽으로 몰래 올 거예요.

목사 신부를 환영해야겠군요.
　두 분을 맺어 주는 건 그리 오래 걸리지 않을 거예요.

〔몰과 터치우드 시니어 등장〕

터치우드 주니어 저기 그녀가 오네요.

목사 저 남자 분은 누구시죠?

터치우드 주니어 제 형입니다.

터치우드 시니어 여러분, 빨리, 어서 서둘러요!

몰 목사님, 가능한 한 빨리 해 주셔야 해요.

　내가 없어진 게 바로 발각될 거라고요.

　이렇게 잠깐 빠져나오는 것도 너무 힘들었어요.

목사 그렇다면 미적대지 않겠어요.

　그 반지를 신부의 손에 끼워 주세요.

〔터치우드 주니어가 몰의 손가락에 반지를 끼운다〕

　가운데 손가락은 심장과 같아요.

　그 혈관이 심장에서 바로 오니까요.[1]

　이제 손을 맞잡고 —

〔옐로우해머와 월터 경이 들이닥친다〕

옐로우해머 그 맞잡은 손을 내가 갈라놓아서

　다시는 만나지 못하게 할 테다!

몰 아아, 들키고 말았어요.

터치우드 주니어 무정한 운명이로군!

∴

1) 당시에는 가운데 손가락과 심장이 혈관으로 바로 연결되어 있다고 생각했다. 결혼식에서 가운데 손가락에 반지를 끼움으로써 평생의 사랑을 상징하게 된 이유이다.

월터 경 난 너무 놀라서 말문이 막힐 지경이에요.

옐로우해머 요 앙큼한 것, 불효막심한 창녀야,

　이게 네 교활한 계략이었냐?

　〔월터 경에게〕 경은 너무 똑똑하신 나머지

　이럴 심산으로 저 애를 세례식에 불러왔나요?

월터 경 그런 의도는 전혀 없었어요. 날 미치게 만드시네요.

옐로우해머 〔터치우드 주니어에게〕 당신은 대체 누구요?

터치우드 주니어 그 안경을 쓰고도 못 알아보신다면,

　안경 한 개 더 쓰셔야겠어요.

옐로우해머 어쩐지 꿈이 안 좋더라니.

　자, 당신 반지는 도로 가져가시오.

　〔몰이 끼고 있는 반지를 뺏는다〕

　아니, 이 반지는? 빌어먹을, 그 반지잖아. 끔찍하군!

　이 반지 내가 판 거 아니오?

터치우드 주니어 아마 그럴 걸요. 돈도 받으셨잖아요.

옐로우해머 젠장, 기사님. 내 말 좀 들어 보세요.

　여기 양심이라곤 없는 나쁜 짓이 있네요!

　나한테 이 결혼반지를 만들게 시키고는

　내 딸을 훔칠 작정으로 왔다니.

　이보다 더 나쁜 도둑 결혼이 어디 있을까요?

월터 경 〔터치우드 시니어에게〕 이 사람이 댁의 동생이오?

터치우드 시니어 저 아이한테 물어 봐도 같은 대답이 나올 겁니다.

옐로우해머 반지에 새긴 글귀까지 날 면전에서 조롱하네.

"현명한 사랑은 부모의 눈을 속인다."

그래, 우리 눈을 속인 당신의 현명함에 감사 드리오.

덕분에 우리 시력이 곧 회복될 것 같으니까.

그럴 동안 우선 이 물건을 가둬 놔야겠어요.

내 황금을 지키듯이 잘 지켜야죠.

이 애는 황금과 마찬가지로 햇빛을 못 볼 거야.

방에 가두든지 해서 햇빛을 차단할 테니까.

몰 아아, 아버지. 절 사랑하신다면 제발 절 불쌍히 여겨 주세요.

옐로우해머 저리 가!

몰 〔터치우드 주니어에게〕 도련님, 잘 가세요. 부디 안녕하시길.

그리고 이걸 위로로 삼아 주세요.

비록 완력으로 날 가두더라도 당신은 절대 날 잃을 수 없어요.

우리가 영원히 헤어지게 되어도 난 항상 당신 거예요.

옐로우해머 그래, 내가 너희를 갈라놓을 테다, 이 헤픈 것.

〔몰을 끌고 옐로우해머 퇴장〕

월터 경 〔터치우드 주니어에게〕 당신을 알게 된 건 최근이지만

아주 모르고 사는 게 나을 뻔했소.

이제부터는 당신이 내게 우호적인 사람이 아니라,

전염병이나 성병처럼 내가 피해야 할 사람이란 걸 기억하겠소.

터치우드 주니어 나도 마찬가지요. 당신은 표현하기 어려울 만큼 하필 최악

의 순간을 골라서 날 막은 거요. 그러니 날 욕보이지 마시오.

〔터치우드 주니어와 목사가 함께 퇴장〕

터치우드 시니어 저 애를 조심하고 경계를 늦추지 마시오.
　　저기 가는 저 사내는 단 한 번도
　　공개적으로 모욕당한 적 없는 사람이오.
　　당신 운이 최고로 좋은 줄이나 알고, 그만 가서 쉬시오.

　　〔터치우드 시니어 퇴장〕

월터 경 당신을 용서하지. 당신네 형제는 둘 다 패자니까.

　　〔퇴장〕

3막 2장

〔무대 위에 침대가 나와 있고, 올위트의 아내가 그 안에 누워 있다. 모들린, 레이디 킥스, 청교도들이 아기 안은 유모와 함께 등장한다〕

대모 1 좀 어떠세요, 부인? 세례받은 영혼을 데리고 왔어요.

올위트 부인 예, 고마워요. 수고하셨어요.

청교도 1 세례를 아주 잘 받았어요. 제대로 된 방식으로요.

　　우상숭배나 미신이 전혀 끼어들지 않고

　　암스테르담의 순수한 방식으로 말이에요.[1]

올위트 부인 이웃님들, 어서 앉으세요. 유모!

유모 네, 마님.

올위트 부인 모두 다 낮은 동글 의자에 앉으셨는지 확인해 봐요.

유모 다 앉으셨어요.

대모 2 아이를 이리 데려와요, 유모.

　　어떻게 생각하세요?

　　제 아버지를 꼭 닮은 건강한 딸이죠?

· ·
·

1) 암스테르담은 유럽 청교도의 본산이었다. 당시 유난스럽게 자기 분파의 순수성을 강조하던
　청교도인을 풍자하는 장면이다.

대모 3　아버지 입에서 튀어나온 것마냥 똑같네요.

　　눈이랑 코랑 이마랑, 제 아버지를 꼭 닮았어요.

　　입만 엄마를 닮았네요.

대모 2　위나 아래나, 위나 아래나, 제 엄마의 입이에요![2]

대모 3　아주 덩치가 큰 애예요. 어른 여자를 줄여 놓은 것 같아요.

청교도 1　무슨 말씀이에요. 가냘프기만 하구만.

　　하지만 신실한 백성답게

　　속세에서의 고난을 견디어 내고

　　씨앗을 키워 낼 만큼 영성으로 가득 차 있네요.

대모 2　아주 난산이었다죠. 아이를 보니 이해가 되네요.

대모 3　아니, 아주 빨리 낳았어요.

　　우리도 한때 걱정을 했지만,

　　무사히 나와서 우리 모두를 곧 기쁘게 해 줬지요.

　　정말 착한 아기예요.

　　산파가 보니 아주 활발한 딸내미였대요.

청교도 1　그게 성령의 힘이죠. 우리 자매님들은 모두 그래요.[3]

〔월터 경이 두 개의 은수저와 은식기를 들고, 몰과 올위트와 함께 등장〕

대모 2　저기 제일 중요한 대부가 오시네요, 여러분.

··

2) 음담패설이다. 여성의 성기를 아래에 있는 입이라고 표현하고 있다.

3) 원문에서 성령은 "spirit"인데, 성령과 술을 동시에 의미하는 동음이의어이다. 당시의 드라마
　에서 청교도들은 풍자의 대상인 경우가 많은데, 이 대사에서도 겉으로는 성령과 신앙을 얘기
　하지만 사실은 술을 좋아하고 절제하지 못하는 것을 풍자한다.

〔아기 데리고 유모 퇴장〕

월터 경 숙녀분들, 모두 소원성취하세요.

대모 3 정말 상냥한 신사시네요. 말씀도 너무 멋지게 하세요.

　"소원성취"하시라니.

대모 2 우리를 "숙녀"라고도 불러 줬어요.

대모 4 틀림없이 멋진 신사분이에요. 게다가 예의도 바르시잖아요.

대모 2 올위트 부인의 남편은 저분에 대면 촌뜨기 같아요.

대모 3 저렇게 훌륭한 아이들을 낳을 수만 있다면, 내 남편이 어떤 촌뜨기

　여도 난 상관없어요.

대모 2 이 댁 애들이 다 훌륭하긴 하지요.

대모 3 맞아요. 게다가 아이가 잘도 생기잖아요.

청교도 1 아이들은 축복이에요.

　특히 형제들의 열성으로 갖게 된 애들이면요.[4]

　나도 집에 애가 다섯이나 있잖아요.

월터 경 〔올위트 부인에게〕이제 제일 힘든 시간은 지나갔겠네요, 부인.

올위트 부인 저도 그랬으면 좋겠어요, 기사님.

올위트 〔방백〕그럼 나도 남들처럼 그렇게 바라야겠군.

　달리 내가 할 일도 없으니까 말이야.

월터 경 〔은수저들과 컵을 주며〕별건 아닙니다만, 부인.

　아기에게 주는 것이니 받아 주세요.

∴

4) 원문에서 "열성"은 "zeal"인데, 이는 종교적인 열성이란 뜻과 성욕이란 뜻을 함께 갖고 있다.
　청교도인들의 이중성을 풍자하고 있다.

올위트 부인 아이, 너무 비싼 걸 준비하셨네요.

대모 2 봐요, 봐. 뭘 줬나 봅시다! 뭐예요, 부인?

대모 3 받침 있는 컵하고, 열두 사도가 새겨진 숟가락 두 개네요. 게다가
하나는 도금되어 있어요.

청교도 1 그럼 붉은 수염 달린 유다겠네요.[5]

청교도 2 나라면 세상을 다 준다 해도 내 딸한테 그 숟가락으로 밥 먹이진
않겠어요. 아이 머리카락까지 빨개지면 어떻게 해요. 게다가 빨간 머리
여자는 형제들이 별로 좋아하지 않아요. 남자를 잡아먹는다는 거죠. 그
건 자매답지 않은 색이에요.[6]

[유모가 설탕에 절인 과일과 포도주 들고 등장]

올위트 수고했어요, 유모.
　저기 여자분들께 나눠 드리세요.
　[방백] 이제 술 장식 달린 손수건들이 나오고
　저 여자들 무릎 위에 벌써 펼쳐지지.
　이제 하루에 세 번씩 소변에 담그는

••

5) 열두 사도의 그림도 우상숭배로 해석하는 청교도의 폐쇄성을 보여 주는 대목이다. 청교도들
은 『성경』을 문자 그대로 해석할 것을 주장했기에 가톨릭적인 우상숭배를 극도로 싫어했다.
그래서 열두 사도 중에서도 하필 예수를 배반한 유다의 그림일 것이라고 독설하고 있다. 물
론 값비싼 선물을 받은 올위트 부인에 대한 질투를 표현한 것이기도 하다.

6) 유다는 전통적으로 붉은 수염을 가진 것으로 묘사되었고, 빨간 머리의 여자는 색정적이라는
통설이 있었다. 한편으로는 신앙심을 강조해서 유다의 붉은 수염을 언급하면서도, 결국에는
여자가 색을 밝혀서 남자를 잡아먹는다는 음담패설을 들먹이는 청교도인들의 이중성을 풍자
하고 있다.

긴 손가락들이 나올 거야.[7] 내 처도 그러거든.

이제 주머니에 주워 담느라고 정신이 없겠지.

저기 아래쪽에서 몰래 담는 것 좀 봐.

청교도 1 유모, 이리 와 봐요.

올위트 〔방백〕 또 달라고 하는군! 이미 두 번이나 받아먹었으면서.

청교도 1 자매님의 아이가 아픈 걸 잊었지 뭐예요.

〔과일절임을 더 받는다〕

올위트 〔방백〕 염병할! 세 번씩이나 받아 넣는 걸 보니 당신 같은 청교도들은 달콤한 걸 특별히 좋아하나 봐. 이걸 전부 내 돈으로 댔으면 난 아마 거지가 됐을 거야. 이 여자들은 단거라면 양심이고 뭐고 없어. 누구 돈으로 산 건지는 상관도 안 하고 말이야. 저 여편네들이 자두 절임 쓸어 간 것 좀 봐. 맛없는 과일절임만 남겨 놨잖아. 난 어느 런던시민이 마누라 배 불려 주다가 자기 허리 부러졌다고 불평하는 걸 들은 적도 있지.[8] 이 훌륭한 기사가 내 아내와 나를 떠받쳐 주지 않았더라면, 내 허리 역시 지난 7년 동안 산산조각 났을 거고, 내 전 재산은 버클러즈베리에 묻혔을 거야.[9]

〔**유모가 모두에게 포도주를 따라 준다**〕

⠒

7) 당시에는 소변을 화장품처럼 쓰기도 했다.
8) 허리가 부러졌단 얘기는 아내가 임신해서 그 비용을 대느라 힘들다는 뜻과 아내의 과도한 성욕 때문에 남편의 허리가 부실해졌다는 뜻을 함께 갖고 있다.
9) 버클러즈베리(Bucklersberrie)는 런던의 칩사이드에서 월브룩(Walbrook) 사이의 거리인데, 식료품상과 약제상이 즐비한 곳이었다. 월터 경이 아니었다면 올위트 역시 임신한 아내 때문에 식료품상에 엄청난 돈을 갖다 바쳤을 것이라는 의미이다.

올위트 부인 자, 옐로우해머 부인, 그리고 이웃분들,

　　날 위해 수고해 주신 모든 분들께 건배할게요.

　　훌륭하신 모든 부인들한테요.

　　〔올위트 부인이 손님들의 건강을 빌며 축배를 든다〕

청교도 1 제가 대표로 답사할게요.

　　여기 있는 모든 사람이 부인께 건강과 힘을 기원해요.

　　그리고 부인이 용감하게 앞으로 나아가서

　　앞으로도 많은 아이를 출산하시길 빌어요.

　　어머니다운 태도를 갖춘 진정한 자매님답게요.

　　〔청교도 1이 건배하며 마신다〕

올위트 〔방백〕이제 여편네들 재잘대는 입을 적시려고 술잔이 돌겠군.

　　마구 마셔 대는 거지. 비용은 생각지도 않고.

청교도 1 다시 채워요, 유모.

　　〔다시 마신다〕

올위트 〔방백〕맙소사, 한꺼번에 두 잔을 마시네! 여기 더는 못 있겠어.

　　내가 저 돈을 댔다면 아마 죽어 버렸을 거야.

　　〔월터 경에게〕여자들끼리 있게 저와 함께 좀 걸으시죠?

월터 경 정말 그러고 싶네요, 잭.

올위트 그러시는 것도 당연해요.

월터 경 숙녀님들, 그냥 앉아 계세요.

여자들 기사님, 감사합니다.

청교도 1 감사해요, 기사님.

올위트 〔방백〕 특히 저 여자는 성병에 걸리고 또 걸려야 해.
　당신이 제일 나쁜 저질이야!

　　〔월터 경을 대동하고 올위트 퇴장〕

청교도 1 그 잔 이리 가져와요, 유모. 〔딸꾹질하며〕 이 반기독교적인 슬픔을
　몰아내야겠어.

　　〔유모가 잔을 채우고 퇴장한다〕

대모 3 보세요, 부인. 올위트 부인의 출산준비는 백작부인 못지않았어요.
　내 딸한테도 저런 남편이 있으면 좋겠어요!

대모 4 따님도 결혼할 때가 다 됐죠?

대모 3 아유, 아니에요.

대모 4 아니, 열아홉 살이잖아요.

대모 3 네, 지난 수확제에 열아홉 살 됐어요.[10]
　하지만 걔한테는 문제가 있답니다. 아주 은밀한 문제죠.

대모 4 문제요? 뭔데요?

∵

10) 수확제는 영국의 옛 축일로 8월 1일이다.

대모 3 술 더 마시고 말해 줄게요.

〔술 마신다〕

대모 4 〔방백〕 우정으로도 안 되는 걸 술은 할 수 있다는 거군.
대모 3 이제 말할 수 있어요. 우리 애는 참지를 못한답니다.
대모 4 뭘 못 참아요?
대모 3 소변을요. 잘 때 오줌 싼다고요.
대모 4 뭐라고요? 열아홉 살인데요?
대모 3 그렇다니까요.

〔유모가 들어와서 모들린에게 따로 얘기한다〕

모들린 날 찾아왔다고? 누군데요?
유모 캠브리지에서 온 신사래요.
   아드님인 것 같아요.
모들린 내 아들 팀이 맞아요.
   여기 여자들 있는 데로 오라고 하세요.

〔유모 퇴장〕

   그래야 베짱이 좀 생길 거야.
   걔한테 부족한 건 대담함뿐이거든.
   집에 있는 웨일즈 규수가 여기 왔으면 좋았을 텐데.

레이디 킥스 정말 아들이 왔어요?

모들린 네, 대학에서 이리 왔나 봐요.

레이디 킥스 좋으시겠어요.

모들린 아주 좋은 혼처도 있답니다.

레이디 킥스 혼처요?

모들린 네, 그럼요. 웨일즈의 대단한 상속녀래요.
　물품이랑 가축 같은 동산(動産) 외에도
　산이 열아홉 개나 있다고 하네요.

　〔유모가 팀을 데려온다〕

팀 이런, 속았네!

　〔팀이 급히 퇴장한다〕

모들린 뭐야, 다시 간 거야? 유모, 어서 쫓아가요.

　〔유모 퇴장〕

　우리 애는 너무 수줍음이 많아요.
　청년들한테 흔히 있는 문제죠.
　대학에서 항상 남자들하고만 있으니까
　여자들 있는 자리가 익숙하지 않은 거예요.

레이디 킥스 그럼요, 젊은 애들한테는 흔한 문제죠.

〔유모가 팀과 함께 등장〕

유모 어머니가 데려오라고 하셨어요.

모들린 아니, 아들아! 팀!

　　내가 꼭 일어나서 널 데리러 가야겠니?

　　그러면 안 되지, 아들!

팀 어머니, 꼭 1학년 신입생처럼 말씀하시네요.[11]

　　나처럼 학사 자격시험을 통과한 사람이

　　결혼한 여자들 사이에 끼어드는 건

　　대학 학칙에 어긋난다고요.

모들린 아이고, 여기선 괜찮아.

팀 내 가정교사도 불러 올리세요, 어머니. 그럼 괜찮으니까요.

모들린 네 가정교사도 왔니? 같이 데리고 올라온 거야?

팀 내가 데리고 올라온 게 아니고요, 아직 문밖에 서 있다니까요.[12]

　　〔라틴어로〕 부정합니다. — 어머니, 논리학은 이렇게 진행되는 거예요.

모들린 가서 그 신사를 오시라고 해요, 유모. 내 아들의 가정교사예요.

〔유모 퇴장〕

　　애야, 자두 좀 먹어 보렴.

----

11) 이 시기에는 대학에 여학생이 입학할 수 없었다. 바보 같은 팀이 있지도 않은 여학생을 들먹이며 자신이 대학물 먹은 것을 거들먹거리고 있다.

12) 모들린은 캠브리지에서 런던으로 데리고 올라왔냐고 물은 것인데, 모자란 팀은 이를 문자 그대로 알아듣고 가정교사를 계단으로 데리고 올라온 것으로 이해해서 동문서답하고 있다.

팀 캠브리지에서 온 나한테 고작 자두 여섯 개 권하는 거예요?

모들린 아니, 어떻게 된 거냐, 팀.

예전 버릇이 아직도 남아 있는 거야?

팀 학사 자격시험까지 통과했는데도

날 어린애 취급하시잖아요.

모들린 네 가정교사한테 회초리로 맞아 봐야 그만둘 모양이구나. 바울 대
성당 학교에서 내가 널 어떻게 다루었는지 잊었니?

팀 아아, 말도 안 되게 끔찍한 소리 하시네요!

내가 캠브리지에 간 후에 그런 얘기는 들어 본 적도 없어요.

맙소사, 학사한테 회초리를 들다니요?

오히려 어머니가 조롱거리가 될 거예요.

내 가정교사가 어머니 얘기를 들으면 안 돼요!

그럼 전 대학에서 웃음거리가 될 거라고요.

더 이상 아무 말도 하지 마세요, 어머니.

〔가정교사 등장〕

모들린 이분이 네 가정교사니, 팀?

가정교사 예, 부인. 팀이 논리학과 결연 맺게 해 주고, 던스 학파를 읽어 준
사람이 바로 접니다.[13]

..

13) 13세기 말의 스콜라 신학자인 던스 스코투스(Duns Scotus)와 그 추종자들을 던스 학파라
고 부르는데, 16세기 중반에는 그 현학적인 태도로 인해 조롱거리의 대상이었고 바보와 동
의어로 사용되었다. 이렇게 희화화되는 철학자를 추종한다는 것을 밝힘으로써 이 가정교사
도 팀과 마찬가지로 모자란 사람임이 드러난다.

팀 맞아요, 어머니. 하지만 이젠 모든 게 다 내 머릿속에 들어 있어서, 나
   도 남들한테 그걸 읽어 줄 수 있어요.

가정교사 정말 그렇답니다, 부인. 이젠 던스 학파가 팀한테서 자연스럽게
   흘러나올 정도죠.

모들린 선생님 수고에 감사 드릴 뿐이에요.

가정교사 〔라틴어로〕 그러실 것 없습니다.

모들린 맞아요, 저 애가 런던을 떠났을 땐 정말 바보였어요.[14]

   하지만 이젠 아주 많이 나아졌죠.

   내가 보내 준 거위 파이 두 개는 받으셨나요?

가정교사 예, 덕분에 아주 잘 먹었답니다.

모들린 내 아들 팀이에요. 자, 부인네들, 우리 애를 환영해 주세요.

팀 팀이라고요? 어머니, 잘 들으세요. 팀이 아니라 티모시우스예요, 어머니.
   티모시우스라고요.[15]

모들린 뭐야? 내가 네 이름을 부인해야겠어?

   저 아이가 방금 "티모시우스"라고 했죠?

   참, 그것도 이름이라고! 여러분, 내 아들 팀이에요.

레이디 킥스 잘 왔어요, 팀 씨.

:.

14) 앞에서 가정교사가 뜬금없이 들이댄 라틴어는 Non ideo sane인데, 라틴어를 모르는 모들
   린은 이 라틴어 ideo를 영어 idiot(바보)로 알아들어서 엉뚱한 얘기를 하고 있다. 이처럼 바
   보들이 라틴어의 얕은 지식을 뽐내면서 우스꽝스러운 장면을 만들어 내는 것이 이 시기 희극
   에 많이 나왔다.

15) 팀이 영국식 이름인 팀(Tim)을 굳이 라틴어 이름 티모시우스(Timothius)로 바꾸면서 현학
   적인 허세를 보이고 있다.

〔팀에게 키스한다〕

팀 〔가정교사에게만 들리게〕 오, 이건 정말 끔찍해요.
　 저 아줌마가 키스하면서 침 묻혔다고요!
　 손수건 좀 주세요, 선생님. 침 묻자마자 닦아 내게요.
대모 2 캠브리지에서 온 걸 환영해요.

〔팀에게 키스한다〕

팀 〔가정교사에게만 들리게〕 이건 정말 못 참겠어요. 절인 과일 냄새가 아니
　 라면, 이 아줌마한테 뭔가 끔찍하게 들큰한 냄새가 나요. 선생님, 제발
　 도와 주세요. 안 그러면 닦아 대다가 내 입술이 다 닳아 없어지겠어요.
가정교사 그럼 그동안 난 저쪽 끝의 여자들한테 가서 키스할게.[16]
팀 그쪽이 더 달콤할 수도 있겠네요. 우리가 좀 더 빨리 여기를 뜰 수도 있
　 고요.
청교도 1 내가 다음에 할게요. 모든 형제들을 적셔 주었던 신앙의 샘에서
　 오신 걸 환영해요.[17]

〔비틀거리다 넘어진다〕

..
16) 원문의 "저쪽 끝"인 "lower end"는 여성의 아랫도리를 뜻하기도 했다. 즉 가정교사는 이 틈
　 을 타서 음탕한 짓을 하려고 하는 것이다.
17) 캠브리지 대학은 청교도 신학의 중심지였다.

팀 아이고, 일어나세요.

대모 3 이런, 어쩌나. — 언더맨 부인!

[청교도 1이 사람들의 부축을 받아 일어난다]

청교도 1 이건 믿는 자들한테 오게 마련인 고난일 뿐이에요.

　　우린 우리의 추락을 받아들여야만 해요.[18]

팀 [가정교사에게만 들리게] 내가 저 키스를 피해서 다행이에요.

　　틀림없이 썩은 내 나는 키스였을 테니까요.

　　내게 오기도 전에 땅에 떨어질 정도잖아요.

[올위트와 데이비 등장]

올위트 [방백] 아주 난리가 났군! 아직도 안 파한 거야?

　　아이고, 요강까지 들어왔네!

　　여편네들이 세례용 은잔으로 어찌나 마셔 댔는지

　　저들 중 몇 사람은 다른 그릇이 필요했던 거네.[19]

　　[큰소리로] 저기 최고로 멋진 구경거리가 있어요.

모든 여자들 어디요? 어디에요?

올위트 지금 바로 피싱 수로에 가보세요.[20]

..

18) 원문의 fall은 신학적인 타락과 실제 넘어지는 것 둘 다를 뜻한다. 술 취해서 넘어지고도 신
　　학적인 핑계로 둘러대는 것이다.

19) 여자들이 너무 만취해서 요강에 소변을 본 것이다.

20) 피싱 수로(Pissing conduit)는 런던의 지명으로 왕립거래소 근처에 있는 수로를 말한다.

멋진 고수(鼓手) 둘과 기수(旗手) 한 명이 와 있어요.

모든 여자들 오, 재밌겠어요!

팀 선생님, 어서 갑시다.

〔팀과 가정교사 퇴장〕

모든 여자들 부인, 안녕히 계세요.

〔여자들 퇴장〕

올위트 부인 모두 수고하셨어요.

청교도 1 잘 먹고 얼른 회복하세요.

〔올위트와 데이비를 제외하고 모두 퇴장〕

올위트 저 여편네는 먹는 것보단 자는 게 더 필요할 거야.

가서 당신 형제들 몇 명하고 낮잠이나 자요.[21] 어서 가라고.

그래서 잘 교화되고 담대해진 자매가 되어 일어나야지.

아이고, 끔찍하게 힘든 날이 드디어 지나갔네.

런던시민을 미쳐 버리게 만들 수도 있는 날이야.

여편네들이 뚱뚱한 엉덩이로 방을 아주 후끈 달궈 놓았네.

데이비, 못 느끼겠어?

∵

21) 잠든 상태에서는 남녀가 혼숙할 수 있다는 재세례 교파의 당시 교리를 비꼬는 대사이다.

데이비 엄청나게 강력한데요.

올위트 의자 밑에 이건 뭐지?

데이비 그냥 물인 거 같은데요. 아마 포도주가 흘렀나 봐요.

올위트 더 나쁜 건 아니고?[22] 자수 방석의 동글 의자도 자기들이 돈 낸 거

　　　아니라 이거지.

데이비 〔방백〕 당신이 낸 것도 아니잖아.

올위트 저 여자들이 의자 해 놓고 간 꼴 좀 봐.

　　　꼭 자기들이 다리 쳐들고 자빠진 것처럼 해 놨네.

　　　그 사람들이 바닥에 깔아 놓은 골풀까지도

　　　낮은 코르크 굽 신발로 다 뭉개 놓았어.

　　　저 여자들은 뭐든지 찾는 족족,

　　　그대로 서 있는 꼴을 못 본다니까.[23]

　　　그런데 자네가 은밀히 해 줄 말이란 게 대체 뭔가, 데이비?

데이비 어디 가서 발설하시면 안 되는 건데요, 나리.

올위트 젠장, 내가 그러면 내 목구멍까지 배를 갈라도 좋아, 데이비.

데이비 제 주인님이 결혼을 앞두고 계세요.

올위트 결혼이라고, 데이비? 차라리 날 교수형 시키라고 해.

데이비 〔방백〕 내가 제대로 찔렀군.

올위트 언제, 어디서? 신부는 누구야, 데이비?

데이비 아까 대모로 왔던 그 아가씨예요. 은수저 주었던.

올위트 지금 이러고 있을 시간 없어. 말할 시간도 없다고.

⋮

22) 소변을 의심하고 있다. 술 취한 여자들이 앉은 채 소변을 지린 상황이다.
23) 음란한 농담이다.

내가 가서 그 구르고 있는 바퀴를 막아야 해.
아니면 모든 게 다 망할 거라고.

〔올위트 퇴장〕

데이비 제대로 먹힐 줄 알았어.
　　저자와 저자의 힘든 노력 덕에 난 항상 목적을 이루지.
　　월터 경이 계속 결혼 못하는 게 내 소망이거든.
　　난 그자와 가장 가까운 가난한 친척이니까,
　　그자가 미혼이어야 그 유산을 내가 더 많이 받지.
　　레이디 킥스가 불임으로 아이가 없으니
　　난 거기에 내 희망을 세우는 거야.

〔퇴장〕

3막 3장

〔터치우드 형제 등장〕

터치우드 주니어 형님은 지금 나도 돕고 형님 역시 부자 될 수 있는,

누구도 가 본 적 없는 가장 행복한 길에 서 있어요.

그녀가 지금은 갇혀 있지만 그녀의 맹세는 오직 날 향해 있거든요.

그러니 시간 따위는 날 슬프게 할 수 없어요.

그 맹세 덕분에 난 그녀 없이도 그녀를 음미할 수 있어요.

내가 아닌 다른 누구도 그럴 수 없다는 걸 확신하니까,

지겨운 세월들마저 내겐 즐거운 시간으로 보인답니다.

그런데 형님, 형님도 서두르셔야 해요.

형님에게는 이 기사의 운에 일격을 가해서

그자의 파산된 자질처럼 재산마저 파산시킬 수단이 있잖아요.

올리버 경의 부인을 임신시키기만 하세요.

나무 꼭대기에 올라앉아 황금 열매를 흔들어서

그 열매가 그녀 무릎에 떨어지게 해 주라고요.[1]

.:.

1) 터치우드 시니어가 킥스 부인을 임신시키는 것을 과일 농사짓는 농부의 수확방식에 비유
   하고 있다. 농부가 과일나무 꼭대기에 앉아 나무를 흔들면 그 과일들이 밑에 있는 사람의

그녀가 울다 지쳐 밭이 말라붙거나

징징거리다가 모든 촉촉함이 다 없어져서

아이를 못 갖게 되지 않도록 어서 서둘러야 해요.

터치우드 시니어 알았으니 그만해.

굳이 네가 재촉하지 않더라도

내 피는 이미 그런 일에 너무 적합하니까.

네가 가져온 미나리, 아티초크, 감자,

버터 바른 게 같은 최음제들은

네 첫날밤을 위해 아껴 두는 게 좋겠다.

터치우드 주니어 알았어요.

형님이 내 청혼을 추진하고 내 지갑도 구해 준다면,

행운이 날 편애하는 거죠. 사람이 곤궁할 때

그렇게 정직한 친구가 있다면 행복한 사례인 거잖아요.

터치우드 시니어 그런데 넌 대체 왜 이렇게 기분이 좋은 거야?

내가 알기론 지난번 실패 이후에

그렇게 기분 좋을 만한 이유가 딱히 없는데 말이야.

새로 추가된 소식이라도 있다면 모를까.

터치우드 주니어 제대로 맞추셨어요.

난 오늘 저녁 그녀가 오길 기대하고 있어요, 형님.

터치우드 시니어 그녀가 오다니, 어떻게?

터치우드 주니어 그 궁금증은 제가 바로 풀어 드릴게요.

그 집안의 착한 하녀가 우리 처지를 자기 일처럼

∴

앞치마 속에 떨어지는 방식이다.

여긴 끝에 우리를 동정하게 되어서,

비밀을 확실히 지키며 친절하게 도와준 덕에

몰이 지금 지붕 위를 건너고 비밀 통로를 통과해서

이곳으로 안내되어 오고 있어요.

사랑이 아니라면 그 누구도 찾아내거나

감히 오려는 엄두를 못 내는 길이죠.

형님이 전혀 생각도 못할 곳에서 그녀가 나타날 거예요.

터치우드 시니어 어디건 상관없다.

그녀가 안전하게 와서 네 사람이 될 수만 있다면.

터치우드 주니어 그렇게 될 걸로 희망하고 있어요.

하지만 형님이 시간 내서 도와주어야

내가 평안을 얻을 수 있어요.

〔터치우드 주니어 퇴장〕

터치우드 시니어 그렇다면 네게 최악은 이미 지나간 거야, 아우야.

자, 이제 나의 킥스 부부를 처리해야지.

아이 못 낳는 남자와 여자 말이야. 그들은 옆방에 있어.

그리고 지금 이 순간 그들의 두 기분 중

어느 기분이 우세한지는 정말이지 나도 모르겠어.

올리버 경 〔무대 뒤에서 소리만 들린다〕 거짓말 마, 애도 못 낳는 주제에.

터치우드 시니어 아, 지금은 그런 분위기란 거지?

그럼 말다툼이나 실컷 하세요.

댁들은 그것 말고는 잘하는 게 없으니까.

저 양반들의 생활은 눈 뜰 때부터 눈 감을 때까지
종일 키스하거나 싸우는 걸 반복하지.
화해를 했다가도, 첫 번째 소절 뒷부분에서
바로 악담을 퍼붓고, 그러고는 다시 화해를 해.
이들이 어느 쪽으로 갈지는 아무도 몰라.
거인들처럼 싸워 대다가도 아이들처럼 화해하지.
자식이 없기에 망정이지, 있었으면 그 꼴을 다 봤을 거야.

〔올리버 경과 레이디 킥스가 함께 등장〕

올리버 경 그건 당신 잘못이야.
레이디 킥스 내 잘못이라고? 가뭄과 추위 같은 양반이.
올리버 경 당신 잘못이지. 당신이 애를 못 갖는 거잖아.
레이디 킥스 내가 애를 못 낳는다고?
  아이고, 내가 지금 내 입장에서 날 변호해서
  감히 얘기할 수만 있다면! 아이 없는 게 내 탓이라니!
  내가 궁정에 살 때 나는 그 정반대였다고요.[2]
  결혼 전에 그런 소리는 들어 본 적도 없단 말이야.
올리버 경 이혼할 거야.
레이디 킥스 차라리 목매달아 죽지 그래.
  하긴 내가 그걸 굳이 바랄 필요도 없지.

∵

2) 레이디 킥스가 궁정에 드나들던 처녀시절에 방탕한 생활로 혼전임신을 했었다는 강력한 암시
  이다.

안 그래도 곧 그렇게 될 테니까.

"결혼과 자살은 팔자소관"이란 속담도 있잖아.

내가 여태 결혼에서 찾아낸 좋은 점은 그것뿐이라고.

올리버 경 난 집에서 나가서 노총각처럼 셋집에 정부를 둘 거야.

애 잘 낳는 창녀로 골라서 말이야.

그 여자랑 애들한테 전부 다 줘 버려야지.

레이디 킥스 먼저 낳기나 하고 말해.

터치우드 시니어 제발 그만두세요.

두 분의 불화에도 불구하고 비용만 좀 들이면,

두 분의 집안에서 여러 자식이 잉태되고

태어나게 할 수 있는 더 우호적인 방법들이 있어요.

그러면 정직한 평화가 자리 잡을 수 있을 거예요.

올리버 경 저 여자랑요? 절대 안 돼요.

터치우드 시니어 경, 그러지 마세요.

올리버 경 헛수고하시는 거예요.

레이디 킥스 당신이 맨날 헛수고하는 거랑 똑같네.[3]

터치우드 시니어 경, 제가 부탁 드릴게요.

올리버 경 저 여자는 이혼당해 봐야 해!

저 여편네는 달랑 속옷 한 장 들고 시집왔다고요.

레이디 킥스 당신도 혼자 온 건 아니지.

배에서 내렸을 때 이투성이였잖아.[4]

..

3) 올리버 경의 성적 무능함을 비난하는 것이다.
4) 아마도 올리버 경이 무역업을 해서 재산을 모았으며, 배에서 내릴 때 이가 우글거렸던 모양이다.

올리버 경 〔방백〕 이런, 정곡을 찔렀네!

　〔터치우드 시니어에게만 들리게〕 우리를 화해시켜 주세요.

터치우드 시니어 〔방백〕 그럴 때가 됐단 거지? 이제 천둥이 그치려나 보군.

올리버 경　몽땅 다 경매로 내다 팔 거야.

레이디 킥스　마음대로 해, 나쁜 양반아!

　〔터치우드 시니어에게만 들리게〕 선생, 우릴 화해하게 해 주세요.

터치우드 시니어 〔방백〕 누군가는 불가능한 일이라고 생각할 수 있지만 ―

　〔두 사람에게〕 이 폭풍우를 그만 날려 보내시죠.

올리버 경　선생, 그건 안 될 말이에요.

　이 집 가장은 나니까 몽땅 다 팔아 버릴 거예요.

　오늘 저녁에 당장 경매에 붙여야지.

터치우드 시니어　부인, 화해하세요. 제발요.

레이디 킥스　선생이 여자를 아낀다면 그런 말은 하지도 마세요.

　뭐요? 저 인간하고 화해하라고요? 내가 미친 줄 아세요?

　사내 노릇을 사분의 일도 못하는 사람하고?

올리버 경　당신이야말로 여자로서는 아무것도 아니지.

레이디 킥스　차라리 내가 그만도 못했으면.

〔운다〕

올리버 경　아니, 여보, 왜 이러는 거요?

레이디 킥스　난 당신을 행복하게 해 주지 못해요.

올리버 경　아니야, 당신은 착한 사람이야.

　그 따위로 말하는 사람은 거짓말쟁이지.

자, 자, 키스합시다. 우리 귀여운 악당.

〔올리버 경이 부인에게 키스한다〕

레이디 킥스 당신은 날 안 좋아하잖아.

터치우드 시니어 〔방백〕 저 사람들이 들어올 때 어땠는지

　　상상할 수 있는 사람이 과연 있을까?

　　그렇다면 난 교수형당해도 좋아.

올리버 경 물약은 도착했나요?

터치우드 시니어 〔방백〕 여기 아몬드밀크가 한 병 있어.

　　이걸 사는 데 3펜스 들었지.

올리버 경 몇 년 안에, 여보, 당신은 애들한테 둘러싸일 거야.

　　여자애는 아주 예쁘게 옷 입히고,

　　애들의 작은 귀에는 보석 귀걸이를 달아 줘지.[5]

　　정말 멋질 거야!

레이디 킥스 그래요. 당신이 조금만 남자구실을 했어도

　　우린 진즉 그렇게 됐을 거예요.

올리버 경 "내가 남자 구실을 했어도?"

　　빌어먹을, 당신이야말로 제대로 된 밭이었어야지.

　　당신은 항상 이런 식으로 트집만 잡는다니까.

레이디 킥스 그렇게 말하는 당신이야말로 무례하잖아.

올리버 경 염병할!

∙∙

5) 당시에는 남녀가 다 귀걸이를 즐겨 했다.

터치우드 시니어 〔방백〕이런, 저 둘이 또 시작이네.

   하지만 어느 쪽으로 움직일지는 아무도 모르지.

   ― 자, 여기 물약이 있어요, 경.

올리버 경 지금은 그걸 마시지 않겠소, 선생.

   설사 그 덕에 오늘 자정 전에

   아들 셋을 얻을 수 있다고 해도 말이오.

레이디 킥스 저것만 봐도 당신이 어떤 종자인지 알 수 있어.

   아이를 못 낳게 하다니!

   오, 이런 악당. 우리가 상속자를 못 낳아서

   세상이 우리한테 얼마나 심하게 구는지 다 알면서,

   이런 좋은 행운을 마다하다니.

올리버 경 우라질 여편네 같으니. 내가 당신 미워서 다 마셔 버릴 거야!

터치우드 시니어 그 후에 다섯 시간 동안 말 타셔야 해요.

올리버 경 그럴 거예요. ― 거기 누구 없느냐?

   〔하인 등장〕

하인 부르셨어요?

올리버 경 흰 암말에 안장을 얹어.

   난 가는 길에 창녀 하나 태워서 웨어까지 가 버릴 거야.[6]

레이디 킥스 아예 악마한테나 가 버려!

올리버 경 난 모든 면에서 당신을 괴롭힐 거야.

∴

6) 웨어(Ware)는 런던 근처의 마을로 연인들 간의 밀회장소나 불륜장소로 유명했다.

자, 봐. 보라고. 마실 거니까.

〔약병을 들이킨다〕

레이디 킥스 그거 마시고 염병에나 걸려라!

올리버 경 그래, 아주 저주를 퍼부어라.

터치우드 시니어 위아래로 뛰세요, 경. 가만 서 계시면 안 돼요.

올리버 경 난 원래 잘 안 서요.[7]

터치우드 시니어 그럼 더 잘됐네요, 경. 왜냐하면 ―

올리버 경 원래 한 군데 오래 서 있지를 못해요.

　　우리 아버지한테서 내려온 거예요. 항상 산만하죠.

　　이 의자를 뛰어넘으면 어떨까요?

〔깡충거리며 뛰어다닌다〕

터치우드 시니어 오, 아주 좋아요, 경. 말 등에서 그러시면 아주 좋아 보일
　　거예요. 여관에 들어가셨을 때, 동글 의자 한두 개 뛰어넘는 것도 나쁘
　　지 않을 거예요. 〔방백〕 그러다 목이 부러질 수도 있지만요.

올리버 경 이 정도로 높은 식탁을 뛰어넘는 건 어떨까요, 선생?

터치우드 시니어 더없이 좋죠. 〔방백〕 저 위에 음식이라도 잔뜩 있으면 볼 만
　　할 텐데. ― 그런데 이 일에서 우리 거래가 뭐였는지는 기억하고 계시죠?

올리버 경 물론이죠. 안 그러면 내 머리가 나쁜 거지요. 선생이 사백 파운

..
7) 가만히 서 있다는 원래의 뜻과 남성이 성적 흥분을 유지한다는 의미가 함께 있다.

드를 네 번에 나눠서 나한테 받기로 되어 있죠. 백 파운드는 지금 준비
되어 있어요.

터치우드 시니어 예, 맞아요. 그건 받았어요.

올리버 경 내 아내가 임신하면 백 파운드 더 받고, 출산이 임박하면 다시
백 파운드, 아이가 태어나서 첫 울음을 울면 마지막 백 파운드를 주기로
했죠. 아이가 사산되면 아무 소용이 없으니까요.

터치우드 시니어 모두 다 정확합니다. 그런데 조금 더 빨리 뛰셔야 해요, 경.

올리버 경 알았어요, 선생.

난 어떤 약을 먹더라도 속도를 잘 맞춘답니다.

〔하인 등장〕

하인 흰 암말을 준비해 놓았어요, 나리.

올리버 경 곧 올라타마.

〔하인 퇴장〕

키스 한 번 하고 작별해야겠네.

레이디 킥스 두 번 키스해 줄게요, 여보.

올리버 경 세 시쯤 돌아올게요.

〔올리버 경 퇴장〕

레이디 킥스 온 마음을 다해 기다릴게요, 내 사랑.

터치우드 시니어 〔방백〕 자기들이 방금 화낸 걸 저렇게 금방 잊어 먹다니.

   그러고는 언제나 그랬다는 듯이 사이가 좋잖아.

   도대체 어느 장단에 춤춰야 하는 거야? 이런, 난 모르겠어.

   나로선 저 사람들의 방식을 도무지 모르겠다고.

   — 오세요, 마님.

레이디 킥스 내 약은 어떤 식으로 먹어야 하죠, 선생?

터치우드 시니어 부군과는 정반대로, 누워서 드셔야 합니다.

레이디 킥스 침대에서요?

터치우드 시니어 침대건 어디건, 편하신 데서요.

   마차도 괜찮아요.[8]

레이디 킥스 약이 시키는 대로 해야죠.

8) 당시 마차가 대중화되면서 마차에서 불륜을 저지르는 일이 많았다.

4막 1장

〔팀과 가정교사 등장〕

팀 〔라틴어로〕 증명이 틀렸어요, 선생님.

가정교사 이봐, 학생. 〔라틴어로〕 바보는 이성적인 존재가 아니란 걸 증명했잖아.

팀 〔라틴어로〕 틀렸다니까요.

가정교사 〔라틴어로〕 제발 조용히 해. 내가 증명했잖아.

팀 〔라틴어로〕 어떻게 증명했는데요, 선생님?

가정교사 〔라틴어로〕 바보는 이성의 힘이 없다. 그러므로 바보는 이성적인 존재가 아니다.

팀 〔라틴어로〕 그렇게 주장하셨죠, 선생님. 바보는 이성의 힘이 없다. 그러므로 바보는 이성적인 존재가 아니라고요. 전 그 주장을 거부합니다.

가정교사 〔라틴어로〕 내가 그 증명을 다시 논증해 주지. 이성의 힘을 공유하지 않는 사람은 어느 면으로 봐도 이성적이라고 말할 수 없어. 하지만 바보는 이성의 힘을 공유하지 않지. 그러므로 바보는 어느 모로 봐도 이성적이라고 말할 수 없는 거야.

팀 〔라틴어로〕 바보도 이성의 힘을 공유한다니까요.

가정교사 〔라틴어로〕 자네가 그렇게 주장하고 있지. 그럼 바보가 그걸 어떻게 공유하는데?

팀 〔라틴어로〕 사람으로서요. 그걸 삼단논법으로 증명해 볼게요.

가정교사 〔라틴어로〕 증명해 봐.

팀 〔라틴어로〕 이렇게 증명할게요, 선생님. 바보도 나나 선생님처럼 사람이
다. 사람은 이성적인 존재이다. 그러므로 바보는 이성적인 존재이다.

〔모들린 등장〕

모들린 이 둘은 하루 종일 논쟁만 하고 있네.

가정교사 〔라틴어로〕 넌 그렇게 증명한 거잖아. 바보는 너와 나처럼 사람이
다. 사람은 이성적인 존재이다. 그러므로 바보는 이성적인 존재이다.

모들린 무슨 말인지는 모르겠지만 둘 다 맞는 논증이야.

그러니 제발 그만해요. 이러다 지치겠어.

도대체 둘이 왜 그러는 거야?

팀 바보에 대해 논증하고 있는 중이에요, 어머니.

모들린 바보에 대해서라고, 아들아? 대체 왜 그런 걸로 머리를 썩여야 하
는데? 바보가 뭔지는 누구나 다 알잖아.

팀 바보가 뭔데요, 어머니?

이제 어머니와 논쟁해야지.

모들린 분별력도 생기기 전에 결혼부터 한 사람이지.

팀 괜찮은데요. 대학에서 양육되지 않은 여자 치고는 잘 생각해 냈어요.
하지만 어머니가 어떤 바보를 데려오더라도, 난 그 사람이 여기 있는 나
나 선생님과 마찬가지로 이성적인 존재란 걸 증명할게요.

모들린 쳇, 그건 불가능해.

가정교사 아니요, 팀은 해낼 거예요.

팀 논리적으로 바보를 증명하는 건 제일 쉬운 일이에요.
난 논리로 뭐든지 증명할 수 있거든요.

모들린 설마, 그렇게까진 못할 텐데!

팀 난 창녀가 정숙한 여자란 것도 증명할 수 있어요.

모들린 아니야. 그건 그녀가 직접 증명해야지. 그게 아니라면, 그건 논리로
절대 증명할 수 없는 거야.

팀 난 할 수 있다고 말했잖아요.

모들린 이 거리의 몇몇 남자들은 자기 부인에 대해 네가 그렇게 증명해 준
다면, 천 파운드라도 내려고 할 거다.[1]

팀 난 진짜 할 수 있고, 그 사람들 딸에 대해서도 마찬가지로 증명할 수
있어요. 설사 그들에게 사생아가 세 명씩 있다 해도요. 그런데 어머니의
재봉사는 언제 오죠?

모들린 그건 왜?

팀 내가 논리로 그가 남자라는 걸 증명하려고요.[2]
언제든 오고 싶을 때 오라고 하세요.

모들린 얘가 처음에 공부 시작했을 때 얼마나 힘들어 했는지 몰라요! 난 정
말이지 얘가 라틴어를 영영 못 배울 줄 알았답니다. 얘가 문법책으로 넘
어가기 전에 어휘 책만 몇 권 닳아 없앴는지 아세요?[3]

..
1) 런던시민의 부인들이 바람을 많이 핀다는 풍자이다.
2) 흔히 재봉사는 여성적인 남자라고 생각되었다. 팀은 그 반대를 증명하겠다는 것이다. 역시
아무짝에도 쓸모없는 일에 논리를 들이대고 있다.
3) 어휘책은 단어 단위이므로 문장 단위의 문법보다 아랫단계의 책이다. 팀은 머리가 나빠서 라
틴어 기초 단계만 수도 없이 반복해야 했다는 말이다.

가정교사 서너 권이오?

모들린 내 말을 믿으세요, 선생. 서른하고도 네 권이나 된답니다.

팀 쳇, 난 교회 문간에서 그 책들로 종이 생선을 접은 거라고요.

모들린 라틴어 문법책을 떼는 데는 팔 년 걸렸는데, 그중에서도 현재형이
　 란 어리석은 부분에서 끔찍하게 오래 붙잡혀 있었죠.

팀 젠장. 하지만 그건 지금 여기 다 들어 있다고요.

〔자기 이마를 두드린다〕

모들린 한 번은 얘 때문에 내가 처녀 적에 알던 정직한 신사분 앞에서 망신
　 도 당했잖아요.

팀 여자들은 정말 별 얘기를 다 하네.

모들린 그분은 라틴어로 “문법이 뭔가?”라고 물어보셨는데 얘는 아무 대답
　 도 하지 못했죠. 하지만 난 그 달콤한 단어 때문에 그분을 잘 기억해요.[4]

가정교사 아니 자네, 어떻게 된 건가? 〔라틴어로〕 문법이 뭔가?

팀 문법이오? 하하하!

모들린 아니, 얘야. 웃지 말고, 이제라도 네가 뭐라고 하는지 들어 보자꾸
　 나. 그 신사의 입에서 너무 예쁘게 나온 단어가 하나 있었는데, 난 그 단
　 어를 평생 기억하고 싶거든.

가정교사 자, 말해 보게. 〔라틴어로〕 문법이 뭔가?

[4] 모들린이 여기서 말하는 “달콤한 단어”란 뒤에 나오는 팀의 대사에 있는 라틴어 ars인데,
　기술/예술을 뜻하는 ars는 영어 arse(바보/엉덩이)와 발음이 같다. 모들린의 많은 대사가 그
　렇듯이 이 대사 역시 음담패설이어서, 모들린이 그 남자의 라틴어 실력뿐 아니라 멋진 엉덩
　이 때문에 그를 기억한다는 말이다.

팀 선생님, 부끄럽지도 않으세요? 문법이오? 〔라틴어로〕 문법이란 정확하게 말하고 쓸 수 있게 해 주는 기술이지요. 존경해 마지않는 모친님.

모들린 바로 그거였어.[5] 아들아, 이제야 네가 훌륭한 학자란 걸 알겠구나. 그리고 선생님, 저와 말씀 좀 나누시죠. 〔가정교사에게 따로〕 저랑 같이 제 남편 방으로 가십시다. 북웨일즈 아가씨를 저 애한테 보낼 건데, 그 아가씨는 청혼을 기대하고 있어요. 난 그 둘을 한데 몰아넣고 문을 잠글 거랍니다.

가정교사 부인의 결론에 전폭적인 지지를 보내는 바입니다.

〔가정교사와 모들린 퇴장〕

팀 내가 결혼해야 한다는 이 아가씨가 어떤 규수일지 궁금해.
내가 전혀 모르는 사람이잖아.
그렇게 생판 모르는 사람과 날 결혼시키려 하다니
대체 우리 부모님은 무슨 생각을 하는 걸까.
그녀는 이웃이나 지인도 아니고 친척도 아니잖아.
젠장, 내가 전혀 알지 못하는 사람, 낯선 사람,
학교를 같이 다닌 것도 아니고,
어릴 때 동네친구도 아닌 사람과 같이 잘 만큼
내가 내 몸을 하찮게 여긴다고 두 분은 생각하는 걸까?
그렇다면 두 분이 완전히 잘못 짚은 거지.
부모님 말씀으론 그녀의 지참금으로 여러 개의 산과,

..

5) ars에 대한 앞의 주석 참조.

엄청나게 많은 가축과, 무슨 이천 런트도 있다고 해.[6]
그런데 이 런트라는 것의 의미가 뭔지
우리 가정교사 선생님도 모르더라고.
난 라이더 사전에서 R 부분을 찾아봤는데
거기에도 이 런트라는 건 없었어.[7]
럼포드 돼지 같은 게 아니라면
난 이 런트라는 게 뭔지 도저히 모르겠어.[8]

〔웨일즈 여자 등장〕

저기 그 아가씨가 오네.
청혼을 위해 지금 그녀에게 뭐라고 말해야 하는지
내가 안다면 난 대학 졸업생도 아니야.
게다가 단지 처음 보는 사람일 뿐인데도
그녀가 내 방에 들어오는 건 정말 대담한 것 같아.
하지만 아직 그녀에게 내가 거만하단 소리를
들어서는 안 되니까 내가 먼저 말 걸어야겠어.
장담해도 좋지만, 내가 말할 때
그녀는 내 말을 이해하지 못할 거야.

∴

6) 런트(runt)는 소를 일컫는 웨일즈 방언이다.
7) 라이더 사전은 라틴어-영어 사전이므로 웨일즈 말이 없는 것은 당연하다. 모르는 단어만 보면 무조건 라틴어 사전부터 찾고 보는 팀의 어리바리함을 보여 준다.
8) 럼포드(Romford)는 돼지시장으로 유명한 지역이다. 팀이 런트와 비슷한 발음의 영어 단어를 갖다 붙인 것이다.

〔웨일즈 여자가 무릎 굽혀 인사한다〕

그녀가 날 보고 인사하네!

〔라틴어로〕 아름다운 아가씨, 안녕하세요.

댁이 뭘 원하는지 모르겠지만, 나랑은 상관없어요.

— 키케로의 문구를 그대로 가져온 거야.[9]

웨일즈 여자 〔방백〕 무슨 말인지 모르겠네.

청혼자라고 하지 않았어?

틀림없이 영어를 모르는 사람인가 봐.

팀 〔라틴어로〕 아가씨, 댁이 웨일즈에 큰 재산을 가졌다더군요.

웨일즈 여자 〔방백〕 이 "퍼투르"는 뭐고, "아분둔디스"는 뭐야.[10]

저자가 날 조롱하나 봐. 날 방귀 덩어리라고 한 것 같은데.

팀 〔방백〕 그 "런트"에 해당하는 라틴어는 없으니까 대신 다른 단어를 써봐야겠다. — 〔라틴어로〕 내가 다시 말할게요. 당신이 부자라고 알고 있어요. 산도 많고, 샘물도 많고, 또 새로 말을 만들어 내자면, "런트"도 많다더군요. 하지만 난 본래 키 작은 남자고 학사학위 있는 총각이어서 아직 당신과 잠자리할 준비가 되어 있지 않아요.[11]

웨일즈 여자 〔방백〕 정말 이상한 사람이야. 어쩌면 저 사람이 웨일즈 말을 할지도 모르겠다. — 〔웨일즈 말로〕 웨일즈 말 할 줄 알아요?

∴

9) 키케로(Marcus Tullius Cicero)는 로마의 철학자이자 정치가, 웅변가인데, 르네상스 유럽에서 그의 저서는 라틴어 교본이나 다름없는 권위를 가졌다.

10) 라틴어 fertur와 abundundis인데, fertur가 영어 fart(방귀)와 발음이 비슷해서 웨일즈 여자가 발끈한다.

11) 학사학위는 bachelor인데 총각이란 뜻도 있다.

팀 〔방백〕 코그 포긴?[12] 난 저 여자랑 수작부릴 생각 없어. 그녀의 말과 비슷

한 언어로 이미 그렇게 얘기했다고. 〔웨일즈 말을 흉내 낸 엉터리 라틴어로〕

에고 논 코고.

웨일즈 여자 〔웨일즈 말로〕 산책부터 하고 치즈랑 치즈 물 먹을래요?

팀 맙소사, 저 여자는 엄청난 학자네. 딱 알아보겠어.

그녀는 여러 나라 말을 할 줄 알아.

아마 유럽 여행도 갔다 왔을 거야.[13]

사람들이 뭐라고 할까?

"저기 유식한 부부가 간다!" 그러겠지.

진실을 알려 주자면, 그녀는 이미 학위도 땄을 거야.[14]

〔모들린 등장〕

모들린 그래, 어떻게 되어 가니?

팀 〔방백〕 어머니가 들어와서 우리를 떼어 내서 다행이야.

모들린 둘이 잘 맞는 것 같아?

웨일즈 여자 우리가 만나기 전에 서로 맞았던 것만큼 맞아요.[15]

．．

12) 원작에서 웨일즈 여자의 웨일즈어 대사는 별 의미 없는 웨일즈 말들을 영어로 음역만 해 놓
은 것이다. 팀이 "코그 포긴(cog foggin)"으로 잘못 알아들은 말은 cog foginis이고, 팀은 이
를 영어 cog(사기치다, 속이다)로 잘못 이해한다. 이 시기 지식인이나 대학졸업생들이 여러
유럽어에 통달한 것과 반대로, 팀은 언어에 대한 이해가 얕아서 웨일즈 여자의 말을 히브리
어로 오해한다.

13) 귀족이나 신사계급 아들들이 교육의 일환으로 유럽대륙을 여행하는 것이 당시 관례였다.

14) 당시 남자와 여자는 차별화된 교육을 받았고, 대학은 여성이 갈 수 없는 기관이었다. 그런
기본적인 사실조차 알지 못하는 팀의 어리석음이 풍자된다.

모들린 아니, 왜 그런 거죠?

웨일즈 여자 내가 이해할 수 없는 남자한테 날 소개하셨잖아요.

　　댁의 아드님은 영국인이 아닌 것 같아요.

모들린 영국인이 아니라니요?

　　내 아들은 런던의 심장에서 태어났다고요.[16]

웨일즈 여자 난 저 사람과 충분히 오랫동안 한 방에 있었지만,

　　저분이 한 말은 웨일즈어도 영어도 아니었어요.

모들린 아니, 팀. 대체 저 아가씨를 어떻게 대한 거야?

팀 남자답게 잘 대해 줬죠, 어머니.

　　겸손한 라틴어로요.

모들린 라틴어라니, 이런 바보!

팀 그랬더니 히브리어로 받던데요.

모들린 이놈아, 히브리어라고? 웨일즈어잖아.

팀 그게 그거죠, 어머니.

모들린 게다가 영어도 할 줄 안다고.

팀 진즉 그 말을 해 줬어야죠.

　　맙소사, 그녀가 영어를 할 줄 안다면 붙잡아야겠네요.

　　난 또, 외국인하고 나를 결혼시키려는 줄 알았죠.

모들린 저 애를 용서해 주세요.

　　우리 아들은 라틴어에 너무 빠져 있어서

．．

15) 두 사람이 만나기도 전에 잘 맞을 수는 없으므로, 즉 두 사람이 전혀 안 맞는다는 얘기이다.

16) 이 극의 무대인 칩사이드는 런던의 중심지이자 오래된 시장이어서 "런던의 심장"이라고 흔히
　　불렸다.

가정교사와 늘 라틴어만 해요.

그래서 신교도 언어를 사용하는 법을 잊었답니다.[17]

웨일즈 여자 괜찮습니다. 정말이에요.

모들린 팀, 사과의 뜻으로 그녀에게 키스해 줘.

〔웨일즈 여자에게〕 저 애가 댁한테 다가가네요.

〔팀이 웨일즈 여자에게 키스한다〕

팀 오, 달콤해라! 키스만 해 봐도 그녀가 어디 출신인지 알겠어. 이런 속담
   도 있잖아. "웨일즈 양고기만큼 달콤한 것은 없다."고.[18] — 당신이 노래
   도 잘 부른다고 들었어요.

모들린 정말 잘 부른단다, 팀. 가장 달콤한 웨일즈 노래들이지.

팀 맹세해도 좋지만, 난 결혼 전에
   내 아내의 좋은 면들을 한꺼번에 다 볼 작정이에요.
   내가 이 결혼으로 얼마나 풍족해질지 보기 위해서요.

모들린 아름다운 음악을 듣게 될 거다, 팀.

〔웨일즈 여자에게〕 자, 시작하세요.

〔음악이 나오고 여자가 웨일즈 노래를 부른다〕

∴

17) 라틴어는 가톨릭을 연상시키는 언어인 것에 반해, 영어는 신교의 언어라는 의미이다. 종교
   개혁 이후 영국의 국교는 가톨릭에서 신교로 바뀌었다.

18) 양고기(mutton)는 전통적으로 창녀를 부르는 은어였다. 팀이 자기도 모르게 웨일즈 여자의
   정체를 언급한 것이다.

웨일즈 여자 큐피드는 비너스의 유일한 기쁨이었어요.

하지만 그는 장난꾸러기 소년이었죠.

아주아주 심한 장난꾸러기였죠.

그는 숙녀들의 벌거벗은 가슴에 화살을 쏘아요.

남편들 대부분이 가진 뿔도 그가 만든 거지요.

이마에 난 것 말이에요.

보이지는 않지만 끔찍한 뿔이죠.

숙녀의 입술에게 노는 방법을

처음 가르쳐 준 것도 바로 큐피드예요.[19)]

그런데 왜 비너스는 아들을 야단치지 않을까요?

큐피드가 했던 장난들,

그가 했던 음탕한 장난들에 대해서요.

그는 불붙은 화살을 정신없이 쏘아 대서

가엾은 여성들을 정통으로 맞히죠.

아아, 잔인한 상처예요!

그의 화살은 너무나 위력적이어서

여자들의 생명과 분별력이 바로 쇠퇴하고

여자들 입술도 마음대로 놀아난답니다.[20)]

19) 이 입술은 얼굴의 입술과 여성의 성기 둘 다를 의미한다.
20) 여기서 큐피드의 화살은 남성의 성기를 뜻하기도 한다. 큐피드의 화살이 여성을 맞힌다는 것
    은 남녀가 사랑을 나눈다는 의미인데, 당시 성교는 생명을 단축시킨다는 속설이 있었으므로
    큐피드 화살에 맞으면 생명이 하루씩 단축될 수 있다는 것이다. 웨일즈 여자의 노래는 전직
    창녀답게 성적인 은유로 가득한데, 모들린과 팀은 이를 아름다운 노래라고 칭송하는 것이다.

빠르게 날아가는 키스에

조금이라도 행복이 들어 있을까요?

빠르게 날아가는 키스 안에요?

사람의 쾌락에서 느긋함은 낭비일 뿐이에요.

아무리 느린 키스라도 너무 빠르게 지나가 버리죠.

우리는 쾌락을 찾아내기도 전에 잃어버려요.

그들이 아는 즐거운 놀이라고는

여자의 위와 아래가 닫히는 놀이뿐이에요.[21]

팀   난 내 아내를 왕국과도 바꾸지 않을 거야.

내 숙소에서도 좀 해 볼 수 있겠는걸.

〔옐로우해머와 변장한 올위트 등장〕

옐로우해머 잘 말했어, 팀! 종이 즐겁게 울려 대네.

난 저런 종소리가 정말 좋아.

여보, 애들 좀 잠깐 데리고 가요.

여기 처음 보는 신사가 조용히 얘기 좀 하자시네.

〔모들린, 팀, 웨일즈 여자 퇴장〕

어서 오세요, 선생. 나와 성(姓)이 같으니 더 반갑네요.

옐로우해머 씨, 난 내 성이 정말 마음에 든답니다.

∙∙

21) 여성의 입술과 성기를 말한다.

그런데 실례가 안 된다면,

어느 옐로우해머 집안의 후손이신가요?

어느 댁이죠?

올위트 옥스퍼드셔 지방의 옐로우해머입니다.

애빙턴 근처지요.

옐로우해머 그 집안이야 최고의 옐로우해머 가문이죠. 정통 핏줄이랍니다.

나도 지금은 런던시민이지만 그 지방 출신이에요.[22] 정말 반갑습니다.

잘 오셨어요.

올위트 절 여기 오게 만든 정의감도 그렇게 환영받아야 할 텐데요.

옐로우해머 저도 그러길 바랍니다. 그런데 무슨 일로 오셨나요?

올위트 소문에 듣자 하니 따님이 하나 있다던데요,

제가 '조카'라고 불러도 될지 모르겠습니다만.

옐로우해머 제 딸 대신 감사 드려요.

올위트 그녀에겐 많은 미덕과 널리 알려진 장점들이 많다더군요.

옐로우해머 뭐, 변변치 않은 딸자식일 뿐입니다.

올위트 굳이 선생이 자랑하지 않으셔도

명성이 더 화려한 장식으로 따님을 치장했던데요.

선생이 겸손하게 말씀하시는 거지요.

그런데 따님이 결혼을 앞두고 있다고 들었습니다.

옐로우해머 네, 맞아요. 선생.

올위트 지금 시내에 와 있는 월터 호어하운드 경하고요.

..

22) 여기서 런던시민이라는 것은 단순히 런던에 거주한다는 뜻이 아니라, 상인이나 장인 직업을
가진 런던의 중산층이란 계급적 의미를 갖는다.

옐로우해머 맞습니다.

올위트 그래서 제가 더 유감이랍니다.

옐로우해머 더 유감이라고요? 왜요, 사촌?

올위트 혼사가 너무 많이 진행된 건 아니죠?

　아직 되돌릴 수 있는 거죠?

옐로우해머 되돌려요? 왜요, 선생?

올위트 그 점만 분명히 알려 주시면 저도 말씀 드릴게요.

옐로우해머 아직 결혼계약을 맺은 건 아니에요.[23]

올위트 정말 다행이네요.

옐로우해머 하지만 그가 내 딸과 잠자리할 사람인 건 분명해요.

올위트 사촌, 그건 절대 안 돼요.

　그렇게 되면 따님은 완전히 신세 망치는 거고,

　당신은 그 결혼을 성사시킨 시간을 저주할 거예요.

　그자는 완전히 난봉꾼이거든요.

　거기에 그의 시간과 재산을 다 쓰고 있다고요.

　〔작은 소리로〕 내가 알기로는 지난 7년간 정부를 뒀는데,

　게다가 다른 남자의 마누라래요, 글쎄.

옐로우해머 오, 끔찍하군요!

올위트 그 집안을 다 먹여 살리고, 그 남편 옷까지 해 입히고,

　하인들 급료도 주고, 게다가 ― 〔소곤거린다〕

옐로우해머 점입가경이군! 그 남편도 그걸 안답니까?

올위트 아냐고요? 알다뿐인가요. 좋아할지도 모르죠.

∴

23) 당시에는 증인을 앞에 두고 결혼계약을 맺는 것이 결혼의 성립에 반드시 필요한 절차였다.

그게 그자의 생계방편인걸요.

고기 파는 푸줏간 주인이나 토끼고기 파는 닭장수처럼

다른 장사꾼들도 물건 팔아 번창하잖아요.

그자도 그렇게 장사해서 살아가는 거죠, 사촌.[24]

옐로우해머 정말 비할 데 없는 마누라 장사꾼이네요!

올위트 쳇, 그자가 뭐 그런 걸 상관하겠어요?

나처럼 그자도 아무 신경 쓰지 않을걸요.

옐로우해머 정말 비천한 종놈일세!

올위트 그자한테는 다 마찬가지예요.

그 남자는 그 덕에 먹고 편하게 살죠.

그자 말로는 아이 가지려고 밤잠 설친 적이 없는데도

아내가 자식을 일곱이나 낳았다더군요.

옐로우해머 뭐요? 그럼 월터 경 자식이란 거예요?

올위트 월터 경이 기꺼이 그 애들을 거두고 먹여 살렸지요.

그것도 아주 훌륭하게. 그자라면 그만큼 못했을걸요.

옐로우해머 맙소사, 월터 경 자식도 그 안에 있나요?[25]

올위트 월터 경 소생이오? 이 정도 큰 사내애들이 있지요.

『카토』와 코르데리우스를 배우고 있어요.[26]

∴

24) 닭장사는 닭이나 오리 같은 가금류 외에 토끼 같은 야생동물 고기도 팔았다. 이 대사에서
올위트는 다른 장사꾼들과 매춘을 동일시하면서 자신이 아내를 월터에게 팔아서 먹고산다
고 폭로하면서까지 월터의 결혼을 막으려 하는 것이다.

25) 올위트는 옐로우해머에게 자신의 일곱 자식 가운데 월터 소생이 몇 명인지 분명히 밝히지
않는다.

26) 『카토(Cato)』는 격언이나 도덕적 훈화를 모은 저자 미상의 책인데, 중세에서 18세기에 이르
기까지 가장 널리 쓰이던 라틴어 교본이다. 코르데리우스(Corderius)는 16세기 프랑스 학자

옐로우해머 농담이시겠죠, 선생.

올위트 그중 하나는 시도 쓸 줄 알고

　지금은 이튼학교에 다니는걸요.[27]

옐로우해머 이 소식을 들으니 내 마음이 찢어지는군요.

올위트 미리 막지 못했다면 더 가슴 아프셨을 거예요.

　그 정부가 올위트 부인이란 사람이에요.

옐로우해머 올위트? 젠장, 그자 얘기를 들은 적 있어요.

　최근에 그 딸이 세례받지 않았나요?

올위트 맞아요. 세례식 하느라 월터 경이 백 마르크 이상 썼답니다.[28]

옐로우해머 그런 놈이라면 내가 그자를 악당에

　나쁜 놈이라고 따로 표시해 놓아야겠네요.

　선생께 수천 번 감사와 축복을 드려요!

　난 이제 월터 경하곤 끝이에요.

올위트 〔방백〕 하, 하, 하!

　이 기사는 이제 내 갈비뼈에 계속 붙어 있게 됐어.

　내가 그자를 벌써 잃을 수는 없지. 어떤 아내도 못 얻게 할 거야.

　그자가 어디에 청혼하건 항상 내 집에 있게 될 거라고. 하하!

•:

　인 코르디에(Cordier)의 필명인데 그가 쓴 라틴어교본 *Colloquia Scholastica*(1564)가 유명하다. 두 책 다 당시 어린 학생들의 대표적인 라틴어 교본이다.

27) 이튼학교(Eton College)는 명문 사립학교이다. 월터가 자신의 사생아들에게 충분한 후원을 하고 있음을 알 수 있다.

28) 마르크(mark)는 영국의 화폐단위 중 하나로서 1마르크가 13실링 정도 된다. 따라서 백 마르크이면 66파운드로 당시로서는 아주 큰돈이다.

〔올위트 퇴장〕

옐로우해머 지금 들은 얘기를 다 인정하고,

그가 한 짓이 시커멓다고 치자고.

하지만 결혼이라는 게 대체 뭐야.

남자를 옳은 길로 돌아오게 하는 게 결혼이잖아.

나 역시 정부를 둔 적 있고 사생아도 있어.

그때 앤 부인한테 낳았었지.

그 사실을 누가 안다 한들 난 상관없어.

그 아이가 지금은 멋진 남자로 잘 자라서

길드 간부도 두 번이나 했다고.[29]

월터의 사생아들도 아마 그렇게 될 거야.

내 아이처럼 걔들도 단지 비천하게 잉태된 것뿐이야.

기사는 부자니까 내 사위가 되어야만 해.

그의 정부가 성병만 안 걸렸으면 아무 상관없어.

그럼 내 딸한테 성병 옮길 걱정은 없는 거잖아.

그러니 난 그 둘을 결혼시킬 거야.

둘이 잠자리 갖기 전에 기사한테 훈증치료나 받게 해야지.[30]

··

29) 중세부터 런던에는 각종 제조업과 유통업의 길드들이 있었는데 금세공업자 길드도 그중 하나였다. 옐로우해머의 사생아 아들도 옐로우해머처럼 길드에 들어가서 그 간부를 지내고 성공한 런던시민으로 살고 있는 것이다.
30) 당시에는 신대륙에서 들어온 성병이 크게 유행했는데, 수은을 넣은 탕에서 훈증하는 것이 치료법 중의 하나였다. 혹시라도 문란한 월터가 몰에게 성병을 옮길까 봐 미리 치료받게 하겠다는 것이다.

〔모들린 등장〕

모들린 오 여보, 여보!

옐로우해머 왜 그래, 모들린?

모들린 우린 다 망했어요. 그년이 도망갔어요, 도망갔다고요!

옐로우해머 또? 빌어먹을! 어느 쪽으로?

모들린 지붕 위로요.

　템즈 강을 뒤져야 해요.

　안 그러면 걔가 영원히 사라질 거예요.

옐로우해머 아, 겁 없는 것 같으니!

〔모들린과 옐로우해머 퇴장하고 팀과 가정교사 등장〕

팀 도둑이야, 도둑! 내 여동생을 도둑맞았어요!

　어떤 도둑이 그 애를 훔쳐 갔어요.

　우리 아버지의 은접시까지 안 훔쳐 간 게 기적이지!

　남은 건 그게 다예요, 선생님.

가정교사 그게 가능해?

팀 진주 목걸이 세 개랑 산호 한 상자 외에는요.

　내 여동생이 도망갔으니 우리도 트리그 스테어즈에서 걔를 찾아봐요.

　우리 어머니는 커몬 스테어즈 뒤지러 퍼들 부두로 갔어요.

　그 밑 선창으론 우리 어리석고 가엾은 아버지가 갔고요.[31]

　선생님, 뛰어요. 뛰라고요.

〔두 사람 퇴장〕

．．
31) 스테어즈(Stairs)는 템즈 강 강물로 이어지는 계단을 의미한다. 손님들이 배 타러 갈 때 사
　　용되었는데, 트리그 스테어즈(Trig Stairs), 커몬 스테어즈(Common Stairs), 웨스트민스터
　　스테어즈(Westminster Stairs) 등이 있었다.

4막 2장

〔터치우드 형제 등장〕

터치우드 시니어 아우야, 정직한 뱃사공이 아니었다면

여덟 명의 채권추심 관원한테 나도 붙잡힐 뻔했어.[1]

내가 뱃사공들에게 신세진 거지.

그들은 가장 보은할 줄 아는 사람들이야.

뱃사공들은 신사들 덕에 먹고사니까

신사 돕는 일에서도 가장 앞장서잖아.[2]

얼마 전 블랙프라이어 극장에서

한 신사가 도망친 얘기는 들어 봤을 거야.[3]

•
••

1) 자본주의 초기 단계였던 당시 영국에서 빚은 심각한 사회현상 중 하나여서, 채무자 감옥과 채권추심 관원이 따로 있을 정도였다. 채권추심 관원들은 전문적으로 채무자들을 찾아내서 이들에게 채권자의 돈을 받아 내거나 채무자 감옥으로 이송하는 일을 맡았다.

2) 근대초기의 사회적 격변 속에서 신사계급은 상속받은 토지나 재산을 잃고 빚을 지거나 계급 하강을 겪는 일이 많았고, 따라서 채권추심 관원들의 검거대상이 되는 일이 잦았다. 한편 런던 템즈 강 건너편은 극장이나 유곽, 술집 등의 위락시설이 많은 교외여서 신사들이 많이 갔고, 이들을 실어 나르는 뱃사공들은 자신들의 주요 고객인 신사들에게 우호적이었다. 채권추심 관원들을 피해 도망치는 신사들을 뱃사공들이 돕는 이유도 바로 그것이어서, 이 시기 드라마에는 신사를 도와주는 뱃사공들 일화가 많이 나온다.

마치 무대에서 칼춤이라도 추려는 것처럼

악당 두세 명이 칼 **빼**들고 극장 안으로 들어왔대.

양초제조업자의 유령처럼 손에는 촛불을 들고 말이야.

그 신사가 그놈들한테 맞으면서 쫓기고 있었는데,

한 정직한 뱃사공이 그를 안전하게 육지에 내려 줬다네.

터치우드 주니어 내가 다 감사하네요.

〔뱃사공 서너 명 등장〕

뱃사공 1 제 배에 타세요, 선생님.

뱃사공 2 신사 나리들을 제 배로 모실까요?

터치우드 시니어 이들은 정직한 사람들이야.

네가 먼저 타고 떠나고, 다른 배는 그녀를 위해 남겨 둬.

터치우드 주니어 반 엘름즈로 가 주게.[4]

터치우드 시니어 그 이상은 말하지 마, 아우야.

뱃사공 1 잘 모시겠습니다.

〔터치우드 시니어와 뱃사공 1 퇴장〕

..

3) 블랙프라이어(Blackfriars) 극장은 1596년 제임스 버비지(James Burbage)가 세운 실내극장이다.

4) 반 엘름즈(Barn Elms)는 연인들의 밀회나 불륜의 온상이 되었던 교외지역이다. 당시 런던시는 템즈 강으로 구분되는 좁은 지역만을 지칭했고, 템즈 강 건너 반대쪽 강변지역은 "교외"라고 통칭되었다. 여기에는 각종 위락산업과 빈민가가 있어서 런던당국의 사법권이 느슨하게 작동했다.

뱃사공 2 전 나리를 모실까요?

터치우드 주니어 갑시다. ―

  남아 줄 뱃사공들한테 프랑스 은화 한 개 드릴게요.[5]

〔돈을 준다〕

  배 타려고 서둘러 오는 아가씨가 있을 테니

  내 뒤를 쫓아 그녀를 반 엘름즈까지 부지런히 데려다줘요.

뱃사공 3 반 엘름즈까지요, 나리. 샘, 배를 준비해. 우린 밑에서 기다리자.

〔뱃사공들 퇴장〕

〔몰 등장〕

터치우드 주니어 왜 이렇게 오래 걸렸어요?

몰 내가 예상했던 것보다 길이 더 위험했어요.

터치우드 주니어 어서 가요. 빨리! 배가 기다리고 있어요.

  난 폴 부두에서 배를 타고 당신을 따라잡을게요.

몰 그러세요. 우리한텐 보안이 제일 중요해요.

〔함께 퇴장〕

••

5) 5실링에 해당한다.

4막 3장

〔월터 경, 옐로우해머, 팀, 가정교사 등장〕

월터 경 젠장, 이게 잘 감시한 건가요?

옐로우해머 이중 자물쇠로 가둬 놓았다고요.

월터 경 그럼 이중으로 악마란 거네요!

팀 그건 소가죽 옷 입은 채권추심 관원 얘기인데요, 선생님. 그자는 소가
죽처럼 질겨서 절대 지치는 법이 없거든요.[1]

옐로우해머 그럼 너라면 여자들을 어떻게 가둬 놓겠니?

팀 정조대를 채워야죠, 아버지. 베니스인들은 그렇게 해요. 우리 선생님이
책에서 봤대요.

월터 경 맙소사. 그렇게 가둬 놓았는데 그녀는 어떻게 도망친 거죠?

옐로우해머 지붕 위로 통하는 작은 구멍이 있었대요.

　하지만 누가 그걸 생각이나 했겠어요?

월터 경 더 현명한 사람이라면 그랬겠지요.

팀 저분 말이 맞아요, 아버지. 우리 선생님이 그러는데, 현명한 사람은 사랑

••

1) 채권추심 관원은 흔히 악마로 묘사되었는데, 그의 소가죽 제복이 질긴 것이 채무자를 쫓는
채권추심 관원의 의지만큼 질기다고 해서 팀이 그를 이중의 악마라고 하는 것이다.

을 위해서라면 모든 구멍을 다 찾아봐야 한대요.[2]

가정교사 〔라틴어로〕 시인은 진실을 얘기하는 법이다.

팀 〔라틴어로〕 버질이 말한 거예요, 아버지.[3]

옐로우해머 제발 계집들 얘기는 딴 데 가서 해라. 여기서 나쁜 계집은 내 딸 하나로도 충분하니까. 네 똑똑한 어미는 어디 있는 거냐?

팀 아마 미쳐 버렸을걸요. 물에 빠져 죽었을지도 몰라요. 뱃사공도 안 기다리고 빙어잡이 어선을 잡아탔으니까요.[4] 몰을 낚으러 갔을 거예요.

옐로우해머 그럼 지금쯤엔 월척 잉어를 낚았겠군.[5]
우리 모두 저녁밥으로 그걸 먹으면 되겠어.

〔모들린이 몰의 머리채를 잡고 들어온다. 뱃사공들도 따라온다〕

모들린 네년 머리채를 잡고 집까지 끌고 갈 테다.

뱃사공들 마님, 제발 이러지 마세요.

모들린 당신들이 참견할 일이 아니에요.

뱃사공들 모진 어머니네요.

::
2) 음담패설이다.
3) 버질은 로마의 황금기였던 아우구스투스 황제 시절의 유명한 시인이다. 하지만 바로 전에 팀이 말한 구절은 버질과는 거리가 먼 음담패설일 뿐이어서 팀의 무식함을 다시 드러내는 대사이다.
4) 빙어(smelt)에는 바보라는 뜻도 있다. 즉 모들린이 빙어잡이 어선을 탔다는 의미와 바보들과 함께 있다는 뜻을 함께 가진 대사이다.
5) 잉어(gudgeon)에도 바보라는 뜻이 있어서 방금 전 팀의 이중적인 대사를 옐로우해머 역시 받아서 모들린이 바보짓을 하고 있다는 의미이다.

〔뱃사공들 퇴장〕

몰 아, 내 심장이 죽을 것 같아!

모들린 네년을 이 동네 딸내미들의 본보기로 삼을 거야.

몰 삶이여, 이젠 안녕!

모들린 거짓말쟁이가 또 누굴 속이려고 그래.

옐로우해머 그만해, 그만해요, 모들린.

모들린 내가 경의 보석을 머리채 잡고 데려왔어요.

옐로우해머 그 애가 왔어요, 기사님.

월터 경 그녀를 놓아 주세요. 안 그러면 내가 화낼 거예요.

팀 내 동생 좀 봐요, 선생님. 어머니가 저 애를 인어처럼 물에서 끌고 나왔
    어요. 저 애는 이제 절반만 내 동생이에요. 사람인 부분을 빼고, 나머지
    는 생선장수에게 팔아먹을 수도 있겠어요.[6]

모들린 부모 눈이나 속이는 교활한 것!

옐로우해머 뻔뻔하고 헤픈 년!

월터 경 두 분 다 그만두지 않으면 내가 그만두겠어요.
    〔몰에게〕무정한 아가씨, 나한테 왜 이러는 거예요?
    내가 왜 이런 대접을 받아야 하지요?

옐로우해머 경은 너무 순하게 말씀하시네요. 우리도 이제 다른 조치를 취
    해서 모든 불상사를 막을 거예요. 사실 진즉 그랬어야 했는데. 이제라도

•.

6) 인어는 반인반어(半人半漁)의 상상적 존재이지만 창녀를 부르는 속어이기도 하다. 팀은 자기
   여동생이 물에서 나왔으니 인어라고 하면서 동시에 그녀를 창녀 취급하는 것이다. 바로 밑의
   생선장수(fishmonger)도 뚜쟁이라는 의미로 많이 쓰였다.

바로 실행해서 더 이상 운에 맡기지 않겠어요. 내일 아침 일찍, 동틀 새
벽에 두 사람을 결혼시키겠어요.

몰 오, 연인들을 동정하는 운명의 여신들이여,

차라리 오늘 밤 날 죽여주세요.

내가 내일 아침이 오는 걸 절대 못 보게 해 주세요.

옐로우해머 그때까지 저 애를 감시하는 건 괜찮겠지요, 경?

모들린 망할 것, 잘 감시해야지!

〔몰을 끌고 모들린과 옐로우해머 퇴장〕

팀 아니, 그럼 아버지하고 선생님하고 내가 갑옷 입고 밤새워서 감시해야
겠네.

가정교사 무기는 어떻게 하지?

팀 그건 신경 쓰지 마세요. 필요하다면 정복할 때 쓴 무기를 가져오라고
시킬게요, 선생님. 아직 패배한 적 없는 무기 말이에요. 웨스트민스터
사원에 있거든요. 난 사원 지키는 경비병을 아니까 헨리 5세의 칼을 빌
릴 수 있어요.[7] 그거면 우리 둘이 감시할 때 쓸 수 있을 거예요.

〔팀과 가정교사 퇴장〕

∵

7) 웨스트민스터 사원(Westminster Abbey)은 11세기 정복왕 윌리엄 이후로 영국 왕의 대관식이
열렸던 곳이자 역대 왕들의 무덤이 있는 곳이어서 일개 런던시민이 함부로 물건을 빌릴 수 있
는 곳이 아니다. 또한 헨리 5세는 프랑스 땅의 대부분을 정복해 영국 영토로 만든 위대한 정
복왕으로 영국의 대표적인 영웅이다. 그래서 패배를 모르는 칼이란 것이고, 당연히 일개 런던
시민이 빌릴 수 없는 유물이다. 모두 팀의 황당한 어리석음과 허세를 보여 주는 대사이다.

월터 경 이번 기회로 난 내 소망에 가장 가까이 가게 됐어.

　　내일 정오가 되기 전에 난 금화 이천 파운드에다가,

　　사십 파운드 값어치의 달콤한 처녀성까지 갖게 될 거야.[8]

〔터치우드 주니어와 뱃사공 등장〕

터치우드 주니어 오, 당신이 가져온 소식에 내 가슴이 찢어지네요!

뱃사공 아가씨가 반쯤 익사상태인데도

　　그 모친이 머리채 잡아서 끌고 갔어요.

　　모욕 주면서 강제로 끌고 갔으니 어머니답지 않았죠.

터치우드 주니어 됐으니 그만하고 가세요.

　　내 기쁨이 내게서 떠나갔듯이 말이에요.

〔뱃사공 퇴장〕

〔월터 경에게〕 선생, 불쌍한 아가씨가 이쪽으로 지나가는 거 못 보셨소?

　　— 이런, 나쁜 놈. 너였구나?

월터 경 그래, 나다. 이 종놈!

〔두 사람이 칼을 빼서 싸운다〕

..

8) 이천 파운드는 몰의 지참금이고, 40파운드는 당시 숫처녀 창녀의 화대였다. 처녀성의 값어치
　　까지 돈으로 환산하는 세태를 보여 준다.

터치우드 주니어 그렇다면 내가 널 돌파해야겠다.

　내 결혼과 내 희망찬 행운을 막고 있는 게

　네 가슴 말고는 달리 없으니까,

　난 널 이겨서 길을 터야겠어.

월터 경 그럼 당신 목숨이 위험해질 텐데.

〔월터가 터치우드 주니어에게 부상을 입힌다〕

터치우드 주니어 그러려면 먼저 내 가슴 속 심장을 가져가야 할 거야!

월터 경 협상은 없다는 거군? 이천 파운드의 지참금을 생각해 봐요.[9]

터치우드 주니어 〔월터 경을 찌르며〕 이제 갚아 준 거지.

월터 경 서로 공평해졌으니 난 더 이상은 게임하지 않겠소.

터치우드 주니어 나쁜 놈, 그만두겠다고?

월터 경 내가 더 싸우기 전에

　생각해 봐야 할 것들이 있어.[10]

터치우드 주니어 한 판만 붙고 그만둔다고?

　난 죽을 때까지 네놈을 따라가서 끝장낼 거야.

〔두 사람 퇴장〕

∶

9) 월터는 몰의 지참금 중 일부를 터치우드 주니어에게 주고 물러서게 하려고 한다.

10) 바로 다음 장에서 월터가 하게 될 종교적인 고민을 의미한다. 월터는 터치우드 주니어와 싸우다가 종교적인 깨달음을 얻은 것이다.

5막 1장

〔올위트, 올위트 부인, 데이비 다후마 등장〕

올위트 부인 우리 집이 망하게 생겼어요!

올위트 우린 어떻게 되는 거지?

데이비 나리의 상처가 치명적인 것 같아요.

올위트 그렇게 생각하나, 데이비?

　그럼 나한테도 치명적인 거야.

　나도 죽은 거나 다름없다고, 데이비.

　기사님이 죽으면 나도 이 세상에서 살 수가 없어.

　나도 짐 싸서 그분을 따라야 해, 데이비.

　매듭 두 개 지은 수의 입고 떠나가는 거지!

〔월터 경이 부상 입은 채 두 하인의 부축을 받고 들어온다〕

데이비 오, 보세요, 나리.

　기사님이 쓰러지실 것 같아요.

　하인 두 명이 부축하고 있잖아요.

올위트 부인 오, 맙소사!

〔올위트 부인이 기절한다〕

올위트 이런, 내 아내마저 쓰러져 버렸네!

　　우리가 다 쓰러지면, 아주 집안 꼴이 좋아지겠어.

　　데이비, 아내를 돌봐 줘. 기운 차리게 하라고.

　　난 기사님한테 가 볼게. 내가 가 본다고.

〔하인들 퇴장〕

월터 경 나한테 손대지 마, 나쁜 놈!

　　널 보니까 내 상처가 더 아프다고.

　　내 심장에 독이 되는 놈!

올위트 벌써 헛소리를 하시네.

　　정신이 아주 흐려져서 날 못 알아보나 봐.

　　— 나리, 괜찮으면 좀 쳐다보세요. 눈떠 보라고요.

　　내가 누군지 생각해 보세요. 기억이 다 없어진 거예요?

　　내 얼굴을 잘 보세요. 나리, 누군지 알아보시겠어요?

월터 경 종이나 악당보다 더 나쁜 놈이 있다면,

　　네가 바로 그놈이야.

올위트 아이고, 우리 나리께서 몸이 쇠약해지셨네!

　　시간 지나면 날 알아보기 시작하실 거야.

월터 경 어떤 악마라도 너 같지는 않아!

올위트 아아, 가엾은 양반, 고통이 너무 심해서 저러나 봐.

월터 경 네놈은 내가 사악하다는 걸 잘 알아.

넌 비천하게도 내 모든 죄를 눈 뜨고 지켜봤으니까.

내 영혼이 치러야만 하는 값비싼 대가를

네놈만큼 잘 알고 있는 사람은 없어.

그런데도 네놈은 지옥의 아첨하는 천사처럼

그 대가에 대해 나한테 아무 말도 해 주지 않았고,

내가 계속 죄지으며 살다가, 자면서 죽음을 맞게 방치했어.[1]

내가 모르는 사람의 동정 덕에 우연히 깨어나지 않았다면,

난 은총과 자비에 대한 희망도 없이 영원히 잘 뻔했다고.[2]

올위트 저 양반 상태가 점점 나빠지는군.

여보, 나리께 가 봐. 저분한텐 늘 당신이 효과가 있었잖아.

올위트 부인 나리, 좀 어떠세요?

월터 경 너만큼 나쁜 상태는 아니야, 이 메스꺼운 창녀야!

누가 날 불쌍히 여기는 사람이 있다면,

내 죄악인 이 여자를 내 눈앞에서 치워 줘.

저 여자를 보기만 해도 난 벌벌 떨린다고.

저년이 옆에 있으면 모든 위안이 내 옆에 못 와.

양심 없는 여자야, 지금 내가 널 보고 싶겠어?

지금도 내게 자유를 주지 않다니,

당신은 남자의 안식에 이렇게 잔인해야겠어?

악마라도 너보단 더 미덕을 존중하고 지켜 주겠다.

∴

1) "지옥의 아첨하는 천사"는 사탄을 말한다.
2) 터치우드 주니어의 도발 덕분에 상처를 입었고 이를 계기로 자신의 삶을 되돌아보게 되었다는 뜻이다.

악마라 할지라도 감히 이렇게는 못하고,

회개의 시간엔 물러서서 얼굴 감추는 거야.

사람이 악마에게서 철수할 때는

악마도 그 장소를 떠나야 하는 법이라고.

넌 네 선생인 악마보다도 더 무례하고 **뻔뻔하잖아?**

제발 조금이라도 양심이 남아 있다면,

겸손함을 보이고 나한테서 떨어져.

너한테 애정이나 동정이 조금이라도 남아 있다면,

불쌍하고 비참한 내 꼴에서 멀리 떨어진 곳에

네가 방문 잠그고 들어앉아 있는 게 날 위하는 길이라고.

올위트 부인 저 양반이 아주 가망이 없네요.

올위트 데이비, 뛰어.

어서 뛰어가서 아이들을 이리 데려와.

애들을 보면 나리께서 다시 기운 차리실 거야.

〔데이비 퇴장〕

월터 경 〔올위트 부인에게〕 오, 끔찍하군!

여기가 네가 울 자리야? 그 눈물은 대체 뭐야?

눈물과 함께 너도 사라져 버려.

네가 울면 난 더 안 좋은 상황이 될 거야.

그 눈물은 나한테 불리한 거라고.

그 슬픔 속엔 오직 네 탐욕만 있어.

넌 욕정 때문에 우는 거잖아.

날 위해 다가오던 위안이 점점 느려지는 걸 보니 알겠네.

네가 날 타락시키기 시작할 때까지 난 괜찮았어.

네가 우는 건 무정한 어머니의 헛된 슬픔과 같은 거야.

아들을 오냐오냐해서 키우다가 교수형까지 당하게 하고는,

그 옆에 서서 아들의 고통을 보며 우는 어머니와 같은 거라고.

〔데이비가 월터의 아이들인 와트, 닉, 아기를 데리고 들어온다〕

데이비 나리, 여기 애들을 데려왔어요.

　　예쁜 막내딸도요. 아이가 미소 짓네요.

　　보세요, 나리, 보시라고요.

월터 경 오, 나에 대한 신의 보복이야!

　　내 저주받은 얼굴을 영원히 숨겨서

　　저 아이들을 보지 못하게 해 줘.

　　저 애들은 내 모든 희망을 어둡게 하고,

　　날 가로막아서 내가 천당을 못 보게 해.

　　지금 날 보는 모든 사람들과 하느님,

　　나와 가까운 사람들 모두가 당연히 이렇게 말할 거야.

　　내가 죄로 너무나 뒤덮였다고!

　　오, 내 죄들이 참회와 싸우고 있어.

　　참회가 숨을 쉴 수 없을 지경이야.

　　내 간음하는 죄는 내 위에서 맴돌다가,

　　내 기도가 하늘까지 반도 올라가기 전에

　　그 검은 날개를 퍼덕여서 기도를 막고 있어.

내가 얼마나 오래 살지 아는 사람이 누구일까?

오, 그 후에 난 어떻게 되는 거야?

내 입에서 점점 쓴맛이 나.

둥근 세상이 지금은 온통 쓴맛뿐이야.

저 여자와의 쾌락이 이제 나한테 독이 된 거야.

그걸 위해서 난 내 영혼을 맞바꿨었지.

백 번의 한숨으로 천당 가는 길을 닦을 수만 있다면!

올워트 닉, 나리께 말을 걸어 봐.

닉 무서워서 못하겠어요.

올워트 와트, 한탄하시느라 나리의 상처가 악화되고 있다고 말해.

월터 경 비참하구나. 내 죄가 일곱 명을 죽인 거야.[3]

올워트 자, 나리가 살아 계시도록 계속 말을 걸어 봅시다.

　　— 아, 와트, 네가 라틴어로 쓴 편지를 보시고

나리께서 그 보석을 네게 주셨지?

넌 공부 잘하는 착한 애라서 크게 될 거야.

월터 경 아아, 슬프구나!

올워트 〔방백〕 젠장, 아무것도 위로가 안 되는 거야?

저자가 저 정도로 가망 없다면 이제는 애도할 시간이네.

〔월터 경에게〕 여기 펜과 잉크, 종이가 있고

모든 게 준비되어 있으니

나리께서 유언장을 작성하시는 게 어떨까요?

월터 경 내 유언장? 그래, 좋아. 당연히 해야지.

∵

3) 월터의 사생아일 수 있는 일곱 명의 아이들이 자기로 인해 죄를 지었다는 의미이다.

누가 빨리 쓸 수 있나?

올워트 괜찮으시다면 나리의 사람, 데이비가 할 수 있어요.

    깨끗하고 빠르고 알아보기 쉽게 쓰지요.

월터 경 그럼 받아쓰게.

〔데이비가 받아쓴다〕

    첫째, 나는 마누라 팔아먹은 저자에게

    자기 몸무게 세 배의 저주를 물려주고 ―

올워트 뭐라고요?

월터 경 몸과 마음에 모든 역병과 ―

올워트 받아쓰지 마, 데이비.

데이비 나리 유언장인데요. 적어야 해요.

월터 경 죽기 열흘 전부터 심한 병에 시달릴 것을 유언한다.

올워트 〔방백〕 거 참, 퍽도 기분 좋은 유언장이군.

    감동해서 목이 멜 지경이야.

월터 경 다음으로 그 아내, 저기 추잡한 창녀에게는

    기쁨의 완전한 불모와 미덕의 고갈,

    그리고 참회의 결핍을 남길 것이다.

    저 여자의 종말은 모든 영국 창녀처럼 비참해서

    프랑스와 네덜란드 병으로 시달릴 것이다.[4]

    저 여자는 죽기 전 제 눈앞에서 새끼들의 파멸을 보겠지만

∴

4) 프랑스 병은 매독을 부르는 말이고, 네덜란드 과부는 창녀의 다른 호칭이었다.

절대 그로 인해 눈물 흘려서도 안 된다.

〔하인 등장〕

하인 기사님은 어디 계세요?

　오, 나리. 나리께서 부상 입힌 신사가 방금 죽었답니다.

월터 경 죽었다고? 일으켜, 날 일으켜 세우라고!

　누가 도울 건가?

올위트 이젠 법이 당신을 일으켜 세워야 해.

　법은 모두에게 그렇게 하니까.

　난 이제 당신을 세우는 건 그만두겠어.

　내 아내도 마찬가지고.[5]

하인 나리께선 어디 몸을 숨기시는 게 좋겠어요.

올위트 내 집은 안 돼.

　살인자 같은 놈들을 내 집에 숨겨 주진 않을 거야.

　어디든 당신이 알아서 숨으라고.

월터 경 이게 뭐하는 짓이야?

올위트 부인 아니, 여보!

올위트 내가 알아서 할게, 여보.

올위트 부인 아직 모르잖아요.

　정당방위로 사람을 죽였다면

　그의 재산이니 생명을 건드리진 않을 거예요, 여보.

∵

5) 그 와중에 음담패설이다.

올위트 저리 가, 여편네야! 바보 말을 들으라니!

저자의 땅 때문에 저자가 교수형당할 거라고.[6]

월터 경 나한테 방을 안 준다고?

당신 뭐라고 한 거야?

올위트 부인 아이고, 나리. 저야 모든 걸 좋게 해결하고 싶지만

저도 남편에게 순종해야 하잖아요.

〔올위트에게〕 제발, 여보. 저렇게 심하게 다쳤는데

저 가엾은 신사가 여기 머물게 해 주세요.

다락방 한쪽 끝에 우리가 안 쓰는 작은 밀실 있잖아요.

저분이 그 방을 쓸 수 있게 해 주세요.

올위트 우리가 안 쓴다고? 그럼 당신은 전염병 돌 때를 잊었군.

게다가 거긴 화장실로 쓰이고 있잖아?

〔두 번째 하인 등장〕

월터 경 오, 끔찍하군! 왕년의 삶이 아직 일부 남아 있는데도

내가 이런 얘기를 들어야 하는 거야?

〔두 번째 하인에게〕 이번엔 무슨 소식이냐?

하인 2 점점 더 나쁜 소식이에요.

설사 법이나 의사가 나리의 생명을 구해 줘도

나리께선 토지를 잃게 되실 것 같아요.

∵

6) 월터 경이 유죄판결을 받으면 땅이 몰수되니, 그 땅을 욕심내는 사람들이 월터를 유죄로 만들고 결국엔 처형당하게 할 것이란 얘기다.

올위트 〔부인에게만 들리게〕저 소리 들어 봐.

월터 경 아니, 어째서?

하인 2 올리버 킥스 경의 부인께서 최근에 임신하셨어요.

　그 아이가 나리를 망하게 한 거죠.

월터 경 나쁜 일은 한꺼번에 오는구나.

올위트 저자가 제 졸개들하고 여기서 뭐하는 거지?

　엄연한 우리 집인데 우리 식구끼리 못 있고

　꼭 저런 객식구들이 같이 있어야 해?

　이봐요, 다들 여기서 썩 나가고

　저기 당신네 살인자도 같이 데려가요.

　어떤 정직한 신사를 죽였다고 하니,

　저자가 가기 전에 체포된다면 좋을 텐데.

　순경들을 불러 와.

월터 경 내가 곧 그 수고를 덜어 주겠네.[7]

올위트 이젠 나도 당신한테 할 얘기는 해야겠어요.

　당신은 그동안 내가 용인할 수 있는 이상으로

　내 집에서 너무 주제넘게 지냈어요.

　내 마음이 불편해질 만큼 오냐오냐 해 준 거죠.

　솔직히 말해서 한때 당신은 내 아내한테도

　지나치게 허물없이 지냈던 것 같더군요.

올위트 부인 나하고요? 그 전에 먼저 저자가 교수형당할걸요.

　저자건, 아니면 비슷한 위치의 다른 신사건 간에

..

7) 자신이 곧 죽을 거라는 의미이다.

나한테 감히 그러지는 못하죠.

월터 경 눈을 뜬다는 게 바로 이런 거로군.

간음하는 도박꾼들아, 이젠 작별이다.

난 더 이상 판돈이 남아 있지 않아.

〔월터 퇴장〕

올위트 이제 당신도 나가 줘.

데이비 마누라 팔아먹는 사내들 중엔 당신이 최고야!

〔올위트 부인에게〕 당신은 성병 치료하는 병원 중에서 최고의 창녀고![8]

〔하인들과 데이비 퇴장〕

올위트 이제 저자가 모든 걸 잃게 생겼으니,

내가 저자를 저렇게 잘 쫓아내게 되어서 다행이야.

올위트 부인 당신이 순경 부른다고 했을 때,

저자가 감히 못 있을 줄 알았어요.

올위트 그 말에 그자의 기가 바로 꺾였지.

그런데 이제 우린 뭘 해서 먹고살지, 여보?

올위트 부인 전에 했던 것처럼 먹고살면 되죠.

올위트 우린 멋진 세간살이랑 가구도 잘 갖춰져 있잖아.

∴

8) 당시 런던에는 성병을 전문으로 치료하는 병원들이 있었고, 그 병원에 수용되는 주요 대상이
창녀였다.

올위트 부인 그럼 스트랜드에 집을 얻어서

　하숙집을 합시다.[9]

올위트 좋아. 그렇게 하자고, 마누라.

　금실로 짠 쿠션도 잔뜩 있으니

　밖으로 돌출된 창가에 놓으면 되지.

　흥, 귀하고 비싼 것 중에 꼭대기부터 바닥까지

　우리한테 없는 게 대체 뭐가 있겠어.

　가구만 따져 봐도 백작부인이 묵어도 될 정도잖아.

　여보, 이제 생각해 보니 황갈색 벨벳으로 감싼 요강도 있어.

올위트 부인 있을 건 다 있어요, 여보.

　당신은 정말 세세한 데까지 신경 쓴다니까!

올위트 이젠 그만할게, 여보.

　그런데 이 표어는 모든 한량들 방에 걸어 놔야 해.

　"똑똑한 죄인 같은 도박꾼은 없다.

　누가 도박을 하건, 돈 따는 건 오직 도박장뿐."[10]

〔함께 퇴장〕

---

9) 런던 시 서쪽에 있는 스트랜드(Strand)는 전통적인 런던의 중심지인 칩사이드와 달리 신흥
　부촌으로 떠오르던 지역이었다. 월터를 만나기 전에 부인의 매춘으로 먹고산 듯 보이는 올위
　트 부부는 이 신흥부촌에 가서 "하숙집"이라고 불리는 고급 유곽을 열려는 것이다.
10) 도박꾼들은 도박장에 판돈의 일부를 내게 되어 있고 모든 도박꾼은 결국 돈을 잃게 되어 있
　으므로, 결국 돈 따는 건 도박장밖에 없다는 말이다. 올위트 본인을 도박장으로 묘사하고
　있다.

5막 2장

〔옐로우해머와 부인 등장〕

모들린 오, 여보, 여보!
　딸애가 죽을 것 같아요, 죽을 것 같다고요.
　온통 죽음의 징조밖에 없단 말이에요.
옐로우해머 그러면 우리가 곤란해질 텐데.
모들린 한 시간 사이에 애가 너무 달라졌어요!
옐로우해머 아, 불쌍한 내 딸!
　머리채 잡아서 끌고 오다니 당신이 너무 심했어.
모들린 그 아이의 기를 꺾기 위해서라면
　당신도 똑같이 했을 거잖아요.
옐로우해머 퍽이나 잘 꺾었네. 그 덕에 애가 물에 빠져서 죽게 생겼잖아.

〔팀 등장〕

모들린 뭐 했니, 팀?
팀 내 동생이 죽으면 쓰게 될 비문(碑文) 짓느라 바빴어요, 어머니.
모들린 죽다니! 아직 죽은 거 아니잖아?

팀 네. 하지만 죽을 작정인가 봐요.

그건 죽은 거나 마찬가지죠.

이미 벌어진 일은 어쩔 수 없는 거잖아요.

어머니가 그렇게 가르쳐 주셨죠.

옐로우해머 네 가정교사는 뭘 하고 있니?

팀 선생님도 비문 짓고 있어요.

고르고 고른 순수한 라틴어로요.

『오비드의 슬픈 시집』에서 고르고 있어요.[1]

옐로우해머 네 동생은 어때 보이디? 달라지지 않았어?

팀 달라졌냐고요? 황금이 은으로 바뀐다고 해도

내 동생이 창백해진 것만큼 바뀌지는 않을 거예요.

〔하인들이 몰을 들고 들어온다〕

옐로우해머 오, 저기 그 애를 데려오네.

저애가 얼마나 죽은 애처럼 보이는지 좀 봐!

팀 쟤는 죽은 것처럼 보이는데, 난 아직 한 단어도 못 쓴 거야?

가서 침대 기둥에 머리를 찧어서라도

선생님보다 빨리 써야겠다.

〔**팀 퇴장**〕

..

1) 로마 시인 오비드(Ovid)의 시집으로 학교에서 저학년 교재로 많이 쓰이던 책이다. 가정교사
   의 라틴어 지식도 얕고 좁아서 학교 교재 외에는 아는 것이 별로 없다.

옐로우해머 애야, 좀 어떠니?

몰 괜찮아질 거 같아요. 내 마음이 아주 많이 아프거든요.

옐로우해머 아아, 불쌍한 내 딸!

　　의사가 널 위해 아주 좋은 물약을 만들고 있어.

　　거기 들어가는 재료 중에 가장 싼 게

　　진주와 호박(琥珀)을 녹인 거란다.[2]

　　우린 비용을 아끼지 않고 있어.

몰 두 분의 사랑은 너무 늦게 왔지만

　　전 늦지 않게 그 사랑에 감사 드릴게요.

　　가엾은 환자의 마음이 치료시기를 놓쳤을 때,

　　대체 뭐가 위안이 될 수 있을까요?

　　어떤 의술로도 내 슬픔을 치료할 수는 없어요.

옐로우해머 그럼 우린 돈 낭비만 한 셈이네.

　　제발 기운 차려서 날 봐주렴.

모들린 노래 한두 곡조 하는 게 어떻겠니?

　　그럼 네 기운이 되살아날지도 모르잖아.

　　위기를 넘길 수 있게 노력해 봐.

　　제발, 애야. 우리 착한 몰.

몰 말씀대로 할게요, 어머니.

모들린 그래, 착하다.

몰 〔노래한다〕 눈아, 울어라. 심장아, 부서져라.

　　내 사랑과 난 헤어져야만 한다네.

．．

2) 호박은 나무의 진이 오랜 기간 땅속에 묻혀 형성된 노란색 광물로서 장신구 등에 쓰인다.

잔인한 운명이 진정한 사랑을 곧 갈라 놓네.

오, 난 당신을 볼 수 없으리.

다시는, 다시는, 다시는!

오, 부모의 격노나 친구의 변절을 알기 전에

삶이 종착에 다다른 아가씨는 행복하도다!

눈아, 울어라. 심장아, 부서져라.

내 사랑과 나는 헤어져야만 한다네.

〔터치우드 시니어가 편지 들고 등장〕

모들린 오, 음악이 너무 좋아서 죽을 것 같아.

　　노래 잘했다, 애야.

몰 어머니가 그렇게 말씀하신다면 그런 거겠죠.

옐로우해머 저 애는 제가 백조나 되는 양, 노래하며 죽으려는 거야.[3]

터치우드 시니어 한 말씀 드리겠습니다.

옐로우해머 누구시오, 선생? 무슨 일인가요?

터치우드 시니어 이젠 날 받아들여 주셔도 될 겁니다.

　　비록 내가 댁이 미워하며 추적했던 사내의 형이지만요.

　　이제 그만 미워하셔도 됩니다.

　　동생의 죽음으로 댁의 원한도 끝나니까요.

　　그렇지 않나요, 선생?

옐로우해머 죽음이라니요?

••

3) 백조는 죽기 직전 딱 한 번만 노래한다는 속설이 있었다.

터치우드 시니어 내 동생은 죽었습니다.

그건 그 애한테는 너무 값비싼 사랑이었어요.

그 사랑의 대가로 생명을 잃었으니까요.

그게 다입니다, 선생.

가엾은 신사는 자기 사랑에 대가를 충분히 치렀어요.

옐로우해머 〔방백〕 그럼 딸이 완쾌되기만 하면

우리 근심이 다 사라진 거네.

〔터치우드 시니어에게〕 선생, 그가 죽은 게

우리의 미움 탓이라고 돌리지 마세요.

심한 부상을 입어서 그렇게 된 거잖아요.

터치우드 시니어 그 일이 죽음을 앞당기긴 했지요.

그건 저도 인정합니다.

하지만 사랑의 제약과 댁들의 증오,

그게 그의 심장에서 피를 끌어낸 상처였어요.

하지만 이제 다 지난 일이니 더 이상 말하지 않겠습니다.

그의 눈꺼풀이 닫히고, 이 세상의 빛에

영원한 작별을 고하기 불과 3분 전에,

그가 이 편지를 썼어요. 그러고는 그녀의 손에

직접 전해 주라고 내게 맹세시켰어요.

전 그 약속을 지키러 온 것뿐입니다.

옐로우해머 그렇다면 약속을 지키세요. 저기 딸애가 앉아 있어요.

터치우드 시니어 곧 내 동생을 따라갈 것 같은 모습이네요.

옐로우해머 예, 내 생각도 그래요. 댁의 동생을 곧 따라갈 것 같아요.

터치우드 시니어 여기 댁의 하인들한테 골고루 나눠 주라고 동생이 남긴 금이 있어요.

〔금을 나눠 준다〕

옐로우해머 아니, 이게 무슨 뜻인가요, 선생?
터치우드 시니어 〔몰에게〕 좀 어떠세요, 아가씨?
몰 저도 잘 모르겠어요.
터치우드 시니어 여기 아가씨의 친구가 보낸 편지가 있어요.

〔편지를 준다〕

그 편지로도 충분치 않다면,
내가 슬픈 혀로 직접 들려줄 수도 있어요.
몰 그분은 어떠신가요? 편지 보기 전에 먼저 물어볼게요.
터치우드 시니어 아주 좋아요. 이제는 건강이 좋아졌어요.
몰 정말 다행이네요.

〔편지를 읽는다〕

모들린 〔터치우드 시니어에게 작은 소리로〕 죽었다고요?
옐로우해머 그렇다잖아.
〔부인에게만〕 자, 여보. 이제 저 애를 일으켜 세워서
얼른 교회로 데려갑시다.
몰 오, 이 편지를 보니 그가 죽을 만큼 아프다고 하네요.

지금은 어떤가요?

터치우드 시니어 이젠 전혀 고통을 느끼지 않아요.

　　아가씨, 동생은 죽었어요.

몰 안식이 내 눈도 감겨 주기를!

〔기절한다〕

옐로우해머 우리 딸, 여보, 우리 딸을 보살펴.

모들린 몰, 애야. 딸아, 말 좀 해 봐!

　　한번만 날 올려봐 주면, 내가 원하는 건 다 들어주마.

　　돈으로 살 수 있는 거라면 뭐든지 말이야.

옐로우해머 오, 내 딸이 영원히 가 버렸어!

　　저 편지가 그 애의 심장을 부숴 버렸다고.

터치우드 시니어 고통 속에 누워 있다가 심장이 부서지느니

　　차라리 지금 그렇게 되는 게 나을 겁니다.

〔하녀 수잔 등장〕

모들린 오, 수잔. 네가 그리도 좋아하던 아가씨가 죽었어!

수잔 오, 우리 아가씨!

터치우드 시니어 이분이 언제나 아가씨를 도운 사람이죠.

　　여기 그대에게 줄 보상이 있어요.

〔수잔에게 **쪽지를 준다**〕

옐로우해머 몰을 데리고 들어가.

　우리의 수치, 우리의 슬픔, 우리의 눈앞에서 저 애를 치워 다오.

터치우드 시니어 잠깐만요. 내가 도울게요.

　이게 착한 동생을 위해 내가 할 수 있는

　마지막 차가운 친절이에요.

〔터치우드 시니어와 수잔, 하인들이 몰을 들고 퇴장한다〕

옐로우해머 이 거리 전체가 우릴 미워할 거고,

　세상도 우리가 모질다고 손가락질할 거야.[4]

　그러니 장례식에 대한 지시를 내린 후엔,

　아이가 땅에 묻힐 때까지 우린 잠시 피해 있는 게 좋겠어.

모들린 어디 가서 시간을 보내게요?

옐로우해머 어딘지 말해 줄게, 마누라.

　어디 조용한 교회에 가서

　브레크녹 출신의 부유한 아가씨와 팀을 결혼시키는 거야.

모들린 결혼식이라니 좋아요!

　우리가 한꺼번에 다 잃지는 않겠네요.

　어찌 됐던 일부라도 건지게 됐잖아요.

〔함께 퇴장〕

∴

4) "이 거리"란 칩사이드의 중심부에 있던 골드스미스 로우(Goldsmith's Row/금세공사 거리)
　를 말한다. 당시 런던은 같은 업종의 가게들이 모여 있었는데 금세공사들 역시 칩사이드의
　중심부인 골드스미스 로우에 모여 있었다.

5막 3장

〔올리버와 하인들 등장〕

올리버 경 자, 내 아내가 임신을 했으니,
　난 이제 영원히 남자가 된 거야!
　내가 좀 능력 있는 사내이긴 했지.
　애야, 가서 다른 하인들도 즉시 준비시키고
　교구 교회에 가서 종을 울려.
하인 1 분부대로 하겠습니다, 나리.

〔하인 1 퇴장〕

올리버 경 이놈아, 너는 오늘밤 문 앞에다 봉화를 피워.
하인 2 봉화요, 나리?
올리버 경 아주 엄청나게 큰 봉홧불 말이야.
하인 2 〔방백〕 희한한 일을 시키시네.

〔하인 2 퇴장〕

올리버 경 넌 뛰어가서 백 파운드를 세서

　내 아내께 물약 주신 신사께 드려.

　그 일부터 제일 먼저 해야 한다.

하인 3 백 파운드요, 나리?

올리버 경 계약이 그렇게 되어 있어. 우리 기쁨이 자랄수록

　그 기쁨이 어디에서 시작되었는지 잊으면 안 되는 거야.

　아니면 우린 배은망덕한 다산(多産) 부모가 되는 거지.

　아이가 오고 있으니 토지도 따라올 거야.

　이 소식은 월터 경을 가난하게 만들 거고.

　내가 제대로 한 방 먹인 거지.

하인 3 정말 그러셨어요, 나리.

　그런데 두 연인의 장례식엔 안 가실 건가요?

올리버 경 둘이 같이? 합동 장례식을 치른다고?

하인 3 예, 나리. 신사의 형이 그렇게 하기로 했대요.

　세상에서 가장 슬픈 광경일 거예요.

　뛰어다니는 사람들에, 엄청난 군중에, 소문도 많아요.

　어떤 연인들도 그들보다 더 많은 구경꾼이 몰리거나

　남자들의 동정심과 여자들의 눈물을 끌어내진 못할 거예요.

올리버 경 그럼 내 아내도 거기 갔겠네?

하인 다들 손수건 꺼내 눈물 닦느라 난리였고,

　손수건 없으면 앞치마라도 끌어올렸어요.

올리버 경 아가씨의 부모가 그걸 보고 위안을 삼겠군.

　하지만 나라면 설사 독점권을 준다 해도,

　내 자식한테 모질게 굴었단 말을 듣게 하진 않을 거야.[1]

하인 3 나리라면 안 그러시죠.

　게다가 두 연인의 관이 서로 만나도록 해 줄 거래요.

　그건 정말 슬플 것 같아요.

올리버 경 자, 우리도 보러 가자.

〔함께 퇴장〕

:.
1) "독점권"이란 제임스 1세가 특정 상품의 유통권을 소수에게만 허락한 것을 말한다. 독점이므
　로 그 권리를 가진 사람에게는 큰 이익을 보장했지만 그 대신 시민들의 불만이 많았다.

5막 4장

〔피리가 구슬프게 연주된다. 무대 한쪽에서 터치우드 주니어의 관이 들어온다. 엄숙하게 장식된 관 위에 그의 칼이 놓여 있다. 검은 옷을 입은 남자들이 관을 호위하고 그의 형인 터치우드 시니어가 상주로 따라온다. 무대 반대쪽에서는 몰의 관이 들어온다. 화환이 관 위에 놓이고 그 화관 위에는 비문들이 핀으로 꽂혀 있다. 처녀들과 여자들이 관을 호위한다. 두 관이 나란히 바닥에 놓이고, 올리버 경, 레이디 킥스, 올위트 부부, 수잔, 목사를 비롯한 모든 사람들이 울며 애도하는 몸짓을 한다. 무대 옆에서 악사들이 슬픈 음악을 연주한다〕

터치우드 시니어 태초의 부모인 아담 이후에
　　죽음이 이보다 더 귀한 전리품을 자랑할 수는 없었습니다.
　　세상이 이보다 더 진실된 두 마음을 내놓을 수도 없었고요.
　　제가 이 고인이 된 신사에 대해 진실만을 얘기한다 해도,
　　고인의 친형이 하는 말인지라 사람들이 가혹하게 판단해서
　　편파적인 아첨이라 치부될 수도 있습니다.
　　미덕에 굶주리고 다른 사람 잘되는 꼴 보지 못하는
　　질투심 많은 사람들에게 그런 오해를 받으니
　　차라리 난 내 동생에 대해 아무 말도 하지 않겠어요.
　　하지만 이 아가씨는 자신의 살아 있는 이름이라는

진실되고 순결한 기념비를 후세에 남겨서,

아무리 시간이 흘러도 그 기념비는 훼손될 수 없고

질투의 어떤 독으로도 그녀를 다치게 할 수 없으니,

난 비판에 대한 어떤 두려움 없이

그녀에 대한 모든 진실을 자유롭게 얘기하겠습니다.

아가씨의 타고난 성품이 빛나게 만들어 준 자질은

이브 이후 여성이 가졌던 결점들을 완벽히 교정해 주고

오히려 영광스런 모습으로 그녀에게 나타나게 해 줬지요.

미덕 가운데 자리 잡은 그녀의 아름다움은

장신구에 장식된 보석처럼 그녀가 어떤 사람인지 말해 줍니다.

그러니 이 모범적인 두 사람을 부부로 만들기에

세상 어떤 것도 부족하지 않답니다.

올위트 그런 사람들이 죽다니 정말 안됐어요!

모두 그보다 비통한 일은 없을 거예요!

레이디 킥스 정말이지 골백번 울어도 시원찮은 일이에요, 선생.

터치우드 시니어 아가씨들, 신사 여러분, 숙녀님들,

　여기 모이신 여러분 중에 이들의 결혼식을 보고

　기쁨과 즐거움에 환호하지 않았을 분이 계실까요?

모두 천 명이라도 다 기뻐했을 거예요!

터치우드 시니어 〔몰과 터치우드 주니어에게〕 그렇다면 지금 일어나

　그대들의 행운을 잡으세요!

　지금 여기엔 친구들밖에 없으니,

　이분들을 기쁘게 해 주세요.

〔몰과 터치우드 주니어가 각자의 관에서 일어난다〕

모두 살아 있었어요? 오, 귀하고 아름다운 커플이네요!

터치우드 시니어 아니, 지금은 저들을 막지 마시고

　　저들에게서 떨어진 채 계셔 주세요.

　　만약 이번에도 그녀가 붙잡혀 이 기회를 놓친다면,

　　나도 더 이상은 그들을 위해 애쓰지 않겠어요.

　　그건 결정적인 때 모든 걸 도와줬던

　　이 충직한 하녀도 마찬가지고요.

터치우드 주니어 〔목사에게〕 목사님, 빨리요!

목사 이제 손을 맞잡으세요.

　　그럼 마음도 영원히 합해지는 겁니다.

　　어떤 부모의 변덕도 이들을 떼어 놓진 못해요.

　　〔터치우드 주니어에게〕 그대는 모든 과부들, 유부녀들,

　　처녀들을 멀리하세요.

　　〔몰에게〕 그대는 귀족들, 기사들, 신사들, 상인들을 멀리해야 해요.

　　〔두 사람 다에게〕 서두른 탓에 법적인 부분이 부족하다면

　　키스로 보강해서 부족한 부분을 메우세요.

〔둘이 키스한다〕

터치우드 시니어 날쌔게 잘 진행됐어.

　　아우야, 축하한다!

　　아가씨가 죽는 것보다

네가 차지하는 편이 훨씬 낫지 않아?

올워트 부인 신부도 축하해요!

모두 두 분 다 축하 드려요.

터치우드 시니어 여기 그대들이 가져온 수의가 있어요. 이걸 신방의 침대보
　　로 쓰면 되겠네. 두 사람은 가고 싶을 때 신방으로 가도 좋아요.

터치우드 주니어 너무 기뻐서 아무 말도 못하겠어요.

터치우드 시니어 그럼 그 기운을 밤에 다 쓰렴, 아우야.

몰 저도 기뻐서 아무 말도 못하겠어요.

터치우드 시니어 제수씨, 기쁨은 어느 여자라도 침묵하게 하지요.
　　하지만 이제 제수씨도 가정을 꾸리게 되었으니
　　하녀들과 함께 있으면 말문이 다시 트일 거예요.

모두 지금까지 이렇게 기쁘고도 신기한 시간은 없었어요.

터치우드 시니어 이 착한 하녀와 그녀의 친절한 도움에 대해
　　다 얘기하자면 한 시간은 족히 걸릴 거예요.
　　간단히 말하자면, 이런 결과가 나오도록
　　모든 일을 교묘하게 꾸민 건 바로 그녀예요.

모두 그렇다면 우리 모두 그녀를 아껴 줄게요.

〔옐로우해머 부부 등장〕

올워트 누가 오나 좀 보세요.

터치우드 시니어 폭풍이네, 폭풍이 몰아치겠어요.
　　하지만 우린 폭풍우에서 안전하게 대피해 있어요.

옐로우해머 난 모두의 반응을 예상하고 이렇게 놀려 주겠어요.

여러분과 여러분이 나한테 기대하는 바를요.

〔몰과 터치우드 주니어에게〕 너희 둘이 살아나고

둘의 마음까지 결합하게 되어 난 정말 행복하단다.

터치우드 시니어 또 희한하게 돌아가네!

옐로우해머 기사는 악당이라는 게 드러났어요.

이제 모든 일이 다 밝혀졌다고요.

그 조카란 여자도 형편없는 물건이어서

불쌍한 내 아들 팀은 오늘 아침에

아침밥도 먹기 전에 신세를 망쳐 버렸어요.

결혼으로 창녀와 가장 가까운 사이가 돼 버렸으니까요.

모두 창녀요?

옐로우해머 '조카'라고 하더니만!

올위트 〔부인에게만 들리게〕 우리가 그자한테서 제때 손을 잘 털었어.

올위트 부인 〔올위트에게만 들리게〕 내가 그자를 포기했을 때,

이미 단물 다 빠진 걸 알았다고요.

〔옐로우해머에게〕 그래서 그 기사는 어떻게 되었나요?

옐로우해머 누구, 그 기사요? 지금은 기사 감방에 들어가 있어요.[1]

〔레이디 킥스에게〕 마님 배가 불러 오기 시작했으니,

그자에게 안식이 올 가망은 없는 거죠.

그자의 채권자들이 그렇게 탐욕스럽다고 하더라고요.

..

1) 국가가 수형자의 숙식을 해결해 주는 오늘날과 달리 당시의 채무자 감옥은 죄수가 본인의
숙식비를 내야 했다. 본인이 부담하는 돈에 따라 감방과 대우가 달라졌는데, 그중 기사 감방
은 두 번째로 좋은 시설이었다. 채무자는 채무를 다 갚든지 채권자들과 합의가 되어야 채무
자 감옥에서 나올 수 있었다.

올리버 경 터치우드 씨, 이 소식 들었나요?

　　내 아내가 임신한 건 다 선생 덕이니

　　선생과 선생 부인이 사람들한테 비난받으면서

　　더 이상 따로 살지 않아도 되게 해 드릴게요.

　　내가 선생에게 돈과 잠자리, 끼니까지 대어 드릴 테니

　　걱정 말고 하던 일이나 계속 열심히 하세요.[2]

　　아이를 마음대로 낳으라고요. 내가 다 거두어 줄 테니.

터치우드 시니어 정말이세요, 경?

올리버 경 지금 할 수만 있으면 세쌍둥이를 낳아서 날 시험해 봐요.

터치우드 시니어 경, 자기 무기를 잘 쓸 줄 아는 사람을

　　자극할 때는 조심하셔야 해요.

　　〔팀과 웨일즈 여자, 가정교사 등장〕

올리버 경 이런, 한 번 해 보시라니까요, 선생!

옐로우해머 신사 여러분, 보세요.

　　혹시 불운한 결혼의 그림을 보고 싶으시다면

　　그게 바로 저기에 있답니다.

웨일즈 여자 그러지 말아요, 우리 착한 팀 —

팀 내가 대학에서, 그것도 우리 선생님까지 같이 나온 게,

　　고작 창녀와 런던에서 결혼하기 위해서였어?

　　〔라틴어로〕 오, 시간이여! 오, 죽음이여![3]

∙∙

2) 터치우드 시니어의 장기인 잠자리 능력을 말한다.

가정교사 팀, 제발 진정해.

팀 내가 캠브리지에서 비루먹은 말 한 마리를 샀거든요.

난 그 암말을 하루에 18페니 받고 빌려주거나,

아니면 브렌포드 경마에 내놓을래요, 선생님.[4]

교외로 7마일 나가는 것 정도는 그 말로도 될 거예요.

그 산들은 어디 있어? 지참금으로 산 가져온다고 했잖아.

하지만 안개가 너무 껴서 산들이 하나도 안 보이네.

그 이천 런트란 건 또 어떻게 됐어?[5]

우리 한 번 이참에 제대로 따져 보자고.

망할 놈의 여편네 같으니라고!

모들린 우리 착한 팀, 제발 참아.

팀 〔라틴어로〕 신들을 움직일 수 없으니 하계(下界)에라도 호소해야겠어요,

어머니.

모들린 네가 논리 따지다가 저 애와 결혼했잖니, 팀.

너도 전에 말했잖아. 논리로 따져서

창녀가 정숙한 여자인 걸 증명할 수 있다고 말이야.

∴

3) 흔히 인용되는 라틴어 문구는 "O tempora! O mores!"로서 이를 직역하면 "오, 시대여! 오, 관
습이여!"로, 시대를 한탄하는 탄식이다. 그러나 무식한 팀은 이를 잘못 인용해서 "O tempora!
O mors!"로 해서 느닷없이 죽음을 들먹거리고 있다.

4) 원문의 jade는 '비루먹은 말'이란 뜻과 '창녀'란 뜻을 함께 가진 단어이다. 또한 브렌포드는 경
마 같은 각종 위락시설이 있고 불륜이나 매춘의 장소로 악명 높던 런던 교외의 동네이다. 즉
창녀에게 속아 결혼한 것을 알게 되어 화가 난 팀이 한편으로는 자신의 말을 빌려줘서 돈 벌
겠다는 말을 하면서, 다른 한편 자신의 아내가 된 웨일즈 창녀에게 매춘을 시키겠다는 자학
적인 농담을 하고 있다.

5) 런트는 웨일즈의 소를 일컫는 웨일즈 방언이다.

그러니 그렇게 증명해 보렴, 팀.

그 대가로 저 애를 취하면 되겠구나.

팀 아, 고마워요, 어머니.

물론 다른 남자의 부인을 두고 하려던 거지,

내 아내를 갖고 증명하려던 건 아니었지만요.

모들린 이젠 어쩔 수 없단다, 팀.

네 힘껏 저 애가 정숙하다는 걸 증명해야 해.

팀 뭐, 그렇다면 우리 선생님과 내가 같이

최선을 다해서 저 여자 갖고 해 볼게요.[6]

〔라틴어로〕 아내는 창녀가 아니다, 그러므로 넌 오류이다.

웨일즈 여자 이봐요, 당신 논리가 내가 정숙하다는 걸

증명하지 못해도 아직 결혼이라는 게 남아 있어요.

그거면 내가 정숙한 여자가 될 거예요.[7]

모들린 오, 저게 네 논리보다 더 나은 수법 같아, 팀.

팀 그럼 라틴어에서 여자는 창녀지만, 그게 영어 철자로는 정숙하다는 뜻
이 될 수 있는 거네요.[8] 결혼이건 논리건 이 정도면 됐어요! 저 여자 재치
가 마음에 드니 난 저 여자를 사랑할 거예요. 난 내 런트를 저기서 가져올
거라고요. 그리고 내 산으로 말할 것 같으면, 난 저 여자를 올라타서 — [9]

••

6) 성적인 함의가 있는 말이다. 창녀인 아내가 정숙한 여자라는 걸 가정교사와 같이 논증해 보
겠다는 의미 외에, 아내를 가정교사와 성적으로 공유하겠다는 뜻이 들어 있다.

7) '정숙한 창녀'란 사실 형용모순인데, 당시 결혼으로 매춘업에서 은퇴한 창녀들을 그렇게 일컬
었다.

8) 라틴어로 창녀는 meretrix인데 발음이 영어의 merry tricks(유쾌한 수법)와 같아서 이렇게 말
하는 것이다. 결혼, 즉 유쾌한 수법으로 창녀가 정숙해진다는 의미이다.

옐로우해머 행운의 여신이 두 개의 결혼식을

똑같이 다루기는 힘든 일이죠.

둘 다 운이 좋긴 어려운 법이랍니다.

그나마 다행인 건, 우리가 한 번의 연회로

결혼식 두 개를 같이 치를 수 있단 거예요!

연회장으로는 골드스미스 홀을 빌려서 결혼 만찬을 하겠어요.

친절하신 여러분, 여러분 모두를 그리 초대할게요.

〔모두 퇴장〕

9) 웨일즈 여자의 재치와 미모에 반한 팀이 음탕한 농담을 하는 것인데, 아마도 당시 검열에 걸려 일부가 삭제된 채 인쇄되어 그 부분을 ─ 로 처리했을 것이다.

체인질링

토머스 미들턴 · 윌리엄 로울리 공저

등장인물

베르만데로 베아트리스의 아버지
토마조 데 피라코 귀족
알론조 데 피라코 토마조의 동생. 베아트
　리스의 구혼자
알세메로 귀족. 후에 베아트리스의 남편
　이 됨
하스페리노 알세메로의 친구
알리비우스 질투심 많은 의사
롤리오 알리비우스의 하인
페드로 안토니오의 친구
안토니오 체인질링
프란시스커스 가짜 광인
데 플로리스 베르만데로의 하인
광인들과 바보들
신사들과 한량들
하인들

베아트리스 조안나 베르만데로의 딸
디아판타 베아트리스의 시녀
이사벨라 알리비우스의 아내
시녀들*

배경 알리간떼**

---

* 배경이 스페인이므로 등장인물들의 이름도 스페인 식으로 음역했다. 일부 등장인물은 특정한 의미를 지닌 이름을 갖고 있다. 데 플로리스(De Flores)는 "꽃을 꺾다, 처녀성을 빼앗다." 란 의미를 가진 deflower의 라틴어에서 온 이름이다. 베아트리스 조안나에서 베아트리스(Beatrice)는 '축복하는 사람'이란 뜻이고 조안나(Joanna)는 '신의 은총'이지만, 둘 다 각각 '뻔뻔한 여자'와 '창녀'라는 부정적인 뜻도 갖고 있어서 극 중 베아트리스의 이중성을 보여 준다. 안토니오(Antonio)는 "체인질링(changeling)"인데, 여기서 체인질링이란 정체를 숨기고 다른 사람인 척한다는 의미이다. 이 극의 제목 또한 『체인질링』인데, 이는 여러 의미를 동시에 가지고 있는 제목이어서 이를 어느 하나로 번역할 경우 나머지 의미가 제외되는 문제가 있어 원문 그대로 『체인질링』으로 음역만 했다. 체인질링의 여러 뜻을 보면, 요정이 진짜 아이와 바꿔 놓은 비정상적이거나 추악한 아이라는 뜻이 있어서 극 중에서 다른 사람으로 변장한 사람들과 관계가 있고, 또한 변덕스럽거나 믿지 못할 사람이란 뜻, 특히 성적 일탈을 하는 사람이란 의미가 있어 극 안의 여러 성적 욕망들과 연계된다. 이 극의 제목인 『체인질링』에는 이와 같은 다층적인 의미가 모두 들어 있어서, 제목 자체가 극의 주제를 드러낸다고 볼 수 있다.

** 알리간떼(Aligant)는 지중해 연안의 스페인 항구도시이다.

1막 1장

〔알세메로 등장〕

알세메로 내가 그녀를 처음 본 건 성당이었는데,

　　방금 또 그녀를 봤어. 이건 대체 무슨 일의 전조지?

　　그냥 내 상상일 뿐이겠지. 하지만 왜 내가 희망이나

　　운명에서도 소심하게 굴어야 하지?

　　그녀를 만난 장소도 신성하고, 내 의도 역시 그런데?

　　난 신성한 목적으로 그녀의 아름다움을 사랑하는 거고,[1]

　　그건 남자가 처음 창조되었던 낙원에 비견할 만한 거야.

　　그러니 남자가 결혼을 이룰 수만 있다면

　　자기의 진짜 고향을 되찾는 거나 다름없는 거지.[2]

　　성당에서 우리의 만남이 처음 이루어졌으니

　　우리를 하나로 합해 줄 장소 역시 성당이야.

　　그래야만 거기서 시작과 완성이 이루어지는 거지.

∴

1) 결혼을 목적으로 한다는 것이다.
2) 결혼이 낙원과 같다면, 결혼에 성공하는 것은 남자의 고향, 즉 아담이 처음 창조된 낙원을 되찾는 것과 같다는 논리이다.

〔하스페리노 등장〕

하스페리노 오, 자네 여기 있었나?

　　가세. 바람이 자네한테 유리하게 불고 있어.

　　덕분에 빠르고도 편안한 여정이 될 것 같아.

알세메로 아니, 뭘 잘못 알았겠지, 친구.

　　내가 판단하기에는 역풍으로 보였거든.

하스페리노 뭐라고? 말타 행인데?

　　아무리 마녀라도 자네가 공짜로 얻은

　　이 행운의 바람 같은 건 못 구해 줄 거라고.[3]

알세메로 방금 전에도 사원의 풍향기가

　　내 쪽으로 완전히 도는 걸 봤으니,

　　그건 나한테 불리한 바람이야.

하스페리노 자네한테 불리하다고?

　　그럼 자네는 여기가 어디인지 잘 모르는 모양이군.

알세메로 그래, 정말 잘 모르나 봐.

하스페리노 자네, 어디 몸이라도 아픈 거야?

알세메로 그건 아니야, 하스페리노.

　　나도 알지 못하는 어떤 병이

　　내 몸속에 숨어 있는 게 아니라면 말이야.

하스페리노 나도 그게 막 의심스럽던 참이야.

⁝

3) 말타(Malta)는 지중해에서 이태리 반도 밑에 있는 섬이다. 마녀들은 바람을 통제하고 폭풍을
일으키는 힘이 있다고 믿어졌다.

지금까지 항해를 막는 어떤 이유 앞에서도

항해를 향한 자네의 의욕이 멈춘 적은 없었어.

자네는 육지에서 출항 준비를 더 빨리 하기 위해

하인들을 재촉해서 자네 말들에 마구(馬具) 채우게 했지.

또 바다에서는 첫 바람을 놓칠까 걱정하면서,

자네가 하인들과 함께 닻을 거두고, 서둘러 돛을 올리며,

순풍을 달라고 끊임없이 기도하는 걸 내가 봐 왔다고.

그런데 자네는 이제 기도마저 바꾼 거야?

알세메로 아닐세, 친구.

난 여전히 같은 교회에 같은 신앙을 가지고 있다네.

하스페리노 그렇다고 자네가 사랑에 빠졌을 리도 없잖아.

자네 안에 금욕주의자가 있다는 건

오래전부터 잘 알려진 사실이니 말이야.

자네 어머님과 자네의 절친한 친구들이 자네에게

미인이란 덫을, 그것도 최고의 미인들로만 놓아 봤지만,

그쪽 방면으론 절대 자네를 붙잡을 수 없었다고.

그런데 지금은 대체 왜 이러는 거야?

알세메로 맙소사, 자네는 정말 성질이 급하군.

난 단지 성당에서 들은 어떤 일에 대해

명상하고 있었을 뿐이라고.

하스페리노 이게 성질 급한 거라고?

어제 자네가 서둘던 거에 비하면 이건 게으른 거지.

알세메로 여보게, 그래도 난 지금 계속 가고 있지 않나.

〔하인들 등장〕

하스페리노 뒤로 가고 있는 것 같은데. ― 저길 봐, 자네 하인이야.

하인 1 나리, 선원들이 신호했어요. 나리의 가방들을 실을까요?

알세메로 아니, 오늘은 아니야.

하스페리노 오늘이 길일인 것 같은데. 물병자리잖아.[4]

하인 2 〔방백〕 우리는 오늘 출항하면 안 돼.

　　나리가 연기를 피우시니 반드시 불이 날 거라고.

알세메로 모두 육지에 그냥 있으라고 해.

　　내가 출항하기 전에 할 일이 있는데,

　　내가 직접 처리해야 하는 일이라

　　그게 언제 끝날지 나도 잘 몰라서 그래.

하인 1 예, 분부대로 할게요.

하인 2 〔방백〕 나리가 천천히 일 보시면 좋겠어. 우리는 육지에 있을 때 더
　　안전하니까.

〔하인들 퇴장하고, 베아트리스와 디아판타가 하인들과 등장. 알세메로가 베아트
리스에게 인사하고 키스한다〕

하스페리노 〔방백〕 아니! 메디아의 법이 바뀐 게 틀림없군![5] 여자한테 인사

∴

4) 점성술의 별자리를 말한다.
5) 메디아의 법이란 절대로 바뀌지 않는 규칙이나 상황을 의미한다. 『다니엘서』 6장 8절. "오 왕
　이여, 이제 칙령을 세우시고 그 조서에 도장을 찍어 메대 사람들과 페르시아 사람들의 법 곧
　바뀌지 않는 법에 따라 그것을 바꾸지 못하게 하옵소서."

를 해? 게다가 키스까지 했잖아. 놀라운 일이로군! 대체 저 친구가 어디서 저런 걸 배운 거지? 심지어 완벽하게 해냈잖아. 아무리 생각해도 전에 연습한 적도 없을 텐데 말이야. 아니, 계속해. 발렌시아에서는 저 친구가 투르크에 붙잡힌 그리스인 절반의 몸값을 내준다는 얘기보다 이게 더 놀랍고 반가운 소식일 거야.[6]

베아트리스 선생은 학자신가요?

알세메로 보잘것없는 학자입니다, 아가씨.

베아트리스 선생이 말씀하신 사랑이란 어떤 학문인가요?

알세메로 아가씨 입에서 나오니 음악이라고 해 두겠습니다.

베아트리스 음악에 조예가 깊으신가 봐요.

악보 보자마자 노래할 수 있는 걸 보면요.[7]

알세메로 그래서 전 제 모든 기예를 한꺼번에 보여 드렸답니다.

제 마음을 더 잘 표현하려면 전 더 많은 말을 해야 하고

계속 같은 말을 반복할 수밖에 없어요.

당신을 깊이 사랑하고 있다는 말을요.

베아트리스 더 생각해 보시는 게 좋을 거예요.

우리의 두 눈은 우리 판단력에 보초 역할을 해서,

자기네가 보는 대로 일정하게 판단하려 하죠.

하지만 눈은 때로 너무 성급하게 굴어서

평범한 것들을 진귀하다고 생각하기도 해요.

∴

6) 발렌시아(Valencia)는 이 극의 무대인 알리칸떼보다 북쪽으로 120킬로미터 정도 떨어져 있는 지방이다. 또한 그리스와 투르크(현재의 터키)는 인접해 있었고 당시 그리스는 투르크의 통제를 받고 있어서 그리스인들이 투르크에 많이 포로로 잡혀 있었다.

7) "악보를 보자마자 노래한다.(sing at first sight)"에는 첫눈에 반했다는 의미도 있다.

그걸 나중에 판단력이 알게 되면,

눈을 책망하면서 눈이 멀었다고 한답니다.

알세메로 하지만 난 그 이상이에요, 아가씨.

내 눈은 어제 처음 임무를 시작했고

이제는 판단력까지 이리로 데려왔어요.

그리고 그 둘의 의견은 여기서 일치했지요.

그렇게 상원과 하원이 둘 다 동의했으니,

이제 왕의 허락만 남은 것으로 서로 합의를 봤는데,

그게 바로 당신의 역할이에요, 아가씨.[8]

베아트리스 오, 하지만 내 위에 한 분이 더 계세요.

〔방백〕 지난 닷새를 취소할 수만 있다면!

이분이야말로 날 위해 점지된 사람인데,

확실히 내 눈이 잘못 판단했던 거야.

이분이 시간에 거의 맞춰 왔는데도 그걸 놓치다니!

하스페리노 〔방백〕 우리는 발렌시아에서 육로로 왔어도 되었을 거야. 그랬으면 모든 항해 준비라도 면할 수 있었겠지. 어차피 지금 애초의 여정에서 벗어나 있잖아.[9] 난 이 항해에서 공동 투자자가 될 생각이었으니, 나도 뭔가 해야겠어. 저기 다른 배가 있으니 난 저 배에 승선할 거야. 그녀가 합법적으로 얻을 수 있는 배라면, 윗 돛대를 꺾어 봐야지.[10]

∴

8) 눈과 판단력을 각각 하원과 상원에 비유하여, 두 의회가 다 동의했으니 법안이 효력(즉 사랑의 결실)을 발생하기 위해서는 왕의 동의(여자의 허락)만 있으면 된다는 것이다.

9) 당시에는 육로가 항해보다 더 느렸고, 그래서 상인들에게는 덜 적합했다. 하스페리노가 무역이라는 본업 대신 사랑에 빠진 알세메로를 보면서, 이럴 바에야 왜 항해하느라 고생했냐고 혼자 투덜대는 것이다.

〔하스페리노가 디아판타에게 다가간다. 이때 데 플로리스 등장〕

데 플로리스 아가씨, 아버님께서 —

베아트리스 잘 계시겠지.

데 플로리스 아가씨가 직접 보시면 알겠지요.

지금 이쪽으로 오고 계시거든요.

베아트리스 그럼 네가 충성스럽게 미리 말할 필요도 없었잖아?

아버님이 예고 없이 오시는 편이 더 나았어.

네가 불필요하게 지껄여서 반가운 출현을 망친 거야.

게다가 네 입장에서도 네가 얼마나 환영받는

존재인지 네가 더 잘 알고 있잖아.

데 플로리스 〔방백〕 내가 아무리 노력하더라도

그녀가 날 무시하는 건 안 달라지는 거야?

그녀가 나한테서 도망칠 때 난 그저 따라가야만 하냐고?

운명아, 네가 아무리 날 가로막더라도

난 기회 있을 때마다 내 마음껏 그녀를 볼 거야.

그래서 그녀의 분노만 사게 될지라도 말이야.

그녀는 차라리 내가 죽는 꼴을 보고 싶어 하겠지만,

자기가 왜 그러는지는 그녀도 잘 몰라.

∙∙

10) 당시 바닷길을 이용한 무역은 높은 수익이 나는 사업이었고, 그래서 여러 사람이 공동으로
투자해서 무역상선을 운영했다. 원래 공동 투자로 진행하려던 항해가 알세메로의 사랑으
로 인해 취소될 것 같자, 하스페리노가 그럴 바엔 자기도 같이 연애하겠다는 것이다. 여기서
"합법적인 배(lawful prize)"는 처녀, 즉 결혼할 수 있는 여자를 말하고, "윗 돛대(topsail)"를
꺾는 것은 여자를 얻는 것을 의미한다.

그저 자기 성질이 까다로워서 그렇다고 생각하지.

알세메로 아가씨, 갑자기 기분이 언짢아지신 것 같네요.

베아트리스 죄송해요. 제 문제 때문인데,

사실 같은 문제를 다른 남녀들도 갖고 있답니다.

누군가에게는 특정한 음식이 치명적인 독이 돼서

버려야만 하지만, 천 명의 다른 사람에게는

같은 음식이 몸에 좋을 수도 있잖아요.

제 눈에는 저기 있는 저자가 딱 그와 같아서,

전설로 전해지는 바실리스크처럼 보인답니다.[11]

알세메로 그건 우리 본성이 흔히 갖고 있는 약점이지요.

건강한 천 명 중에 약점 없는 사람은 없으니까요.

수많은 사람들이 가장 좋아하는 장미꽃 향기도

누군가에게는 싫어하는 냄새가 될 수 있어요.

어떤 사람은 독의 상극인 기름을 싫어하고,

또 어떤 사람은 기운 북돋고 혈색 좋게 해 주는

포도주를 싫어하죠. 만약 이게 결점이라 해도,

사실 이 결점은 너무나 흔히 발견되는 거라서

이 세상 모든 것들은 사랑과 미움을 동시에 받는답니다.

고백하자면 나 자신도 똑같은 약점을 갖고 있어요.

베아트리스 그럼 댁이 독이라고 생각하는 건 뭔가요?

저도 대담하게 물어볼게요.

알세메로 어쩌면 아가씨가 좋아하는 것일 수도 있어요. 체리요.

∵

11) 바실리스크(basilisk)는 전설에 나오는 뱀으로 그 눈길을 받은 사람은 돌로 굳어 버린다.

베아트리스 제 기억으로는, 제가 저기 있는 신사 외에

　다른 누구에게 적이었던 적은 없어요.

알세메로 저 사람이 그걸 알면서 자꾸 아가씨 눈에 띈다면,

　그건 저 사람 잘못이에요.

베아트리스 저자가 그걸 모를 리는 없어요.

　전 그 얘기를 굳이 숨기지 않았거든요.

　게다가 전 달리 어찌 할 수도 없어요.

　저 사람은 아버님을 모시는 평판 좋은 신사고,

　아버님을 수행하는 사람이거든요.

알세메로 그럼 지금 저 사람은 직분에 안 맞는 거네요.

〔알세메로와 베아트리스 두 사람이 따로 얘기한다〕

하스페리노 아가씨, 난 미친 장난꾸러기예요.

디아판타 그런 것 같네요. 당신한테 위로가 될까 싶어 얘기해 드리는데요,

　이 도시에는 당신 같은 사람들을 치료해 주는 의사가 있어요.[12]

하스페리노 쳇, 내 몸 상태에 어떤 약이 제일 좋은지는 내가 잘 알아요.

디아판타 그럼 그 몸이 잘 다스려진 상태는 아니겠네요.

하스페리노 난 우리 둘이 함께 조제해 낼 재료로 약을 만들어서, 그걸 당신

　한테 보여 줄 수도 있어요. 동네에서 가장 미쳐 날뛰던 피가 그 약 복용

　후 두 시간이 지났는데도 안 얌전해진다면, 난 다시는 의학에 정통하다

　는 말을 안 할게요.[13]

:

12) 광인을 치료하는 의사를 말한다. 잠시 후에 등장할 알리비우스를 가리키는 말이다.

디아판타 양귀비를 조금 드시면 댁이 잠드는 데 도움될 거예요.

하스페리노 양귀비요? 그러려면 당신한테 우선 입술부터 내밀게요. [그녀에게 키스한다] 양귀비도 약초이긴 하지만, 흔히 뻐꾸기라고 부르는 식물도 약초랍니다.[14] 하지만 지금은 더 얘기하지 않고, 나중에 모든 걸 다 보여 줄게요.

베아트리스 제 아버님이 오시네요.

[베르만데로와 하인들 등장]

베르만데로 오, 조안나. 널 보러 왔다.

　기도는 끝난 거니?

베아트리스 일단 지금은요, 아버님.

　[방백] 난 모시는 성인(聖人)을 이 사람으로 바꿀 거야.

　내 마음이 현기증 나게 도는 게 느껴지거든.

　— 아버님, 전 아까부터 이 신사에게 신세지고 있어요.

　이분이 가던 길을 멈추면서까지 말동무해 주셨거든요.

　이분과 얘기 나누다 보니 이분이 아버님 성(城)을

　보고 싶어 한다는 걸 알게 됐어요.

⋮

13) 이 약은 남녀의 잠자리를 말한다.

14) 양귀비는 잠 오게 하는 효과가 있다. 양귀비의 원문은 poppy여서 "입술을 내밀다"의 pop 과 비슷한 발음이다. 디아판타가 양귀비를 언급하자, 하스페리노가 비슷한 발음을 가진 키스를 들먹이며 유혹하는 것이다. 또한 뻐꾸기(cuckoo)는 새가 아니라 천남성과의 식물 (cuckoopint)을 말한다. 이 식물은 남성의 성기를 연상시키는 외관을 갖고 있어서 하스페리 노가 음담패설하고 있는 것이다.

마땅히 그럴 자격 있는 분이니 허락해 주세요.

베르만데로 기꺼이 그렇게 해야지.

　하지만 그 전에 조건이 있어요.

　난 댁이 어느 나라 사람인지 알아야겠어요.

　우리는 우리의 주요 방어 시설들을

　외국인에게 구경시킨 적이 없거든요.

　우리 성들은 곶 위에 자리 잡고 있어서

　외부에서도 잘 보이지만 그 내부는 비밀이랍니다.

알세메로 전 발렌시아 사람입니다.

베르만데로 발렌시아 사람이오?

　그럼 같은 나라나 다름없지요.[15] 이름이 어떻게 되시오?

알세메로 알세메로입니다.

베르만데로 알세메로라.

　존 데 알세메로의 아드님은 아니지요?

알세메로 맞습니다.

베르만데로 그렇다면 최고의 사랑으로 당신을 환영해야죠.

베아트리스 〔방백〕 아버지는 언제나 날 '최고의 사랑'이라고 부르셨지.

　그러니 지금 아버지 말은 조금도 꾸미지 않은 진실이야.[16]

베르만데로 오, 선생. 난 댁의 부친을 알아요.

　우리 턱에 첫 수염이 나기도 전부터

⁝

15) 이 극의 배경인 알리간떼와 발렌시아는 120킬로미터 정도 떨어져 있는 가까운 지역이고, 역사적으로도 밀접한 관계가 있는 도시들이다.

16) 베르만데로가 딸인 베아트리스에게 '최고의 사랑'이란 애칭을 붙였으므로, 알세메로와 사랑에 빠진 베아트리스 본인이 알세메로를 환영한다는 뜻이다.

우리는 오랫동안 아는 사이였고,

시간의 흔적이 우리를 은빛으로 주조할 때까지

우리 우정은 계속되었어요. 이제 그분이 갔으니,

그와 더불어 훌륭한 군인도 함께 사라진 셈이지요.

알세메로 그 점에서는 어르신도 훌륭하신 걸로 압니다만.

베르만데로 아니, 성(聖) 자크에게 걸고 난 부친만 못해요.[17]

하지만 나도 어느 정도 하긴 했지요.

부친께서 불행히도 전사하신 게,

반역자 네덜란드 놈들과 싸운 지브랄타 해전이었죠?[18]

그렇지 않나요?

알세메로 네덜란드와의 최근 협정이 절 막지만 않았다면,

저는 아버님의 죽음에 대해 복수했거나,

아니면 아버님과 같은 운명이 되었을 거예요.[19]

베르만데로 그래요, 그래. 그때는 싸움을 멈춰야 했죠.

오, 조안나. 이 소식을 너한테 말해 줬어야 하는데,

내가 최근에 피라코를 봤단다.

베아트리스 〔방백〕 그건 안 좋은 소식이네.

베르만데로 그는 승리의 날을 위해 열심히 준비하고 있더구나.

이제 7일만 지나면 넌 그의 신부가 되어야 하잖니.

알세메로 〔방백〕 하!

∴

17) 성 자크는 스페인의 수호성인이다.
18) 지브랄타 해전은 1607년에 네덜란드 함대와 스페인 함대 사이에 벌어진 전투를 말한다.
19) 1609년에 네덜란드와 스페인 사이에 체결된 헤이그 조약을 말한다. 이후 두 나라 사이에 12년
    간 휴전이 이루어졌다.

베아트리스 아니, 아버님. 그렇게 서둘지 말아 주세요.

그런 속도라면 전 제 영혼의 소중한 동반자인

순결에게 만족스런 대접을 해 줄 수 없어요.

그녀가 그렇게 오래 저와 함께 살아 왔는데,

이렇게 무례하고 갑작스럽게 헤어질 수는 없다고요.

그런 친구하고 이제 헤어지면 다시 못 만날 텐데,

엄숙한 작별인사가 없어서야 되겠어요?

베르만데로 쳇, 쳇. 그건 말도 안 되는 얘기야.

알세메로 〔방백〕 난 지금 떠나야만 해.

그래서 다시는 지상의 어떤 기쁨도 만나지 않을 거야.

〔베르만데로에게〕 어르신, 죄송합니다.

제가 급한 일이 있어서요.

베르만데로 뭐라고요, 선생? 절대 안 돼요.

그렇게 빨리 마음이 바뀐 건 아니죠?

우리가 헤어지기 전에, 댁은 내 성과

성이 제공하는 최고의 대접을 꼭 봐야만 해요.

안 그러면 난 댁이 너무 무례하다고 생각할 거예요.

자, 자, 갑시다. 난 선생이 알리간떼에서

우리와 오랫동안 같이 있어 주길 바라고 있어요.

그럼 내 딸 결혼식에 선생을 초대할 수도 있잖아요.

알세메로 〔방백〕 저분은 내게 연회를 베풀려 하지만,

사실은 그 전에 먼저 독을 준 거야.

〔베르만데로에게〕 상황이 제 바람대로 된다면,

저 역시 그 결혼식에 기꺼이 가고 싶습니다.

베아트리스 댁이 결혼식에 안 계시면 저도 서운할 거예요.

　물론 결혼식이 그렇게 급하게 오진 않겠지만요.[20]

베르만데로 내가 장담하지만 그 신사는 완벽하답니다.

　궁정인이고 용감한 데다, 그 밖에 여러 가지

　훌륭하고 고귀한 자질을 많이 가진 사람이죠.

　사윗감으로 스페인의 어떤 남자가 오더라도

　난 그 신사와 안 바꿀 거예요. 아무리 잘난 남자여도요.

　아시다시피 스페인에는 훌륭한 남자들이 많이 있잖아요.

알세메로 그분이 어르신께 감사해야겠네요.

베르만데로 〔베아트리스를 보며〕 여기 이 매듭이 그를 꼭 붙잡으면,

　그만큼 단단히 그 사람이 내게 묶일 거예요.

　그게 안 되면 내 뜻이 안 이루어지는 거죠.

베아트리스 〔방백〕 하지만 아버지가 이러시면 내 뜻이 안 이루어져요.

베르만데로 갑시다. 가는 길에 사위에 대해 더 얘기해 줄게요.

알세메로 〔방백〕 이분이 성문에서 내게 대포를 쏠 텐데,

　내가 어찌 감히 이분의 성에 들어가겠어?[21]

　하지만 돌아갈 수 없으니 계속 가는 수밖에.

베아트리스 〔방백〕 저 뱀이 아직도 안 갔네?

∴

20) 베아트리스는 이중의 의미를 담고 있다. 알세메로를 자신의 결혼식에 초대한다는 표면적인
　의미와, 알세메로가 미루어진 결혼식의 신랑이 되었으면 좋겠다는 암시를 함께 담고 있다.
21) 베아트리스를 사랑하게 된 알세메로가 자기의 연적인 알론조 칭찬을 계속 들어야 하는 상황
　을 "대포를 쏜다."고 표현하고 있다.

〔장갑을 떨어뜨린다〕[22]

베르만데로 애야, 네 장갑이 떨어졌구나.
　잠깐, 잠깐만. ― 데 플로리스, 좀 도와줘라.

〔베르만데로, 알세메로, 하스페리노, 하인들 퇴장〕

데 플로리스 〔장갑을 건네주며〕 아가씨, 여기 있습니다.
베아트리스 네놈의 주제넘은 뻔뻔함에 저주가 떨어지길!
　누가 너한테 집으라고 했어? 이 장갑은 버릴 거야.
　자, 저 장갑 때문에 난 나머지 한 짝도 버릴 거라고.

〔다른 쪽 장갑도 마저 벗어서 집어 던진다〕

　네 놈이 이걸 집어서 끼면,
　그걸 벗을 때, 네 손 가죽까지 벗겨지면 좋겠어.

〔데 플로리스만 남고 모두 퇴장〕

데 플로리스 저주라지만 나한테는 이게 사랑의 징표야.
　그녀는 이 장갑에 내가 손 넣는 걸 보느니
　차라리 무두질한 내 피부로 무도화(舞踏靴) 만들려고 할 거야.[23]

∴

22) 베아트리스는 아마도 알세메로가 줍기를 바라고, 사랑의 징표로 장갑을 떨어뜨렸을 것이다.

그녀가 날 증오한다는 걸 나도 알아.

하지만 난 그녀를 사랑할 수밖에 없어. 상관없어.

그녀를 괴롭히기 위해서라도 난 그녀를 쫓아다닐 거야.

그 외에 다른 건 못 얻더라도, 난 내 뜻대로 할 거라고.

〔퇴장〕

23) 데 플로리스의 가죽을 벗겨 춤출 때 신는 신발을 만들려고 할 만큼 베아트리스가 미워한다
는 말이다.

1막 2장

〔알리비우스와 롤리오 등장〕

알리비우스 롤리오, 내가 너한테 비밀을 말해 줄 텐데,

누구한테도 말하면 안 된다.

롤리오 전 항상 비밀을 잘 지켜 왔어요, 나리.

알리비우스 난 네가 부지런하다는 것도 알고

네 신중함과 근면함도 이미 확인됐으니,

난 네가 계속 잘해 나갈 거라고 확신해.

롤리오, 내겐 아내가 있어.

롤리오 아니, 나리. 마님을 비밀로 하기에는 너무 늦었잖아요. 어차피 온

읍내와 시골에 마님과 결혼한 게 다 알려졌는데요.

알리비우스 롤리오, 넌 너무 빨리 넘겨짚은 거야.

그 소식이야 누구한테도 비밀로 할 수 없지.

하지만 부부 사이에는 그것보다 훨씬 가깝고,

더 깊고 달콤하게 둘만 아는 게 있단다, 롤리오.

롤리오 그러면, 나리. 그건 나리와 저만 다루는 걸로 하죠.[1]

∴

1) 롤리오가 음담패설을 하고 있다. 롤리오의 대사 중 많은 부분이 표면적인 의미와 성적인 의미

알리비우스 바로 그 얘기를 하려고 내가 이렇게 뜸 들이는 거야.

　　롤리오, 내 아내는 젊어.

롤리오 그럴수록 비밀로 하기 더 어렵죠, 나리.

알리비우스 그래, 네가 지금 요점을 정확히 짚었어.

　　난 늙었다고, 롤리오.

롤리오 아니에요, 나리. 제가 늙은 롤리오지요.[2]

알리비우스 하지만 그래도 서로 조화롭게 맞출 수 있잖아?

　　늙은 나무와 어린 식물은 종종 함께 자란다고.

　　서로 충분히 잘 맞는 거지.

롤리오 맞아요, 나리. 하지만 그 늙은 나무들은 어린 식물보다 더 높고 넓게 올라갈 수 있죠.

알리비우스 영리하게 응용했네! 사실 나도 그게 두렵거든.

　　난 내 반지를 내 손가락에만 끼고 싶어.

　　그걸 누가 빌려 가면, 그건 내 반지가 아니라

　　그걸 낀 사람의 반지가 되는 거잖아.[3]

롤리오 그러니 항상 반지를 끼고 계셔야죠. 그걸 잠시만 옆에 빼 놔도, 이놈 저놈이 그 안에 쑤셔 넣으려고 할걸요.

알리비우스 내 뜻을 이해했구나, 롤리오.

　　그래서 네 감시하는 눈길을 좀 써야겠다는 거야.

∴

　　를 동시에 갖고 있다. 예컨대 여기서는 원문 handle이 '비밀을 다루다.'는 뜻이면서 동시에 '여자를 성적으로 다룬다.'는 뜻도 된다.

2) 알리비우스가 말한 원문은, "I am old, Lollio."인데, 롤리오는 여기서 쉼표를 없애, "I am old Lollio."라고 말장난하고 있다.

3) 반지(ring)는 진짜 반지와 여성의 성기를 동시에 의미한다.

내가 항상 집에 있을 수는 없잖아.

롤리오 당연히 못 계시죠.

알리비우스 난 나가 다녀야 한단 말이야.

롤리오 당연히 그러셔야죠. 누구나 그러니까요.

알리비우스 그러니 네가 그 일을 해 줘야겠다.

그녀의 행동거지를 잘 감시하고,

내가 없을 때 나 대신 잘하란 말이야.[4]

롤리오 최선을 다해 볼게요, 나리. 그런데 나리가 질투할 만한 이유를 가진
사람이 누구인지 모르겠네요.

알리비우스 질투할 이유 말이야, 롤리오? 위안이 되는 질문이군.

롤리오 이 집에는 딱 두 가지 종류의 사람들만 있고, 두 부류 모두 채찍으
로 다스리고 있잖아요. 바로 바보와 광인들이죠. 그런데 바보는 나쁜 짓
을 할 만큼 머리가 좋지 못하고, 광인은 바보가 될 만큼 충분히 나쁜 짓
을 못할 텐데요.

알리비우스 그래, 그들이 내 환자의 전부야, 롤리오.

그 두 부류를 치료하는 게 내 전문분야지.

그게 내 직업이고 생계수단이야. 난 그걸로 번창한다고.

하지만 그런 내 벌이와 연관해서 걱정되는 게 있으니,

바로 매일 여기 오는 방문객들이야.

그들은 머리에 병이 든 환자들을 구경하러 오지만,

．．

4) 이 장면에서 어리석은 알리비우스는 계속 자기도 모르게 롤리오에게 음담패설할 빌미를 준
다. 예컨대 "내 역할을 하라."는 건 감시하란 얘기이지만, 자기 대신 잠자리하라는 얘기가 될
수도 있다. 그리고 음담패설에 능한 롤리오는 이를 받아 천연덕스럽게 후자의 의미로 받아치
는 것이다.

난 그들이 내 아내를 못 보게 했으면 좋겠어.[5]

한량들은 재빨리 유혹하는 눈을 갖고 있고,

화려한 옷차림에다 키나 비율도 아주 멋지잖아.

그건 너무 위험한 유혹이라고, 롤리오.

롤리오 그거야 쉽게 막을 수 있죠, 나리. 만약 그들이 바보나 광인들을 보러 오면, 저나 나리가 안내하면 되잖아요. 마님은 혼자 두고요. 마님은 바보도 광인도 아니니까요.

알리비우스 그거 정말 좋은 방책이네.

사실 그들은 우리의 광인이나 바보들을 보러 오니까

우리는 그들이 보러 온 것만 보여 주면 되는 거지.

결국 그녀를 보여 주면 안 되는 거라고.

그녀가 바보가 아닌 건 확실하니까.

롤리오 마님이 광인이 아닌 것도 확실하죠.

알리비우스 그 방패를 꽉 잡아, 롤리오. 난 너만 믿을게.[6]

난 네 방어가 굳건하고 강하다고 생각할 거야.

그런데 지금 몇 시지, 롤리오?

롤리오 창자의 시간이 다 됐어요, 나리.

알리비우스 식사 시간이란 거야? 열두 시라는 말이로군.

롤리오 예, 나리. 우리 몸의 모든 부위는 각각의 시간을 갖고 있거든요. 우린 여섯 시에 일어나서 주위를 둘러보니까, 그건 눈의 시간이에요. 일곱

..

5) 당시 베들램(Bedlam) 병원을 비롯한 정신병원들은 수익을 위해 광인들을 일반인들에게 돈 받고 전시했다.
6) 여기서 "방패"란 방어논리를 말한다.

시엔 기도해야 하니까, 그건 무릎의 시간이고요. 여덟 시엔 걸으니까 다리의 시간이고, 아홉 시엔 꽃을 모으고 장미를 따니까 코의 시간이에요. 열 시에는 술 마시니까 입의 시간이고, 열한 시에는 우리가 주위에서 먹을 걸 뒤지니까 손의 시간이에요. 열두 시엔 점심 먹으러 가니까 창자의 시간이지요.

알리비우스 심오하군, 롤리오!

  머지않아 자네의 모든 학생들이 이 수업을 배우겠어.

  그리고 난 새 학생이 등록할 거란 기대도 했다네.

  잠깐만, 내 기대가 바로 이루어지려나 봐.

〔페드로가 바보로 변장한 안토니오와 함께 등장〕

페드로 안녕하십니까, 선생. 제가 온 이유는 자명해서,

  굳이 힘들게 설명 안 하더라도 딱 보면 아실 거예요.

알리비우스 그러네요. 아주 분명하네요.

  저 사람을 내 환자로 데려오신 거죠.

페드로 선생의 노력이 성공하기만 한다면, 그래서 선생이 이 사람 안에 있는 본성 중에 병들고 약해진 부분에 약간의 작은 힘이라도 돋게 할 수 있다면, 〔돈을 주며〕 이 돈은 앞으로 따라올 수고비 전체의 작은 예에 불과할 겁니다. 이 사람을 먹이고 씻기는 것 외에 다른 경비는 전부 따로 지불할 거고요.

알리비우스 걱정 마세요, 나리. 조금도 부족하지 않게 돌볼 테니까요.

롤리오 나리, 여기를 책임지는 관리인도 뭔가 받을 자격이 있을 텐데요. 모든 수고는 제 손을 거쳐야 하거든요.

페드로 그렇다면 댁의 손에도 뭔가 들어가는 게 맞겠죠.

〔롤리오에게도 돈을 준다〕

롤리오 예, 나리. 저 사람을 깨끗이 건사하고 책도 읽어 주는 게 바로 저랍
니다. 그런데 저 사람 이름이 뭔가요?

페드로 그의 이름은 안토니오예요. 하지만 우린 그 이름을 반으로 줄여서,
토니라고 불러요.

롤리오 토니, 토니. 그거면 충분하겠어요. 바보 치고는 좋은 이름이네요.
토니, 네 이름이 뭐야?

안토니오 헤, 헤, 헤! 고마워, 사촌. 헤, 헤, 헤!

롤리오 착한 아이네! 머리를 들어 봐.

　　— 웃을 수 있는 걸 보니 짐승은 아니네요.[7]

페드로 선생. 만일 댁이 저 사람의 총기(聰氣)를 조금이라도 높여서,
그가 총명함의 옥좌를 향해 네 발로라도 기어가거나
아니면 목발 짚고라도 걸어갈 수 있게 한다면,
그건 댁의 훌륭한 수고에 명예를 더해 줄 뿐 아니라
유력한 가문이 선생을 위해 기도하게 해 줄 거예요.
저 사람이 그 집안의 상속자가 되어야 하거든요.
그에게 제 몫을 요구하고 이끌어 갈 분별력만 있다면 말이죠.
제가 확실히 말씀 드리지만 저 사람은 신사랍니다.[8]

∴

7) 아리스토텔레스는 짐승과 구별되는 인간의 특권이 웃음이라고 했다.
8) 여기서 신사는 태도나 예의범절을 의미하는 것이 아니라, 일하지 않고 살 수 있을 정도의 재산

롤리오 아, 여기서 그걸 의심한 사람은 없어요. 난 첫눈에 보고 신사인 줄 알았다니까요. 신사 아닌 다른 걸로 보이지 않았거든요.

페드로 저 사람을 잘 돌봐 주고 깨끗한 숙소도 제공해 주세요.

롤리오 우리 마님이 그 안에서 출산해도 될 만큼 좋은 숙소로 줄게요. 댁이 우리한테 시간과 비용만 충분히 준다면, 저 사람이 더 높은 수준의 분별력을 갖게 할 수 있어요.

페드로 비용은 아끼지 않을 겁니다.

롤리오 고관대작이 될 정도의 머리까지는 잡아 늘이기 힘들어요.

페드로 오, 아니에요. 그런 건 기대하지도 않아요. 그보다 훨씬 못 미쳐도 충분할 거예요.

롤리오 제가 보증합니다만, 5주 후면 저 사람이 공직 맡을 수 있을 정도로 만들어 드릴게요. 제가 책임지고 순경의 머리까지는 되게 해 볼게요.[9]

페드로 그보다 낮은 수준이라도 충분할 거예요.

롤리오 그건 아니죠. 쳇, 교구 관리나 교구 일꾼, 아니면 야경꾼 정도의 수준으로 만드는 건 지금 저 사람 상태와 별반 다를 바 없어요. 적어도 순경 정도는 만들어 놔야죠. 혹시 저 사람이 나중에 치안판사라도 되면, 이 관리인을 기억해 달라고 하세요.[10] 아니면 아예 그보다 더 욕심을 내서, 내 수준까지 올린다면 어떨까요. 나만큼 똑똑하게 만들 수 있다 치면요.

페드로 아니, 그럼 저야 좋죠.

∶∙

이 있는 유한계급을 말한다.

9) 순경은 공권력을 행사할 수 있는 제일 낮은 직급인데, 흔히 당시 순경들은 머리가 나쁜 것으로 묘사되었다.

10) 여기 나오는 직급들은 모두 어리석거나 바보 같은 특징을 갖고 있다. 치안판사 역시 그 어리석음 때문에 풍자의 대상 중 하나였다.

롤리오 자, 그럼 이렇게 합시다. 내가 저 사람처럼 형편없는 바보가 되거나, 아니면 저자가 나만큼 똑똑해지는 거예요. 어느 쪽이건 저 사람한테는 좋은 일이니까요.

페드로 당신 재치가 마음에 드네요.

롤리오 네, 그러셔도 돼요. 하지만 내가 예전에 어리석게 굴어서 여기 오지 않았더라면, 지금보다는 더 똑똑했을 거예요. 지금 내 상황이 어떤지 기억해 두시라고요.[11]

페드로 알았어요. 전 갑니다. 잘 좀 보살펴 주세요.

알리비우스 아무 걱정 마세요. 우리가 다 알아서 할게요.

〔페드로 퇴장〕

안토니오 오, 내 사촌이 가 버렸어! 사촌, 사촌! 오!

롤리오 조용히 해, 조용히 하라고. 토니. 울면 안 돼. 애야. 울면 채찍질당할 거야. 네 사촌은 아직 여기 있어. 내가 네 사촌이거든.[12]

안토니오 헤, 헤! 그럼 울지 말아야지. 댁이 내 사촌이라면 말이야. 헤, 헤, 헤!

롤리오 저자가 얼마나 똑똑한지 시험해 보는 게 좋겠어요. 그래야 저자를 어느 반에 넣을지 알 수 있죠.

알리비우스 그래, 그렇게 해. 롤리오. 해 봐.

∵

11) 롤리오가 현재 바보들을 감독해야 하는 상황을 말한다.
12) 요즘의 감수성으로는 받아들이기 힘들지만, 당시 정신병원은 채찍을 주요 통제수단으로 삼았다.

롤리오 우선 쉬운 질문부터 해 봐야겠어요. 토니, 재단사 오른손에 정직한 손가락이 몇 개 있지?

안토니오 왼손에 있는 만큼 있잖아, 사촌.

롤리오 좋아. 그럼 양손에 전부 몇 개야?

안토니오 둘에서 둘 빼면 돼, 사촌.[13]

롤리오 대답 잘했어. 이제 다시 물어볼게, 사촌 토니. 몇 명의 바보가 있어야 현명한 사람이 만들어지지?

안토니오 어떨 때는 하루에 사십 명도 가, 사촌.[14]

롤리오 하루에 사십 명? 그걸 어떻게 증명할 거야?

안토니오 자기들끼리 싸우고 나서 다시 화해하겠다고 변호사한테 가는 사람들을 다 합치면 그렇게 돼.

롤리오 영리한 바보로군! 적어도 4반에는 넣어야겠어. 다시 물어볼게, 토니. 몇 명의 악당이 있어야 정직한 사람을 만들지?

안토니오 그건 나도 몰라, 사촌.

롤리오 저런, 그 질문은 너한테 너무 어렵구나. 그럼 내가 답을 말해 줄게, 사촌. 악당이 세 명 있어야 정직한 사람 하나를 만들 수 있어. 순사, 간수, 그리고 교구 관리야. 순사가 그를 잡아오면, 간수가 그를 가두어 두고, 교구관리는 매질을 해. 그러고도 그 사람이 정직해지지 않으면, 교수형 집행자가 그를 치료해 주는 거야.

안토니오 하, 하, 하. 그 장난 재미있겠다, 사촌!

∴

13) 2-2=0이란 것인데, "정직한 손가락(true finger)"이 재단사에게 하나도 없다는 것은 그만큼 재단사가 손님을 잘 속인다는 뜻이다.

14) 원문의 "가다(goes to)"에는 "만들어지다"와 "가다"의 뜻이 같이 있다. 롤리오와 안토니오는 go to를 각자 서로 다르게 사용하며 말장난하고 있다.

알리비우스 그건 바보한테 너무 심오한 질문이었어, 롤리오.

롤리오 네, 이런 말하기 그렇지만, 그건 나리께도 해당됐을 질문이었네요. 토니, 하나만 더 물어볼게. 그 후에는 놀아도 좋아.

안토니오 그래, 푸쉬핀 놀이 하자. 하, 하!¹⁵⁾

롤리오 그래, 시켜 줄게. 그럼 여기에 바보가 몇 명 있는지 말해 봐.

안토니오 둘이야, 사촌, 너하고 나.

롤리오 아니, 그건 너무 건방지잖아, 토니. 내 말 잘 들어. 여기에 바보와 악당이 몇 명 있지? 악당 앞에 바보 하나가 있고, 악당 뒤에도 바보가 하나 있어. 그리고 두 바보 사이에는 악당이 하나 있다고. 그러면 바보는 몇 명이고 악당은 몇 명이야?

안토니오 거기까지는 안 배웠어, 사촌.

알리비우스 저자한테 너무 어려운 질문을 하고 있잖아, 롤리오.

롤리오 저자가 쉽게 이해할 수 있게 해 볼게요. 사촌, 거기 서 봐.

안토니오 알았어, 사촌.

롤리오 주인님은 저 바보 뒤에 서세요.

알리비우스 이렇게, 롤리오?

롤리오 전 여기 서는 거예요. 잘 봐, 토니. 악당 앞에 바보가 하나 있어.

안토니오 그게 나지, 사촌.

롤리오 악당 뒤에도 여기 바보가 하나 있어. 그건 나야. 그리고 우리 두 바보 사이에 악당이 있어. 그건 우리 주인님이지. 우리 셋밖에 없으니까 그

15) 푸쉬핀(pushpin)은 16세기부터 19세기까지 영국 아이들이 하던 게임으로, 탁자 위에 핀을 놓고 그 핀을 튕겨 상대방의 핀 위로 넘기면 이기는 방식이다. 하지만 여기서는 안토니오가 아이들 게임을 빙자하여, '핀(남성의 성기)을 (어딘가에) 밀어 넣다.'라는 의미로 음담패설하고 있다.

게 다잖아.

안토니오 우리 셋, 우리 셋이야, 사촌!

〔무대 뒤에서 광인들 소리가 들린다〕

광인 1 저놈 머리에 형틀을 씌워. 빵이 너무 부족하잖아.

광인 2 날아가, 날아가. 그러면 그 사람이 제비를 잡을 거야.

광인 3 그 여자한테 양파를 더 줘. 안 그러면 악마가 그 여자 목에 밧줄을
　　　걸 거야.

롤리오 저걸 들으면 몇 시인지 알 수 있어. 저게 베들램의 종소리거든.[16]

알리비우스 조용히 해. 조용히 하라고. 안 그러면 채찍질할 거야.

광인 3 창녀 고양이야, 창녀 고양이. 치즈를 지켜야지. 치즈 지키란 말이야.

알리비우스 조용히 하라고 했잖아.

　　　저들이 시간을 알렸으니 밥 먹일 때가 됐어, 롤리오.

롤리오 저 웨일즈 광인은 회복될 가망이 없어요. 쥐들이 저자의 치즈를 훔
　　　쳐 먹어서 망했잖아요. 그것 때문에 저 사람 정신이 나간 거죠.[17]

알리비우스 넌 네 할 일 해, 롤리오. 난 내 할 일을 할 테니.

롤리오 나리는 광인 병동으로 가세요. 바보들은 저한테 맡기시고요.

알리비우스 그리고 내가 아까 시켰던 일 잊지 마, 롤리오.

..

16) 베들램(Bedlam)은 광인들을 수용하던 베들램 병원(Bethlehem Hospital)을 일컫지만, 다른
　　정신병원들을 통칭하는 이름이기도 하다. 롤리오가 베들램 병원에서 광인들이 배고프다고
　　아우성치는 소리를 시간 알려 주는 종소리라고 얘기하고 있다.

17) 전통적으로 웨일즈 사람들은 치즈를 좋아하는 것으로 되어 있다.

〔알리비우스 퇴장〕

롤리오 내가 나리의 두 부류 환자들 중 하나인 줄 아시나? 가자, 토니. 이
　　제 너희 학교 친구들한테 가야지. 그중에는 꽤 괜찮은 학자들도 있어.
　　몇 사람은 '어리석다'로 라틴어 격 변화도 할 수 있다고.

안토니오 사촌, 난 미친 사람들을 보고 싶어. 그들이 날 물어뜯지만 않는다
　　면 말이야.

롤리오 아니, 그 사람들은 널 물지 않을 거야, 토니.

안토니오 하지만 밥 먹을 땐 물어뜯잖아. 안 그래, 사촌?

롤리오 밥 먹을 때야 물어뜯지, 토니. 난 네 덕에 명성을 얻고 싶어. 난 내
　　가 키워 낸 학자들 중에 네가 가장 마음에 들거든. 그래서 난 네가 똑똑
　　한 사람이란 걸 증명할 거야. 그게 아니면, 내가 바보라는 걸 증명해야
　　하는 거지.

〔함께 퇴장〕

2막 1장

〔베아트리스와 하스페리노가 무대 양쪽에서 각자 등장〕

베아트리스 전 이제 선생의 친절한 도움을 받을 준비가 됐어요.

　정말 친구란 이름에 영광스럽게 어울리는 친절이세요.

　착한 천사들과 이 편지가 선생님의 안내자가 돼 주기를요.

〔편지를 준다〕

　적당한 시간과 장소가 거기 쓰여 있어요.

하스페리노 제가 가져올 기쁜 소식이 제 수고의 보답이 될 거예요.

〔하스페리노 퇴장〕

베아트리스 알세메로 님은 정말 친구를 잘 골랐어!

　그건 그분이 잘 판단해서 선택한다는 증거야.

　그렇다면 내가 그분을 선택한 거야말로

　내 선택이 옳았다는 걸 인증해 주는 거지.

　원래 자기 속마음을 함께 나눌

절친한 친구를 잘 고르는 사람이

다른 모든 선택에서도 가장 신중한 법이거든.

난 지금 판단력의 눈으로 사랑에 빠졌으니,

그분의 장점으로 이어지는 길이 또렷하게 보여.

정말 사랑받을 자격이 있는 사람은

다이아몬드처럼 반짝거려서 어둠 속에서도 잘 보이거든.

그런데 사랑에 벌어질 수 있는 가장 큰 어둠은 이별이니까,

그렇게 자격 있는 사람은 설사 헤어져 있더라도

상상의 시력을 통해 아주 잘 알아볼 수 있다고.

그러니 아버지가 칭찬해 마지않는 피라코가 다 뭐야?

하지만 아버지의 축복은 내가 아버지 평판을

존중하는 동안만 내 것이지, 아니면 그 축복은 날 떠나

오히려 거꾸로 나에 대한 저주로 변할 거야.

그러니 난 뭔가 빨리 방법을 생각해 내야 해.

아버지는 너무 적극적이고 급하게 결혼을 추진하셔서,

내게 새로운 위안을 주는 분한테

내가 말 걸 틈조차 주시질 않잖아.

(데 플로리스 등장)

데 플로리스 (방백) 저기 그녀가 있어.

대체 뭐가 날 이렇게 괴롭히는 거지?

특히 최근 들어서 난 그녀를 보는 걸 자제하느니

차라리 교수형당하는 게 나을 지경이야.

난 하루에도 스무 번, 아니 그 이상으로

그녀의 눈길을 받기 위해 갖은 핑계거리를 짜내고,

있지도 않은 심부름을 억지로 만들어 내지.

그럴 이유도 별로 없고 그녀의 독려는 더욱 없지만 말이야.

그녀는 매번 전보다 더 심하게 독설을 하고,

자기가 이 도시에서 내 가장 잔인한 원수라고

내 면전에서 공언하고, 마치 내 얼굴에

무슨 위험이나 액운이라도 달려 있는 것처럼

날 보는 것만은 절대 못 참겠다고 하지.

물론 나도 내 얼굴이 충분히 못생겼다는 건 인정해.

하지만 나보다 더 추한 얼굴도 더 좋은 행운을 받아서,

그냥 참아 주는 정도가 아니라 사랑까지 받았단 걸 알고 있다고.

그렇게 듬성듬성 수염 난 얼굴들, 마녀 같은 턱,

마치 서로를 무서워하면서 자란 것처럼

얼굴 여기저기서 소곤거리는 대여섯 가닥의 성긴 수염들.

그리고 돼지 여물통처럼 깊게 주름이 패어서,

사악하고 비열한 눈에서 나온 위증의 눈물이

그 여물통에 배설물처럼 고이면, 돼지 같은 추악함이

그 눈물을 벌컥거리며 마셔 대는 그런 얼굴들 말이야.

하지만 그런 얼굴조차 아무 제지 없이 예쁜 꽃을 꺾고,

아름다운 미인을 애인으로 둔다는 거잖아.

비록 내 팔자가 사나워서 하인 신세로 떨어지긴 했지만

나도 세상에 태어날 때는 신사 신분이었다고.

이제 그녀가 축복받은 눈길을 내게 돌리네.

저 눈길과 헤어질 때까지 난 모든 폭풍우를 견디어 낼 거야.

베아트리스 〔방백〕 또 왔어!

내 모든 다른 열정들보다 더 날 괴롭히는 게

바로 저 불길하고 못생긴 얼굴이야.

데 플로리스 〔방백〕 이제 또 시작이야.

그 돌에 내 피부가죽이 벗겨지는 한이 있더라도

난 이 우박 폭풍을 견디어 낼 거야.

베아트리스 무슨 일이야? 무슨 일로 왔냐고?

데 플로리스 〔방백〕 부드럽고 아름다운 사람,

그 이유를 말해서 당신과 그렇게 빨리 헤어질 수는 없어요.

베아트리스 〔방백〕 저 악당은 저기에 못 박혔나 봐.

〔데 플로리스에게〕 고여 있는 두꺼비 웅덩이 같은 놈![1]

데 플로리스 〔방백〕 소나기가 이제 곧 떨어지겠군.

베아트리스 누가 널 보냈어? 네 심부름이 뭐야? 여기서 나가.

데 플로리스 제 주인이신, 아가씨의 부친께서

말씀 전하라고 하셨어요.

베아트리스 아니, 그새 또?

빨리 전하고 나가 죽어. 빨리 내 앞에서 없어지라고.

데 플로리스 진실된 봉사는 연민 받을 자격이 있어요.

베아트리스 전할 말이 뭐냐고?

데 플로리스 아름다운 분이 조금만 참아 주시면,

∴

1) 두꺼비는 고인 웅덩이에서 알을 낳는다고 알려져 있었다. 데 플로리스의 피부가 두꺼비처럼
   울퉁불퉁한 것을 이렇게 묘사하고 있다.

차차 다 듣게 되실 거예요.

베아트리스 하찮은 게 꾸물거리면서 괴롭히다니!

데 플로리스 아가씨, 토마조 데 피라코 님의 유일한 동생이신

알론조 데 피라코 님이 —

베아트리스 종놈, 언제 끝낼 거야?

데 플로리스 〔방백〕 너무 빨리 끝날까 봐 걱정인걸요.

베아트리스 그분이 어떻게 되었는데?

데 플로리스 말씀 드렸던 알론조님이

앞에서 얘기했던 토마조 님과 함께 —

베아트리스 또 반복이야?

데 플로리스 지금 막 말에서 내리셨어요.

베아트리스 〔방백〕 저주받을 소식이군!

〔데 플로리스에게〕 끔찍하게 혐오스런 것 같으니,

대체 이 소식을 네가 직접 가져와야 하는 이유가 뭐야?

데 플로리스 제 주인이신 아버님께서 아가씨를 찾아오라고 하셨어요.

베아트리스 그 심부름 보낼 사람이 너 말고는 없었던 거야?

데 플로리스 운 좋게도 제가 항상 근처에 있어서요.

베아트리스 여기서 나가.

데 플로리스 〔방백〕 아니, 이렇게 욕먹기 위해

온갖 방법을 짜내다니 나야말로 바보 아니야?

하지만 난 항상 그녀를 봐야만 해!

이제 한 시간 내로 난 또 미칠 듯한 조바심에

사로잡힐 거야. 나도 그걸 알아.

그리고 난 흔한 가든 황소처럼

잠시 숨만 돌리고 다시 곧 끌려들어 갈 거라고.[2]

이게 무엇의 전조인지는 나도 몰라.

하지만 추한 얼굴임에도, 이해할 수 없을 만큼

여자들한테 사랑받는 남자들의 선례가

날마다 나오니까 난 덜 절망할래.

언젠가 다른 못생긴 뺨들처럼 내 추한 뺨들도

총애받는 날이 올 수도 있잖아.

말싸움이 시간을 잘 보내는 왕도라는 건 이미 증명됐어.

어린애들이 울다가 스스로 잠드는 것처럼,

남자한테 화내던 여자들이 잠자리까지

같이하는 걸 나도 많이 봤단 말이야.

〔데 플로리스 퇴장〕

베아트리스 저자를 볼 때마다 뭔가 나쁜 일이

나한테 다가오고 있다는 느낌이 들어.

내 마음속에 항상 위험하다는 느낌이 있어서,

그 뒤 한 시간이 지나도 떠는 게 안 멈춰진다고.

다음에 우리 아버지 기분이 좋으실 때,

저자를 완전히 내치시라고 해야겠어.

∵

2) 템즈 강 남쪽 서덕(Southwark)에는 극장을 비롯한 각종 오락시설이 많았는데, 그중에는 곰이나 황소를 묶어 놓고 사냥개들이 달려들어 물어뜯게 하는 잔인한 오락도 있었다. 파리 가든 (Paris Garden)이 그중 유명한 곳이어서, "가든 황소"란 이 가든에 묶여서 고통받는 황소를 의미한다.

오, 난 이 사소한 불편에 몰두한 나머지,

내 모든 위안을 찍어 누르기 위해

지금 막 도착한 고통의 더 거친 급류를 잊고 있었어.

〔베르만데로, 알론조, 토마조가 함께 등장〕

베르만데로 두 분 다 잘 오셨소.

　　하지만 난 특히 그대를 각별히 환영하는 바이오.

　　자네에 대한 사랑으로 난 자네의 고귀한 이름에

　　사위라는 호칭을 덧붙이겠소. 내 사위 알론조!

알론조 아버님, 명예의 보물창고라 해도

　　그보다 더 제 마음에 드는 호칭은 못 내놓을 거예요.

베르만데로 다 자네가 받을 만해서 그런 거지.

　　내 딸아, 준비해라. 결혼식 날이 갑자기 다가올 테니.

베아트리스 〔방백〕 설사 결혼식이 갑자기 내 곁에 온다 해도,

　　난 첫날밤은 치르지 않을 거야.

〔베아트리스와 베르만데로가 따로 얘기한다〕

토마조 알론조.

알론조 예, 형님!

토마조 저 아가씨 눈에서 환영하는 기색이 안 보이는구나.

알론조 에이, 형님은 모든 면에서 사랑에 너무 엄격하니까,

　　형님을 설득하는 건 불가능한 일이에요.

연인들이 하는 모든 잘못에 다 표시를 해 놓으면,

사랑은 지저분하게 제본된 책과 같을 거예요.

그 잘못들만 모아도 책 반 권이 될 만큼 많을 테니까요.

베아트리스 제가 부탁 드리는 건 그것뿐이에요.

베르만데로 그건 합당한 요구 같구나.

내 사위가 거기 뭐라고 답하는지 봐야겠다.

내 사위 알론조, 여기 내 딸의 순결을

사흘만 더 유예해 달라는 제안이 들어왔네.

그리고 그건 그리 불합리한 요구도 아니야.

전에 잡은 결혼날짜가 너무 급박했던 건 사실이잖나.

알론조 전 오히려 앞당겼으면 하고 바라고 있으니,

그렇게 되면 제 기쁨도 그만큼 늦춰지는 거지요.

하지만 아가씨가 그렇게 원한다니,

제게는 이 날짜도 전의 날짜만큼 좋고,

제 즐거움 역시 부족하지 않을 겁니다.

베르만데로 나 또한 그 점에서 자네에게 보답하도록 하겠네.

두 분 다 정말 환영하오.

〔베르만데로와 베아트리스 퇴장〕

토마조 방금 그녀가 갈 때 덤덤한 거 봤어?

알론조 뭐가 덤덤해요? 형님은 항상 너무 비판적이세요!

토마조 그래, 그럼 그냥 둬라.

네가 푸대접받는 걸 신경 쓰는 내가 바보지.

알론조 내가 뭘 못 봤는데요?

토마조 아우야, 그녀에 대한 네 믿음은 배신당했어.

　　　아주 심하게 배신당했다고.

　　　가능한 한 지혜롭게, 가장 신속히 네 애정을 옮겨.

　　　안 그러면 네 마음의 평화가 파괴될 거야.

　　　이미 그 마음이 다른 남자의 가슴 속으로 뛰어들어 간

　　　여자와 결혼하는 게 얼마나 큰 고통일지 생각해 보렴.

　　　설사 그녀가 너한테 어떤 쾌락을 얻는다 해도,

　　　그건 네 재능도 아니고, 네 이름으로 온 것도 아니야.

　　　그녀는 네 품에 안겨서도 다른 놈이랑 누워 있는 거야.

　　　네 자식들이 수태될 때도 그 남자가 절반은 아비라고.

　　　비록 그놈이 실제로 잉태시키는 건 아니라 해도,

　　　그 순간 그녀는 그 남자를 생각하며 아이 가진 거잖아.

　　　게다가 그런 그녀를 제지하는 게

　　　나중에 얼마나 위험하고도 수치스러운 결과를 낳을지,

　　　그건 생각만 해도 고통스러운 일이잖아.

알론조 형님은 그녀가 다른 남자를 사랑하는 것처럼 말하네요.

토마조 이제야 그걸 이해한 거냐?

알론조 아니, 형님이 걱정하는 이유가 그것뿐이라면

　　　난 충분히 안전해요. 형님의 우애와 조언은

　　　더 힘든 시간을 위해 잘 보관해 두세요.

　　　그녀가 실제로 변심하는 건 고사하고,

　　　변심의 의미라도 안다고 의심하는 사람이 있다면,

　　　그게 누구건, 형님만 아니라면,

난 그 사람의 원수가 될 거예요.

위험하고 치명적인 원수 말이에요.

하지만 우리는 우애 좋은 형제죠.

그러니 더 이상 내게 그런 얘기는 하지 마세요.

난 많은 것들을 참아 낼 수 있지만,

그녀에게 해가 된다면 나도 평소의 내가 아닐 거예요.

잘 가세요, 다정한 형님. 우리가 우애 있게

헤어질 수 있어서 하늘에 감사 드려요.

〔알론조 퇴장〕

토마조 아아, 이런 게 사랑에 길들여진 광기로구나.

이렇게 남자는 순식간에 고통 속으로 스며드는 거야.

〔퇴장〕

2막 2장

〔디아판타와 알세메로 등장〕

디아판타 전 나리를 이리 모셔 오라는 명령을 받았고
　　　　나리께서도 시간 지켜 오셨으니,
　　　　정당한 만남이란 보상으로 축복받으시기 바라요.
　　　　우리 아가씨 오시는 소리가 들리네요.
　　　　나리는 완벽한 신사이시지만 전 감히 나리 칭찬을 못 해요.
　　　　그건 제가 다루기에는 너무 위험한 얘기거든요.[1]

〔디아판타 퇴장〕

알세메로 일이 잘되고 있어.
　　　　이런 여자들은 여주인의 금고나 다름없어서
　　　　주인이 소중하게 맡긴 것들이 그 안에 잠긴 채 들어 있지.

〔베아트리스 등장〕

•••

1) 이미 이 대사에서 베아트리스의 질투가 심하다는 걸 알 수 있다.

베아트리스 난 내 눈 안에서 모든 소원을 이루었어요.

  우리가 신성한 기도로 하늘로 올려 보낸 요구들을

  하늘이 우리 결핍을 채워 주기 위해 다 들어 주신다 해도,

  우리의 곤궁함이 그 선물을 달콤하게 느끼는 것보다

  당신이 여기 와 준 게 내 소원에는 더 달콤하답니다.

알세메로 아가씨, 우리는 표현하고 싶은 게 너무 비슷해서,

  내가 아가씨와 똑같은 단어를 빌리지 않는다면

  아가씨에게 필적할 표현을 찾아낼 수 없을 거예요.

  〔둘이 포옹한다〕

베아트리스 질투로부터 자유로울 수만 있다면,

  이 만남과 이 포옹이 얼마나 행복할까요!

  하지만 이 가엾은 키스는 적을 갖고 있어요.

  그걸 독살하고 싶어 할 만큼 증오에 찬 적이죠.

  피라코라고 알려진 그런 이름이 없고,

  부모의 명령 같은 그런 구속도 없다면!

  그럼 난 너무 많이 축복받았겠지요.

알세메로 그 두 가지 두려움을 한 번의 선한 봉사로 없앨 수 있어요.

  당신이 그토록 괴로워하니 내가 그렇게 해 줄게요.

  원인을 없애면 당신 아버님의 명령도 멈추겠지요.

  한 번 크게 불어서 두 개의 두려움을 꺼 버리는 거예요.

베아트리스 내게도 말해 주세요.

  그렇게 신기할 만큼 훌륭한 봉사가 대체 뭔가요?

알세메로 남자가 가진 명예로운 부분인 용기지요.

난 지금 즉시 피라코에게 도전장을 보내겠어요.[2]

베아트리스 뭐라고요? 그게 두려움을 끄는 방법이라고요?

오히려 두려움이 활활 타오르게 할 유일한 방법인데요?

당신은 날 기쁘게 하고 위안 주는 행동을

이미 용기 있게 시작했잖아요? 더 이상은 하지 마세요.

당신이 그 결투에서 이긴다고 쳐요.

그럼 당신은 내 것이 아니라 위험의 소유가 돼요.

법이 당신을 내놓으라고 내게 요구하거나,

아니면 당신은 숨어 살면서 산 채로 묻힌 무덤이 될 거예요.

당신의 이런 생각을 알게 돼서 오히려 다행이에요.

오, 이런 조건의 생각이라면 절대 하지 마세요.

그건 슬픔이 죽으러 갈 때나 쓸 법한 방식이에요.

무덤의 흙으로 눈물이 틀어 막힐 때까지,

내 눈물은 결코 마르지 않았을 테니까요.

잔혹한 살인은 더 추한 얼굴에나 어울린다고요.

〔방백〕 방금 그런 얼굴이 하나 생각났어.

그렇게 좋은 기회를 그자를 멸시해서 망쳐 버리다니,

그건 내 잘못이야. 틀림없이 잘 실행되었을 텐데.

가장 추한 인간이라도 뭔가 쓸모 있어서 창조된 건데,

난 뻔히 보면서도 그자가 적임자라는 걸 못 알아챈 거야!

알세메로 아가씨 ―

••

2) 결투를 통해 피라코를 죽여서 베아트리스의 소원을 들어주겠다는 것이다.

베아트리스 〔방백〕 아니, 머리 좋은 사람들은 독을 소중히 여겨,

　하나의 독으로 다른 독을 물리치곤 하잖아.

　대체 내 머리는 그동안 어디 갔던 거야?

알세메로 아가씨, 내 얘기를 안 들으시네요.

베아트리스 잘 듣고 있어요.

　앞으로 올 미래의 시간들은 달라질 수 있지만,

　지금 현재의 시간은 확실히 우리 편은 아니에요.

　그러니 검소한 사람들이 그들의 재산을 아껴 쓰듯이

　우리도 그 시간들을 아껴 써야 해요.

　더 유리한 시간이 올 때까지 지금은 절약해야죠.

알세메로 현명한 가르침입니다, 아가씨.

베아트리스 안에 누구 없어? ― 디아판타!

　〔디아판타 등장〕

디아판타 아가씨, 부르셨어요?

베아트리스 네가 한 일을 마무리해야지.

　이 신사를 모시고 왔던 비밀통로로 다시 이분을 모시고 나가.

디아판타 예, 아가씨.

알세메로 내 사랑은 지금까지 세워진 어떤 사랑보다도 더 굳건해요.

　〔디아판타와 알세메로가 함께 퇴장하고, 데 플로리스가 바로 등장한다〕

데 플로리스 〔방백〕 난 이 만남을 몰래 지켜봤고,

다른 남자가 어떻게 될지 굉장히 궁금해졌어.

그녀가 일탈하지 않는 한, 둘 다 만족시킬 수는 없잖아.

어쩌면 그때 내가 그중 한 남자 대신 들어설 수도 있지.

여자가 1에서 날아오르면 그 남자를 남편 삼는 거고,

그 후에는 날개 펴고 날아올라서 산수처럼 수를 불리는 거야.

그 하나가 열이 되고, 그게 다시 백, 천, 만이 되어서

결국에는 군부대 전체를 상대하는 종군상인이 되는 거지.[3]

난 이제 그녀에게 엄청나게 당할 각오를 해야 해.

하지만 그래도 난 그녀를 봐야만 한다고.

베아트리스 〔방백〕 아니, 내가 저자를 혐오하는 게,

젊음과 아름다움이 무덤을 싫어하는 정도라고 쳐.

하지만 그렇다고 내가 꼭 그 티를 내야 해?

그건 비밀로 한 채, 저자를 이용하면 안 되는 거야?

봐, 저자가 저기 있어.

— 데 플로리스!

데 플로리스 〔방백〕 하, 난 좋아서 돌아버릴 것 같아.

그녀가 내 이름인 데 플로리스를 제대로 불러 줬어.

나쁜 놈이나 악당이라고 부르지 않았다고!

베아트리스 너 최근에 얼굴에 뭐 했어?

좋은 의사를 만났나 보네. 잘 가꾼 것 같아.

전에는 그렇게 매력적으로 보이지 않았었잖아.

∴

3) "종군상인(sutler)"에는 창녀란 뜻도 있다. 한 남자에 만족하지 않는 여자는 결국 군부대 전체
만큼 많은 남자들을 상대하는 창녀가 된다는 뜻이다.

데 플로리스 〔방백〕 난 아닌데.

　털 하나, 여드름 하나까지 똑같은 얼굴 생김새잖아.

　그녀가 역겨운 얼굴이라고 욕한 지 한 시간도 안 지났다고.

　이게 어떻게 된 거지?

베아트리스 이봐, 이리 와 봐! 더 가까이 오라니까.

데 플로리스 〔방백〕 난 턱까지 천국에 빠져 있어.

베아트리스 돌아서 봐. 내가 한 번 볼게.

　아, 이제 보니 간에서 열이 나서 그런 것뿐이네.

　난 또 더 안 좋은 병인 줄 알았지.

데 플로리스 〔방백〕 그녀의 손가락이 날 만졌어!

　그녀에게서 온통 향유 냄새가 나네.

베아트리스 내가 널 위해 물약을 만들어 줄게.

　그걸로 씻어 내면 이건 2주면 다 나을 거야.

데 플로리스 아가씨가 손수 만들어 주신다고요?

베아트리스 그래. 내가 직접 만들 거야.

　난 원래 치료약은 다른 사람에게 안 맡겨.

데 플로리스 〔방백〕 그녀가 이렇게 내게 말하는 걸 듣는 게,

　그녀를 가질 때 쾌락의 절반은 되는 것 같아.

베아트리스 거친 얼굴도 자꾸 봐서 익숙해지면

　그렇게까지 불쾌하진 않아. 자꾸 보다 보면,

　매 시간 점점 나아져서 괜찮아지는 것 같거든.

　나도 경험해 봐서 잘 알아.

데 플로리스 〔방백〕 이 순간이 오다니 난 축복받았어.

　이 순간을 잘 이용해야겠어.

베아트리스 거친 게 남자 얼굴에는 잘 어울려.

　그건 헌신, 단호함, 남자다움을 보여 주거든.

　만일 그런 남자를 쓸 일이 있다면 말이야.

데 플로리스 아가씨께서 그걸 쓸 일이 있다면

　제가 바로 보여 드릴게요. 그런 봉사는

　너무나 행복할 테니 전 그저 아가씨께

　봉사할 수 있는 명예만 바랄 뿐이에요.[4]

베아트리스 두고 봐야지. ―

　오, 나의 데 플로리스!

데 플로리스 〔방백〕 이게 어떻게 된 거지?

　그녀가 벌써 내가 자기 것이라고 했어.

　"나의 데 플로리스!"라고 불렀다고.

　― 아가씨, 지금 막 한숨 쉬며 뭔가 얘기하려 하셨잖아요.

베아트리스 아니, 내가 그랬다고? 난 기억 안 나는데 ― 오!

데 플로리스 또 그러시네.

　방금도 똑같이 그러셨어요.

베아트리스 넌 너무 눈치가 빨라.

데 플로리스 이번에는 핑계 대실 수도 없어요.

　제가 두 번이나 들었다고요, 아가씨.

　그 한숨은 너무나 말하고 싶어 하니까,

4) "거친", "봉사", "쓸 일" 등, 데 플로리스의 어휘들은 성적인 함의로 가득하다. 데 플로리스는
　베아트리스가 한 말에 문자 그대로 답하면서도, 그걸 모두 남녀의 성관계로 바꾸어 자신이
　베아트리스를 돕는 목적이 성적인 것임을 암시하고 있다.

한숨을 불쌍히 여겨서 자유롭게 얘기하라고 하세요.

아아, 한숨이 자유를 갈구하면서 애쓰고 있잖아요!

난 아가씨 가슴에서 중얼거리며 두들기는 소리가 들린다고요.

베아트리스 창조주께서 —

데 플로리스 〔방백〕 그래, 말해 봐. 바로 그거야.

베아트리스 날 남자로 만들어 주셨더라면!

데 플로리스 〔방백〕 아니, 그게 아닌데.

베아트리스 오, 그게 자유의 핵심이잖아!

그럼 난 깊이를 알 수 없을 만큼 미워하는

남자와 혼인하라는 강요도 안 당할 거고,

내가 미워하는 것들에 대항하고,

아예 영원히 내 눈앞에서 없앨 힘을 갖게 될 거야.

데 플로리스 〔방백〕 오, 축복받은 기회야!

— 아가씨가 남자가 되지 않고도 소원을 이룰 수 있어요.

그런 남자가 되라고 나한테 요구하시면 돼요.

베아트리스 너한테, 데 플로리스?

그럴 이유가 별로 없잖아.

데 플로리스 그 요구를 나한테서 가져가지 마세요.

그건 제가 아가씨께 무릎 꿇고 원하는 봉사라고요.

〔무릎 꿇는다〕

베아트리스 진심이라고 보기에는 넌 너무 성급해.

내가 요구하는 봉사에는 공포와 피, 위험이 동반돼.

넌 정말 그런 걸 간청하고 원할 수 있어?

데 플로리스 아가씨의 어떤 일에서건 날 써 주는 게

　나한테 얼마나 달콤한 일인지 아가씨가 아신다면,

　아마 오히려 이렇게 말씀하실 거예요.

　아가씨의 명령을 받았을 때 내가 잘못했다고,

　내가 충분히 감읍하지 않았다고 말이에요.

베아트리스 〔방백〕 이 정도면 충분한 것 같아.

　저놈의 궁핍이 아주 심각한 것 같으니,

　그런 사람에게 황금은 천사의 음식처럼 느껴질 거야.

　〔데 플로리스에게〕 그만 일어나.

데 플로리스 제게 일부터 먼저 시켜 주세요.

베아트리스 〔방백〕 많이 궁금한가 봐.

　〔돈을 준다〕 이건 우선 널 북돋아 주기 위해서야.

　네가 적극적이고 네 봉사도 위험한 일이니,

　네 보상은 아주 값질 거야.

데 플로리스 보상은 나도 이미 생각해 놨어요.

　나 자신에게 이미 그 점을 확실히 해 뒀고,

　그게 값질 거란 것도 잘 알아요.

　그 생각만 해도 황홀해진답니다.[5]

베아트리스 그럼 그자를 네 분노에 맡길게.

.:

5) 베아트리스와 데 플로리스는 서로 다른 종류의 보상을 얘기하고 있다. 이 장면 내내 베아트
리스는 데 플로리스의 경제적 궁핍을 언급하며 경제적 보상을 해 줄 것을 얘기하지만, 데 플
로리스는 자신의 성적 욕망과 베아트리스에게 받아 낼 성적 보상을 얘기한다.

데 플로리스 난 그자의 피에 목이 말라요.

베아트리스 알론조 데 피라코!

데 플로리스 그자의 죽음이 임박했어요.

　더 이상 그자를 볼 수 없을 거예요.

베아트리스 난 이제 네가 사랑스러워 보여!

　너보다 더 좋은 보상을 받은 남자는 없게 해 줄게.

데 플로리스 나도 그걸 생각하고 있어요.

베아트리스 아주 신중하게 처리해야 해.

데 플로리스 아니, 우리 둘의 목숨이

　그 주사위 던지는 데 달려 있잖아요?

베아트리스 그럼 내 모든 두려움을 네 봉사에 걸게.

데 플로리스 그 두려움들이 다시 일어나 아가씨를 못 해치게 할게요.

베아트리스 일이 끝나면 네가 피할 수 있게 모든 걸 준비해 둘게.

　넌 다른 나라에서 부자로 살 수 있을 거야.

데 플로리스 예, 예. 그건 나중에 얘기하기로 해요.

베아트리스 [방백] 그럼 난 내가 뿌리 깊이 혐오하는

　두 사람을 동시에 처치할 수 있는 거야.

　피라코와 저 개 같은 얼굴이지.

　[베아트리스 퇴장]

데 플로리스 오, 내 욕정이 끓어오르는구나!

　난 벌써 내 품에 안긴 그녀가 느껴지는 것 같아.

　그녀의 음탕한 손가락이 이 수염을 쓰다듬고,

흡족해진 그녀는 이 추한 얼굴을 칭찬하겠지.

굶주림과 쾌락은 가끔 허접한 음식에 끌려서

그걸 게걸스럽게 먹어 치워. 게다가 더 이상한 건,

그런 것 때문에 더 우아한 음식을 거부한다는 거야.

어떤 여자들은 희한한 식성을 갖고 있기도 하거든.

— 지금 난 너무 큰소리로 떠들고 있어.

저기 그 사내가 저녁도 안 먹고 자러 가네.

하지만 저자는 내일 아침밥 먹으러 못 일어날 거야.

〔알론조 등장〕

알론조   데 플로리스.

데 플로리스   친절하고 명예로우신 나리.

알론조   자네를 만나서 다행이야.

데 플로리스   예, 나리.

알세메로   자네가 이 성 구석구석을 안내해 줄 수 있겠나?

데 플로리스   그럼요, 나리.

알론조   내가 보고 싶어서 그래.

데 플로리스   일부 통로의 길과 좁은 골목들이

　　나리께 너무 지겨울까 봐 걱정이긴 하지만,

　　시간 들여서 볼 만한 가치는 있을 겁니다.

알론조   아니, 그건 전혀 문제가 아니야.

데 플로리스   그럼 제가 모시겠습니다.

　　식사 시간이 다 됐으니, 나리께서 다 드실 때쯤

제가 열쇠들을 준비해 놓을게요.

알론조 고맙네, 친절한 데 플로리스.

데 플로리스 〔방백〕더 이상 바랄 수 없을 만큼
저자가 안전하게 내 손 안에 들어왔어.

〔함께 퇴장〕

3막 1장

〔알론조와 데 플로리스가 등장한다. 3막이 시작되기 직전에 데 플로리스가 칼집
에서 칼을 뽑아 자기 몸에 숨긴다〕

데 플로리스 예, 여기 모든 열쇠를 가져왔어요.

　옆문 열쇠가 없을까 봐 걱정했는데 여기 있네요.

　다 있어요. 여기 다 있어요, 나리. 이건 요새 열쇠예요.

알론조 이건 아주 큰 규모의 난공불락의 요새로군.

데 플로리스 더 가 보시면 더 칭찬하게 되실 거예요.

　이 내리막길은 좀 좁아서,

　우리가 칼 찬 채 지나갈 수 없어요.

　칼은 우리한테 방해만 될 뿐이에요.

알론조 자네 말이 맞아.

데 플로리스 제가 도와 드릴게요.

알론조 다 됐네. 고마워, 데 플로리스.

데 플로리스 여기 고리가 있어요, 나리.

　그런 무기 걸라고 만들어 놓은 고리죠.

〔데 플로리스가 풀어 낸 칼들을 벽의 고리에 건다〕

알론조 앞장서게. 내가 따라갈게.

〔한쪽 문으로 퇴장했다가 다른 문으로 다시 등장한다〕[1]

..
1) 무대 장치를 바꾸지 않은 채 관객에게 장소가 바뀌었다고 알리는 행동이다.

3막 2장

데 플로리스 지금까지 보신 건 아무것도 아니에요.

　곧 나리가 꿈꿔 본 적도 없는 장소를 보게 되실 거예요.

알론조 이런 여유가 있으니 참 좋군.

　자네 주인어른의 집 전체를 곤돌라 타고 도는 기분이야.

데 플로리스 일행도 저밖에 없으니까요, 나리.

　〔방백〕 그게 날 안전하게 해 주는 거지.

　ㅡ 나리, 여기 창가에 서 보세요.

　그럼 성 전체가 다 잘 보이실 거예요.

　보세요. 저기 있는 저걸 잘 보세요.

알론조 여기서는 정말 다양한 풍경이 보이는군, 데 플로리스.

데 플로리스 예, 나리.

알론조 방어 태세가 잘 돼 있어.

데 플로리스 예, 대포도 있어요, 나리.

　조잡한 금속으로 만든 게 아니라서 높으신 분 장례식에서

　그 대포를 쏘면 종소리처럼 크게 울린답니다.

　저기 나리 앞에 있는 보루를 특별히 잘 보세요.

　나리가 거기 잠시 머무실 수도 있으니까요.[1]

알론조 그럴게.

데 플로리스 저도 그럴게요.

〔숨겨 놓았던 검으로 알론조를 찌른다〕

알론조 데 플로리스! 오, 데 플로리스,
　누가 시킨 거냐?
데 플로리스 은밀한 일을 물어서 뭐하게?
　그 입을 다물게 해야겠어.

〔다시 찌른다〕

알론조 오, 오, 오!
데 플로리스 입 다물라고.

〔다시 찌른다〕

자, 이제 일은 아주 잘 끝냈어.
이 구석에 온 게 지금 아주 유용한걸.
하! 내 눈에 광채를 쏘아 대는 저건 대체 뭐지?
오, 저자의 손가락에 끼어 있는 다이아몬드 반지구나.
잘됐어. 저거면 잘 처리했단 증거가 될 거야.
아니, 꽉 끼어 있네? 죽어서도 안 빼겠다는 거야?

⁝
1) 눈길을 머물란 뜻이기도 하고, 죽어서 거기 시체가 머물 거란 뜻이기도 하다.

그럼 빠르게 해결할 수밖에 없지.

손가락이고 뭐고 전부 잘라 내야겠어.

〔손가락을 잘라 낸다〕 자, 이제 통로들을 청소해서

모든 의심이나 두려움에서 벗어나야 해.

〔시체 들고 퇴장〕

3막 3장

〔이사벨라와 롤리오 등장〕

이사벨라 왜 이러는 거야, 이놈아?

날 가두라는 명령이 어디서 온 거냐고?

날 새장에 가둘 거면 나한테 휘파람이라도 불어 봐.[1]

내가 뭐라도 할 수 있게 소일거리라도 달라고.

롤리오 마님이 원하시기만 하면, 하게 해 드릴게요. 마님이 응답해서 노래

불러 주신다면, 저도 휘파람 불어 드릴게요.[2]

이사벨라 날 이 우리에 가두는 게

네 주인어른 뜻이야, 네 뜻이야?

롤리오 그거야 주인어른이 시키신 거죠. 마님이 다른 남자 옥수수 밭에 들

어갔다 잡혀서, 엄한 데서 디딜방아 찧게 될까 봐서요.

이사벨라 참 잘한 짓이네. 현명하신 너희 주인나리 결정이니 아주 잘 맞

겠어.[3]

:
1) 새장에 갇힌 새에게 휘파람 불어 주는 것을 말한다.
2) 음담패설이다. 롤리오가 이사벨라에게 하는 많은 대사들이 성적인 농담이거나 유혹이다.
3) 이사벨라가 자기 남편의 어리석음을 비꼬고 있다.

롤리오 주인어른 말씀으로는, 마님이 마음만 그렇게 먹으면 말벗 되어 줄 온갖 부류의 사람들이 집안에 충분히 다 있대요.

이사벨라 모든 부류? 하지만 여긴 바보랑 미친놈들밖에 없잖아.

롤리오 맞아요. 하지만 마님이 밖에 나가시더라도 그 두 가지 외에 다른 부류를 어디 가서 찾으시겠어요? 게다가 덤으로 저하고 주인어른까지 있잖아요.

이사벨라 그 둘도 마찬가지야. 하나는 광인이고 다른 하나는 바보잖아.

롤리오 제가 마님 입장이라면, 전 둘 다 가질 거예요.[4] 마님도 절반은 이미 미쳤고 절반은 바보잖아요.

이사벨라 넌 정말 건방진 악당이야!

자, 이놈아. 그럼 네 베들램의 즐거움을 내게도 보여 줘.

오늘 네가 최근에 들어온 광인에 대해 칭찬했잖아.

허우대는 멀쩡한데 그걸 이끌어 줄 머리가 없다면서,

그런 부족함이 얼마나 가여우면서도 웃긴지 얘기했잖아.

마치 네가 현명해서 광기에서 재미를 찾아낸 것처럼 말이야.

그러니 그런 즐거움이 있다면 나도 같이하게 해 줘.

롤리오 제가 가장 잘생기고 가장 신중한 광인, 말하자면 이해력 있는 광인을 못 보여 드린다면, 날 바보라고 부르셔도 좋아요.

이사벨라 좋아, 그렇게. 바보라고 부를게.

롤리오 마님이 광인들을 맛보신 후에, 마님이 원하시면 바보들의 대학도 덤으로 보여 드릴게요. 거기는 제가 자물쇠도 잘 안 채워 둬요. 그냥

∴

4) 이중적인 의미이다. 이사벨라가 광인과 바보의 특징을 둘 다 가졌다는 뜻과, 그녀가 알리비우스와 롤리오 두 남자와 잠자리를 가질 수 있다는 뜻이 함께 있다.

빗장 한두 개만 걸어 놓죠. 마님도 그들 중의 하나지만요.

〔롤리오가 퇴장했다가 곧 다시 등장한다〕

자, 들어와. 네가 얼마나 예의바르게 행동하는지 보자.

〔프란시스커스 등장〕

프란시스커스 저분은 정말 아름다워! 오, 하지만 그 이마에는 철학만큼 깊은 주름이 있어. 아나크레온, 저 숙녀의 건강에 축배를 들어. 내가 먼저 건배할게. 잠깐, 잠깐만. 술잔 안에 거미가 있어! 아니, 그냥 포도씨구나. 꿀떡 삼켜. 시인아, 아무것도 두려워하지 마. 자, 자, 더 높이 잔을 들라고.[5]

이사벨라 저런, 저런. 너무 가여워서 비웃지도 못하겠네.
저 사람은 어쩌다 미쳤대? 넌 알아?

롤리오 사랑 때문이죠, 마님. 저 사람은 심지어 시인이었대요. 그러니 이미 광기의 조짐이 있었던 셈이죠. 뮤즈가 그를 버리자 하녀한테 미쳐 버렸는데, 그 하녀는 난쟁이에 불과했다네요.

프란시스커스 빛나는 타이타니아께 문안 드려요!
그런데 왜 여기 꽃핀 강둑에 한가롭게 서 계세요?

..

5) 고전의 일부를 횡설수설하는 것이 당시 광인들의 특징 중 하나라고 여겨졌다. 아나크레온 (Anacreon)은 사랑과 포도주를 주제로 많은 서정시를 쓴 B.C. 5세기의 그리스 시인인데, 포도씨 때문에 죽었다는 속설이 있다. 또한 당시 술잔 안에 거미를 넣으면 거미가 그 술을 독으로 만든다고 믿어졌다.

오베론은 요정들하고 춤추고 있는데요.[6]

내가 데이지랑 앵초랑 제비꽃을 꺾어서

시 한 수로 그 꽃들을 묶어 드릴게요.

롤리오 마님께 가까이 가면 안 돼. 네가 위험해지는 거 알지?

〔채찍을 보여 준다〕

프란시스커스 오, 그 손 멈추세요, 위대하신 디오메데스여.

당신이 말들을 배불리 먹였으니 그들이 당신에게 순종할 거예요.

일어나라. 부세팔루스가 무릎 꿇나니.[7]

〔무릎 꿇는다〕

롤리오 양 떼들이 날 얼마나 무서워하는지 아시겠죠. 목동이라도 자기 개

를 이보다 더 잘 훈련시키지는 못해요.

이사벨라 저 사람 양심이 불편한가 봐.

틀림없이 그게 이렇게 된 원인일 거야. 점잖은 신사인데 안됐네.

프란시스커스 이리 와요, 아스클레피우스. 독을 숨겨요.[8]

..

6) 타이타니아(Titania)는 요정들의 여왕이고, 오베론(Oberon)은 요정의 왕이다.

7) 디오메데스(Diomedes)는 발칸 반도 트라키아의 왕으로 트로이 전쟁에 참전했다. 그는 그리
스 연합군의 일원이었는데 자기 말들에게 인육(人肉)을 먹인 것으로 유명하다. 부세팔루스
(Bucephalus)는 알렉산더 대왕의 말로 오직 알렉산더 대왕만이 탈 수 있었다고 한다.

8) 아스클레피우스(Esculapius)는 고대 그리스의 의약(醫藥)의 신이다.

[롤리오가 채찍을 숨긴다]

롤리오 그래, 숨겼다.

프란시스커스 티레시아스란 사람 얘기 못 들어 봤어요? 눈먼 시인이죠.[9]

롤리오 알아. 야생 거위를 길들인 사람이지.[10]

프란시스커스 맞아요. 내가 바로 그 사람이에요.

롤리오 아니야!

프란시스커스 맞아요. 하지만 그 얘기는 다른 데서 하면 안 돼요. 난 70년
　　　전엔 남자였어요.

롤리오 그럼 그때는 젊었겠네.

프란시스커스 지금은 여자예요. 완전히 여자답지요.

롤리오 내가 그걸 볼 수 있으면 좋을 텐데.

프란시스커스 주노 여신이 내 눈을 멀게 했어요.

롤리오 난 그걸 못 믿겠어. 사람들 말로는, 여자가 남자보다 눈 하나를 더
　　　갖고 있다고 하잖아.[11]

프란시스커스 여신이 내 눈을 멀게 했다니까요.

롤리오 그럼 달의 여신은 널 미치게 만들었겠지. 넌 구걸할 핑계가 두 개나
　　　있는 거네.[12]

..

9) 티레시아스(Tiresias)는 그리스 신화에 나오는 눈먼 예언가이다. 원래 남자였는데 여자로 70
　년을 살다가 다시 남자로 성별이 바뀌었다. 그는 여자가 성적 쾌락이 더 크다고 말했다가 주
　노 여신의 노여움을 사서 눈이 멀었다.
10) "거위"는 창녀의 속어 중의 하나였다. 고전문학을 알지 못하는 롤리오가 아무 데나 음담패
　설을 갖다 붙이고 있다.
11) 여자가 남자보다 육감이 좋다는 뜻과 여성의 성기란 뜻이 함께 있다.
12) 서양에서 달과 광기는 연계되어 있어서 광인(lunatic)과 달의 여신(luna)은 같은 어원이다.

프란시스커스 달의 여신이 지금 만삭이라서

　헤카테 외에 우리 둘이 같이 탈 자리도 있어요.

　내가 달의 은빛 구(球)로 당신을 끌고 올라갈게요.

　거기서 개한테 발길질하고 덤불도 두드려 봐요.

　그 개가 밤의 마녀들을 향해 짖어 대잖아요.

　영역을 순찰하는 날쌘 늑대인간을 붙잡아서

　늑대 가죽을 벗기고 양들을 구하자고요.[13]

　〔롤리오를 붙잡으려고 한다〕

롤리오 결국 이런단 말이지? 그럼 내 독도 다시 나올 수밖에 없지. 〔채찍을
　휘두른다〕 정말 미친 종놈이네. 감히 관리인을 협박하다니!

이사벨라 저 사람을 데리고 나가. 이제 위험해졌잖아.

프란시스커스 〔노래한다〕 사랑스런 그대여, 날 불쌍히 여겨 줘요.

　내가 당신과 잘 수 있게 허락해 주세요.

롤리오 아니, 난 그 전에 먼저 네가 제정신 차리는 걸 봐야겠어. 네 우리로
　돌아가.

프란시스커스 소리 내지 마요. 그녀가 자잖아요.

∴

　또한 당시 장애를 가장해서 구걸하는 걸인들이 많아서, 광인에 눈까지 멀었다고 주장하는
　프란시스커스에게는 구걸할 핑계거리가 두 가지 있다는 핀잔이다.

13) 달이 만삭이면 보름달이고, 헤카테는 달과 연관된 마녀이다. 개와 덤불숲은 달 속에 산다는
　사람에게 따라다니는 이미지이고, 늑대인간은 보름달에 그 증세가 나오므로 이 또한 달과
　관련되어 있다. 프란시스커스가 달과 연관된 각종 전설과 신화들을 모아서 주절거리는 것
　이다.

주변의 모든 커튼을 다 치세요. 사랑 외에

어떤 부드러운 소리도 그 예쁜 사람을 괴롭히면 안 돼요.

그리고 사랑은 쥐구멍으로도 기어들어 갈 수 있죠.[14]

롤리오 난 네가 네 구멍으로 들어갔으면 좋겠어.

〔프란시스커스 퇴장〕

마님, 이제 다른 부류를 데려다 드릴게요. 이번엔 바보를 만나 보세요.

토니, 이리 와 봐. 토니, 여기 누가 있는지 봐. 토니.

〔안토니오 등장〕

안토니오 사촌, 저 사람은 우리 숙모 아니야?[15]

롤리오 그래. 그들 중의 하나야, 토니.

안토니오 헤, 헤! 어떻게 지냈어, 아저씨?

롤리오 저자는 두려워하실 필요 없어요, 마님. 얌전한 바보거든요. 저 사람

하고는 노셔도 돼요. 저자가 지닌 곤봉만큼이나 저자도 안전해요.[16]

이사벨라 넌 언제부터 바보였어?

안토니오 내가 여기 왔을 때부터야, 사촌.

이사벨라 사촌? 난 네 사촌이 아니야, 바보야.

∴

14) "쥐구멍(mouse-hole)"은 실제 쥐구멍이란 뜻과 여성의 성기란 뜻을 함께 갖고 있다.

15) "숙모(aunt)"는 창녀의 속어이다.

16) "곤봉(bauble)"은 남성의 성기를 말한다.

롤리오 오, 마님. 바보들도 자기랑 비슷한 사람을 알아볼 정도의 총기는
있답니다.

광인 〔무대 뒤에서 소리만 들린다〕 뛰어, 뛰어올라. 저자가 떨어진다. 떨어져!

이사벨라 들어 봐. 윗방에 있는 네 학자들이 난리가 났어.

롤리오 〔소리 지른다〕 내가 꼭 너희한테 가야겠어?

— 마님, 바보 좀 잡고 계세요. 전 올라가서 광인들한테 왼손잡이 오를
란도 역할이나 하다 올게요.[17]

〔롤리오 퇴장〕

이사벨라 이제 어쩌지.

안토니오 이제야 기회가 왔네요, 아름다운 숙녀님!

아니, 이런 제 변화에 놀란 눈길을 던지지 말아 주세요.

이사벨라 하!

안토니오 이 바보 행색은 당신에 대한 극진한 사랑을 가리려는 거고,

전 당신의 강력한 아름다움에 가장 충실한 하인이에요.

당신 마법의 힘이 날 이렇게 변하게 만들었답니다.

이사벨라 당신은 정말로 대단한 바보 맞네요.

안토니오 오, 그건 이상한 일도 아니에요.

사랑은 까다롭게 따져 대는 모든 학문들을

..

17) 『광란의 오를란도(*Orlando Furioso*)』는 루도비코 아리오스토(Ludovico Ariosto)가 1532년
출판한 이태리의 장편 서사시이다. 무공이 뛰어난 영웅이지만 여성에 대한 사랑 때문에 광
기를 보이는 오를란도가 주인공이다. 롤리오가 "왼손잡이 오를란도"라고 하는 것으로 보아
엉터리 오를란도 노릇을 하겠다는 얘기이다.

관통하는 지성을 가지고 있고,

마치 영리한 시인처럼 모든 지식의 일부를 잡아 내서

그 모든 것들을 하나의 신비로운 비밀로 모아 내죠.

사랑은 그 비밀 안에서 움직인답니다.

이사벨라　당신은 위험한 바보네요.

안토니오　전 위험하지 않아요.

제가 가져온 거라곤 오직 사랑과,

당신에게 쏠 부드러운 사랑의 화살뿐이에요.

화살 한 대만 맞아 보세요. 당신이 아파하면,

난 그 벌로 당신한테 화살 스무 대 맞을게요.[18]

이사벨라　게다가 건방진 바보네요.

안토니오　사랑이 제게 이 방법을 가르쳐 줬어요.

사랑이 내게 천 가지 길을 알려 줬는데,

난 이게 은하수 밟으며 내 별에 가게 해 주는

가장 안전하면서도 가까운 길이란 걸 알았답니다.

이사벨라　게다가 심오한 바보기도 하네요.

당신은 이걸 꿈에서 본 게 확실해요.

사랑이 깨어 있는 사람한테 이런 걸 가르칠 리 없으니까.

안토니오　겉으로 보이는 이 어리석은 행색은 신경 쓰지 마세요.

그 안에는 당신을 사랑하는 신사가 있답니다.

이사벨라　내가 그 신사를 보게 되면 그분과 얘기할게요.

・・

18) 사랑의 신 큐피드(Cupid)가 갖고 다니는 화살을 말한다. 안토니오의 대사는 상투적이고 관
　습적인 사랑의 표현으로 채워져 있다.

그동안엔 지금 당신 옷을 그냥 입고 계세요.

그 옷이 당신한테 잘 어울리니까요.

당신은 신사이니 내가 당신 정체를 드러내진 않겠어요.

당신이 내게 기대할 수 있는 호의는 그것뿐이에요.

당신이 지겨워지면 이 학교에서 나가도 좋아요.

어차피 당신은 그동안 바보인 척했을 뿐이니까요.

〔롤리오 등장〕

안토니오 〔방백〕 이제 다시 바보행세를 해야만 해.

　　 — 헤, 헤! 고마워, 사촌.

　　 난 내일 아침 당신의 발렌타인이 될 거야.[19]

롤리오 저 바보를 어떻게 생각하세요, 마님?

이사벨라 아주 괜찮다고 생각해.

롤리오 바보 치고는 꽤 똑똑하지 않아요?

이사벨라 저 사람이 처음 시작했던 대로 계속 해 나간다면, 뭔가 될 수도
　　 있겠어.

롤리오 예, 좋은 선생 덕분이죠. 한 번 시험해 보세요. 꽤 어려운 질문들에
　　 대답하기 시작했으니까요. 토니, 5 곱하기 6은 뭐야?

안토니오 5 곱하기 6은 6 곱하기 5야.

∴

19) 발렌타인 기념일(St. Valentine's Day)은 2월 14일로, 공식적인 기념일은 아니지만 여러 나
　라에서 지키는 축일이다. 애초에는 발렌티누스(Valentinus)라는 이름을 가진 성인(聖人)을
　기념하기 위해 만들어진 날인데, 이후 영국 중세의 초서(Chaucer)를 비롯한 시인들이 '연인'
　이란 의미로 쓰기 시작했다.

롤리오 산수 전문가도 이보다 더 잘 대답할 수는 없겠죠? 그럼 100 더하기 7은 몇 개야?

안토니오 100 더하기 7은 700 하고 1이야, 사촌.

롤리오 이건 딱히 얘기할 만큼 똑똑한 답이 아니네. 이제 저 바보를 보낼까요?

이사벨라 아니, 조금 더 있게 해.

광인 〔무대 뒤에서 소리로〕 저기 잡아. 지옥의 마지막 한 쌍을 붙잡으라고!⁾²⁰⁾

롤리오 〔소리 지른다〕 또 그러는 거야? 내가 꼭 너희한테 가야겠어? — 난 우리 주인님이 집에 오시면 좋겠어! 내가 이 두 병동을 한꺼번에 관리할 수는 없단 말이야.

〔롤리오 퇴장〕

안토니오 사랑의 시간에서 일 분이라도 낭비해선 안 되겠죠?

이사벨라 아니, 또 나왔네!

　난 당신이 바보 노릇하는 게 차라리 나아요.

　당신이 지금 그 옷을 입은 채 말하면,

　당신하고 당신 말이 서로 안 어울린다고요.

안토니오 이렇게 달콤한 온기 옆에 사는 사람이

．．

20) "지옥의 마지막 한 쌍(the last couple in hell)"은 과거 영국 시골에서 하던 게임(barley-break)에서 나온 표현이다. 세 쌍의 남녀가 각각 구역을 정해서 자리를 잡고, 이들 중 가운데 구역의 한 쌍이 다른 두 쌍을 붙잡아 술래를 바꾸는 게임이다. 이때 술래가 있는 가운데를 '지옥'이라고 불렀는데 여기서 나온 표현이 "지옥의 마지막 한 쌍"으로, 문학에서는 흔히 성적인 함의로 사용되었다.

어떻게 추위에 꽁꽁 얼 수 있겠어요?

헤스페리데스의 과수원에서 나 혼자 걷고 있는 건데,

비겁하게 사과 딸 용기조차 없어서야 되겠어요?[21]

그러니 난 붉어진 뺨으로 감히 이걸 시도해야 해요.

〔그녀에게 키스하려 시도하고, 이때 롤리오가 상부 무대에 등장한다〕

이사벨라 조심하세요. 저기 사과 지키는 거인이 왔어요.

롤리오 〔방백〕 아니, 저 바보가 저런 걸 잘한단 말이야? 립시우스깨나 읽었
나 보지? 『연애의 기술』도 다 뗐나 보네. 그럼 저자한테 더 어려운 질문
을 해야겠군.[22]

이사벨라 당신은 대담해서 두려운 게 없나 봐요.

안토니오 모든 기쁨이 내 옆에 있는데 내가 뭐가 두렵겠어요?

당신이 미소 지어 주면, 당신 입술에서 사랑이 놀 거예요.

만났다가 물러가고, 물러갔다 다시 만나는 거죠.[23]

당신이 호감을 갖고 날 봐 주기만 하면,

∙∙

21) 헤스페리데스(Hesperides)는 주노 여신의 황금사과가 자라는 헤스페리데스 정원(Hesperides
Garden)을 지키는 요정이다. 이 황금사과는 영생불사를 가져다주는데 헤스페리데스 자
신들이 가끔 이 사과를 따먹었다. 그래서 주노가 이를 막기 위해 다른 감시자를 넣은 것이
백 개의 눈을 가진 라돈(Ladon)이라는 거대한 용이다. 밑에서 이사벨라가 말하는 거인이 바
로 그 용이고, 여기서는 롤리오를 말한다.

22) "립시우스(Lipsius)"는 학자 이름(Justus Lipsius, 1547-1606)이지만 입술(lips)의 동음이의어
이기도 하다. 『연애의 기술(Ars Amandi)』은 로마 시인 오비디우스(Ovidius, B.C. 43-A.D.
17경)의 대표작 중 하나이다.

23) 키스하는 순간을 묘사하고 있다.

난 당신 눈에 비친 내 못난 모습을 보고

더 멋진 옷으로 갈아입을 거예요.

이 행색이 나한테 어울리지 않는다는 걸 잘 알지만,

그 빛나는 거울 속에서 난 멋지게 차려입을 거예요.

롤리오 〔방백〕 뻐꾹, 뻐꾹![24]

〔롤리오 퇴장하고, 상부 무대에 광인들이 등장한다. 일부는 새처럼, 일부는 동물처럼 분장하고 있다〕

안토니오 저 사람들은 뭐죠?

이사벨라 우리를 놀라게 할 만큼 무서운 형상이지만,

저들은 우리 광인 학교에 있는 사람들일 뿐이에요.

저들은 그때그때 기분에 맞춰 분장하고

그 모습을 통해 자기들의 환상을 연기하지요.

저 사람들은 슬프면 그냥 울고,

기쁜 생각이 나면 다시 웃어요.

저들은 가끔 짐승과 새들을 흉내 내서,

노래도 하고, 늑대처럼 길게 울부짖고,

나귀처럼 소리 내고, 개처럼 짖기도 해요.

자기들의 엉뚱한 상상이 시키는 대로 하는 거죠.

∶∶

24) 뻐꾸기는 바람피우는 아내를 가진 남편을 가리킨다. 알리비우스가 곧 그 처지가 될 거라고 롤리오가 놀리는 것이다.

〔광인들 퇴장하고 롤리오 등장한다〕

안토니오 그럼 이 사람들은 무서워할 필요 없네요.

이사벨라 하지만 많이 무서운 사람이 여기 왔어요. 우리 집 하인이오.

안토니오 헤, 헤! 그건 정말 재미있었어, 사촌.

롤리오 우리 주인님이 집에 오시면 좋겠어. 목동 하나가 이들 두 양 떼를
　　돌보는 건 너무 힘든 일이야. 성직자 한 명이 동시에 교구 두 개를 다스
　　릴 수는 없잖아. 한쪽에는 치료할 수 없을 만큼 미친놈들이 있고, 다른
　　쪽에는 완전히 바보들이 있단 말이야. 가자, 토니.

안토니오 제발, 사촌. 여기 조금만 더 있게 해 줘.

롤리오 안 돼. 넌 충분히 놀았으니까 이젠 공부할 시간이야.

이사벨라 네 바보가 놀라울 만큼 똑똑해졌어.

롤리오 뭐, 전 아무 말도 하지 않겠어요. 하지만 조만간 저놈이 마님을 찍
　　어 누를 날이 반드시 올 것 같네요.[25]

〔롤리오와 안토니오가 함께 퇴장〕

이사벨라 아무리 철저하게 강둑을 보수하더라도,
　　잘 통제되어 오던 강물이 여기서 터질 수도 있는 거야.
　　여자가 탈선하기로 마음먹으면,
　　죄짓기 위해 굳이 밖에 쏘다닐 필요도 없어.
　　어떤 방법을 써서라도 죄가 집으로 찾아올 테니까.

．．
25) 논쟁에서 이긴다는 뜻과 성적인 의미를 동시에 갖고 있다.

나침판 바늘이 언제나 북쪽으로 고정되어 있듯이,
여자의 미모는 그렇게 남자 끌어당기는 재주가 있다고.

〔롤리오 등장〕

롤리오 잘 있었어요, 예쁜 장난꾸러기?

이사벨라 뭐라고?

롤리오 이봐요, 등급이라는 게 있어요. 같은 바보라 해도, 한 바보가 다른
바보보다 더 나을 수 있다고.

이사벨라 뭐하는 짓이야?

롤리오 아니, 당신이 바보 몸뚱이에 마음이 있으면, 실컷 가지시라고!

〔롤리오가 이사벨라에게 키스하려 한다〕

이사벨라 건방진 종놈, 네놈이 감히!

롤리오 난 다른 바보가 한 말을 그대로 할 수도 있어요.
"모든 기쁨이 내 옆에 있는데 내가 뭘 두려워할까요?
당신이 미소 지어 주면 당신 입술에서 사랑이 놀 거예요.
만났다가 물러가고, 물러갔다 다시 만날 거예요.
당신이 호감을 갖고 날 봐 주기만 하면,
난 당신 눈에 비친 내 못난 모습을 보고
더 멋진 옷으로 갈아입을 거예요.
이 행색이 나한테 어울리지 않는다는 걸 잘 알아요 — "
이렇게 한참 더 계속됐죠. 하지만 이게 더 어리석은 방식 아니에요? 자,

그러니 우리 이쁜 장난꾸러기. 내게 키스해 줘요, 내 작은 스파르타인.[26]

당신 맥박이 어떻게 뛰는지 내가 만져 볼게요. 당신은 남자를 기쁘게 해

줄 뭔가를 갖고 있으니, 내가 그걸 만져 보게 해 달라고요.

이사벨라 네 이놈, 그만하지 못해!

이러는 걸 보니, 내 사랑을 얻어 보겠다고 모험에 나선

사랑의 편력 기사(遍歷騎士) 정체를 알아낸 모양이구나.[27]

조용히 해. 입 다물어. 조각상처럼 입 다물라고.

그렇지 않으면 난 그 사람한테 명령해서,

날 갖고 싶으면 네놈 목을 치라고 할 거야.

단지 그 목적을 위해서라도 난 반드시 그럴 거야.

그 사람이 거절하지 못하도록 확실히 할 거라고.

롤리오 난 그냥 내 몫을 갖겠다는 것뿐이에요. 마님한테 바보로서 내 지분

을 갖겠단 거라고요.

이사벨라 그만하라니까! 네 주인어른 돌아오셨어.

〔알리비우스 등장〕

••

26) 뜬금없는 스파르타 타령이다. 어리석은 롤리오가, 미사여구 없이 간결하게 말하는 스파르
타인들을 염두에 둔 것인지, 아니면 트로이 전쟁을 촉발시킨 세기의 미인, 트로이의 헬렌을
연상했는지 알 수 없지만, 그다지 큰 맥락은 없는 엉뚱한 인용이다.

27) 안토니오가 실제 기사 작위를 가졌다는 게 아니라, 중세 로맨스 문학 전통에서 사랑하는 여
성을 위해 각종 모험을 무릅쓰는 편력 기사들처럼 안토니오가 바보로 변장해 모험했다는
의미이다.

알리비우스 여보, 잘 지냈어요?

이사벨라 저야 당신의 충성스런 하인이죠, 나리.[28]

알리비우스 아니, 아니, 여보,

　이러지 말아요.

이사벨라 당신이 날 가둔 건 참 잘한 일이에요.

알리비우스 내 사랑스런 이사벨라, 내 팔과 가슴에

　가둔 거예요. 앞으로도 아주 단단히 가둘 거고.

　롤리오, 우리가 임무를 받았어. 당장 할 일이 생겼다고.

　우리 성주님이신 고귀하신 베르만데로 님 댁에서

　결혼식이 엄숙하게 거행될 거야. 그분의 아름다운 따님

　베아트리스 조안나 아가씨가 신부 되는 날이지.

　그 결혼식에서 나리께서 우리에게 임무를 맡기셨어.

　결혼식 셋째날 밤에 우리 광인들과 바보들을 데려가서,

　그때까지 있었던 모든 여흥들을 끝내고

　종결지을 만한 뭔가를 하라고 하셨거든.

　그냥 예기치 못하게 짧게 등장해서

　무시무시한 즐거움을 주기만 하면 되는 거야.

　하지만 내가 노리는 건 그 이상이야.

　우리가 사납고 광기 어린 방식으로

　우리 광인들을 무대 위에 올릴 수만 있다면,

　설사 그들의 행색과 모양새가 결혼식의

• •

28) "충성스런(bounden)"에는 '갇힌'이란 뜻도 있어서, 이사벨라가 자신을 가두라고 명령한 남편
에게 하인처럼 짐짓 굽실거리며 불만을 표시하고 있다.

질서와 엄숙함을 깬다 해도 아무 상관없어,

그건 그때 당장은 아니라도 조만간 복원될 테니까.

롤리오, 이거야, 이거라고.

이제 우리한테 멋진 보상이 시작된 거야.

앞으로 이게 알려지면 우리한테 큰돈을 가져다줄 거라고.

롤리오 이건 쉬운 일이에요, 나리. 제가 보증해도 좋아요. 나리께는 꽤 춤

잘 추는 광인들과 바보들이 있잖아요. 그리고 그건 놀라운 일도 아니죠.

가장 훌륭한 춤꾼들이 가장 머리 좋은 사람은 아니거든요. 그들은 너무

자주 뛰는 바람에 자기 뇌를 흔들어 발로 내려 보낸단 말이에요. 그래서

그자들의 총기(聰氣)는 머리보다는 발에 더 많이 있답니다.

알리비우스 정직한 롤리오, 좋은 이유를 알려 줬어.

그리고 그 말이 위안도 되네.

이사벨라 광인들과 바보들이 주요 상품인 걸 보니,

그걸로 퍽이나 멋진 장사가 되겠네요.

알리비우스 오, 여보. 우리도 먹고, 입고, 살아야 하잖아.[29]

우린 이제 막 법률가들의 안식처에 도달한 거야.

그들이나 우리나 광인과 바보들 덕에 번창하는 거지.[30]

〔함께 퇴장〕

∴

29) 이사벨라가 광인과 바보로 돈 벌려는 알리비우스에게 빈정거리자, 알리비우스가 다 먹고살
려고 하는 짓이라고 변명하는 것이다.

30) 법률가들은 소송 거는 어리석고 미친 사람들 때문에 부자가 되는데, 자기들도 광인과 바보
덕에 부자가 될 수 있다는 말이다.

3막 4장

〔베르만데로, 알세메로, 하스페리노, 베아트리스 등장〕

베르만데로 발렌시아에서 댁의 칭찬이 자자하더군요, 선생.

　　선생에게 줄 딸이 하나 더 있으면 좋겠어요.

알세메로 여기 계신 따님을 닮은 분이라면,

　　한 나라의 왕이라도 사랑에 빠질 겁니다.

베르만데로 그런 사람이 전에 있었지요, 선생.

　　하지만 하늘이 그녀를 영원한 기쁨과 결혼시켰답니다.

　　그녀가 이 눈물 골짜기에 다시 와 주길 바라는 건

　　오히려 죄가 될 거예요.[1] 오세요, 선생.

　　선생과 선생의 친구에게 즐거운 광경을 보여 드리죠.

　　제가 건강을 위해 특별히 좋아하는 곳이에요.

알세메로 이 저택의 아름다움에 대해서는 익히 들어 왔습니다.

베르만데로 그 정도까지는 아니에요.

〔베아트리스만 남고 모두 퇴장〕

∴
1) 베르만데로는 베아트리스를 닮은 자기 아내를 의미하는 듯하다.

베아트리스 그래, 그가 우리 아버지 총애 속으로 한 발 들어섰으니,

　시간이 지나면 더 단단히 자리 잡을 거야.

　난 저분이 이제 집에서 자유롭게 다닐 수 있도록 만들었어.

　현명한 사람은 그런 식으로 차츰 자유를 얻어 내는 거지.

　그러나 날 화나게 만들었던 그 눈이 캄캄해진다면,

　　— 난 지금 그 일식만 기다리고 있으니 —

　이 신사가 내 사랑의 빛을 받아 반사함으로써

　우리 아버지의 호감 속에서 곧 찬란히 빛나게 될 거야.[2]

〔데 플로리스 등장〕

데 플로리스 〔방백〕 그 일로 내 생각은 잔치를 벌이고 있어.

　난 조금도 그 일의 무게를 느끼지 않아.

　내가 그 일에 매겨 놓은 달콤한 보상에 비하면

　그까짓 살인쯤은 가볍고 값싼 거야.

베아트리스 데 플로리스.

데 플로리스 예, 아가씨.

베아트리스 네 표정을 보니 일이 잘된 것 같구나.

데 플로리스 모든 일이 다 잘 맞아떨어졌어요.

　시간, 정황, 아가씨의 소망과 내 봉사까지요.

베아트리스 그럼 끝난 거야?

데 플로리스 피라코는 더 이상 존재하지 않아요.

⁝

2) 베아트리스는 알론조가 죽기만을 기다리는 것이다.

베아트리스 내 기쁨이 내 눈에서 시작되고 있어.

　우리의 가장 달콤한 기쁨은 언제나 울면서 태어나지.

데 플로리스 아가씨를 위해 정표를 가져왔어요.[3]

베아트리스 날 위해서?

데 플로리스 하지만 그걸 보낸 사람은 썩 내켜하지 않았어요.

　반지를 가져오기 위해 손가락까지 같이 가져와야 했거든요.

〔잘라 낸 손가락을 보여 준다〕

베아트리스 맙소사! 대체 무슨 짓을 한 거야?

데 플로리스 아니, 이게 사람 죽인 것보다 더 심한 짓이에요?

　난 그자의 심장 줄을 끊었다고요.

　궁정 연회에서 요리 자를 때, 그 칼 앞에 끼어든

　식탐 많은 손도 아차 하면 이 정도 잘린다고요.[4]

베아트리스 그건 아버지 분부로 내가 그에게 보낸 첫 정표야.

데 플로리스 그래서 내가 다시 돌려보내도록 시킨 거예요.

　그자의 마지막 정표로요. 난 그걸 거기 놔 두기 싫었거든요.

　게다가 난 죽은 사람에겐 보석이 필요 없다고 확신했고요.

　하지만 그자는 그 반지와 헤어지기가 싫었나 봐요.

　마치 살이랑 반지가 한 몸인 것처럼 딱 붙어 있더라고요.

..

3) 데 플로리스는 살인의 증거와 사랑의 정표란 두 가지 의미를 동시에 의도하고 있다.

4) 여러 사람이 나누어 먹기 위해 칼로 요리를 자르는 중에, 식탐 많은 누군가가 미처 기다리지 못하고 손을 들이밀었다가 손가락이 잘리는 것을 말한다. 알론조의 손가락 잘린 것이 그 정도로 아무것도 아니라는 얘기이다.

베아트리스 수사슴이 쓰러지면 사냥터지기가 제 몫을 챙기는 법이지.[5]

　네가 너무 빨리 요구하긴 했지만, 죽은 사람 거는 다 네 거야.

　부탁인데, 그 손가락은 땅에 묻어 줘.

　그 다이아몬드는 곧 네가 이용할 수도 있을 거야.

　진실을 말하자면, 그 진짜 가치가 삼백 다카트 정도 되거든.[6]

데 플로리스 하지만 그 보석이 아무리 멋지다 해도,

　내 양심이 가책에 시달리지 않도록

　보호해 줄 가죽주머니 하나도 그걸로는 못 사요.

　하지만 내 사례금이라고 하시니 가져가긴 하겠어요.

　높으신 양반들이 나한테 그러라고 가르쳤죠.

　그것만 아니라면, 내가 마땅히 받을 자격에 비해

　참을 수 없는 굴욕을 받았다고 여겼을 거예요.

베아트리스 네 자격을 생각하면 네가 이러는 것도 당연해.

　하지만 넌 오해한 거야, 데 플로리스.

　그건 보상의 의미로 준 게 아니라고.

데 플로리스 아니, 나도 안 그랬길 바라요, 아가씨.

　그럼 내가 그걸 굴욕으로 받아들였다는 걸

　곧 보시게 될 테니까요.

베아트리스 이러지 마. 너 화난 것처럼 보여.

데 플로리스 그거 이상한 일이네요, 아가씨.

∴

5) 귀족들의 사냥이 끝나면 사냥터를 관리하는 사냥터지기가 뿔이나 가죽 등의 전리품을 갖는 게 관행이었다.
6) 다카트(ducat)는 중세 유럽에서 통용되던 금화이다.

내가 아가씨에게 그렇게까지 봉사했는데,

아가씨로 인해 화날 일이 있어서는 안 되죠.

화났냐고요? 그렇게 생각할 수도 있나요?

나처럼 공을 세운 사람한테, 그것도 지금 막 일을 끝내

아직도 뜨거운 사람한테 너무 심한 말이잖아요.

베아트리스 내가 널 서운하게 했다면 난 비참해질 거야.

데 플로리스 가장 날카로운 상태의 비참함이

어떤 건지는 나도 잘 알아요.

베아트리스 그럼 이제 화해한 거다.

자, 봐. 여기 금화 삼천 개가 있어.

난 네가 세운 공에 대해 야박하게 생각하지 않았다고.

데 플로리스 아니, 돈이오? 이젠 정말 화가 나네요.

베아트리스 왜 그래, 데 플로리스?

데 플로리스 아가씨는 돈 받고 사람 죽이는 해충 수준으로

나를 놓은 거예요? 금화를 준다고요?

난 사람의 생명을 끊었다고요!

내게 보상으로 주기에 너무 아까울 게 뭐가 있어요?

베아트리스 난 널 이해 못하겠어.

데 플로리스 이런 대가라면 난 암살자를 쓸 수도 있었어요.

그랬으면 일도 제대로 잘 처리하고,

내 양심 역시 편안히 잠잘 수 있었을 거예요.

베아트리스 [방백] 난 미로에 빠졌어.

대체 뭘 해야 저놈이 만족할까?

난 저놈을 빨리 떼어 내고 싶단 말이야.

〔데 플로리스에게〕 내가 금액을 두 배로 올려 줄게.

데 플로리스 당신은 내 화를 두 배로 돋울 일만 하시네요.

　　그게 당신이 잘하는 일이죠.

베아트리스 〔방백〕 맙소사! 난 이제 전보다 더 나쁜 곤경에 빠졌어.

　　어떻게 해야 저놈 비위를 맞출 수 있을지 모르겠다고.

　　— 내가 겁이 나서 그러니까, 넌 가능한 한 빨리 몸을 피해.

　　네가 너무 점잖아서 원하는 금액을 말하지 못하는 거면,

　　종이는 얼굴 붉힐 줄 모르니까 네 요구액을 글로 보내 줘.

　　그럼 내가 바로 보내 줄게. 하지만 지금은 제발 피하란 말이야.

데 플로리스 그럼 아가씨도 같이 피해야 해요.

베아트리스 내가?

데 플로리스 아니면 난 한 발짝도 안 움직일 거예요.

베아트리스 무슨 뜻이야?

데 플로리스 아니, 당신도 나만큼 죄가 있고,

　　단언컨대 나만큼 깊이 연루되어 있잖아요?

　　그러니 우린 함께 붙어 있어야죠.

　　봐요, 당신의 두려움이 당신한테 틀린 충고를 한 거예요.

　　내가 없어지면 곧바로 당신이 의심받게 될 거라고요.

　　그럼 당신을 구할 방도도 없게 되는 거지요.

베아트리스 〔방백〕 저자 말이 맞아.

데 플로리스 게다가 그렇게 함께 연루된 우리 두 사람이

　　헤어져서 따로 사는 건 적절하지도 않아요.

　　〔베아트리스에게 키스하려 한다〕

베아트리스 아니, 뭐하는 짓이야?

　이러면 안 되지.

데 플로리스 당신 입술이 왜 이렇게 불친절하지?

　우리 사이에 이러면 안 되는 거잖아.

베아트리스 〔방백〕 저놈이 함부로 말하네.

데 플로리스 자, 이제 열렬히 나한테 키스해 봐.

베아트리스 〔방백〕 오, 하느님. 난 저자가 무서워!

데 플로리스 난 짧은 키스를 구걸하기 위해

　이렇게 오래 서 있을 수는 없어.[7]

베아트리스 우리의 신분 차이를 잊으면 안 돼, 데 플로리스.

　그러면 우리는 곧 들킬 거야.

데 플로리스 당신이야말로 나한테 뭘 시켰는지 잊으면 안 되지.

　그런데 당신은 이미 많이 잊은 것 같고, 그건 당신 잘못이야.

베아트리스 〔방백〕 저놈이 대담해졌어. 그리고 그건 내 잘못 맞아!

데 플로리스 난 당신 괴로움을 해결해 줬어. 그걸 생각해 봐.

　하지만 지금은 내가 힘드니까 당신이 해소해 줘야 해.

　그게 자비로운 거지. 우리가 공평해지려면,

　당신 피가 날 이해해야만 해.[8]

베아트리스 난 그렇게 못 해.

데 플로리스 어서!

··

7) “서 있다(stand)”는 기다린다는 뜻과 남성의 성적 흥분을 함께 의미한다.
8) 피는 열정과 감정을 실어 나른다. 데 플로리스의 열정을 베아트리스 역시 열정으로 받아 줘야
　한다는 뜻이다.

베아트리스 오, 난 절대로 하지 않을 거야!

　그런 얘기라면 더 멀리 떨어진 데서 해.

　그래야 내가 무슨 말인지 못 알아듣고,

　어떤 소리도 남지 않을 테니까.

　네가 그 일을 또다시 해 준다 해도,

　난 이렇게 무례한 말은 다시 듣지 않을 거야.

데 플로리스 진정해, 아가씨. 진정하라고.

　마지막 보상이 아직 지불되지 않았잖아.

　오, 이 살인이 날 달아오르게 만들었어.

　구름이 눈물 흘릴 때, 바싹 마른 대지가

　물기를 갈망하듯이 난 그 보상을 갈망했다고.

　기억 안 나? 내가 그 일을 자청했잖아.

　아니, 하겠다고 간청하면서 무릎까지 꿇었잖아.

　왜 내가 그 모든 수고를 감수했겠어?

　그리고 내가 당신 황금을 경멸하는 것도 봤잖아.

　그건 나한테 그 돈이 필요 없어서가 아니야.

　오히려 난 불쌍할 만큼 돈이 필요하지.

　때가 되면 난 그 돈을 받을 거고, 쓰기도 할 거야.

　하지만 애초부터 돈은 중요한 게 아니었어.

　난 쾌락의 발꿈치 다음에 돈을 놓는 사람이거든.

　당신 처녀성이 완벽히 보존되어 있다고

　내가 속으로 확신하지 않았더라면,

　난 그 보상을 받더라도 불평하며 받았을 거야.

　내가 받기로 약속했던 걸 절반밖에 못 받은 것처럼 말이야.

베아트리스 그 사람의 죽음으로 내 순결을 살인하려 하다니,

　　네가 그렇게까지 사악할 수도,

　　그렇게 교활한 잔인함을 숨기고 있을 수도 없어!

　　네가 한 말들은 너무나 건방지고 사악해서

　　난 그걸 여자답게 어떻게 용서해야 할지도 모르겠어.

데 플로리스 쳇, 당신은 정말 주제파악을 못하는군!

　　피에 흠뻑 잠긴 여자가 여자다움을 운운해?

베아트리스 오, 죄가 이렇게 비참하구나!

　　이런 말을 듣느니, 차라리 내가 그 피라코에게

　　살아 있는 증오로 영원히 묶이는 게 더 나았을 텐데!

　　하늘이 너와 나의 혈통 사이에 정해 놓은 거리를 생각해 봐.

　　그럼 넌 그냥 거기 있어야 해.

데 플로리스 당신 양심을 들여다보고, 거기서 날 읽어 봐.

　　그건 진실을 담은 책이니까, 그 책에선

　　당신과 내가 동등하단 걸 당신도 알게 될 거야.

　　한심하군! 당신 가문을 핑계 삼아 도망가지 말고,

　　그 살인으로 정해진 당신 자리를 받아들이란 말이야.

　　당신은 더 이상 예전의 당신이 아니라고.

　　이제 날 대할 때 당신 가문은 잊어야만 해.

　　당신은 그 일이 새로 탄생시킨 사람이니까.

　　그것 때문에 당신이 원래의 순수함을 잃었으니,

　　이제 내가 당신을 달라고 요구하는 거야.

　　평화와 순결이 당신을 내쫓았고,

　　이제 당신을 나와 같게 만들었다고.

베아트리스 이 추악한 악당, 내가 너와 같다고?

데 플로리스 그래, 내 아름다운 살인자. 날 자극하겠단 거야?

　너 처녀라고 쓰여 있지만 너의 애정에서는 이미 창녀야!

　네 애정이 네 첫 사랑에서 변심했으니,

　그건 네 마음속에서 매춘한 거나 다름없다고.

　이제 그 첫 사랑 남자가 시체로 변해서

　네 두 번째 사랑, 너의 알세메로를 데려왔지.

　하지만 어둠의 모든 달콤한 쾌락에 걸고 맹세하건대,

　내가 널 즐기지 못하면 너도 그놈을 결코 못 즐겨.

　난 결혼에 대한 네 희망과 기쁨을 다 망쳐 버릴 거거든.

　난 모든 걸 자백할 거야. 어차피 난 내 목숨 따위는 상관없으니까.

베아트리스 데 플로리스!

데 플로리스 그럼 난 모든 연인들이 앓는 역병에서 해방되겠지.

　난 지금 고통 속에서 살고 있다고. 쏘아 대는 네 눈길이

　내 심장을 다 태워서 재로 만들어 버릴 것 같단 말이야.

베아트리스 제발 내 얘기 좀 들어 봐.

데 플로리스 넌 사랑과 삶에서는 나를 거절한 여자지만,

　죽음과 수치에선 내 파트너가 되게 만들 거야.

베아트리스 기다려. 제발 한 번만 내 말을 들어줘.

　〔무릎 꿇는다〕 황금과 보석으로 내가 갖고 있는

　모든 재산을 다 너에게 줄게. 내가 가난해져도

　순결만 지닌 채 혼인 침상에 갈 수 있게 해 줘.

　그럼 난 모든 면에서 부자일 거야.

데 플로리스 이 얘기로 네 입을 다물게 해 줄게.

발렌시아의 모든 재산을 다 준다고 해도,

나한테서 내가 가질 쾌락을 사 갈 수는 없어.

사람이 운다고 운명의 정해진 목적을 바꿀 수 있나?

내 결심 역시 네가 운다고 해서 바뀌지 않아.

베아트리스 복수가 시작되었구나.

살인에는 더 많은 죄가 따라온다는 걸 이제 알겠어.

내가 처음 잉태될 때 얼마나 큰 저주를 받았으면,

내 첫 경험을 독사와 가져야 하는 걸까?

데 플로리스 자, 일어나. 그리고 네 붉어진 얼굴을 내 가슴에 묻어.

〔데 플로리스가 베아트리스를 일으켜 세운다〕

침묵은 쾌락을 얻는 최고의 조리법 중 하나야.

이렇게 굴복해서 넌 영원히 평화를 얻는 거야.

저런, 산비둘기가 할딱거리며 떨고 있네![9]

네가 그렇게 두려워하고 감히 하지 못했던 일을

넌 이제 곧 즐기게 될 거야.

〔함께 퇴장〕

∴

9) "산비둘기(turtle dove)"는 진정한 사랑의 상징으로, 데 플로리스에게는 어울리지 않는 이미지
이다.

4막 1장

〔결혼식을 전후한 일들이 무언극으로 간략하게 소개된다.[1] 신사들이 등장하고, 베르만데로는 피라코의 도주에 대해 놀랍다는 동작을 하며 그들을 맞는다. 알세메로가 하스페리노를 비롯한 다른 한량들과 함께 등장한다. 베르만데로는 알세메로를 사윗감으로 지목하고, 신사들은 그 선택에 박수를 보낸다. 베르만데로, 알세메로, 하스페리노와 신사들이 퇴장한다. 베아트리스가 신부 복장으로 격식을 갖춰 그 뒤를 따르고, 디아판타, 이사벨라, 다른 시녀들이 따라간다. 데 플로리스는 미소 지으면서 이 모든 일을 지켜보는데, 이때 그의 앞에 알론조가 나타난다. 알론조는 깜짝 놀란 데 플로리스에게 손가락이 잘린 손을 보여 준다. 이 두 사람은 엄숙하게 무대 위를 지나서 퇴장한다〕

〔베아트리스 등장〕

베아트리스 그자가 날 영원히 망쳐 놨어.

　　나처럼 끔찍하게 괴로워하는 신부는 없었을 거야.

　　다가오는 첫날밤에 대해, 그리고 내가 잠자리에서

∴
1) 공연 중 효과적으로 관객의 이해를 돕기 위해, 무언극을 통해 사건들을 축약해서 관객에게 전달했다.

대처해야 할 분에 대해 생각하면 할수록 더 그렇게 돼.

그분은 혈통과 정신이 둘 다 고귀한 분이고,

이해력마저 명석하셔서 — 그래서 난 더 괴롭지만 —

그분의 판단력 앞에서 내 잘못은

판사 앞에 선 죄인의 범죄처럼 보일 거야.

내 괴로움 속으로 깊이 파고들면 들수록

난 진실을 숨기는 게 불가능하다는 걸 알게 됐어.

죄인에게 현명한 사람이란 큰 재앙이야!

난 감히 그분 침대에 들어갈 수가 없어.

어떤 방도를 취하건 난 수치스런 일을 당할 거고,

심지어 그러다가 내가 위험해질 수도 있단 말이야.

결혼맹세를 깬 사기꾼이라고 그분은 자기 옆에

누워 있는 나를 정당하게 목 졸라 죽이고야 말 거야.

똑똑한 전문 도박꾼 앞에서 가짜 주사위로

노름하는 건 너무 위험천만한 기술이라고.

이게 그분 벽장이지. 열쇠도 그냥 달려 있네.

그분은 지금 사냥터에 나가 있으니 아마 열쇠를 잊었나 봐.

대담하게 벽장 안을 들여다봐야겠다.

[벽장을 연다]

맙소사! 이건 제대로 된 약제사의 약 창고네.

각각 성분을 붙여 놓은 약병들이 빼곡하게 들어차 있어.

아마 그분은 자기가 쓰려고 의학을 연마하나 봐.

그래서 의학을 위대한 사람의 지혜라고 부르나 보지.

여기 이 필사본은 뭐지? 『'자연의 비밀들'이라 불리는 실험 책』이네.[2]

그래 이거야. 이게 바로 그거라고.

"여자가 임신했는지 여부를 어떻게 알아내는가."

난 아직 아니길 바라지만, 그분이 이걸 시도하면 어쩌지!

어디 보자. 45쪽이네. 여기 있다.

책장이 여기서 접혀 있는 걸 보니 수상한 대목이야.

"여자가 임신했는지 여부를 알아보려면 C 약병에 있는 백색 액체를 두 숟가락 먹여라……."

C 약병이 어디 있지? 오, 저기 있다. 이제 보이네.

"……그리고 만약 그녀가 임신 상태라면 그녀는 그 후 열두 시간을 꼬박 잘 것이고, 만약 아니라면 안 잘 것이다."

저 백색 액체는 결코 내 뱃속에 들어오지 못할 거야.

난 백 가지 물약 중에서도 널 구분해 낼 수 있어.

난 널 지금 깨트리든지 아니면 우유로 바꿔치기 해서

비법(秘法)의 대가를 속일 수도 있겠지만,

하여간 난 널 조심할 거야.

하! 다음에 있는 건 열 배 더 나쁜 내용이네.

"여자가 처녀인지 아닌지 어떻게 알아내는가."

이걸 나한테 적용한다면, 난 어떻게 되겠어?

∴

2) 실제로 안토니어스 미잘더스(Antonius Mizaldus, 1520-78)가 쓴 『자연의 비밀들(*De Aramis Naturae*)』이란 책이 있고, 여기에 여성의 순결 여부를 알아낼 수 있는 실험들이 들어 있었다고 한다.

아마 그분은 내 순결에 강한 확신을 갖고 있나 봐.

아직까지는 증명해 보려 하지 않았으니 말이야.

하지만 그분은 이 실험에 대해 이렇게 써 놨네.

"재미삼아 하는 책략이지만, 효과가 입증된 실험임. 저자는 안토니어스 미잘더스. 의심 가는 상대방에게 M 약병의 액체를 한 숟갈 먹이면, 진짜 처녀일 경우 세 가지 증상을 각각 보임. 즉시 하품하거나, 갑자기 재채기를 시작하거나, 마지막으로 격렬하게 웃음을 터뜨림. 반면에 처녀가 아니라면, 둔하고 몸이 무거우며 멍청해짐."

이걸 안 봤더라면 난 어떻게 됐을까?

무섭지만. 아직 잘 시간까진 일곱 시간이나 남아 있어.

〔디아판타 등장〕

디아판타 아니, 아가씨. 어떻게 여기 계세요?[3]

베아트리스 〔방백〕 지금 저 애를 보니 술책이 하나 떠올랐어.

　　저 애는 돈으로 매수할 수 없는 신중한 여자거든.

　　〔디아판타에게〕 난 우리 서방님 찾으러 여기 온 거야.

디아판타 〔방백〕 나도 그분을 찾을 수 있는 핑계가 있었으면!

　　〔베아트리스에게〕 나리는 사냥터에 계시는데요, 아가씨.

베아트리스 그럼 그냥 거기 계시게 놔 둬.

디아판타 예, 아가씨. 위대한 사냥터지기들이 그렇듯이,

　　나리도 모든 사냥터와 숲들을 호령하시게 돼야죠.

⁝

3) 결혼 전에 남자 방에 처녀가 들어온 것을 다소 힐난하는 것이다.

그런 사람들도 잠잘 시간이 되면

작은 오두막집으로 들어가게 마련이잖아요.

세계를 정복한 알렉산더 대왕도

세상이 자기에게는 너무 좁다고 생각했지만,

결국 작은 구멍에 들어갔을 뿐이죠.[4]

베아트리스 디아판타, 정숙하지 못하구나.

디아판타 아가씨야말로 지금 아가씨 생각을 안 들키고 싶은 거죠.

신부들이 첫날밤이 다가오면 자기들이 누리게 될

쾌락을 짐짓 무시하는 척하는 게 유행이잖아요.

마치 자기는 그런 쾌락하고 상관없다는 듯이오.

베아트리스 신부의 쾌락? 신부의 두려움이라고 말했어야지.

디아판타 뭐가 두려워요?

베아트리스 너도 처녀면서 처녀한테 그렇게 말하니?

그럼 넌 얼굴 빨개질 일을 이미 해 본 모양이네.

이런 앙큼한 것!

디아판타 아가씨는 지금 진심이세요?

베아트리스 내가 그 두려움을 미리 생각했더라면,

남자하고 약혼하지 않았을 텐데.

디아판타 이럴 수도 있나요?

베아트리스 난 내가 두려워하는 걸 대신 경험해 주고,

거기서 나온 후 내일 나한테 솔직히 얘기해 줄

여자한테 천 다카트 줄 거야. 그 여자가 좋았다면,

∴

4) 여기서 "작은 구멍(pit-hole)"은 무덤이란 뜻과 여성의 성기를 함께 의미한다.

어쩌면 나도 그 일에 끌릴 수도 있잖아.

디아판타 진심이세요?

베아트리스 네가 그런 여자를 데려와서 날 시험해 보면 되잖아.

　　내가 그때 발뺌하는지 안 하는지 보라고.

　　하지만 이거 한 가지는 분명히 해야 해.

　　그녀는 진짜 처녀여야 해. 아니면 시험이 안 되니까.

　　처녀가 아니라면, 내가 가진 두려움을

　　그 여자도 똑같이 가질 수가 없잖아.

디아판타 아니, 제가 아가씨께 데려올 여자는

　　진짜 처녀 맞아요.

베아트리스 아니면 나만 수치스런 꼴을 당하는 거야.

　　그 여자가 나 대신 첫날밤을 치를 테니까.

디아판타 참 희한한 생각을 해내셨네요.

　　그런데 아직도 진심이세요? 아가씨가 첫날밤의

　　즐거움을 포기하고, 게다가 돈까지 주신다고요?

베아트리스 내 목숨만큼 기꺼이 그렇게 할 거야.

　　〔방백〕 아, 금화는 순결한 걸 확실히 쐐기 박기 위해

　　부차적으로 내건 판돈일 뿐이야.

디아판타 세상이 신뢰와 순결 중 어느 쪽으로 돌아가는지

　　잘 모르겠지만, 이 일엔 둘 다 필요하겠네요.

　　아가씨, 더 찾아볼 것 없이 그 일을 제가 하면 어때요?

　　전 사실 아가씨 돈을 벌고 싶은 마음이 있거든요.

베아트리스 넌 처녀라고 하기에는 너무 활달해서 걱정인걸.

디아판타 네? 제가 처녀가 아니라고요?

아니, 그건 아가씨가 절 자극하시는 거예요.

아가씨가 아무리 두려움을 갖고 있다 해도,

정숙하신 아가씨 자신도 저보다 처녀는 아닐걸요. ─

베아트리스 〔방백〕 그건 안 좋은 비교야.

디아판타 내가 이렇게 가볍게 즐기는 것처럼 보여도요.

베아트리스 그 얘기를 들으니 안심이 되는구나.

그럼 네 순결을 간단히 시험해 봐도 괜찮겠네?

디아판타 간단히요? 뭐든지 상관없어요.

베아트리스 곧 돌아올게.

〔벽장으로 간다〕

디아판타 〔방백〕 설마 아가씨가 여자 심판관의 감독관처럼

내 몸을 검사하려는 건 아니겠지.[5]

베아트리스 〔방백〕 M 약병이었지. 아, 여기 있네.

〔디아판타에게〕 이것 봐, 디아판타. 나처럼 하면 돼.

〔약병을 마신다〕

디아판타 그럼 전 뭔지 안 물어보고 그냥 마실게요.

∵

5) 이혼 소송에서처럼 여성이 처녀인지의 여부가 법리적 다툼의 관건일 때, 여성 관리인들이 해당 여성의 몸 내부를 검사하는 걸 말한다.

〔마신다〕

베아트리스 〔방백〕 이 실험이 진짜라면 효력이 있을 거고,
　　　그럼 나도 아주 마음 편해질 거야.
　　　벌써 시작되네.

〔디아판타가 하품한다〕

　　　저게 첫 번째 증상이야. 그리고 바로 두 번째 증상으로 이어지겠지.
　　　자, 지금쯤 시작될 거야!

〔디아판타가 재채기한다〕

　　　정말 놀라운 약이군!
　　　하지만 그와 반대로 난 조금도 변화가 없어.
　　　이게 바로 이 실험의 목적이겠지.
디아판타　하, 하, 하!
베아트리스 〔방백〕 책에 써진 순서대로 모든 걸 하네.
　　　한 증상이 다른 증상으로 이어지고 있어.
디아판타　하, 하, 하!
베아트리스　얘야, 왜 그러는 거야?
디아판타　하, 하, 하! 전 너무, 너무 기분이 좋아요.
　　　하, 하, 하! 너무 즐겁다고요!
　　　한 모금만 더 마시게 해 주세요, 아가씨.

베아트리스 그래, 내일 줄게.

　　그때 우린 한가하게 실컷 마실 수 있을 거야.

디아판타 이제 전 다시 마음이 가라앉았어요.

베아트리스 〔방백〕 이 약의 효과는 아주 서서히 잦아드는구나!

　　〔디아판타에게〕 자, 얘야. 난 이제 널

　　'내 순결한 디아판타'라고 부를 수 있게 됐어.

디아판타 그런데요, 아가씨. 이게 무슨 비법이에요?

베아트리스 나중에 다 말해 줄게.

　　지금은 이 일을 어떻게 진행할지 의논해야 하니까.

디아판타 내가 잘 해낼게요.

　　난 내가 떠받쳐야 할 그 무게가 좋거든요.

베아트리스 자정쯤엔 반드시 살그머니 빠져나와야 해.

　　그래야 내가 그 자리로 들어가지.

디아판타 오, 걱정 마세요. 아가씨.

　　나도 그때쯤엔 식었을 테니까요.

　　〔방백〕 신부의 역할에 천 다카트까지 받다니!

　　지참금이 생겼으니 난 이제 치안판사에게도 기울지 않아.

　　별 볼일 없는 남자들은 눈에 안 찬다고.

　　〔함께 퇴장〕

4막 2장

〔베르만데로와 하인 등장〕

베르만데로 이봐, 지금 내 명예가 의심받고 있어.

　지금까지 한 점 의혹을 받은 적도 없고,

　그럴 만한 원인을 제공한 적도 없는 명예인데 말이야.

　내가 데리고 있는 신사들 중 누가 자리를 비웠지?

　몇 명이, 그리고 누가 비웠는지 똑바로 말해.

하인 안토니오와 프란시스커스입니다, 나리.

베르만데로 그들이 언제 성을 떠났지?

하인 한 열흘 되었어요, 나리. 안토니오는 브리아마타로 간다고 했고, 프란

　시스커스는 발렌시아로 떠났어요.

베르만데로 시점으로 보면 그들에게 혐의가 가는군.

　내 성 안에서 살인이 벌어졌다는 주장이 제기됐어.

　피라코가 살해되었다는 거지. 난 그 두 사람이

　성에 없는 것에 대해 자신 있게 설명할 수 없으니,

　지엄한 체포명령이 곧장 그들을 쫓아가게 할 거야.

　그래서 그들의 혐의를 깨끗이 지우든지,

　아니면 아예 공개적으로 드러나게 할 거야.

그 용도에 쓸 수 있게 속성 영장을 가져와.

봐, 또 날 괴롭히러 왔어.

〔하인 퇴장하고 토마조 등장한다〕

토마조 당신에게 내 동생을 찾으러 왔소.

베르만데로 당신은 지금 너무 흥분해 있어요.

　여기서 그 사람을 찾지 말아요.

토마조 아니, 찾을 거예요.

　당신이 더 만족스런 대답으로 내게 평화를 주지 못한다면,

　난 당신의 가장 소중한 가족들에게 대가를 받아 낼 거예요.

　여기가 동생에 대해 설명해 줘야 하는 곳이잖아요.

　여기에 난 동생을 남겨 놓은 채 떠났고,

　서둘러 진행한 이 결혼의 성급한 매듭도

　동생의 확실한 변고를 강력하게 증명하고 있으니까요.

베르만데로 확실한 배반이겠지요!

　여기가 그렇게 한 장소이고요.

　그는 약속을 깨트려서 내 호의를 능욕하고,

　내가 그를 위해 유보해 둔 명예로운 사랑을 배신하고,

　내 딸이 받아야 할 기쁨마저 조롱했어요.

　준비 다 된 결혼식 아침도 그의 배신에 얼굴 붉혔고,

　자기를 믿었다가 상처 입은 친구들에게 던져질

　경멸과 멸시만이 그 사람이 남긴 전부라고요.

　오, 당신이 그의 도주를 그렇게 엉뚱하게 해석해서

그를 아꼈던 사람들에게 공개적인 모욕을 가하는 건,

너무나 비열한 행동이었어요.

토마조 당신이 해 줄 수 있는 대답이 이게 전부인가요?

베르만데로 그자의 가족에게 주는 대답 치곤 지나치게 공평한 거요.

그리고 경고하는데 다시는 여기 나타나지 마시오.

[베르만데로 퇴장하고, 데 플로리스 등장한다]

토마조 다행인 건, 남자의 복수를 맞아 줄 땅이 더 있다는 거야.

— 정직한 데 플로리스!

데 플로리스 제 이름이 맞아요. 그런데 혹시 신부 보셨나요?

친절하신 나리, 신부가 어느 쪽으로 갔나요?

토마조 그렇게 부정한 여자를 안 봤으니 내 눈이 축복받은 거지.

데 플로리스 [방백] 난 여길 벗어나고 싶어. 이 사람 옆에 있기 싫어.

이 사람한테 가까이 가면 그 동생의 피 냄새가 난단 말이야.

토마조 이리 와 봐요. 자네는 착하고 친절한 사람이잖아.

내 동생이 자네를 좋아했던 게 기억나는걸.

데 플로리스 오, 순수하게 그러셨죠, 나리!

[방백] 난 지금 다시 그자를 죽이고 있는 것 같아.

저 사람이 그 일을 너무 생생하게 떠오르게 한다고.

토마조 이봐, 자네는 추악한 가해자를 짐작할 수 있지?

정직한 친구라면 본능적인 의심을 하게 되는 거잖아.

데 플로리스 아이고, 나리. 전 너무 너그러운 사람이어서

세상에 저보다 더 나쁜 사람은 없다고 생각하는걸요.

그럼 나리는 신부를 못 보신 거네요?

토마조 제발 그 여자 얘기는 하지 말게. 사악한 여자 아닌가?

데 플로리스 아니, 아니에요. 대부분의 다른 부인들과 마찬가지로
예쁘고, 쉽고, 오동통해서 남자가 죄짓게 만들 뿐이죠.
아니면 나리께서는 제가 그녀에게 아첨한다 생각하실 거예요.
하지만 그녀는 어떤 경우에도 사악하진 않아요.
죄와 악덕이 서로 만날 만큼 여자들이 늙어서,
마녀들에게 경배할 지경이 될 때까지는 안 그렇답니다.
그런데 누가 절 찾으시는 것 같네요, 나리.
〔방백〕 저자와 함께 있으니 심지어 내 양심마저 무거워지네.

〔데 플로리스 퇴장〕

토마조 저 데 플로리스는 아주 정직한 사람이야.
저자가 언젠가는 진실을 끌어내 줄 거야. 난 확신해.
오, 여기 오늘의 기쁨을 누릴 영광스런 주인이 오네.
머지않아 저자와 나는 정산을 해야 할 거야.

〔알세메로 등장〕

안녕하시오!

알세메로 어서 오세요.

토마조 그 말은 취소하는 게 좋을 거요.
난 환영받는다고 생각하지도 않고, 그걸 바라지도 않으니까.

알세메로 그런데도 이 집을 굳이 찾아오셨다니 이상하군요.

토마조 찾을 이유가 없었다면 얼마나 좋았을까요!

　난 댁을 축하해 주고 댁의 포도주나

　퍼마시러 온 손님들 중 하나가 아니에요.

　내가 가져온 불타는 목마름을 끌 수 있는 건

　포도주보다 훨씬 더 귀한 액체예요.[1]

알세메로 당신이나 당신의 말이 내게는 이상해 보이네요.

토마조 시간과 우리의 칼이 우리 서로를 더 잘 알게 해 줄 거요.

　이게 내가 온 이유요. 당신 자리가 원래 내 동생의 자리오.

　그러니 어떻게 악의와 술수가 그 아이를 처치했는지,

　난 동생 권리를 차지한 자에게 당연히 물어봐야 해요.

　당신이 그 자리를 정당한 방식으로 얻었을 리 없으니까.

알세메로 당신은 그 말에 책임져야 할 거요.

토마조 당연히 그럴 테니 걱정 마시오.

　우리가 다음에 만났을 때엔 칼 빼고 기다릴 거예요.

　가서 결혼식을 엄수하세요. 난 이제 갑니다.

　내가 그 결혼식을 망치지는 않을 거예요.

　난 당분간 내 상처를 인내심으로 참아 낼 테니.

〔토마조 퇴장〕

알세메로 오늘 같은 날 시비가 붙다니 이건 좀 불길하군.

∴

1) 피를 말한다.

내가 죄가 없으니 다행이지,

아니었으면 아주 마음이 무거울 뻔했어.

〔하스페리노 등장〕

하스페리노, 해 줄 얘기가 있어. 아주 희한한 소식이야.

하스페리노 나도 들려줄 소식이 있어. 자네 얘기만큼 희한할걸.

　　하지만 내 신뢰와 우정을 유지하기 위해서,

　　내 얘기는 나만 알았으면 좋겠어.

　　그러니 지금 내 호들갑은 무시하고, 저절로 식게 두게.

알세메로 자네가 그렇게 말하니 오히려 호기심이 생기고,

　　자네가 머뭇거리는 게 원망스러운걸.

하스페리노 모든 게 아무것도 아닐 수도 있어.

　　단지 나한테서 튀어나온 친구로서의 노파심일 거야.

알세메로 당연히 아무것도 아니겠지.

　　하지만 일단 나도 들어 보기는 해야겠네.

하스페리노 디아판타가 우연히 저택 뒤쪽에 나를 혼자 남겨 놨는데,

　　―난 그 아가씨한테 순수한 사랑을 표방하고 있고

　　그녀도 그럴 자격이 있는 여자거든. ―

　　거긴 우리가 은밀한 만남을 위해 선택한 장소라네.

　　그런데 그녀가 자리를 뜨자마자 바로 옆방에서

　　자네 신부의 목소리가 들리더군.

　　그래서 내가 더 귀를 기울였더니 데 플로리스가

　　그녀보다 더 큰 목소리로 떠드는 소리가 들렸어.

알세메로 데 플로리스? 말도 안 돼.

하스페리노 더 들어 보고 얘기해.

알세메로 내가 먼저 얘기할 테니 들어 보게.

　　그녀에게는 그자를 보는 것만도 독약이란 말이야.

하스페리노 그래서 나도 긴가민가했어.

　　하지만 디아판타도 돌아와서 그자가 맞다고 했다니까.

알세메로 디아판타가!

하스페리노 그래서 우리 둘 다 귀 기울여 듣기 시작했고,

　　그자가 여자에게 권리를 주장하는 말 같은 게 들렸어.

알세메로 잠깐, 진정해. 그건 자네가 위험해질 말이야.

하스페리노 그럼 진실은 위험으로 가득 차 있나 보지.

알세메로 진실은 그렇지. ―

　　오, 그녀가 땅에 있는 유일한 영광이고

　　왕들 가슴에 불 지필 만한 눈을 가졌다 해도,

　　이미 더럽혀진 몸이라면 그녀는 여기서 자선 안 돼!

　　하지만 그걸 확인할 시간은 있어. 거의 밤이 됐지만 말이야.

　　그러니 내 격동된 반응으로 날 판단하지 말아 주게.

하스페리노 난 결코 그런 식으로 친구를 판단하지 않는다네.

알세메로 고마운 말이군.

〔열쇠를 준다〕

　　그 열쇠가 꽤 대단한 비밀로 자네를 인도해 줄 거야.

　　칼데아 사람이 가르쳐 준 비밀인데,

그중 일부는 내가 연구를 더 진행했어.[2]

내 벽장에서 M이란 글자가 새겨진 약병을 가져오게.

왜 그러는지 내 의도는 묻지 말고.

하스페리노 그렇게 하겠네.

〔하스페리노 퇴장〕

알세메로 이걸 어떻게 하나로 맞출 수 있지?

그녀의 시녀가 주인 아가씨의 두려움을

호소하러 온 게 한 시간도 안 지났단 말이야.

시녀는 아가씨가 남자 이름만으로도 움츠러드는,

세상에서 가장 소심하고 얌전한 처녀라면서,

아가씨가 어둠 속에서 내 품에 들어올 수 있도록

시녀한테 자기 대신 울며 이 부탁을 전하라고 했다는 거야.

〔베아트리스 등장〕

베아트리스 〔방백〕 모든 게 다 잘 되어 가고 있어.

내 시녀는 저쪽에서 달콤한 항해를 준비하고 있다고.

난 그걸 놓치는 게 속상하지만 어쩔 수 없는 거잖아.

그렇게 하지 않으면 난 모든 걸 잃을 수밖에 없으니까.

∴

2) 칼데아인은 티그리스, 유프라테스 강 유역에 살던 고대인으로 점성술 같은 비술(秘術)에 능했
   다고 전해진다.

알세메로 〔방백〕 아니야. 저 이마에는 순결의 사원이 자리 잡고 있어.

　하지만 확인해 봐서 나쁠 건 없겠지.

　　— 나의 조안나!

베아트리스 제가 감히 제 뜻을 울면서 나리께 전했어요.

　수줍음에서 나온 제 두려움을 용서해 주세요.

알세메로 〔방백〕 비둘기도 저보다 얌전할 수는 없어.

　그녀는 누명을 쓴 거야. 틀림없어.

〔하스페리노가 약병 들고 등장〕

　　— 아, 자네 왔나?

베아트리스 〔방백〕 맙소사, 그 약병이야! 글자가 보여.

하스페리노 이게 자네가 말한 M이네.

알세메로 그래, 맞아.

베아트리스 〔방백〕 날 의심하고 있구나.

알세메로 마침 내 신부가 왔으니 우리와 같이 하면 되겠어!

베아트리스 그게 뭐예요?

알세메로 해롭지 않은 거예요.

베아트리스 죄송하지만 전 뭐든지 약은 잘 안 먹어요.

알세메로 하지만 이건 당신이 먹어 볼 만해요. 내가 보증할게요.

베아트리스 그거 먹고 병날까 봐 걱정돼요.

알세메로 절대 그럴 리 없어요.

베아트리스 〔방백〕 이제 내 꾀를 써야만 해.

　난 그 약효를 아니까 제대로 흉내만 내면 돼.

〔마신다〕

알세메로 〔하스페리노에게만〕 저 약은 비밀스런 약효가 있어.

　　처녀한테 쓰면 절대 틀리는 법이 없다고.

하스페리노 세 가지 약효라고?

〔베아트리스가 하품하고 재채기한다〕

알세메로 순결한 모든 것에 걸고, 이제 효과가 나오네.

　　더 나올 거야!

하스페리노 처녀인지 알아내는 가장 희한한 방법일세.

베아트리스 하, 하, 하!

　　나한테 마음이 즐거워지는 약을 주셨나 봐요.

알세메로 아니, 내 마음을 즐겁게 해 준 건 바로 당신이에요.

　　절대 시들지 않을 즐거움이죠.

베아트리스 무슨 일 있어요?

알세메로 〔하스페리노에게만〕 봐, 이제 진정됐잖아.

　　약효의 순서와 특성을 그대로 보였어. 내 조안나가!

　　— 하늘의 숨결처럼 순결하고,

　　하루를 낳는 아침의 자궁처럼 정숙한 아가씨,

　　이렇게 내 사랑으로 당신을 안아 줄게요.

〔알세메로가 베아트리스를 안아 주고, 모두 퇴장한다〕

4막 3장

〔이사벨라와 롤리오 등장〕

이사벨라 맙소사! 지금이 달의 기운이 강할 때인가?[1]
  사랑이 바보로 바꾸고, 미치게도 만드나? 한꺼번에?
  이봐, 여기에 바보와 비슷한 광인이 있어.
  미친 연인이지.
롤리오 아니, 아니, 내가 편지 가져다준 그자는 아니겠죠?
이사벨라 이 편지의 안과 밖을 비교해 보고 네가 직접 대답해 봐.

〔롤리오에게 편지를 준다〕

롤리오 겉은 미친 사람 맞네요. 틀림없어요. 내가 먼저 맛봤거든요. 〔편지봉
투를 읽는다〕 "태양의 기사를 모시는 수석 시녀, 밝게 빛나는 안드로메다
에게. 일 년의 가운데를 지배하는 전갈자리에서 아이올로스의 포효하는
파도들이 보냄. 편지 심부름한 사람에게 사례비 줄 것"[2] 이건 그냥 미친

⁚
1) 달은 광기와 연관이 있다.
2) 당대 문학에서 광기의 전형적인 증상 중 하나가 그리스, 로마의 고전을 뜬금없이 읊어 대는

건데요.

이사벨라 이제 안을 들여다봐. [편지를 꺼내어 읽는다] "아름다운 부인, 전 이제 광인의 이 가짜 껍데기를 벗어 버리고, 당신의 아름다움을 진실되고 충성스럽게 사모하는 사람으로 당신의 판단 앞에 나타나고자 합니다."

롤리오 여전히 미친 거 맞는데요.

이사벨라 "이게 잘못이라고 느끼신다면, 당신 안에 있는 완벽함을 꾸짖으세요. 그게 날 불완전하게 만들었으니까요. 그건 모든 걸 성장하고 또 시들게 만드는 같은 태양이어서 ─"

롤리오 오, 나쁜 놈!

이사벨라 "모양을 만들거나 새로 바꾸고, 파괴했다 다시 세우기도 하죠. 난 내 본래의 장식을 다 떼어 버린 채 겨울에 당신에게 왔지만, 당신의 기분 좋은 미소가 가진 달콤한 광채 덕분에 다시 되살아나서 연인으로 살게 되었어요."

롤리오 여전히 미친놈이네요!

이사벨라 "그런 사람을 발밑에 짓밟지 말아 주세요. 그럼 그대의 너그러움에 명예가 더해질 거예요. 당신과 얘기 나눌 수 있을 때까지 난 광인으로 남아 있겠어요. 당신이 날 치료해 줄 거라고 기대하니까요. ─ 온전히 그대의 것이지만, 그게 아니라면 미쳐 버리게 될, 프란시스커스."

∴

것이었다. 편지봉투에서부터 고전의 여러 이름들이 두서없이 나열되는데, 사실 여기에는 음담패설이 숨어 있기도 하다. "전갈자리(Scorpio)"는 점성술에서 일 년의 중간을 지배하지만 또한 이 "중간(middle region)"은 여성의 몸의 중간을 의미한다. "태양의 기사(Knight of the Sun)"는 대중적인 로맨스에 많이 나오는 상투적인 인물이고, 그리스 신화에서 안드로메다 (Andromeda)는 바다괴물에게 제물로 바치기 위해 바위에 묶여 있다가 페르세우스(Perseus) 가 구해 준 처녀이다. 알리비우스가 가두어 놓은 이사벨라를 프란시스커스가 구해 주겠다는 암시로도 읽힐 수 있다.

롤리오 마님이 좋은 시간을 갖게 되시겠네요. 이제 주인어른과 난 우리 직업을 포기해도 되겠어요. 마님이 우리보다 더 빠른 속도로 바보들과 광인들을 치료할 수 있으니까요. 그것도 별로 힘들이지도 않고요.

이사벨라 그럴 수도 있겠지.

롤리오 한 가지는 분명히 말해 둘게요, 마님. 마님도 아시다시피 난 마님의 사람 고치는 재주를 잘 알아요. 그러니 마님이 한 번이라도 그 재주를 써서 사업을 벌인다면, 난 내 몫인 삼분의 일을 요구할 거예요.[3] 그렇게 안 해 주면 나도 미치거나 바보가 될래요.

이사벨라 너한테 첫 번째 몫을 줄게. 믿어도 돼, 롤리오.

　혹시 내가 저지르면 ―

롤리오 내가 마님한테 덤비는 거죠.

이사벨라 그래.

롤리오 나도 내 몫을 지켜야 하니까요.

이사벨라 그건 그렇고 이제 네 충고가 필요해.

　이자들을 내가 어떻게 다루어야 하지?

롤리오 아니, 마님이 그자들을 몸소 다루시게요?[4]

이사벨라 아니, 이상하게 좀 해석하지 마. 내가 그 사람들한테 어떻게 대처해야 하냐고.

롤리오 가혹하게 다루세요! 그게 바보를 광인으로, 또 광인을 바보로 만드는 방법이에요. 그러고 나서 친절하게 대해 주는 거죠.

••

3) "재주를 써서 사업을 벌이는" 것은 이사벨라가 남자들의 구애를 받아들여 불륜 저지르는 것을 의미한다. 1/3은 치료해서 나오는 수익의 1/3이란 뜻도 되지만, 롤리오가 알리비우스와 다른 연인에 이어 세 번째 남자가 되겠다는 의미를 갖기도 한다.
4) "다루다(deal with)"를 성적으로 해석해서 농담하고 있다.

이사벨라 그거야 쉽지. 내가 해 볼 테니 넌 지켜보기만 해.

　　네 옷장 열쇠 좀 줘 봐.

롤리오 여기요. 마님은 그자들에게 맞춰서 준비하세요. 그럼 제가 마님을

　　위해서 그 둘을 준비시킬게요.

　　〔이사벨라에게 열쇠를 준다〕

이사벨라 넌 내 겉모습 외에는 신경 쓰지 마.

　　〔이사벨라 퇴장〕

롤리오 조금도 신경 안 써요. 내가 마님을 안으로 들여보내 줄게요.[5]

　　〔알리비우스 등장〕

알리비우스 롤리오, 여기 있었네? 모든 게 다 완벽하겠지?

　　베르만데로 님은 내일 밤 우리가

　　결혼식의 대미를 장식해 주길 기대하고 계시다고.

롤리오 전 광인들이 제일 걱정이에요. 바보들은 잘해 낼 거예요. 제가 특별

　　히 신경 썼거든요.

∴

5) 이사벨라는 자신이 변장을 할 테니 모른 척하라는 뜻으로 한 얘기인데, 롤리오는 이를 받아
　이사벨라를 병동 내부에 넣어 주겠다는 얘기와 성적인 행동을 하겠다는 음담패설을 동시에
　하고 있다.

알리비우스 당연하지. 그자들은 잘못할 수가 없잖아.

그들이 황당하게 굴면 굴수록 더 잘하는 거니까.

숙녀들을 놀라게 할 만한 거친 행동만 없으면 돼.

너도 알다시피 여자들은 까다롭고 연약하잖아.

롤리오 걱정하실 필요 없어요, 나리. 우리가 채찍 들고 거기 있는 한, 그들은 숙녀들 본인만큼 얌전할 거예요.

알리비우스 그들을 보내기 전에 한 번 더 연습하는 걸 봐야겠어.

롤리오 저도 막 그러려던 참이었어요, 나리. 나리는 광인들 춤을 잘 보세요. 전 바보들을 책임질게요. 전 그중 한두 명의 바보짓이 걸리니까 그것부터 바로잡아 주고, 그 다음에 전체 춤을 연습시킬게요.[6]

알리비우스 그렇게 해. 난 음악이 준비됐나 가 볼게.

그런데 롤리오, 내 아내가 자기 가두는 걸

어떻게 받아들이고 있어? 불평하진 않아?

롤리오 아, 네. 마님은 지금 집 안이 너무 재미있으세요. 안 그랬으면 밖으로 나가고 싶어 하셨겠죠. 나리가 마님께 좀 더 자유를 주셔야 해요. 지금은 너무 짧게 묶어 놨다고요.

알리비우스 아내를 베르만데로 님 댁으로 같이 데려갈 거야.

그럼 한 달치 자유를 주는 셈이지.

롤리오 그런데 얼굴에 그거 뭐예요, 나리?

알리비우스 어디, 롤리오? 난 아무것도 안 보이는데.

롤리오 죄송해요, 나리. 나리의 코네요. 난 그게 어린 코끼리의 코처럼 보였어요.[7]

••

6) 여기서 "한두 명의 바보짓"은 안토니오와 프란시스쿠스를 말한다.

알리비우스 저리 가, 나쁜 놈! 난 음악 준비시키러 갈게, 롤리오.

〔알리비우스 퇴장〕

롤리오 그러세요, 나리. 그럼 전 그동안 춤 좀 추고 있을게요. 토니. 어디
있니, 토니?

〔안토니오 등장〕

안토니오 여기 있어, 사촌. 넌 어디 있어?
롤리오 이리 와, 토니. 내가 가르쳐 준 발동작을 해 봐.
안토니오 난 그냥 올라타고 싶은데, 사촌.[8]
롤리오 그럼, 채찍 맞을 거야. 난 네놈 버릇을 가르칠 거라고. 자, 펄쩍 뛰
어서 들어와. 잘 봐, 토니. 파, 라, 라, 라, 라.

〔춤춘다〕

안토니오 파, 라, 라, 라, 라.

〔따라서 춤춘다〕

..
7) 여기서 "코(nose)"는 아내가 바람피우는 남편에게 난다는 뿔과 비슷한 뜻이다. 알리비우스가
   아내에게 속고 있다는 것을 돌려서 표현하며 놀리는 것이다.
8) "올라탄다(mount)"는 여자를 올라탄다는 뜻으로 성적인 표현이다.

롤리오 자, 이제 절해.

안토니오 이게 절이야, 사촌?

〔몸을 숙여 인사한다〕

롤리오 그래. "문안드립니다, 나리."라고 해.

안토니오 절이 넓적다리 구부리는 거야, 사촌?

롤리오 그래, 맞아. 치안판사나 지주, 향사(鄕土)들도 가끔 그러는걸. 거기 서 처음 그렇게 굳어진 거라고. 이제 일어나서 깡충 뛰어.

안토니오 절하고 나서 깡충 뛰라고, 사촌?

롤리오 아주 좋아. 절이란 게 그냥 그렇게 뛰어오르는 거거든. 그렇게 빠르 고 높게 올라가서, 무릎 한두 번 굽혔다가 다시 땅으로 떨어지는 거지. 발동작 기억하겠지, 토니?

〔롤리오 퇴장〕

안토니오 그래, 사촌. 네 동작을 보니, 나도 내 걸 기억할 수 있겠어.

〔이사벨라가 미친 여자로 변장해서 등장〕

이사벨라 저 봐, 저 사람이 공중에서 잘도 걷네! 저리 가, 저리 가. 저쪽으로 가라고! 아니면 그 날개가 타 버릴 거야. 여기 아래 세상에는 밀랍이 충 분히 있어, 이카루스. 열여덟 달이 지나도 녹아 없어지지 않을 만큼 많 다고.

그 사람이 떨어졌어. 떨어져 버렸어.

얼마나 끔찍하게 추락했는지 몰라!

일어나, 크레타 출신 데달루스의 아들아.

우리 같이 더 아래에 있는 미궁 속을 걸어가자.

길 인도해 줄 실타래는 내가 갖다줄게.[9]

안토니오 이봐, 사촌. 날 그냥 둬.

이사벨라 당신은 물에 빠져 죽은 게 아니었어요?

난 구름 뭉치가 당신 머리 주위를

투르크인의 터번처럼 둘러싼 걸 봤고,

당신 넓적다리엔 낙타색 무지개가

머리장식처럼 둥글게 매달린 걸 봤어요.

당신 뱃속에 있는 그 파도들을 내가 빨아 낼게요.

그 파도들이 해협에서 요란하게 으르렁대는 걸 들어 봐요!

해적들로부터 당신이 무사하시길!

안토니오 이런 염병할! 날 내버려 두라니까.

이사벨라 머큐리 신의 자리를 이어받을 게 아니면,

∵

9) 이사벨라가 앞에서 프란시스커스가 했던 것처럼 고전을 끌어다 대면서 광기를 표현하고 있다. 이카루스(Icarus)는 크레타의 발명가 데달루스(Daedalus)의 아들이다. 데달루스는 크레테 왕 미노스(Minos)의 명령을 받고 누구도 빠져나올 수 없는 미로를 만들었으나, 미로의 비밀을 지키기 위해 왕은 데달루스를 탑에 가두었다. 데달루스는 크레테 섬을 빠져나가기 위해 깃털들을 밀랍으로 붙여 날개를 만들고, 아들인 이카루스에게 밀랍이 녹지 않도록 태양에 너무 가까이 날지 말라고 경고했다. 하지만 이카루스는 이 경고를 무시하고 태양 가까이 높이 날다가 밀랍이 녹으면서 바다에 떨어져 죽었다. 또한 이사벨라가 언급하는 또 다른 영웅이 테세우스(Theseus)인데 테세우스는 괴물 미노타우르스(Minotaur)를 죽이기 위해 미노스 왕의 미궁에 들어갔고, 미노스의 딸인 아리아드네(Ariadne)의 도움으로 실타래를 이용해 미로를 탈출했다.

왜 당신은 머큐리 신처럼 높이 올라가야 했나요?

그냥 나랑 같이 달 속에 있어요, 엔디미온.

그럼 내 사랑을 익사시키려 했던

저 거친 반역자 파도들을 우리가 다스리게 될 거예요.[10]

안토니오 나한테 또 손대면 널 발로 찰 거야.

이 거칠고 못생긴 광대야, 난 바보가 아니라고.

미친 것이 어딜!

이사벨라 하지만 당신도 나처럼 확실히 미쳤잖아요.

내가 당신에 대한 열정 가득한 사랑 때문에

감시하는 질투의 민첩한 눈길을 속이기 위해

이런 광기의 옷까지 입었는데,

당신은 내게 이런 식으로 보상하나요?

〔이사벨라가 정체를 드러낸다〕

안토니오 하! 소중하고 아름다운 분!

이사벨라 아니, 지금 내겐 미모가 없어요. 있었던 적도 없고요.

있었다면 그건 그저 내 옷이 가진 미모였겠죠.

이러고도 당신이 눈치 빠른 연인이에요?

내 근처에도 오지 말아요!

지금 그 옷이나 계속 입어요. 딱 어울리는 옷이니.

∴

10) 머큐리(Mercury)는 하늘을 나는 전령 신이고, 엔디미온(Endymion)은 그리스 신화에서 달의
여신의 사랑을 받는 젊은 목동이다.

여기 올 때 난 미친 척했을 뿐이지만,

돌아갈 때는 분노로 진짜 미쳐 버리게 됐다고요.

〔이사벨라 퇴장하고 롤리오 등장〕

안토니오 가지 마세요. 아니면 내가 상태를 바꿔서

　　지금의 당신처럼 광인이 될게요.

롤리오 아니, 토니. 어디 가는 거야? 왜 그래, 바보야?

안토니오 누구의 바보란 거야, 바보들의 문지기 주제에?

　　이 어릿광대 놈아! 난 바보짓은 충분히 했다고.

롤리오 그럼 그 기간만큼 다시 광인이 되어 봐.

안토니오 난 이미 광인이고, 아주 미쳐 버렸어.

　　그럴 만한 이유가 충분히 있으니까.

　　그러니 난 너한테 내 광기를 전부 퍼붓고

　　미친놈처럼 널 때려 줄 수도 있어!

롤리오 그러지 마요, 그러지 말라고요. 당신이 그러면, 바보 밑에 있는 게
신사라고 해도 난 봐주지 않을 거예요. 사실 난 전부터 당신의 여우 가
죽을 꿰뚫어 보고 있었어요.[11] 이봐요, 난 당신한테 위안을 줄 수도 있
다고요. 우리 마님은 당신을 사랑하거든요. 하지만 당신이 바보노릇 한
것처럼, 그렇게 미친 척하는 광인이 이 집 안에 또 있어요. 그는 당신의
경쟁자지만 마님은 그 사람을 사랑하지 않아요. 가면극이 끝난 후에 우
리가 그자를 마님한테서 떼어 버릴 수만 있다면, 당신이 마님의 사랑을

∴
11) "여우 가죽(fox skin)"은 교활한 변장을 말한다.

얻을 거라고 마님이 말씀하셨어요. 그렇게 되면 바보가 마님을 올라탈
수 있는 거죠.

안토니오 널 믿어도 되는 거야?

롤리오 그럼요. 아니면 나리가 믿을지 말지, 알아서 결정하시든가요.

안토니오 마님이 그놈 걱정은 안 하셔도 돼. 내가 알아서 할 테니까.

롤리오 좋아요. 일단 나리는 전처럼 바보 흉내 내면서 조용히 계세요.

안토니오 사랑받을 자격 있는 남자가 되겠다고 마님께 말씀 드려 줘.

〔안토니오 퇴장〕

롤리오 원하는 대로 되실 거예요.

〔프란시스커스 등장〕

프란시스커스 〔노래한다〕 "아래로, 아래로, 저 밑의 아래로."

　　그러고는 마상(馬上) 묘기를 부려서

　　라토나의 이마를 발로 차고 그녀의 활시위를 끊어요.[12]

롤리오 〔방백〕 저기 또 다른 위장이 있네. 내가 저자의 정체를 밝혀야겠어.

　　〔편지를 꺼내서 읽는다〕 "아름다운 부인, 전 이제 광인의 이 가짜 껍데기를

　　벗어 버리고, 당신의 아름다움을 진실되고 충성스럽게 사모하는 사람으

..

12) 라토나(Latona)는 달의 여신이자 사냥의 여신인 다이아나(Diana)의 어머니이다. 그러나 활
　　시위를 말하는 것으로 보아 여기서는 다이아나와 라토나가 혼동되어 쓰인 것으로 보인다.
　　프란시스커스의 이 대사는 뜻이 통하지 않는 헛소리이다.

로 당신의 판단 앞에 나타나고자 합니다."

프란시스커스 하! 저게 뭐지?

롤리오 "당신 안에 있는 완벽함을 꾸짖으세요. 그게 날 불완전하게 만들었으니까요."

프란시스커스 저 바보가 내 정체를 알아냈군.

롤리오 내가 당신하고 끝내기 전에, 먼저 당신 정체를 드러내고 싶었답니다. "온전히 그대의 것이지만, 그게 아니라면 미쳐 버리게 될, 프란시스커스." 이 광인은 확실히 상태가 좋아지겠어요.

프란시스커스 이봐, 뭘 읽는 거야?

롤리오 당신 운명이오. 당신은 이 속임수랑 내가 아는 또 다른 잘못으로 교수형당할 거예요.

프란시스커스 자네는 마님의 속마음을 잘 아나?

롤리오 마님의 앞치마 끈 바로 옆이 내 자리인걸요.

프란시스커스 나랑 악수하세나.

롤리오 잠깐만요. 일단 나리 필체를 내 주머니에 먼저 넣고요. 〔편지를 주머니에 넣어 간수한다〕 그런데 나리 손은 정직한 손이죠? 이 편지를 훔쳐 가거나 그러진 않겠죠? 그 손이 거짓말하는 것 같아서 약간 걱정이 되거든요.

프란시스커스 거짓말은 한 음절도 없었어.

롤리오 좋아요. 나리가 여기 쓰신 것처럼 우리 마님을 그렇게 사랑하신다면, 나리의 광기는 치료될 수 있을 것 같아요.

프란시스커스 그녀만이 날 치료할 수 있어.

롤리오 그럼 전 이제 나리한테 손 뗄게요. 다음부턴 마님이 나리 소변을 검사할 거예요.[13]

프란시스커스 이건 그동안 자네 수고에 대한 보상일세.

〔롤리오에게 돈을 준다〕

롤리오 제가 앞으로 더 잘할게요, 나리. 우리 마님은 나리를 사랑하시지만, 나리도 나리의 사랑을 증명하셔야 한대요.

프란시스커스 내가 내 소원을 만난 거네.

롤리오 아니, 그 정도 만나서는 안 되고요, 나리는 마님의 적이자 나리의 적을 만나야만 해요.

프란시스커스 그자는 이미 죽은 거나 다름없어!

롤리오 제가 방금 그자와 헤어졌는데, 그자가 벌써 죽었다고요?

프란시스커스 그자가 누구인지 내게 보여 줘.

롤리오 그래요, 이제야 제대로 가고 있네요. 어쨌든 죽이려면 먼저 봐야 하니까요. 그리고 그건 멀리 갈 필요도 없어요. 그자는 백치 행색을 하고, 마님과 이 집에 계속 출몰하는 바보거든요. 그자의 바보 복색을 제대로 때려 주기만 하면, 모든 게 잘되는 거죠.

프란시스커스 제대로 해 줄 거야. 아주 제대로!

롤리오 단지, 가면극이 끝날 때까지는 그자를 그냥 두세요. 그리고 춤추는 사람들 중에 나리가 그자를 못 찾으면 내가 가르쳐 줄게요. 들어가요, 들어가! 주인님 오셨어요.

프란시스커스 저자는 자기 주인을 깃털처럼 다루는군. 헤이!

∴

13) 질병을 진단하기 위해 의사가 환자의 소변을 검사하던 관행을 가리킨다.

〔프란시스커스가 춤추면서 퇴장하고, 곧이어 알리비우스가 등장한다〕

알리비우스 잘했어. 다 준비된 거지, 롤리오?

롤리오 예, 나리.

알리비우스 그럼 어서 가서 그놈들을 인솔해 와, 롤리오.

　　자네 마님한테도 이 광경을 보러 나오라고 하고.

　　잠깐. 그런데 후견인이 필요할 만큼 치료하기 힘든

　　바보가 혹시 없을까? 내 지인들한테 부탁하면 되는데.[14]

롤리오 〔무대 뒤로 나가면서〕 곧 나리께 데려갈게요. 그럴 만한 사람으로요.

　　〔롤리오 퇴장〕

알리비우스 착한 놈이야, 롤리오는.

　　〔이사벨라 등장하고, 곧이어 롤리오가 광인들과 바보들 이끌고 등장한다. 광인들
　　과 바보들이 춤을 춘다〕

　　완벽해. 이제 음악에 맞추기만 하면,

　　우린 고생한 대가로 돈과 명예를 얻게 될 거야.

　　〔모두 퇴장〕

∶∶

14) 미성년자나 정신박약자 혹은 광인 등 법적인 후견인이 필요한 상속자(ward)들은 후견인에
　게 돈벌이 수단이었다. 후견인들이 이들의 재산을 마음대로 처분하거나 처리할 수 있었기
　때문이었다. 돈에 눈이 먼 알리비우스가 그런 후견인 자리를 노리고 있다.

5막 1장

〔베아트리스 등장하고 시계가 한 시를 친다〕

베아트리스 한 시를 쳤는데도 아직 그녀가 누워 있네. — 오, 난 두려워!
　　이 창녀는 제 욕심을 채우고 있는 거야. 이제 확실해졌어.
　　그년은 탐욕스런 식욕으로 쾌락을 집어삼키고,
　　내 명예나 마음의 평화 따위는 신경도 안 쓰고,
　　내가 마땅히 받을 권리를 전부 파괴하고 있어.
　　하지만 그년은 그 대가를 혹독하게 치를 거야.
　　제 욕정 하나 못 다스려서 약속도 못 지키는 여자라면
　　그런 년의 목숨에 그렇게 중한 비밀을 맡길 수는 없잖아.
　　게다가 우리 서방님이 날 의심한 걸 보면,
　　나에 대한 그년의 충성도 믿을 수가 없어.
　　틀림없이 그것이 일러바쳤을 거란 말이야.
　　— 들어 봐! 끔찍하게도
　　다른 시계가 두 시를 쳤어.

〔시계가 두 시를 친다. 데 플로리스 등장〕

데 플로리스 아가씨, 어디 있어요?

베아트리스 데 플로리스?

데 플로리스 그래요. 그녀가 나리 방에서 아직 안 나왔어요?

베아트리스 아니, 확실히 안 나왔어.

데 플로리스 틀림없이 악마가 자기 욕망을 그녀에게 심어 놓은 거예요.

대체 시녀를 믿는 사람이 누가 있어요?

베아트리스 난 누군가를 믿어야만 했어.

데 플로리스 쳇, 시녀들은 사납고 교활한 년들이에요.

특히 자기 주인나리한테 홀딱 빠져서

주인마님의 첫 열매를 가로챌 때는 더욱 그렇죠.

그년들은 미친개여서, 아무리 막대기로 때려 쫓아도

왕족만을 위한 사냥감에서 그년들을 떼어 낼 수 없다고요.[1]

그런데도 당신은 너무 성급하고 독단적이어서

내게 조언을 구하지도 않았지요.

나한테 말했으면 난 약제사 딸을 구해 줄 수 있었고,

그랬으면 그녀는 밤 열한 시 전에 물러 나와

당신한테 감사 인사까지 했을 텐데 말이에요.

베아트리스 오, 맙소사. 아직도 안 나오네?

이 매춘부 년이 제 주제를 잊었나 봐.

데 플로리스 원래 악당들이 잘되는 법이죠. 봐요, 당신은 끝장이야.

맹세할 수 있지만, 저기 새벽별이 떴다고요!

∴

[1] 왕족만 사냥할 수 있는 사냥터에서 잡은 사냥감(알세메로)을 감히 신분 낮은 평민(이 경우에는 디아판타)이 붙잡고 안 놓아 주는 것을 묘사한 장면이다.

저쪽에 또렷하게 나온 새벽별을 보세요.

베아트리스 재앙을 피할 수 있는 방법을 알려 줘.

너 말고는 안전하게 물어볼 데가 없어서 그래.

데 플로리스 가만, 지금 방법이 생각났어요.

우리가 온 집 안을 깨워야 해요. 다른 방법이 없어요.

베아트리스 뭐? 그건 조심해서 해야 하는 거잖아.

데 플로리스 쳇, 조용히 해요. 아니면 다 포기하든지.

베아트리스 알았어. 아무 말도 안 할게.

데 플로리스 내 계획은 이래요.

내가 디아판타 방의 한쪽 구석에 불을 낼게요.

베아트리스 뭐라고? 불을?

그럼 온 집안이 위험해질 수도 있잖아.

데 플로리스 당신 평판에 불이 붙은 마당에 위험을 걱정해요?

베아트리스 네 말이 맞아. 그럼 네가 하고 싶은 대로 해.

데 플로리스 난 아주 멋진 성공을 노릴 거예요.

모든 걸 확실히 끝낼 거라고요.

난 굴뚝과 다른 가벼운 집기에 불을 붙여서

불이 그녀 방에서만 나도록 할 거예요.

만약 디아판타가 자기 방에서 멀리 떨어진 데서

사람들과 마주치면, ― 그럴 것 같진 않지만 ―

사람들은 그녀가 놀라고 무서워서

도움을 청하러 나왔다고 생각할 거예요.

반면에 그녀가 중간에 사람들 눈에 띄거나

누군가와 마주치는 일이 일어나지 않으면,

—그럴 가능성이 더 크니까요 —

　그녀는 수치심 때문에 서둘러 제 방으로 돌아갈 거예요.

　그때 난 굴뚝 청소를 하려는 것처럼

　장전된 총을 든 채 기다리고 있을 거고,

　그럼 그녀가 그 총의 과녁이 되는 건 당연한 거죠.

베아트리스　난 이제 널 사랑해야만 해.

　네가 이렇게 조심스럽게 내 명예를 지켜 주잖아.

데 플로리스　젠장, 그건 우리 둘의 안전과

　쾌락, 목숨까지 관계된 거니까 그렇죠.

베아트리스　하나만 더 물어볼게.

　하인들은 어떻게 하지?

데 플로리스　내가 여기저기로 보낼 거예요.

　양동이, 갈고리, 사다리 가져오라고

　누구는 이쪽, 누구는 저쪽으로 서둘러 보낼 거예요.

　그 일을 벌일 시간은 충분할 거예요.

　시체를 어떻게 안전하게 옮길지도 생각해 뒀어요.

　이 불이 사람 머리를 맑게 해 주네!

　당신도 적당한 때에 행동하도록 해요.

베아트리스　두려움이 내 영혼을 붙잡아 두고 있어.

　난 두려움에서 벗어날 수가 없다고.

　〔알론조의 유령이 나타난다〕

데 플로리스　하! 나와 별 사이에서 빛을 가져가다니,

네놈은 대체 누구냐? 난 네가 두렵지 않아.
이건 그냥 양심의 안개일 뿐이야.
— 모든 게 다시 괜찮아졌네.

〔데 플로리스 퇴장〕

베아트리스 저게 뭐야, 데 플로리스? 맙소사!
미끄러지듯이 지나가고 있어.

〔유령 퇴장〕

뭔가 나쁜 존재가 이 집에 출몰하고 있어.
그게 나한테 오한과 식은땀을 남기고 갔다고.
난 무서워 죽겠는데 이 밤은 또 길기만 해.
오, 이 갈보 년! 그년한테 목숨이 천 개 있다 해도,
그 마지막 목숨까지 다 죽이고서야 놓아 주라고 할 거야.
— 들어 봐. 오, 무서워!

〔시계가 세 시를 친다〕

성 세바스찬 교회에서 세 시 종을 쳤어!
목소리 〔무대 뒤에서〕 불이야. 불이야!
베아트리스 벌써? 저 사내의 속도는 정말 놀라워!
저자는 얼마나 열렬히 날 섬기는지 몰라!

그의 얼굴이 혐오스럽기는 해.

하지만 그가 신경 써 주는 걸 본다면,

누구인들 그를 사랑하지 않을 수 있겠어?

해 뜨는 동쪽도 그의 헌신보다 아름답진 않을 거야.

목소리 〔무대 뒤에서〕 불이야, 불이야!

〔데 플로리스가 등장하고, 하인들이 무대를 바삐 지나가며 종을 친다〕

데 플로리스 어서 가. 빨리 가라고!

갈고리랑 양동이, 사다리를 가져와!

잘했어. 화재 종이 울리네.

굴뚝은 내가 맡을게. 총도 준비해 놨어.[2]

〔데 플로리스 퇴장〕

베아트리스 이 남자는 정말 사랑할 가치가 있어.

〔디아판타 등장〕

— 오, 보석이 등장하셨네.

디아판타 아가씨, 제 나약함을 용서하세요.

사실 너무 좋은 나머지 제 자신을 잊고 있었어요.

••
2) 굴뚝이 막혀서 불이 난 것이니, 굴뚝을 뚫기 위해 총을 굴뚝 안에 쏘겠다는 것이다.

베아트리스 넌 정말 근사하게 해냈어.

디아판타 뭐라고요?

베아트리스 어서 네 방으로 가 봐.

　　네 보상을 곧바로 보내줄게.

디아판타 난 이렇게 달콤한 거래는 해 본 적이 없어요.

　　〔디아판타 퇴장하고, 알세메로 등장한다〕

알세메로 오, 내 소중한 조안나.

　　저런, 당신도 일어난 거예요?

　　난 내 소중한 보물인 당신한테 가는 길이었는데!

베아트리스 당신이 없어졌으니 나도 따라나설 수밖에요.

알세메로 당신은 너무 사랑스러워!

　　불은 그렇게 위험한 상황이 아니었어요.

베아트리스 그렇게 생각하세요?

알세메로 제발 떨지 말아요.

　　위험하지 않으니 내 말을 믿어요.

　　〔베르만데로와 하스페리노 등장〕

베르만데로 오, 내 집과 나를 축복하소서!

알세메로 당신 아버님도 나오셨네요.

　　〔데 플로리스가 총 들고 등장〕

베르만데로 이봐, 총 들고 어딜 가는 거냐?

데 플로리스 굴뚝 뚫으려고요.

〔데 플로리스 퇴장〕

베르만데로 오, 잘했어. 잘했어.

　저자는 매사에 쓸모가 있다니까.

베아트리스 꼭 필요한 사람이에요, 아버지.

베르만데로 머리도 잘 돌아가서 하인들 다 합한 것보다 나아.

　집 안 화재에도 경험이 많아서, 전에도 저자가 그을린 걸 본 적이 있어.

〔총소리가 난다〕

　하, 총을 쐈네.

베아트리스 끝났네요.

알세메로 자, 여보. 이제 잠자리로 가요.

　저런, 그러다 감기 들겠어요.

베아트리스 아아, 너무 무서워서 그 생각은 못했네요.

　제 가엾은 시녀 디아판타가 무사한지 알 때까진

　제 마음도 진정되지 않을 것 같아요.

　불난 데가 그 애 방이거든요. 그녀의 숙소예요.

베르만데로 어쩌다 거기서 불이 난 거지?

베아트리스 그 애가 숙녀 모시는 여자들 중엔 가장 착하지만,

　자기 방 관리에선 게으르고 굼떴어요.

전에도 두 번이나 내 방으로 피한 적이 있거든요.

베르만데로 두 번씩이나?

베아트리스 두 번도 기적적으로 피한 거였죠.

베르만데로 아무리 착한 성품을 가졌더라도

그렇게 잠 많은 계집은 집에 두기 위험해.

〔데 플로리스 등장〕

데 플로리스 오, 가엾은 처녀!

넌 네 게으름에 대해 값비싼 대가를 치른 거야.

베르만데로 아니! 무슨 일이냐?

데 플로리스 모두 다 아셔야 할 일입니다.

디아판타가 불에 타서 죽었어요.

베아트리스 내 시녀가. 오, 내 시녀가!

데 플로리스 지금 불길이 그녀를 탐욕스럽게 집어삼키고 있어요.

불에 탔어요. 타 버렸어요. 불에 타서 죽었다고요, 나리!

베아트리스 오, 내 예감이 안 좋더라니!

알세메로 이제 그만 울어요.

이 화재가 우리를 깨우기 전에, 마지막으로

당신을 안았던 포옹에 걸고 명령하는 거예요.

베아트리스 이제 전 당신께 매인 몸이에요.

설사 그게 내 자매라고 해도 이젠 더 이상 울지 않을게요.

〔하인 등장〕

베르만데로 무슨 일이냐?

하인 모든 위험은 사라졌으니 이제 모두 들어가 쉬셔도 됩니다. 불은 완전
　히 꺼졌어요. 아, 가엾은 시녀! 그녀는 너무 빨리 질식했어요.

베아트리스 데 플로리스, 그녀의 남은 시체를 매장해 줘.

　우리 모두 애도하며 그녀를 따라갈게.

　내 하녀에게 그 정도 예우는 해 주자고 간청할 거야.

　심지어 우리 서방님께도 말이야.

알세메로 내게 명령해도 괜찮아요, 여보.

베아트리스 너희들 중 누가 처음 불길을 본 거야?

데 플로리스 저예요, 아가씨.

베아트리스 불 끄느라 고생한 것도 너잖아? 이중으로 잘한 거네!

　저 사람한테 보상해 주는 게 좋겠어요.

베르만데로 보상해 줄 거다.

　데 플로리스, 나한테 들르도록 해.

알세메로 나한테도 들르게.

〔데 플로리스 제외하고 모두 퇴장〕

데 플로리스 보상해 주라고? 대단한걸. 날 능가하는 솜씨야!

　잠자리건 계약이건, 모든 겨루기 시합에서

　마지막 명중은 항상 여자의 차지라니까.

〔퇴장〕

5막 2장

〔토마조 등장〕

토마조 난 전처럼 똑같이 즐기면서
　　삶의 혜택들을 맛볼 수가 없어.
　　난 사람에게 지쳤고, 사람 사이의 우애도
　　위험하고 살기 찬 관계라고 여기게 됐어.
　　난 내 분노를 어디에 둬야 할지 모르기 때문에
　　모든 사람이 살인자라고 생각할 수밖에 없어.
　　그래서 내가 다음에 마주치는 사람이 누구건 간에
　　내 가장 훌륭했던 동생의 살인자라고 생각할 거야.
　　— 하, 저게 누구지?

〔데 플로리스가 등장해서 무대를 지나간다〕

　　오, 일부에게 정직하다고 평가받는 데 플로리스네.
　　하지만 정직이 저런 얼굴을 숙소 삼았다면,
　　그건 정직이 너무 힘든 상황이어서 그랬을 거야.
　　저건 여왕이 전염병 병원을 궁전으로 삼는 격이잖아.[1]

저 얼굴과 나 사이에는 서로 상극의 본성이 보여서,

난 아주 작은 빌미만 있어도 저자한테 시비 걸 것 같아.

하지만 저자는 너무 추하게 생겼기 때문에,

어느 누구도 자기가 좋아하고 아끼는 칼로

저자를 건드리고 싶어 하지 않을 거야.

저자는 너무나 치명적인 독을 품고 있어서

자기를 피 흘리게 한 어떤 무기라도 중독시킬 테니까.

정정당당한 남자라면 저자를 찌른 칼을

다른 사람과의 싸움에 쓰지 않겠다고 결심해야 해.

그 칼은 강에 던져야만 해. 누구도 그걸 찾아내선 안 되니까.

— 뭐야, 또 왔어?

〔데 플로리스 등장〕

저자는 틀림없이 일부러 내 옆을 지나가는 거야.

날 질식시키고 내 피를 감염시키려는 거라고.

데 플로리스 존경하는 나리!

토마조 감히 가까이 와서 나한테 말을 붙여?

〔데 플로리스를 때린다〕

데 플로리스 때리다니!

∴

1) 나병이나 흑사병 같은 전염병을 전문으로 다루던 병원을 말한다.

〔데 플로리스가 칼을 뽑는다〕

토마조 그래, 그렇게 준비되어 있다 그거지?

　　　교활한 음모자처럼 네 독에 죽느니,

　　　차라리 군인답게 네 칼에 죽는 게 낫겠다.

〔토마조도 칼을 뽑는다〕

데 플로리스 멈추세요, 나리. 명예로운 분이시잖아요.

토마조 독을 써서 죽이는 종놈들은 다 겁쟁이들이야.

데 플로리스 〔방백〕 난 공격할 수가 없어.

　　　마치 수정 구슬 들여다보듯이 저 사람 눈 속에서

　　　그 동생의 상처가 새로 피 흘리는 게 보인단 말이야.

　　　〔토마조에게〕 저도 나리가 고귀한 분이란 걸 아니까

　　　이 일은 문제 삼지 않을게요. 현명한 변호사처럼

　　　저도 이 상처 주신 걸 고마워할 게요, 나리.

　　　그리고 상처 준 고귀한 손을 생각하면서

　　　사랑의 정표처럼 이 상처를 간직할게요.

　　　〔방백〕 어제만 해도 이상하리만치 나한테

　　　잘해 주던 사람이 갑자기 왜 이러는 거지?

　　　오, 하지만 본능이란 더 예민한 기질이니까,

　　　죄지은 사람은 본능의 숙소 근처에도 가면 안 돼.

　　　저자가 또 나한테 오네.

〔데 플로리스 퇴장〕

토마조 난 이 살인범을 찾아낼 때까지

　　사람들과의 모든 관계를 다 포기할 거라서,

　　평범한 예의조차 죄다 가두어 버릴 거야.

　　지금처럼 범인을 모르는 상태에서는,

　　형이 돼서 동생의 살인자한테 인사하거나

　　안부 물어보면서 덕담할 수도 있는 거잖아.

〔베르만데로, 알리비우스, 이사벨라 등장〕

베르만데로 고귀한 피라코 씨!

토마조 그냥 가던 길 가세요.

　　난 당신한테 아무 할 말이 없어요.

베르만데로 위안이 그대를 축복하길!

토마조 난 인사도 다 그만뒀어요. 정말이에요.

　　당신도 그냥 사람일 뿐이니 당신이든 여기 누구에게든

　　내가 해 줄 만한 안부 인사가 남아 있지 않다고요.

베르만데로 댁이 슬픔과 그렇게 깊이 사랑에 빠지지 않았다면,

　　어떤 경우에도 인사 안 할 분이 아니란 걸 잘 알고 있어요.

　　하지만 댁이 우리를 환영하게 만들 소식을 우리가 가져왔어요.

토마조 그런 소식이 뭐가 있겠어요?

베르만데로 내가 가져온 성의에 조롱하는 미소를 던지지 마세요.

　　난 그보다 더 좋은 대접을 받을 자격이 있답니다.

내가 곁에 두고 가장 중히 쓰던 사람들 중 둘을

법이나 당신의 정당한 복수로부터 숨겨 주지 않을 거니까요.[2]

토마조 그럴 수가!

베르만데로 댁의 마음의 평화에 더 큰 만족을 주고 싶다면,

여기 이 제보자들에게 감사하세요.

토마조 성주님이 그런 평화를 가져오셨다면,

제가 방금 보였던 경멸의 미소에 대해

어떻게 용서를 구해야 할지 방법만 알려 주세요.

그럼 제가 신성한 제단에 어울릴 만한 예의를 더함으로써

그 사과의 방법을 완벽하게 만들겠어요.

〔토마조가 무릎 꿇는다〕

베르만데로 선생. 일어나세요.

아니, 선생은 저쪽에서 아까 부족했던 것만큼

지금은 반대쪽으로 지나치시네요.

— 알리비우스, 얘기하게.

알리비우스 최근 제 아내가 운 좋게 발견했습니다만,

— 원래 제 아내가 뭘 잘 알아내거든요 —

바보와 광인을 치료하는 저희 병원 안에

그렇게 위장하고 숨어든 두 명의 가짜가 있다고 해요.

그들의 이름이 프란시스커스와 안토니오랍니다.

∙∙

2) 안토니오와 프란시스커스를 말한다.

베르만데로 둘 다 내 사람들이고,

　난 그들에 대해 어떤 선처도 부탁하지 않겠어요.

알리비우스 그자들의 변장이 더욱 의심스러운 이유는

　변장한 시점이 살인이 벌어진 날과 정확히 일치해서예요.

토마조 오, 축복받은 폭로네요!

베르만데로 아니, 더 들으세요. 더 들어요.

　난 내 사람이라도 정당하게 심판받게 할 거니까요.

　그들은 둘 다 브리아마타로 여행가는 척했고,

　그 핑계를 대고 허락을 받아 냈어요.

　그 일로 내 총애를 너무 악용한 거죠.

토마조 지금 헛되이 흘려보내기에는 시간이 너무 아까워요.

　성주님께선 왕국 다섯 개의 부(富)로도 살 수 없는

　마음의 평화를 제게 가져다주신 거예요.

　전 그자들을 갈망하니, 성주님께서

　제게 행운을 가져다줄 안내자가 되어 주세요.

　전 은밀한 번개처럼 그자들을 휘감아서

　그들 안에 들어 있는 골수를 녹여 버릴 거예요.[3]

〔모두 퇴장〕

••
3) 번개는 사람의 겉모습에 거의 표시를 남기지 않고 뼈 안의 골수를 녹여 사람을 죽인다고 생각
　되었다.

5막 3장

〔알세메로와 하스페리노 등장〕

하스페리노 이제 자네도 분명한 확신이 들었겠지.

　　우리가 정원에서 본 광경은

　　충분히 깊은 의심을 받을 만했어.[1]

알세메로 사람이 항상 시커먼 가면을 쓰고 있다면,

　　얼굴 보기도 전에 추한 얼굴일 거라고 선고하게 되지.

　　그자에 대한 그녀의 증오가 바로 그런 가면이었어.

　　바닥을 알 수 없을 정도로 깊은 증오로 보였거든.[2]

하스페리노 그럼 그걸 제대로 알아봐야지.

　　이 궤양을 제대로 탐색하려면 얕은 탐침(探針)으론 안 돼.

　　자네가 그 궤양에 타락이 가득한 걸 발견할까 봐 걱정일세.

　　지금은 내가 자리 피해 주는 게 적절할 것 같아.

．．

1) 이 극에서 정원은 무대 밖에 있는 것으로 설정되어 있다. 즉 알세메로와 하스페리노가 정원에서 베아트리스와 데 플로리스, 두 사람이 함께 있는 장면을 목격한 것으로 치고, 그 다음 장면이 진행되고 있는 것이다.

2) 데 플로리스에 대한 베아트리스의 증오가 시커먼 가면과 같아서, 그 밑의 얼굴(두 사람의 실제 관계)도 마찬가지로 추악할 거란 얘기이다.

그녀는 그자와 헤어진 후 뒷문으로 나갔으니,

저쪽 산책로에서 들어오다 자네와 딱 마주칠 거야.

〔하스페리노 퇴장〕

알세메로 내가 여자를 처음 본 후부터

　내 운명은 이 불행한 일격을 기다려 온 걸까?

　― 그녀가 왔어.

〔베아트리스 등장〕

베아트리스 알세메로님!

알세메로 잘 지내시나요?[3]

베아트리스 "잘 지내시나요."라니요?

　아니! 당신이야말로 잘 지내시나요? 어디 안 좋아 보여요.

알세메로 날 제대로 읽었네요. 사실 난 좀 안 좋아요.

베아트리스 안 좋다고요? 내가 당신을 낮게 할 수 있어요?

알세메로 그래요.

베아트리스 그럼 당신은 곧 치료될 거예요.

알세메로 당신이 내 질문 하나만 대답해 주면 돼요.

베아트리스 내가 대답할 수 있는 거면요.

알세메로 누구도 당신보다 더 확실히 대답해 줄 수는 없어.

∵

3) 신혼부부가 서로에게 하는 인사로는 적절치 않은 말이다.

당신은 정숙한가?

베아트리스 하, 하, 하! 그건 너무 광범위한 질문인데요, 서방님.

알세메로 하지만 그건 얌전한 대답도 아니지, 부인.

지금 웃음이 나오나? 난 당신이 매우 의심스러운 판인데.

베아트리스 미소 짓는 사람은 죄 없는 사람이에요.

그러니 아무리 사나운 얼굴로 다그쳐도

그 뺨에서 보조개를 지울 수는 없는 거죠.

내가 하늘을 채울 만큼 눈물을 짜낸다고 쳐요.

그럼 당신은 둘 중에 어떤 걸 더 믿을 건가요?

알세메로 눈물은 더 어두운 색을 한 위선일 뿐이야.

하지만 둘 다 본질은 같지. 당신의 미소건 눈물이건,

내가 믿는 진실에서 날 움직이거나 홀릴 수는 없어.

당신은 창녀야!

베아트리스 그 말은 정말 끔찍하게 들리네요!

그건 아름다움을 후려쳐서 흉측하게 만들죠.

그 말이 어떤 얼굴에 떨어지더라도,

그건 그 얼굴을 추하게 망가뜨려요.

오, 당신은 결코 다시 복원할 수 없는 걸 파괴한 거예요.

알세메로 난 모든 걸 무너뜨리는 한이 있더라도

당신 안에 있는 진실을 찾아낼 거야.

진실이 조금이라도 남아 있다면 말이야.

당신이 아무리 그럴 듯한 말로 당신 마음속 수색을 막아도,

난 거길 샅샅이 뒤져서 내가 의심하는 걸 뜯어낼 거야.

베아트리스 당신은 그럴 수 있을 거예요.

거기 가는 길은 쉬우니까요. 하지만 괜찮으시다면,

　내가 당신의 사랑을 잃게 된 근거라도 알려 주세요.

　내가 완전히 파괴되기 전에, 내 흠 없는 순결이

　그 근거란 걸 짓밟아 보기라도 해 보게요.

알세메로 　내 질문에 대답을 못하잖아!

　그게 바로 당신이 변명할 수 없는 근거야.

　당신이 음탕한 발꿈치를 그 근거에 올린 순간,

　당신은 모든 미덕과 선함 아래로 떨어진 거라고.

　당신의 교활한 얼굴 위엔 가면이 있었어.

　그리고 그게 당신한테 잘 어울렸지.

　이젠 뻔뻔함마저 그 가면 위에 당당히 올라탔군.

　어떻게 이토록 애틋한 화해가 이루어진 거지?

　당신이 증오하던 상대, 당신이 사무치게 혐오하던

　데 플로리스와 당신, 그 두 사람 사이에 말이야.

　당신은 그자를 보는 것조차 힘들어하더니,

　이제 그자는 당신 팔을 지탱해 주는 버팀목이 되고,

　당신 입술이 칭찬하는 성자가 됐잖아!

베아트리스 　그게 이유예요?

알세메로 　더 나쁜 것도 있지. 당신 정욕이 만든 악마,

　당신이 저지른 간통 말이야!

베아트리스 　당신 아닌 다른 사람이 그렇게 말했더라면,

　그 사람은 악당이 됐을 거예요.

알세메로 　그건 당신 마음속 비밀을 다 아는

　디아판타가 증언한 거야.

베아트리스 그럼 당신의 증인은 죽은 거네요?

알세메로 그 비밀을 알게 된 대가로 그녀가 죽었을까 봐 두려워.

　　가엾은 사람! 그걸 밝히고 얼마 살지 못했지.

베아트리스 그럼 당신이 잘못 의심하게 만든 그 얘기보다

　　끔찍함에서 조금도 덜하지 않은 다른 얘기도 들어 보세요.

　　당신과의 잠자리에 대한 추문 혐의에 난 결백한데,

　　내가 저지른 다른 시커먼 죄가 그 증거가 되어 줄 거예요.

　　당신에 대한 사랑 때문에 난 잔인한 살인자가 됐다고요.

알세메로 아니!

베아트리스 피비린내 나는 살인이죠.

　　난 그 살인을 위해 독과 키스했고 뱀을 쓰다듬었어요.

　　그 혐오스런 물건, 더 좋은 일에 쓸 가치는 없지만

　　그런 일에 쓰기엔 가장 적당했던 인간한테

　　난 죄 없는 피라코를 죽이라고 시켰다고요.

　　당신을 확실히 차지하기 위해서는

　　그 최악의 방법보다 더 좋은 수단은 없었으니까요.

알세메로 오, 그 장소도 그 후에 계속 복수를 외쳐 왔어.

　　욕망과 미모가 불온한 헌신을 처음 불태우면서,

　　신에 대한 정당한 공경을 꺼 버렸던 성당 말이야.

　　나 역시 처음부터 그게 두려웠는데,

　　이제야 성당의 소망이 이루어진 거네.[4]

..

4) 처음 알세메로가 베아트리스를 보고 사랑에 빠진 장소가 성당이다. 알세메로는 그 사실을
언급하며, 신성해야 할 성당에서 불온한 사랑이 시작되었으니 이제 그 벌을 받아 살인이 벌어

오, 당신은 너무 추악한 여자야!

베아트리스 내가 그런 건 당신을 위해서였다는 걸 잊지 마세요.

더 큰 위험을 피하기 위해서라면

더 작은 위험쯤은 감수해야 하는 것 아닌가요?

알세메로 오, 당신은 몇천 킬로를 우회해서라도

그 위험한 피의 다리는 건너지 말았어야 해. 이제 우린 끝장이야.

베아트리스 내가 당신 침대에 충실했다는 걸 기억하세요.

알세메로 침대 그 자체가 납골당이고,

침대보는 살해된 시체에 입힐 수의일 뿐이야.

내가 이 일을 어떻게 해야 할지 생각할 시간이 필요해.

그동안 당신은 내 죄수가 돼야 하니 내 벽장으로 들어가요.

〔베아트리스 퇴장〕

아직은 내가 당신의 간수가 되어 줄 거야.

오, 이 슬픈 이야기에서 난 어느 배역부터 시작해야 하지?

— 저걸 봐!

〔데 플로리스 등장〕

저놈이 내게 알려 준 셈이군.

— 데 플로리스!

:.

졌다고 말하고 있다. 욕망은 알세메로의 욕망이고, 미모는 베아트리스의 미모를 말한다.

데 플로리스 고귀하신 알세메로님?

알세메로 자네한테 알려 줄 소식이 있어.

　　내 아내가 자네를 칭찬하더군.

데 플로리스 그건 정말 새로운 소식 맞네요.

　　아가씨는 할 수만 있다면 절 교수형대로 보내고 싶어 하실 텐데요.

　　절 항상 그만큼 좋아하셨죠. 어쨌든 아가씨께 감사 드려요.

알세메로 자네 옷깃에 묻은 이 피는 뭔가, 데 플로리스?

데 플로리스 피요? 아니, 틀림없이 그 후에 다 닦아 냈을 텐데.

알세메로 언제 이후라는 거지?

데 플로리스 검술 학교에서 한 대 맞은 이후요.

　　핏자국이 다 없어진 줄 알았는데요.

알세메로 그래, 거의 안 보이긴 해. 하지만 그래도 알아볼 수는 있어.

　　내가 전해야 할 말을 잊고 있었군. 바로 이거야.

　　살인하면 얼마나 받나?

데 플로리스 무슨 말씀이세요, 나리?

알세메로 내가 물었잖아.

　　아내 말로는 자네한테 빚진 게 있다고 하던데.

　　자네가 그녀를 위해 피라코 몸 위에 가했던

　　용감하고도 잔인한 일격의 대가 말이야.

데 플로리스 몸 위요? 아니, 아예 몸을 관통했었죠.

　　그녀가 다 자백했나요?

알세메로 너희 둘 다 사형당할 만큼 확실하게.

　　그 이상의 처벌도 받겠지만.

데 플로리스 그 이상 있을 것도 별로 없어요.

딱 한 가지 있는데, 그건 — 그녀가 창녀란 거예요.[5]

알세메로 그건 당연히 따라올 수밖에 없지.

오, 교활한 악마들! 어떻게 눈먼 사람들이

너희와 아름다운 성자(聖子)를 구분할 수 있겠어?

베아트리스 〔무대 뒤에서〕 저자가 거짓말하는 거예요.

저 악당이 날 모함하는 거라고요!

데 플로리스 절 아가씨에게 가게 해 주세요, 나리.

알세메로 그래, 그렇게 해 줄게.

〔베아트리스에게〕 당신 하는 말이 다 들리니 조용히 해,

눈물 흘리는 악어 같으니![6]

〔데 플로리스에게〕 네 먹잇감을 가져가. 그녀에게 들어가라고.

〔데 플로리스 퇴장〕

이번엔 내가 너희의 뚜쟁이가 되어 줄 테니

너희의 욕정에 찬 장면을 다시 한 번 연습해 봐.

그래야 지옥의 시커먼 악마들로 된 청중 앞에서

너희가 그걸 공연할 때 완벽하게 해낼 수 있지.

거기선 이 갈고 울부짖는 소리가 배경음악이 돼 줄 거야.

넌 너와 간통한 여자를 마음대로 안아도 좋아.

..

5) 알세메로는 교수형보다 더한 벌, 즉 지옥을 의미한 건데, 데 플로리스는 이를 교묘히 곡해해
서 베아트리스가 단지 살인만 교사한 게 아니라 자신과 간통까지 했음을 일부러 자백한다.

6) 악어는 먹잇감을 먹으며 눈물을 흘리기 때문에, 악어의 눈물은 위선의 눈물을 의미한다.

그녀가 널 사해(死海)로 데려가 줄 키잡이고,

넌 거기서 끝없는 바닥으로 침몰하게 될 테니까.[7]

〔베르만데로, 알리비우스, 이사벨라, 토마조, 프란시스커스, 안토니오 등장〕

베르만데로 오, 알세메로. 자네에게 해 줄 놀라운 얘기가 있네.

알세메로 아니요, 어르신. 저야말로

　어르신께 해 드릴 놀라운 얘기가 있습니다.

베르만데로 피라코 살인사건에 대해

　거의 증거나 다름없이 확실한 혐의가 있어.

알세메로 전 피라코 살인사건에 대해

　의심할 여지없이 확실한 증거가 있어요.

베르만데로 내 말 좀 들어 보게. 그 사건 이후 내내

　이 두 사람이 신분을 위장한 채 지내 왔다네.

알세메로 그 사건 이후 내내 그 두 사람보다

　더 은밀히 위장하고 있던 다른 두 명을 제가 데리고 있어요.

베르만데로 내 말 들으라고! 여기 있는 내 하인 둘이 ─

알세메로 내 말 들으세요! 그 하인들보다

　어르신과 더 가까운 관계의 두 사람이

　저 둘이 무죄란 걸 입증하고 그들을 방면시켜 줄 거예요.

∴

7) 중동의 사해는 바닥을 알 수 없다고 믿어졌다. 죽은 사람을 저승으로 실어 나르는 배의 뱃사공이 카론(Charon)인데, 베아트리스가 카론을 대신해서 데 플로리스를 저승으로 데려갈 거란 의미이다.

프란시스커스 쉬운 진실이 밝혀지면 그렇게 될 거예요, 나리.

토마조 이건 피를 부르는 급한 일이고, 서둘러 처리해야 하는데,

　　당신들은 미적거리면서 내 문제를 서로에게 떠넘기는군!

　　살아 있건 죽어 있건 내 동생을 나한테 데려오란 말이야.

　　동생이 살아 있다면 아내를 붙여서 데려오고,

　　동생이 죽었다면 살인과 간통에 대해 각각 보상해야 할 거야.[8]

베아트리스 〔무대 뒤에서〕 오! 오! 오!

알세메로 들어 봐요. 그 보상이 지금 당신에게 오고 있으니.

데 플로리스 〔무대 뒤에서〕 아니, 난 널 함께 데려갈 거야!

베아트리스 오! 오!

베르만데로 이게 무슨 끔찍한 소리지?

알세메로 앞으로 나서, 악행의 쌍둥이들아!

　　〔데 플로리스가 상처 입은 베아트리스를 데리고 등장〕

데 플로리스 우리가 나왔으니 우리한테 할 말이 더 있으면

　　빨리 하시오. 아니면 난 당신들 얘기를 안 들을 거요.

　　난 아직은 버틸 만하고, 저기 남자의

　　갈비뼈로 만든 여자도 그런 것 같으니까.

베르만데로 적들 한 떼가 내 성에 쳐들어왔다 해도

..

8) 여기서 간통은 베아트리스와 알세메로의 결혼을 의미한다. 알론조와 베아트리스가 이미 결
　혼계약을 맺었으므로, 알론조가 행방불명된 상황에서 베아트리스가 알세메로와 결혼한 것은
　당대의 관행으로 보면 불법적인 간통이 된다.

이보다 더 놀랍지는 않겠어. 조안나! 베아트리스 조안나!

베아트리스 오, 내 근처에 오지 마세요, 아버지.

내가 아버지마저 더럽힐 거예요.

난 아버지 건강을 좋게 하기 위해

아버지한테서 빼낸 오염된 피일 뿐이에요.[9]

그러니 더 이상 그걸 쳐다보지 말고,

그냥 땅바닥에 아무렇게나 던져 버리세요.

그 피가 하수구로 흘러가서

다른 쓰레기들과 구분되지 않게 해 주세요.

내 운명은 언제나 별들보다 밑에, 바로 저 유성에

매달려 있었어요. 타락하기 쉬운 것들 사이에요.[10]

난 도저히 내 운명을 저자로부터 떼어 낼 수 없었죠.

저자에 대한 내 혐오는 그 후 벌어질 일들을

예견해 주는 예언자 같았지만 난 믿지 않았어요.

내 명예는 저자와 함께 떨어졌고 이제 내 목숨도 그래요.

알세메로, 난 당신 침대에 간 적이 없어요.

결혼 첫날밤 난 당신과의 잠자리에 속임수를 썼고,

그것 때문에 당신의 가짜 신부는 죽었어요.

알세메로 디아판타!

데 플로리스 그래. 그 일이 벌어지는 동안

••

9) 당시 건강을 위해 피를 빼던 사혈(瀉血)을 말한다.
10) "별(star)"과 "유성(meteor)"이 구분되어 사용되고 있다. 점성술에서 별의 영역은 변화와 부침에서 자유로운 곳이고, 반면에 유성은 변화와 타락에 민감한 것이다. 이 유성이 데 플로리스인 셈이다.

난 술래 놀이에서 당신 아내와 짝이 됐고,

이제 우리 둘은 지옥에 남게 됐어.[11]

베르만데로 우리 모두가 지옥에 있는 거야.

지옥이 여길 둘러싸고 있으니까.

데 플로리스 그 마음과 상관없이 난 이 여자를 사랑했어.

난 피라코를 죽임으로써 그녀의 사랑을 얻어 냈지.

토마조 하! 내 동생의 살인자!

데 플로리스 그래. 그리고 그녀의 순결이 내 보상이었어.

그 쾌락만이 내가 삶에 감사해야 할 이유의 전부였거든.

그건 나한테 너무 달콤한 쾌락이어서 난 전부 마셔 버렸고,

다른 남자가 내게 도전하지 못하도록 어떤 쾌락도 남겨 놓지 않았어.

베르만데로 극악무도한 악당이군!

더 고문할 수 있게 저놈을 살려 놓아라.

데 플로리스 안 돼!

난 당신들을 막을 수 있어. 아직 여기 주머니칼이 있거든.

내 목숨에서 실 한 가닥만 더 베면 돼.

[스스로를 찌른다] 그리고 이제 그것마저 끊어진 거야.

당신도 서둘러, 조안나. 이건 당신에게 주는 신호야.

최근에 마음에 새겨진 건, 잊히지도 않는 법이지.

난 당신을 뒤에 멀리 남겨 둔 채 떠나지는 않을 거야.

• •

11) 과거 영국에서 하던 게임인 술래잡기의 일종(barley-break)은 세 쌍의 남녀가 각각 자기 구역에 자리 잡으면, 이들 중 가운데 구역의 한 쌍이 다른 두 쌍을 붙잡아 술래를 바꾸는 게임이다. 이때 술래가 있는 가운데를 '지옥'이라고 불렀는데 여기서 나온 표현이 "지옥의 마지막 한 쌍"으로, 문학에서 성적인 함의로 사용되었다.

〔데 플로리스가 죽는다〕

베아트리스 날 용서하세요, 알세메로. 모두들 용서해 주세요.

 살아 있는 게 수치스러우면, 죽을 때가 된 거예요.

〔베아트리스도 죽는다〕

베르만데로 오, 이제 내 이름이 천상에 있는 악의 기록에 들어갔어.

 이 끔찍한 시간까지 거기 내 이름은 없었는데.

알세메로 그 기록에서 성주님 이름을 지우게 하세요.

 성주님 마음에서 그걸 없애면, 그 기록 역시

 다시는 성주님 얼굴을 정면으로 보지 못할 거고,

 불명예스럽게 삶의 등 뒤에서 수군거리지도 못할 거예요.

 정의가 아주 제대로 죄인들을 쳤으니,

 이제 무고한 사람은 이를 공표하여 죄를 벗겨 주고

 다시 즐거움을 누리게 해 줘야 합니다.

 〔토마조에게〕 선생, 진실이 무슨 일을 했는지 당신도 잘 알 거예요.

 그건 선생의 슬픔이 찾아낼 수 있는 최고의 위안일 겁니다.

토마조 난 이제 만족해요. 내게 해악을 끼친 자들이

 내 앞에 죽어 있으니 더 이상 요구할 수도 없네요.

 내 영혼도 그들처럼 자유로워져서,

 여기서 도주한 시커먼 도망자들을 따라잡아

 두 번째 복수를 할 수 있는 게 아니라면요.

 하지만 내 분노보다 더 깊은 신의 분노가 있으니,

그들은 그 분노를 두려워해야 할 거예요.

알세메로 최근 우리 위에서 모양을 바꾼

저 달에 불길한 그림자가 져 있었어요![12]

여기에 추악한 창녀로 변한 미인이 있고,

여기에 주인 노릇하는 죄와 오만한 살인범으로 변한

순종하던 하인도 있어요. 명목상 남편이던 나는

난잡한 하녀와 포옹을 나누었죠.

물론 그 하녀는 이미 그 대가를 치렀지만요.

〔토마조에게〕 당신 역시 변화를 맞이했지요.

무지에서 온 분노가 모든 걸 알게 된 우정으로요.[13]

우리 중에 또 변한 사람이 있나요?

안토니오 예, 나리. 저도 변했어요. 예전의 작은 바보에서 지금의 대단한 바

보로요. 그리고 제 결백이 항상 절 구해 준다는 걸 여러분이 몰라 주셨더

라면, 하마터면 교수형대로 변할 뻔했죠.

프란시스커스 저도 저 사람과 거의 같은 목적 때문에,

약간 똑똑한 사람에서 완전히 미친놈으로 변했답니다.

이사벨라 〔알리비우스에게〕 당신은 아직 안 변했네요.

당신이야말로 가장 많은 변화가 필요한 사람인데요.

당신은 질투심 많은 바보고, 바보의 학교들을 운영하지만,

당신 학생들한테 어떻게 하면 당신 머리를

∙∙

12) "모양을 바꾼 달"이란 달이 초승달에서 반달, 다시 보름달로 모양을 바꾸는 것을 말한다.
알세메로의 말은 달에 그림자가 짐으로써 뭔가 불길한 일이 일어날 징조였다는 뜻이다.

13) 알세메로의 이 대사는 극 중 인물들이 이런저런 변화를 겪은 것을 요약해 줌으로써 이 극의
제목인 『체인질링』을 설명해 주는 것으로 이해할 수 있다.

농락할 수 있는지를 가르치잖아요.[14]

알리비우스 이제 나도 모든 걸 분명히 알겠어요, 여보.

　　그러니 나도 더 좋은 남편으로 변할 거고,

　　나보다 더 똑똑해질 학생들은 절대 안 받을 거예요.

알세메로 [베르만데로에게] 어르신, 아직 사위 노릇할 사람이 남아 있으니,

　　부디 그걸 받아 주세요. 그리고 그걸로 위안을 삼으셔서,

　　어르신의 눈과 마음에서 슬픔이 사라지게 하세요.

　　사람과 그의 슬픔은 무덤에 가서나 헤어지는 법이니까요.

∵

14) "머리를 농락한다.(break your own head)"에는 남편 이마에 뿔을 돋게 한다는 의미도 들어
　　있다.

에필로그

알세메로 서로를 위로하기 위해 우리가 할 수 있는 건,
　　동생의 죽음으로 인한 형의 슬픔을 덜어 주고
　　자상한 아버지의 눈에서 자식으로 인한 눈물을
　　닦아 주는 거지만, 사실 그건 별 소용도 없고
　　오히려 슬픔만 증가시켜 줄 뿐이랍니다.
　　오직 여러분의 미소만이 죽었던 사람들을 다시 살려 내거나,
　　아니면 죽은 사람 대신 형에게는 새 동생을,
　　아버지에게는 새 자식을 줄 수 있는 힘이 있어요.
　　그런 일이 생긴다면, 모든 슬픔도 다 가라앉게 된답니다.

　　〔모두 퇴장〕

미들턴의 주요 작품 연보*

The Phoenix, 1603-4

News from Gravesend: Sent to Nobody, 1603 (토머스 데커와 공저)

The Honest Whore, Part 1, 1604 (토머스 데커와 공저)

Michaelmas Term, 1604

A Trick to Catch the Old One, 1605

A Mad World, My Masters, 1605

A Yorkshire Tragedy, 1605

Timon of Athens, 1605-6 (셰익스피어와 공저)

The Revenger's Tragedy, 1606

The Roaring Girl, 1611 (토머스 데커와 공저)

No Wit/Help like a Woman's, 1611

A Chaste Maid in Cheapside, 1613

More Dissemblers Besides Women, 1614

The Widow, 1615-16

The Witch, 1616

Women Beware Women, 1621

The Changeling, 1622 (윌리엄 로울리와 공저)

The Spanish Gypsy, 1623 (존 포드, 토머스 데커, 윌리엄 로울리와 공저)

A Game at Chess, 1624

---

* 작품 연보는 『토머스 미들턴 전집(*Thomas Middleton: The Collected Works*)』(Oxford and New York: Oxford UP, 2007, Gary Taylor and John Lavagnino 편집)를 참고하였고, 팸플릿이나 가면극, 찬양극은 제외하고 주요 드라마 위주로 작성하였다.

지은이

∷ 토머스 미들턴 Thomas Middleton, 1580-1627

1580년 런던에서 태어났으며, 그의 작품의 무대이기도 했던 칩사이드에서 어린 시절을 보냈다. 아버지 윌리엄 미들턴은 런던 시민의 상위 10퍼센트에 들 만큼 유복한 벽돌공 출신 런던 신사였으나 미들턴이 6세 때 사망했고, 여성에게 재산권이 없던 시절에 어머니 앤은 재혼 전에 미들턴 남매에게 재산의 3분의 2를 기탁함으로써 자식들의 유산을 보호하는 법적 조치를 취했다. 그러나 새아버지 토머스 하비는 그 재산을 갈취하기 위해 아내인 앤과 오랜 법적 싸움을 벌였고, 이런 배경은 미들턴의 작품세계에도 영향을 미쳤다. 미들턴은 18세가 되던 1598년에 옥스퍼드의 퀸스 칼리지에 입학했으나, 거듭되는 가정사 등으로 1601년에 학위를 받지 않은 채 옥스퍼드를 떠났다. 다시 런던으로 돌아온 미들턴은 신분으로는 신사였지만 토지나 재산, 직업이나 기술도 없는 처지였다. 당시 미들턴처럼 돈 없는 작가들이 기댈 수 있는 수입원은 후원자나 극장, 그리고 출판이었는데 이미 후원제가 시들해진 근대 초기 영국에서 미들턴은 극본을 써서 팔거나 팸플릿 등의 저작을 출판업자에게 판매함으로써 생계를 이어가기 시작했다. 극작가가 된 미들턴은 어느 한 극단에 속하지 않은 프리랜서로 일했고, 때로는 단독으로, 때로는 토머스 데커, 윌리엄 셰익스피어, 윌리엄 로울리 등과 함께 집필하며 수많은 작품들을 써냈다. 미들턴은 드라마 외에 팸플릿 출판, 왕실과 런던시, 길드들을 위한 찬양극(pageant) 집필 등으로 포트폴리오를 넓혔으며 일부는 크게 성공하기도 했으나, 1624년 대표작 『체스 게임(A Game at Chess)』이 정치적 이유로 탄압되고 판금되면서 이후 1627년 사망할 때까지 투옥 혹은 피신으로 어떤 작품도 쓰지 못했다. 생전에 여러 면에서 셰익스피어에 필적할 만한 뛰어난 작가였던 미들턴은 사후에 자신의 명성과 유작을 지켜 줄 가족이나 동료, 재산이 없었기에 그의 유작은 뿔뿔이 흩어지거나 제대로 평가받지 못했고, 그의 전집이 2007년이 되어서야 출판될 정도로 영문학계나 국내외 출판계에서 대접받지 못했으나, 최근에 그에 대한 재조명이 각계에서 이루어지고 있다.

옮긴이

∷ 이미영

서울대학교 영어영문학과를 졸업하고 같은 대학원에서 「셰익스피어의 비극과 희극에 나타난 여성상 연구」로 박사학위를 취득했으며, 현재 백석대학교 어문학부 교수로 재직 중이다. 최근 논문으로는 「근대 초기 드라마의 여성혐오적 화장담론: 『메리엄의 비극』을 중심으로」, 「도시희극 속 '정숙한 창녀' 읽기: 근대초기 런던과 극장의 기표」, 「출판문화와 근대적 작가의식: 토머스 내쉬의 헌사와 서문들을 중심으로」 등이 있고, 편저로는 『헛소동』과 『텍스트와 함께 하는 영문학개론』이 있다. 그 외에 번역서로 『리어왕·맥베스』(을유문화사)와 『영국 도시희극선』(아카넷)이 있다.

:: 한국연구재단총서 학술명저번역 서양편 600

토머스 미들턴 희곡 선집 ❷

노인네 술수 잡는 젊은이의 계략
칩사이드의 순결한 처녀
체인질링

1판 1쇄 찍음 │ 2017년 6월 13일
1판 1쇄 펴냄 │ 2017년 6월 26일

지은이 │ 토머스 미들턴
옮긴이 │ 이미영
펴낸이 │ 김정호
펴낸곳 │ 아카넷

출판등록 2000년 1월 24일(제406-2000-000012호)
10881 경기도 파주시 회동길 445-3
전화 │ 031-955-9510(편집) · 031-955-9514(주문)
팩시밀리 │ 031-955-9519
책임편집 │ 이하심
www.acanet.co.kr

ⓒ 한국연구재단, 2017

Printed in Seoul, Korea.

ISBN 978-89-5733-553-6 94840
ISBN 978-89-5733-214-6 (세트)

이 도서의 국립중앙도서관 출판시도서목록(CIP)은
서지정보유통지원시스템 홈페이지(http://seoji.nl.go.kr)와
국가자료공동목록시스템(http://www.nl.go.kr/kolisnet)에서 이용하실 수 있습니다.
(CIP 제어번호: CIP2017009787)